HEYNE <

SIMONE
VEENSTRA

Sind dann mal weg

ROMAN

WILHELM HEYNE VERLAG
MÜNCHEN

Dieser Roman ist Fiktion. Jede Ähnlichkeit zu existierenden Personen oder Orten ist entweder mit Bedacht gewählt und verändert oder aber nicht unbedingt wahrheitsgetreu.

FSC www.fsc.org
MIX
Papier aus verantwortungsvollen Quellen
FSC® C014496

Verlagsgruppe Random House FSC® N001967

Originalausgabe 11/2017

Neumarkter Str. 28, 81673 München
Redaktion: Steffi Korda
Printed in Germany
Umschlaggestaltung: © Bürosüd, München
Satz: Uhl + Massopust, Aalen
Druck und Bindung: GGP Media GmbH, Pößneck
ISBN: 978-3-453-42150-9

www.heyne.de

Meiner ganz eigenen und wunderbaren Jantina-Aleida,
ohne die es dieses Buch nicht gäbe. Und mich auch nicht.

Für Doris und Henk und für Doro,
ohne die ich nicht ich wäre und nie im Leben so glücklich.

PROLOG

49°46'40.5''N

»Okey-dokey, Granny, dann bis nächste Woche – same time, same game.« Tinas Enkel Adrian winkte fröhlich in die Kamera.

Same game. Granny und *okey-dokey.*

Adrian hatte schon immer ein Faible für amerikanische Ausdrücke und coole Floskeln gehabt. Aber seit dem Umzug vor ein paar Jahren nach New York war dies in ungeahnte Höhen geschossen. Manchmal wurde es schwer, ihn zu verstehen. Mit same time, same game allerdings traf er den Nagel auf den Kopf!

Seit Tina in das Seniorenwohnheim *Schafweide* gezogen war, verschmolzen ihre Tage zu einem gleichmäßigen, farblosen Brei von Aus-dem-Fenster-Gucken, Fernsehen und prothesenfreundlichem Essen in der als Speisesaal getarnten Seniorenfütterungsstelle. Gäbe es nicht den Kalender an dem besten Platz überhaupt – direkt neben der Toilette –, hätte sie längst den Überblick verloren. Wie die meisten hier.

Doch seit vierundvierzig Tagen, seit sie hier eingezogen war, bestand ihre erste Tat des Morgens darin, den roten Plastikrahmen ein Kästchen weiter zu rücken. Vierundvierzig Tage, etwas über sechs Wochen. Eine zähflüssige Ewigkeit.

»Jetzt musst selbst du dir eingestehen, dass du allein nicht mehr zurechtkommst!«, hatte ihre Tochter Laura vor knapp zwei Monaten behauptet, als sie Tina im Krankenhaus anrief.

Nur wenig später hatte Laura von Amerika aus bereits alles organisiert und kündigte Tina, keine Widerrede duldend, den Besuch eines Heimmitarbeiters an. Und schob vorwurfsvoll hinterher: »Wie konntest du nur vergessen, den Gashahn abzudrehen, Mutter?«

Ja, wie konnte sie nur?! Im Grunde war es ganz einfach gewesen: Von Feuerwaffen hatte Tina nie viel gehalten und ihren Fingern nach der Diagnose des beidseitigen Karpaltunnelsyndroms keinen ordentlichen Knoten mehr zugetraut. Der Herd schien die sauberste Lösung: Hahn auf und warten, bis es keinen weiteren Morgen mehr gab, an dem sie in dem leeren Häuschen aufwachen musste. Ihr Haus, in dem schon viel zu lange niemand mehr fröhlich gelacht hatte, in dem es nur Stille gab und ein weißes Rauschen, das jeden klaren Gedanken unter sich begrub – außer einem: Das will ich nicht. Nicht so. Nicht mehr.

Aber anstatt ihre Tochter mit der Wahrheit zu erschrecken, hatte Tina die Antwort geschickt verhüstelt. Lauras Frage war sowieso rhetorisch gewesen und Tinas Vergiftung nur eine leichte. Einer der Jungs, die Geld für die Renovierung der Kirchenbänke sammelten, hatte durch das Küchenfenster geblickt und sie zusammengesunken auf dem Stuhl vor dem Herd entdeckt. Daran, die Vorhänge zuzuziehen, hatte sie nicht gedacht. Dumm von ihr.

Der Umzug ins Heim war schneller gegangen als das Kofferpacken nach ihrer Entlassung aus dem Spital. Seitdem diktierten andere Regeln ihren Tagesablauf, ein gut gemeinter Rhythmus, der verhindern sollte, dass sich die hier zusammengewürfelten Anwesenden aus Versehen selbst aus dem Leben beförderten. Er sorgte dafür, dass Tina sich derart fremdbestimmt durch die Stunden quälte, wie sie es nie hatte wollen.

Früher, als der »Herbst des Lebens« noch so weit entfernt gewesen war, dass diese schönfärberische Formulierung glaubhaft klang, hatte sie ihn sich anders vorgestellt: voller Hochbeete und pflegeleichter Wiesenblumen, ein bisschen langsamer als bisher natürlich, womöglich nicht ganz schmerzfrei, auch das, aber zumindest umgeben von Freunden und Bekannten und ihrer Familie. Doch Ersteren war es nach und nach ergangen wie ihr selbst, Letztere hatte ja wegen Lauras Karriere unbedingt auf die andere Seite der Welt ziehen müssen. Und eine knorrige Konifere wie sie in ein anderes Land verpflanzen … selbst wenn sie gewollt hätte, im Haus ihrer Tochter war sie von Anfang an nicht eingeplant gewesen.

Stattdessen hatte ihr Schwiegersohn alles versucht, um ihr den Aufenthalt im Seniorenheim *Schafweide* schmackhaft zu machen. »Die sind echt super ausgestattet – Mal-, Bewegungstherapie, Seniorenschwimmen, bunte Abende: Du wirst massenhaft neue Freunde finden«, hatte er ihr so begeistert vorgeschwärmt, dass sie ihm am liebsten vorgeschlagen hätte, doch selbst einzuziehen. *Maltherapie, neue Freunde* – wen dachte er vor sich zu haben? Eine Viertklässlerin am ersten Tag in einer neuen Schule??

Nein, Freundschaften würde sie hier nicht schließen, das war ihr schon während des ersten Essens im Speisesaal klar geworden. Seitdem begegnete sie dem immer gleichen Seufzen ihrer Tischnachbarn über Verdauungsschwierigkeiten, Inflation und andere Ärgernisse, gegen die nichts zu tun war, mit dem Abstellen ihres Hörgerätes. Niemanden gab es hier, mit dem man diskutieren konnte, niemanden, der auch mal einen intelligenten Witz riss… und falls doch, schienen sich diese besonderen Exemplare gut zu verstecken.

In die Schwimmgruppe war Tina ein einziges Mal gegangen. Allerdings nicht ins Wasser. Das penetrant fröhliche »Na, Schätzchen, neu hier?« der Therapeutin hatte ihr schon vor dem Beginn der Stunde den Rest gegeben. Einmal in der Woche lieh sich Tina einige Bücher aus der Heim-Bibliothek und legte auf dem Rückweg in ihr Zimmer eine kleine Pause vor dem Gemeinschaftszimmer im Erdgeschoss ein. Es war das Höchstmaß an Zugehörigkeit, das sie ertrug. Unsichtbar lehnte sie dann am Türrahmen und beobachtete ihre Mitinsassen beim Damespielen mit den bunten Steinen des Mensch-ärgere-dich-nicht-Spiels, beim Streiten um die Fernbedienung des Flachbildfernsehers, beim Austausch von Pralinen und Lästereien: Frau Doktor aus dem Erdgeschoss bestand auf einen männlichen Friseur, der Dicke aus dem zweiten glaubte, er sei Elvis Presley. Der Mann von Oberschwester Ursula hatte sie neulich wegen einer Jüngeren verlassen. Und der Dauerbrenner unter den anwesenden Damen war die Frage, welche von ihnen wohl am ehesten Chancen bei Ole Erickson habe. Tina hätte es ihnen beantworten können: keine. Der alte Kapitän aus dem Zimmer ihr gegenüber war zu allen gleich freundlich, das schien in seiner

Natur zu liegen. Doch sämtliche privaten bis intimen Fragen prallten von ihm ab. Es schien ihm wie ihr selbst zu gehen, auch Tina blieb lieber für sich. Ein Hoch auf Lektüre in Großbuchstaben, den Fernseher in ihrem Zimmer und das Leben aus zweiter Hand!

»Also hören wir uns nächsten Samstag wieder?« Tina schreckte aus ihren Gedanken. Adrian beugte sich fragend vor, die Webkamera verzerrte sein Gesicht zu etwas Fischigem. Dabei sah der Junge eigentlich nicht schlecht aus.

»Wenn ich dann noch da bin…« Tina biss sich auf die Zunge. Jetzt hatte sie es schon wieder gesagt!

Adrian winkte lachend ab. »Aber natürlich bist du das. Du wirst mindestens hundert!«

Bloß das nicht! »Das Herz eines Bullen«, erklärte der Heimarzt nach jedem ihrer wöchentlichen Checks fröhlich. Als wäre das etwas Gutes. Jedes Mal wünschte sich Tina, es wäre andersherum: Knochen und Gelenke eines jungen Mädchens und ein Herz, das mitleidig aufgab, bevor sich das änderte.

Sie zwang sich zu einem Lächeln, winkte und spitzte die Lippen kokett zu einem Luftkuss. Das brachte Adrian immer zum Lachen. So sollte er sie in Erinnerung halten. Exakt so.

Seine Gestalt auf dem Monitor, eben noch so lebendig, fror ein. Es folgte dieser unnatürliche Ton, als versuchte jemand, ein Meerschweinchen in der Gießkanne zu ertränken, und es schnellte wider Erwarten zurück an die Oberfläche. Wooohooop! Tina kniff die Augen zusammen und sah sich um. Von hier aus waren die Baumwipfel durch ihre Fenster nur schemenhaft zu erkennen. In der letzten halben Stunde war es dunkel geworden. Die Pflegerin der Nachschicht hatte die Tabletten verteilt.

Entschlossen löste sie den farbenfrohen Schal um ihren Hals, der ihr für heute gewähltes schwarzes Wollkostüm vervollständigte, und drückte den Aufwärtsknopf des Hightech-Sessels. Eine der vielen Erleichterungen für das Alter, die sich in ihr Leben geschlichen hatten. Erst kaum merklich, dann immer schneller.

Entschlossen stand sie auf und schritt auf das Fenster zu. Im Vorbeigehen warf sie den Schal über die noch immer blinkende Webcam. Seit Adrian ihr erzählt hatte, dass wer auch immer aus welchem Grund auch immer dafür sorgen konnte, dass diese Kameras weiter aufnahmen, obwohl sie scheinbar ausgestellt waren, ging sie auf Nummer sicher. Herr Wer-auch-immer würde sie nicht dabei erwischen, wie sie in Stützstrümpfen einen Fenstersprung hinlegte. Diesmal würde sie niemand rechtzeitig entdecken. Diesmal musste es klappen!

Die Straßenlampe blinkte kurz, dann ging sie aus. Tina öffnete das Fenster. Einen Moment sammelte sie sich, dann schob sie den Stuhl dicht davor und stieg vorsichtig darauf. Seit sechs Wochen stellten die viel zu jungen Pflegerhelferinnen ihn morgens zurück in die Küchenzeile. Jeden Nachmittag bugsierte Tina ihn wieder zu seiner Ausgangsposition. Sechs Wochen, in denen sie nicht genug Mut aufgebracht hatte – oder aber womöglich auf Besserung gehofft? In ihrem Alter! Absurd! Wie sehr, das hatte sie seit heute schriftlich:

Nur noch eine Frage von Wochen würde es sein, bis sie selbst nicht mehr die Klettverschlüsse der Schuhe öffnen konnte. Von Schnürsenkeln war schon seit Langem nicht mehr die Rede.

»Ganz normal für Ihr Lebensalter«, hatte der Heimarzt betont fröhlich abgewunken. »Verschleißerscheinungen.« Als wäre irgendetwas normal daran, dass einem der eigene Körper nicht mehr gehorchte. Dass es nicht mehr besser wurde. »Aber«, hatte er sie breit angelächelt, »es gibt inzwischen sehr gute Schmerzmedikation!« Toller Vorschlag: sich Tag für Tag zuzudröhnen, um bewegungslos im Sessel dahinzuvegetieren?! Nein, danke. Nicht mit ihr!

Als sie beherzt auf das Fensterbrett kletterte, grinsten sie von ihren Füßen zwei verrücktfröhliche Hasengesichter an. Die albernen Hausschuhe waren ein Geschenk von Adrian gewesen. Ob er wirklich glaubte, was die Verpackung so marktschreierisch versprach? *Trittsicherheit und gute Laune für jedes Alter!!!* Wenigstens leisteten ihr die Antirutschsohlen gute Dienste. Langsam tastete sie sich vorwärts.

Die Luft war herbstweich und roch ein bisschen nach Stall, ein bisschen nach Pflanzen. Tina kniff die Augen zusammen. Der Hof war nur verschwommen erkennbar. Irgendwas zwischen vier und fünf Metern lagen zwischen ihrem Fenster und den Pflastersteinen. Rund dreimal ihre Körpergröße – je nach Tageszeit und Verfassung. Das sollte ausreichen, hatte sie im Internet gelesen. Vor allem bei jemandem mit brüchigen Knochen und sieben Geschwistern, von denen nur noch zwei lebten.

Sie schloss die Augen, musste nur nachgeben, die Schwerkraft würde das ihre tun. Ganz langsam, Millimeter für Millimeter, bewegte sich ihr Körper, sie ließ sich nach vorn sacken. Freier Fall …

… für ganze zwei Sekunden und drei Handbreit. Dann knirschte es. Etwas kratzte an Stirn und Nase. Tina riss grimmig die Augen auf. Himmel, Arsch und Zwirn! Sie hatte das vermaledeite Moskitogitter übersehen! Hätte sie nur auf Laura gehört – die erinnerte sie bei jedem Gespräch daran, zum Optiker zu gehen. Aber eine neue Brille hatte Tina bisher immer für rausgeworfenes Geld gehalten. Wozu ein neumodisches Gestell und speziell entspiegelte Gläser? Nur, damit sie den Boden deutlicher auf sich zurauschen sah? Als sie die Hände hob, um sich entnervt hochzustemmen, rutschte ihr rechtes Bein ab. Ihr Knie knallte schmerzhaft gegen das Fensterbrett, der Hausschuh traf mit einem leisen Ploff auf den Boden, und nur wenig später landete sie unsanft auf dem Küchenstuhl. Wütend schlug sie gegen das Gitter, hinterließ jedoch nur eine kleine Delle. Na warte! Sie würde sich etwas Scharfes besorgen, etwas, das mühelos Draht durchtrennte! Zum Beispiel … eine Geflügelschere!

Tina drehte sich um und sah auf die Zeiger ihrer alten Pendeluhr: kurz vor acht. Das Küchenpersonal hatte bereits Feierabend. Das war ihre Chance. Energisch angelte sie nach dem fehlenden Schuh und stemmte sich hoch. Auf in die Küche!

1

(49°46′40.5″N)

Im grünlichen Schein des Nachtlichts zog Tina eine Schublade nach der nächsten auf. Massenweise Essbesteck – nicht zu gebrauchen! Die Messer hatten keine Zacken. Das war ihr gleich zu Anfang aufgefallen. Selbst weißes Fleisch konnte man damit nicht manierlich schneiden, es musste mit purer Gewalt auseinandergerissen werden. An manchen Tagen eine echte Geschicklichkeitsaufgabe. Auf dem Abtropfbrett lagen Suppenkellen, Salatbestecke, Tortenheber. Auch damit käme sie nicht weiter. Suchend drehte sie sich um und – Hallo, da war sie ja! Lag glänzend auf dem großen Tisch in der Mitte des Raumes, als wartete sie nur darauf, eingesteckt zu werden.

Nur wenig später wog Tina die Geflügelschere zufrieden in der Hand. Schwer war sie, wie es sich gehörte, ihre Schneiden schienen frisch geschliffen. Kurzerhand ließ sie das Monstrum in ihre Jackentasche gleiten – als plötzlich Schritte auf dem Gang vor der Küche laut wurden. Hatte einer ihrer … Mitbewohner die Angewohnheit, nachts den Puddingvorrat zu plündern? Oder war das womöglich eine der Nachtpflegerinnen? Gehetzt sah sie sich um. Wenn sie jetzt eines nicht gebrauchen konnte, dann argwöhnische Fragen darüber, was sie hier zu suchen hatte um diese Uhrzeit.

Das beste Versteck bot der ausladende Küchentisch in der Mitte des Raumes. Leise quietschten die Kaninchensohlen auf dem Linoleum, als sich Tina auf alle viere niederließ. Unter der verkratzten Tischplatte feierten gleich mehrere Staubmaus-Familien eine gesellige Party, doch Platz für eine Seniorin gab es allemal. Tina krabbelte ächzend darunter. Hinter ihr knarrte die Tür leise und fiel wieder ins Schloss. Jemand durchquerte leichtfüßig den Raum. Tina versuchte, sich unter dem Tisch so klein wie möglich zu machen. Ihre Knie schmerzten, die Handgelenke zitterten. Hoffentlich fand der Eindringling schnell, wonach er suchte! Ihre Wirbel begannen zu protestieren. Im Gegensatz zu ihrer Tochter hatte sie es nie mit Yoga versucht. Schade eigentlich. Vorsichtig verlagerte sie ihr Gewicht auf die Hände … nur noch wenige Minuten!

Da gab ihr rechtes Knie nach. Das Knacken war durch die ganze Küche zu hören. Tina hielt erschrocken die Luft an. Hinter ihr erklang ein Räuspern. Ertappt drehte sie den Kopf.

Ein amüsiertes Gesicht spähte zu ihr hinab. Auf den Tisch gestützt, beugte sich Ole Erickson zu ihr, der alte Kapitän aus dem Zimmer gegenüber ihrem eigenen. »Kann ich Ihnen irgendwie behilflich sein?«

Tina knirschte mit dem Gebiss, schüttelte den Kopf und brachte ein hoheitsvolles »Nett von Ihnen, aber nein danke!« hervor. Nun ja, so hoheitsvoll es jemandem möglich war, der unter einem Esstisch kauerte, mit dem Hintern in Richtung des Gesprächspartners. Das Glühen ihrer Wangen war nur zur Hälfte der Anstrengung geschuldet. Was würde sie dafür geben, jetzt ohne Probleme aufspringen zu können! Auf Augenhöhe ließe sich vielleicht eine einigermaßen glaubhafte

Erklärung erfinden. Aber sie würde sich garantiert nicht unter Ericksons lächelndem Blick am Tischbein emporhangeln. Also ließ sie sich auf den Allerwertesten sinken, als säße sie alle naselang gesellig auf dem Küchenboden herum.

»Haben Sie etwas verloren?«

Warum ging er nicht einfach?

»Zum Beispiel eine Wette?« Grinsend und überraschend behände setzte er sich neben sie und zog seine Krawatte zurecht. Na, da hatte sich aber jemand schick gemacht! Dreiteiler UND Krawatte. Ob der alte Herr um diese Zeit noch eine Verabredung hatte – ein Date, wie Adrian es nannte?

»Und für was oder wen haben Sie sich so in Schale geworfen?«, hielt sie dagegen.

Sein breites Grinsen erhellte die dämmrige Küche. »Ich mache einen Ausflug.« Seine Augen blitzten. »Und nachdem auch Sie eine Nachteule zu sein scheinen: Wie wäre es, wenn Sie mich begleiten?«

Tina starrte ihn an. War das sein Ernst?

Er griff nach der Tischplatte und zog sich empor. Kaum stand er sicher auf den Beinen, hielt er ihr galant eine Hand hin. »Darf ich bitten?«

Tina hatte Mühe, mit dem alten Kapitän Schritt zu halten, als der den Weg zu *Katis Klause* einschlug, der einzigen Kneipe des Dorfes. Anstatt hineinzugehen, bog er allerdings in den verwaisten Biergarten ab.

Tinas Neugierde war geweckt. »Was tun wir hier?«

»Spionieren.«

Ole blieb vor einem gekippten Fenster stehen. Warme Luft und Lachen drang zu ihnen hinaus. Interessiert spähte Tina hinein. Mehrere Menschengrüppchen saßen verteilt um die Tische. Einige kannte sie vom Sehen: Der schnieke Grauhaarige – Leo? – hockte in einer Runde mit denselben Damen, die ihn auch im Speisesaal nicht aus den Augen ließen: Paula, Luise und Baby... Barnie oder so ähnlich? Am Tisch daneben saß Frau Doktor Irgendwas aus dem Erdgeschoss, an deren Klingel noch immer der Name ihres verstorbenen Gatten stand, damit sie nicht auf dessen Titel verzichten musste. Davor der Dicke aus dem zweiten Stock. Und ganz hinten steckte ein ungleiches Team die Köpfe zusammen: eine Glatze, ein geföhnter Silberschopf und die roten Minilöckchen ihrer Zimmernachbarin Hedi. Alle starrten fasziniert zur kleinen Bühne, auf der Kati, die kompakte Wirtin, thronte.

»Wir haben die ersten beiden Fragen verpasst!«, wisperte Ole und reckte den Hals, um eine Tafel mit Namen und Strichen zu begutachten. »Pffft«, knurrte er dann grimmig. »Und mal wieder sind Leo und seine Gefolgschaft ganz vorn mit dabei!«

Tina konzentrierte sich auf die Leinwand. Das Licht änderte sich, und das Porträt zweier Männer erschien. Irgendwie kamen ihr die beiden bekannt vor. Sie schüttelte den Kopf. »Ich verstehe es noch immer nicht!«

»Das ist das Freitagsquiz«, erklärte Ole und deutete auf die Konterfeis hinter der Wirtin. »Achtung, gleich kommt die nächste Frage!«

Und tatsächlich. »Unsere nächste Frage lautet«, artikulierte die Wirtin überdeutlich in ein Mikrofon, »wie hießen die Brüder Grimm mit Vornamen.«

»Wilhelm natürlich«, brummelte Tina. Das wusste doch jedes Kind. »Wilhelm und … ähm …«

»Jacob«, flüsterte der Kapitän dicht an ihrem Ohr. »Ich wusste, wir sind ein gutes Team!«

Da sprang Leo drinnen so heftig auf, dass sein Stuhl hintenüberkippte. »Jacob und Wilhelm!«, brüllte er und sah unverhältnismäßig stolz dabei aus. Die Anwesenden begannen zu klatschen.

Tina verdrehte die Augen. »Wir waren schneller.«

»Bin ich fast immer.«

Neugierig betrachtete Tina ihren Begleiter von der Seite. Sein Gesicht war verkniffen. Da warf er sich in einen Anzug, schlich sich durch die Küche, und dann stand er hier draußen, jeden Freitag, um … ja was? Heimlich zuzusehen? Das war doch verrückt!

»Und warum machen Sie dann nicht mit?«

Der weißhaarige Kapitän schnaubte. »Mitmachen? Bei wem denn? Neben Babsi lass ich mich sicher nicht nieder!«

Ha, genau, Babsi war der Name zu dem runden Gesicht neben Leo! Tina verpasste Ole einen vielsagenden Stoß in die Seite. Dass Babsi es auf ihn abgesehen hatte, war kein Geheimnis. Tina selbst hatte die alte Dame oft genug auf ihrem Rückweg von der Bibliothek im Gemeinschaftszimmer über den Kapitän reden gehört. Außerdem winkte sie ihm jeden Morgen von ihrem Platz neben Leo, hektisch mit beiden

Armen wedelnd, durch den gesamten Frühstückssaal zu und klimperte mit den falschen Wimpern. Nicht, dass das bisher irgendetwas genutzt hätte. Tina schmunzelte. »Na, aber da drin gibt's doch noch mindestens fünf andere Teams!«

Ole verzog das Gesicht. »Ich will mich nicht aufdrängen.« Er klang beinahe peinlich berührt. Tina war überrascht. Der smarte Mittsiebziger war schüchtern? Das hätte sie nicht gedacht. Und nun schüttelte er auch noch den Kopf: »Wenn ich mir vorstelle, ich muss da rein und irgendwen bitten, mich ins Team aufzunehmen… nee. Da gucke ich lieber zu.« Plötzlich drehte er sich zu ihr um und grinste lausbübisch. »Es sei denn, Sie erweisen mir die Ehre?!«

Tina lachte auf. Er wollte da mit ihr hinein? Zwischen all die Menschen, die sie vom Sehen kannte, aber nicht unbedingt persönlich kennenlernen musste? Sein Gesicht leuchtete. Tina hob unsicher die Schultern, vergrub ihre Hände in die Taschen ihrer Jacke – und zuckte zusammen: die Geflügelschere! Für einen Moment hatte sie tatsächlich vergessen, was ihr eigentlicher Plan für heute war. Es wurde Zeit zurückzugehen. Sie hatte etwas zu erledigen. Ein für alle Mal.

Ole sah sie noch immer an. Das Grinsen wich einem bittenden Ausdruck. »Kommen Sie, wir gucken uns das von Nahem an und lassen uns für nächste Woche aufstellen. Dann haben Sie noch immer sieben Tage, es sich anders zu überlegen.«

Tina schaute an sich runter und wackelte mit den Zehen in den Hasenschlappen. Dann schüttelte sie den Kopf. Gut argumentieren konnte er, das musste man ihm lassen. Als

Kapitän hatte er sicher gelernt, seine Mannschaft zu motivieren. Doch um sie dazu zu bewegen, mit Kaninchenohren an den Füßen in eine Kneipe zu gehen statt zurück in ihr Zimmer, um dem Moskitonetz den Garaus zu machen … Nun, da musste er schon härtere Geschütze auffahren!

»Seien Sie mir nicht böse«, begann sie und drehte sich in Richtung Straße, »aber ich …« Während sie noch nach einer nachvollziehbaren Erklärung suchte, die nichts von dem verriet, was sie vorhatte, zwickte es plötzlich in ihrem Unterleib. Einmal, dann noch einmal – und dann ziemlich dringlich … Das durfte doch nicht wahr sein?! Ausgerechnet jetzt musste sie auf die Toilette?

Vor einigen Monaten hatte es angefangen. Kein Vorwarnen mehr, kein menschenfreundlicher Countdown, der es ihr wie früher erlaubte, sich zu räuspern und »Ich müsste mal« zu murmeln, damit der Schwiegersohn die nächste Tankstelle anfuhr, während sein Seitenblick zu ihrer Tochter schon damals so viel bedeutet hatte wie: *Echt jetzt, schon wieder???* Nein, seit Kurzem hieß es: SOS – **S**(ofort) **O**(der zu) **S**pät.

Mit glühenden Ohren machte Tina kehrt, riss die Tür zu *Katis Klause* auf und stürzte hinein. Sämtliche Köpfe fuhren herum, doch jetzt war keine Zeit für freundliches Winken oder ein gemurmeltes Hallo. Es ging um Sekunden.

Gehetzt sah sie sich um, als Ole neben ihr auftauchte. »Zu den Toiletten geht es dort entlang«, flüsterte er und nickte an der Theke vorbei. Laut fragte er: »Was darf ich Ihnen zu trinken bestellen?« Als wären sie nur hier, um sich einen Absacker zu gönnen. Als wäre alles ganz normal.

Tina winkte ab – sie würde ganz sicher nicht bleiben – und eilte an der Dreiergruppe im hinteren Teil des Raumes vorbei, die sie interessiert beäugte und Ole zuwinkte. Sie wich dem plüschigen Rollator aus, der hinter dem Stuhl ihrer Zimmernachbarin parkte, hastete den Gang entlang und stieß die nächste Tür auf. Eine Reihe Pissoirs war das Erste, was sie bemerkte. Egal. Die Herren heute Abend hatten nichts zu bieten, was sie nicht schon gesehen hatte! Erleichtert schloss sie die Tür der Kabine hinter sich. Das war gerade noch mal gut gegangen.

2

(49°46′40.5″N)

Tina legte die dünne Salami zwischen die Schneiden der Geflügelschere und drückte mit beiden Händen zu. Schnapp, schnapp und schnapp – das war wesentlich einfacher, als mundgerechte Stückchen mit dem Messer zu hobeln. Sie drapierte die Wurst auf den obersten Teller der Etagere und nickte zufrieden: Wurst, Käse, Stangensellerie – rot, gelb, grün. Sie hatte eine Häppchenampel fabriziert. Kurz entschlossen füllte sie die freien Stellen mit Oliven, Gürkchen und Silberzwiebeln auf. Jetzt noch einen ordentlichen Klecks groben Senf, und fertig war ihr Beitrag für die gleich stattfindende Team-Verabredung im Zimmer gegenüber. Nicht gerade

Gourmetküche, aber perfekte Nervennahrung für einen spannenden Filmabend. Heute war Ole mit der Auswahl dran, und die Chancen standen gut, dass er sich für etwas Aufregendes mit Raumschiffen und fernen Galaxien entschieden hatte – sein Lieblingsgenre. Oder wie er selbst sagte: »Hauptsache Schiff, egal ob in der Luft oder auf dem Wasser.«

Tina musste lächeln. Wer hätte gedacht, dass aus ihr, dem alten Kapitän, ihrer Zimmernachbarin Hedi, dem schweigsamen Männi und Tausendsassa Paul einmal so etwas wie eine eingeschworene kleine Gemeinschaft werden würde: Quiz am Freitag, Filmabend am Mittwoch, Poker und Cocktailverabredungen bei Hedi, diverse Ausflüge … Ja, sie hatten sogar eine kleine Revolte angezettelt, um im Speisesaal am gleichen Tisch sitzen zu können, und waren neulich wegen »zu lautem Gelächter« ermahnt worden wie eine Runde aufsässiger Schüler in der letzten Bank. Was sie nur noch mehr zum Lachen gebracht hatte. Vergessen war die Geflügelschere. Zumindest für alles außerhalb des normalen Verwendungszwecks.

Als Tina vor einigen Wochen von der Toilette in Katis Schankraum zurückgekehrt war, hatte Ole sie an den letzten Tisch gebeten und auf die drei Gestalten neben sich gedeutet: »Darf ich vorstellen, unser Quiz-Team.« Tinas verwunderten Blick ignorierend, hatte er sein neumodisches Craft-Bier gehoben und Tina ein Glas in die Hand gedrückt. »Blanc de Noirs – ich nehme an, Sie mögen Wein. Das hier ist ein weiß gekelterter Roter. Bekommt man nicht überall.«

Und als Tina noch immer gezögert hatte, die Finger ihrer rechten Hand in der Tasche vorsichtig um das Metall der Geflügelschere geschlossen, hatte sich ihre Zimmernachbarin eingemischt: »Nun nimm schon, Schätzchen, und stoß mit uns an!« Sie hatte Tina ihr dickflüssiges, rotes Getränk derart schwungvoll entgegengestreckt, dass ein guter Schluck auf dem pinkfarbenen Plüschkissen ihres Rollators gelandet war.

»Das fällt nicht unter meine Garantieleistungen, damit das klar ist!« Paul hatte sein Whiskeyglas gehoben und mit einem Zwinkern erklärt: »Ich bin Paul, der Mann für alle Fälle. Von Angorawäsche über Rollatoren bis zu Zebrastützstrümpfen – ich besorge alles!«

Tina hatte ihn ungläubig angestarrt. Zebrastützstrümpfe? Dafür gab es wirklich Abnehmer?

Sein Glas war mit einem satten Klirren gegen ihres gestoßen, und Paul hatte auf die anderen gedeutet. »Miss Übereifrig, hier ist Hedi, der schweigsame Riese neben mir Männi und du – die Neue, oder?«

»Frau Ommen«, hatte Ole sie vorgestellt, Pauls hochgezogene Augenbraue ignoriert und bei Hedis »Und hat sie auch einen Vornamen?« die Augen verdreht.

»Guten Abend, die Dame, ich bin Männi«, hatte der alte Schreiner viel zu laut herübergebrüllt und seine Bierflasche in ihre Richtung gehalten.

Was soll's, hatte Tina gedacht, *das Moskitonetz rennt mir schließlich nicht davon, die Hasenschuhe sieht unterm Tisch keiner,* und mit ihnen angestoßen. »Jantina-Aleida.«

Hedi hatte sich vor Lachen fast verschluckt. »Was ist das?

Irgend so ein amerikanischer Teenie-Ausdruck für ›Hoch die Tassen‹?«

»Mein Vorname. Jantina-Aleida. Aber meine Freunde nennen mich Tina.«

»Tina?« Hedi steckte den Kopf durch die Tür. »Bist du so weit? Paul hat schon wieder sämtliche Zootiere befreit!« Sie verdrehte filmreif die Augen. Tina ließ die gemopste Geflügelschere gewohnheitsmäßig in die an der Garderobe hängende Jacke ihres Wollkostüms verschwinden und spitzte die Ohren. Tatsächlich, aus Oles Zimmer erklang Gelächter, lautes Geschnatter, Tröten, Fauchen und etwas, das verdächtig nach einer galoppierenden Herde Nashörner klang.

Nichts schien Paul mehr Spaß zu bereiten, als Gatter zu sprengen und Chaos zu verbreiten. Dabei hatte alles ganz harmlos angefangen: mit dem Link von Tinas Enkel Adrian zu einem Online-Spiel der Firma, für die er als Designer arbeitete. »Damit du auch mal siehst, was ich so tue.«

Tina hatte auf die Internetadresse geklickt und sich ebenso vorsichtig wie interessiert durch den wirklich schön gestalteten 3-D-Zoo bewegt: Affenhäuser, Eisbärengehege, ein Gang unter einem Aquarium. Aber keine Tiere. Erst nach und nach hatte sie verstanden, dass es die erste Aufgabe eines Spielers war, die Insassen seines Tiergartens zu sammeln. Für alles Weitere hatten Ole, Paul, Männi und Hedi kommen müssen, die binnen kürzester Zeit zu wahren Fans geworden waren. Seitdem stellte eine Runde *Zoonation* so etwas wie den Aperitif vor dem Aperitif ihrer gemeinsamen Abende dar.

Ole behauptete sogar, das Bauen und Einrichten von weiteren Gehegen, das Füttern und Pflegen von Tieren würde das Gedächtnis und ihre Reaktionen trainieren. Damit das alles für Seniorenhände auch möglichst schonend abging, hatte Paul ihnen eine spezielle Gamer-Maus besorgt.

Kein Skypetermin mit Adrian verging seitdem, ohne dass Tinas Freunde einen kleinen Katalog mit Fragen und Verbesserungsvorschlägen an ihn vorbereitet hatten: Hedi wünschte sich Pinguine. Männi war dafür, das Material für Ställe und Häuser klar als biologisches auszuweisen. Ole plädierte für größere Volieren. Und Paul verlangte Tipps für weitere Games. *Erwachsenensachen*, hatte er knapp gesagt, und Tina argwöhnte, dass er sich eine digitale Freundin basteln wolle. Oder online Poker spielen. Stattdessen bestand er jedoch auf mehr Action und Abenteuer. Adrian hatte ihm den Zugang zu einem weiteren kostenlosen Spiel geschickt, in dem es darum ging, vor Miniatur-Zombies zu fliehen oder diese auszuschalten. Als hätten sie hier vor Ort nicht schon genug Untote!

»Gentlemen!«, rief Hedi, als sie nun Oles Zimmertür öffnete und Tina den Vortritt ließ, »wie wäre es mit einem bisschen Hilfe für unsere heutige Büfettbeauftragte?«

»Aber selbstverständlich!« Paul sprang auf, übergab Männi die Maus und ignorierte dessen entsetztes »Moment mal, du hast sie freigelassen, fang sie gefälligst auch wieder ein!«.

Ole lachte schnaubend und machte Platz auf dem Beistelltisch. »Du weißt doch, Männi, unser Paul ist eher dafür geschaffen, Regeln zu brechen, als Ordnung wieder herzustellen.«

Paul zwinkerte Tina zu, während er ihr die Etagere abnahm. »Kommt darauf an, was ihr unter Ordnung versteht…«

Hedi ließ sich auf einem Stuhl neben Männi nieder, schnappte sich eine Olive und versenkte sie mit zufriedenem Grunzen in ihr ausladendes Glas. »Drück Pause«, riet sie dem hektisch klickenden Männi. »Wir retten morgen, was zu retten ist. Jetzt ist Filmzeit!«

Männi tat wie geraten, Ole jedoch ließ sich nicht hetzen. Er drehte die externen Lautsprecher in Richtung Männis gutem Ohr, reichte Hedi eine Wolldecke und steckte Tina ein Kissen in den Rücken. Erst dann stellte er den DVD-Spieler an. Fröhliche Musik erklang, und kurz bevor er sich dicht vor dem Bildschirm positionierte, erhaschte Tina überrascht einen Blick auf das verliebte Paar des Startmenüs. »Wo sind die Raumschiffe?«

Geheimnisvoll lächelte Ole in die Runde. »Heute gibt es etwas… Besonderes. Für jeden von uns ist was dabei…«

Paul versuchte, um Ole herumzuspähen, um den Titel zu lesen. »Lass mich raten, ein Seefahrer-Krimi mit Liebe und… ähm, einem Schreiner?«

»Nein, eine romantische Liebeskomödie mit, na ja, Liebe eben und…« Ole machte eine Kunstpause.

Hedi bedachte ihn mit einem feinen Lächeln. »Zootieren?«, riet sie. Männi seufzte gequält.

»Falsch. Mit… Zombies!«, ließ Ole die Bombe platzen und machte den Film an.

Paul lachte. »Extra für mich? Ich fühle mich geehrt, alter Knabe!«

Tina nahm sich einen Käsewürfel, tunkte ihn in Senf und schüttelte amüsiert den Kopf. Ole war immer für eine Überraschung gut. Nun ja, um ehrlich zu sein, das waren sie alle. Nach ihren ersten Freitagsrunden in *Katis Klause* hatten sie begonnen, sich gegenseitig zu Veranstaltungen einzuladen, zu denen sie allein nie hingegangen wären: Langhaarkuh-Streicheln dank Männi, ein ohrenschmalzexplodierendes Freejazzerlebnis mit Hedi, ein Ausflug in die kleine Spielhalle auf Initiative von Paul, eine Runde Tretbootfahren im Vergnügungspark der nächsten Stadt auf Oles Vorschlag hin und ein Flohmarktbesuch dank Tina.

So viele unterschiedliche Ereignisse wie in den letzten paar Wochen hatte Tina seit Jahren nicht mehr mitgemacht. Nicht seit Ernst krank geworden war. Und danach? Danach hatte sie keine Lust mehr darauf gehabt. Mit wem hätte sie auch gehen sollen. Ihre Tochter war längst ausgezogen, viel zu beschäftigt mit ihrem Medizinstudium, ihrer Karriere, damit, ihre eigene Familie zu gründen, ihr Leben anders zu gestalten als das ihrer Eltern. Wie jemand, der den menschlichen Körper zu seinem Beruf gemacht hatte, so wenig mit Krankheit umgehen konnte, war Tina immer ein Rätsel geblieben. Doch vielleicht hatte sich Laura deshalb auf Handchirurgie spezialisiert. Ein Gebiet, das Tina eher an Feinmechanik erinnerte und ihrer Tochter das Thema Tod und Abschiednehmen ersparte.

Als der Vorspann zu Ende war und die ersten Bilder über den Monitor flimmerten, lehnte sich Tina in ihrem Stuhl zurück. Neben ihr murmelte Männi kaum verständliche Kommentare. Daran hatte sie sich erst gewöhnen müssen. Nun jedoch vermisste sie den beruhigenden Hintergrundklangteppich fast, wenn sie in ihrem Zimmer den Fernseher anstellte.

Der Film war seltsam. Tina hätte ihn sich nicht ausgesucht. Aber irgendwie gefiel er ihr. Vielleicht, weil er gerade alles andere als realistisch war. Vielleicht, weil darin so vieles möglich war. Auch ein Happy End zwischen zweien, die auf den ersten Blick so gar nicht kompatibel erschienen. Hatte Ole den Film schon mal gesehen? Womöglich glaubte er also noch immer an das Glück? Das gefiel ihr.

Auch deshalb, weil er der Grund gewesen war, warum sie vor einigen Wochen eben nicht zurück in ihr Zimmer gegangen war und das Moskitonetz zerschnitten hatte. Stattdessen hatte sie sich mit Hedi und Ole noch lange flüsternd auf dem Gang zwischen ihren Zimmern unterhalten und sich für den nächsten Tag verabredet. Um gemeinsam mit Paul und Männi Leo und seine Damen beim folgenden Freitagsquiz das Fürchten zu lehren.

Und plötzlich hatte sie etwas vorgehabt. Etwas, das über das Moskitonetz hinausging. Plötzlich hatte das Glück wieder den Kopf zur Tür hineingesteckt und ihr zugewinkt.

3

(49°46'52.0''N)

»Ali Baba und die 40 Räuber!«, rief Ole siegesgewiss und steckte Tina und den drei anderen Teammitgliedern begeistert eine erhobene Hand zum Abklatschen hin, als Kati nickte. »Und auch dieser Punkt geht an unser Team Bugs Bunny!« Nach Tinas denkwürdigem ersten Hausschuh-Auftritt in *Katis Klause* war der Name geradezu unvermeidlich gewesen.

Eilig addierte Tina ein paar Ziffern auf ihrem Papier und zwinkerte Ole zu. »Gut gemacht. Wir haben fünf Punkte Vorsprung.« Seit drei Monaten lieferten sie sich nun ein verbissenes Kopf-an-Kopf-Rennen mit dem Team Leo.

Hedi angelte einen kleinen Flachmann unter dem Kissen ihres Rollators hervor und goss sich auch heute einen großzügigen Schluck in ihren Tomatensaft. Tina sah ihr lächelnd dabei zu. Ihre Nachbarin wusste sich das Leben zu versüßen.

Nun grinste Hedi verschwörerisch. »Das ist ein gutes Ergebnis für die vorletzte Runde, oder?«

Tina nickte. Die folgende Frage würde alles entscheiden. Schnell überschlug sie ein paar Zahlen im Kopf. »Zu 85 Prozent haben wir bisher gewonnen, wenn wir bei der letzten Pause vorn lagen.«

»Na, wenn unser weiblicher Einstein das sagt«, fand Paul, »kann ja nichts mehr schiefgehen.«

Hedi verdrehte spöttisch die Augen. »Einstein war Physiker, du Fachmann!«

Tina grinste breit. Dass sich ihr Hang zu Zahlen im Alter noch einmal als nützlich erweisen sollte, war beinahe so etwas wie ein Fingerzeig des Schicksals.

Paul winkte nonchalant ab. »Mir egal, was er sich auf die Visitenkarte geschrieben hat. Hauptsache, wir gewinnen.«

Tina nickte ihren vier Mitstreitern ermutigend zu. »Sieht gut aus.« Zufrieden klemmte sie den Bleistift zwischen Ohr und Brillenbügel und schob die neue Sehhilfe bis auf die Nasenwurzel.

Einer Gleitsichtbrille hatte sie sich jahrelang stur verweigert. Die kamen direkt aus der Hölle! Irgendein Dreizehnjähriger im Brillengeschäft behauptete, langsam wäre es an der Zeit, und schon stolperte man mit so einem Ding herum, weil sich das Gesichtsfeld ständig zwischen Maulwurfperspektive und Teleskop verschob. Aber nach dem dritten Freitagsquiz hatte sie eingesehen, dass sie wertvolle Zeit damit vergeudete, die Augen zu Schlitzen zu kneifen und trotzdem nur raten zu können, was auf der Leinwand zu sehen war.

Tina schielte über den Brillenrand und ließ Kati nicht aus den Augen. Manchmal drückte die rundliche Kneipenwirtin auf den falschen Knopf, und für ein paar Millisekunden war das Bild für die nächste Frage zu sehen.

»Ein Fernglas wär 'ne Maßnahme, was?« Hedi gönnte sich einen ordentlichen Schluck.

Die Vorstellung brachte Tina zum Lachen.

»Die kann uns Paul fürs nächste Mal sicher besorgen«,

fand Ole und schlug dem schicken Mittsiebziger auf die Schultern.

Der verzog keine Miene. »Aber klar doch.« Vermutlich meinte er es sogar ernst. Es gab nichts, was Paul nicht im Repertoire hatte: Luxusrollatoren wie der von Hedi, Echthaarperücken, Seidenschals, teure Schokolade, ja selbst Viagra, wenn man dem Gerücht aus dem ersten Stock glaubte. Damit besserte er seine offenbar spärliche Rente auf. »Und unserm Schreiner hier organisiere ich ein Hörrohr.«

»Was?« Männi hielt eine Hand hinter sein rechtes Ohr – das gute. Das, auf dem er noch etwa 50% hörte. Daran ändern tat er allerdings nichts. Hartnäckig verweigerte er sich jeder Art von »neumodischem Kram«: Sein kleines Häuschen gegenüber *Katis Klause* beheizte er mit Kohle, er besaß keinen Fernseher, düngte das Gemüse in seinem Garten mit eigens dafür gesammeltem Kuhmist, und er traute keinem Arzt. In Hedi, die seit ihrer verpfuschten Hüft-OP nirgendwo mehr ohne ihren pinken Begleiter auf Rollen anzutreffen war, hatte er darin eine wortgewaltige Fürsprecherin.

»Hörrohr!«, wiederholte Paul jetzt lauter und formte zur Verdeutlichung einen Trichter neben Männis Kopf. »Für dich! Von mir!«

Männi zog spöttisch die Augenbrauen in die Höhe. »Du hast ein Geschenk für mich?«

»Nee, aber ich mach dir einen Freundschaftspreis!«

Ole lachte auf. »Du weißt doch, Männi, bei Paule gibt es nichts umsonst!«

»Pssst, es geht gleich weiter!!!« Direkt vor ihnen fuhren

vier wackelnde Köpfe herum und blickten sie anklagend an. Ausgerechnet heute hatten Leo und seine Damen einen Tisch vor ihnen ergattert. Wer drei Meter näher an der Bühne saß, sah und hörte auch drei Meter mehr. Ein klarer Vorteil. Selbst für Ich-brauche-keine-Brille-und-hab-noch-alle-meine-Zähne-Babsi. Missbilligend sah sie aus, selbst wenn sie keine Miene verzog, während sie Tina und Hedi anstarrte. Nun ja, um ehrlich zu bleiben: Selbst wenn sie es gewollt hätte, wäre Babsi nicht in der Lage gewesen, die Stirn zu runzeln. »Glatte Haut dank guter Gene«, behauptete sie immer. Aber Hedi hatte Tina hinter vorgehaltener Hand erzählt, dass das alte Mädchen ihr glattes Popogesicht dem Zusammenstoß mit einer Botoxspritze verdankte. Babsis Mann war Schönheitschirurg gewesen – noch Fragen?

»Wenn sich auch der hinterste Tisch gesammelt hat«, Kati stieg schnaufend auf die kleine Bühne, »läuten wir nun die letzte Runde ein.«

Tina richtete sich auf. Jetzt ging es um die Wurst. Beide Gruppen hatten inzwischen siebenmal den Sieg eingeheimst, doch in den letzten Wochen schien das Glück auf Bugs Bunnys Seite zu sein. Nur noch diesmal müssten sie gewinnen, und sie hätten Leo und seine Damen auf der Langstrecke geschlagen. Denn er, Babsi und die anderen drei, hielten den Rekord – sieben Siege in Reihe. Bis jetzt!

»Wir stehen in den Startlöchern«, rief Ole gut gelaunt. Als Kategorie stand Geografie auf dem Programm. Und dafür hatte Tinas Crew wahrlich gute Karten. Hedi kannte sich in der Umgebung aus wie sonst niemand. Paul schien in allen Metropolen der Welt zu Hause gewesen zu sein. Männi war vor Urzeiten als Schreiner durch Europa bis nach Neuseeland getingelt und verblüffte immer wieder mit Trivial-Pursuit-Wissen und seltsamen Sprachkenntnissen. Und der Joker des Teams – Ole – kannte als Kapitän a.D. noch immer sämtliche Seerouten auswendig, die er jemals befahren hatte.

Tina hatte von Geografie keine Ahnung. Dafür punktete sie bei allem, was mit Zahlen zu tun hatte, und sorgte dafür, dass ihre Truppe zu keiner Zeit das Ziel aus den Augen verlor. *Projektleitung* hatte Adrian vorhin während ihres Skypetermins dazu gesagt. Und: »Mit dir als Chefin haben die anderen keine Chance!«

Tina hatte sich eilig verabschiedet: »Die Zeit drängt, Junge, bis nächste Woche, same time, same game!« Dann war sie losgeeilt, um Hedi, Paul und Ole rechtzeitig aus ihren Zimmern zu klopfen.

»Nun sind alle gefragt, die sich gut in Geografie auskennen!«, moderierte die Wirtin die letzte Frage an, und Hedi schwenkte aufgeregt ihren gepimpten Tomatensaft. Tina verpasste ihr einen kleinen Stoß in die gepolsterten Hüften. »Achtung: Es geht weiter!«

Hedi hielt ihr das Glas entgegen. »Auch einen Schluck? Zur Entspannung?«

»Danke, lieber nicht.«

»Unsere Tina ist eben eine echte Dame«, grinste Ole und deutete in Richtung des halb vollen Weißweinglases. »Sie weiß ein gutes Tröpfchen zu schätzen.«

»… behauptet der Mann, der sein Bier erst gegen das Licht hält und anschließend Vorträge über Aromahopfen hält!« Hedi prostete ihm zu.

»Bierbrauen ist eben auch eine Kunst!«

»Aber hallo!« Männi trank aus seinem auf dem Flohmarkt erstandenen Krug und ließ den Zinndeckel zuklappen.

Tina musste lachen. Mit Hedi und Paul, Männi und Ole gab es keinen Trübsinn. Seit Wochen hatte sie keinen Gedanken mehr an das Moskitogitter verschwendet – außer dass es ihr die Mücken abhielt. Lächelnd griff auch sie nach ihrem Glas. Sie war nicht der Typ für überschwängliche Sympathiebezeugungen, aber ihre vier Teamgenossen hatten sie in der letzten Zeit zum Wahnsinn getrieben, zu Lachkrämpfen verführt, zum Nachdenken gebracht. Sie waren zu echten Freunden geworden. Und nun saß Tina mit ihnen hier und wollte nirgendwo anders sein.

»Wir befinden uns im hohen Norden, so viel sei verraten«, machte Kati ihr Publikum neugierig.

»Exzellente Wahl!«, rief Tina und stupste Ole an. Alle wussten: Der alte Kapitän hatte eine Schwäche für Schweden, Dänemark, Norwegen, Finnland, Island – für alles da oben. Dort hatte er nach eigener Aussage die schönste Zeit seines Lebens verbracht.

Ole nickte konzentriert. »Kinderspiel«, flüsterte er ihr zu.

Auch Paul beugte sich vor und bedachte Ole mit einem aufmunternden Blick. Das Deckenlicht ließ seine Haarpracht wie ein Heiligenschein aufleuchten. »Wir zählen auf dich, mein Guter!«

»Puter?« Männi war verwirrt. »Ich dachte es geht um Landeskunde und nicht um Tiere.«

»Die gesuchte Stadt liegt in einem Land, das eine Königsfamilie hat…«, grenzte Kati die richtige Lösung ein.

»Holland!«, rief eine übereifrige Stimme weiter vorn.

»Seit wann liegt das im Norden?«, schnaubte eine zweite.

»Überhaupt heißt es, um genau zu sein, nicht Holland, sondern die Niederlande«, schaltete sich nun auch noch Babsi-Ich-weiß-alles-das-liegt-in-meinen-Genen ein.

Ole wedelte grimmig mit den Händen. »Können wir weitermachen, oder was?« So sonnig sein Gemüt sonst war – beim Quiz kannte er keine Gnade.

Kati nickte. »Um genau zu sein, liegt die gesuchte Stadt in der Provinz Hordaland…«

»Schweden!« Schon wieder der ungeduldige Zwischenrufer aus der zweiten Reihe.

Ole platzte der Kragen. »Wer noch einmal unqualifiziert dazwischenblökt, wird disqualifiziert!«

»Von einigen verheerenden Stadtbränden heimgesucht, besitzt sie einen Seehafen, einen Fischmarkt…«

»Hamburg!«

Ole schäumte. »Wenn du da vorn nicht endlich die Waffel hältst…!«

»…der Name bedeutet *Wiese zwischen den Bergen*.«

Endlich war Ruhe.

Ole sog scharf die Luft ein, knirschte mit den falschen Zähnen und klopfte sich gegen die Stirn. »Ich weiß das!«, knurrte er, »Ich weiß das genau!«

Tina nickte ihm zu, mehr konnte sie nicht beitragen. Von ihren acht Jahren Schule hatte sie nicht gerade wenig gefehlt – Erntezeit, kalbende Kühe und Eltern, die lieber ihre Brüder zum Lernen geprügelt hatten. Geschah ihnen recht, dass einige davon durch dieses kleine Fenster zur Welt ausgebüchst und nie zurückgekehrt waren.

»Oslo!«

»Stockholm!«

»Reykjavík!«

»Tallin!«

»Kopenhagen!«

Das ahnungslose Raten hatte begonnen. Jetzt blieb nicht mehr viel Zeit.

»Du schaffst das«, machte Tina ihrem Joker Mut.

»Irgendwas mit Wiese oder Grün?«, schlug Hedi nervös vor.

»Oder Berge?«, versuchte Männi sich nützlich zu machen.

»Das ist es!« Ole sprang auf. »Bergen! Die gesuchte Stadt heißt Bergen! Wir haben gewon…«

Dann griff er sich ans Herz.

Wurde bleich.

Wächsern.

Verdrehte die Augen.

Und fiel zu Boden wie ein Sack Kartoffeln.

4

(49°42'49.8"N)

Unruhig den Kopf schüttelnd, starrte Tina auf ihre Schuhe. Das Linoleum dazwischen war ausgebleicht und abgetreten. Wie viele Menschen hatten hier schon hin und her tigernd mit Herzklopfen auf Neuigkeiten der Ärzte gewartet? Wie viele waren vertröstet worden, so wie sie vier?

Ole war im OP. Das war alles, was sie über seinen Zustand in Erfahrung hatten bringen können. Schließlich waren sie nicht mit ihm verwandt.

Tina wurde den entsetzten Ausdruck auf dem Gesicht ihres Freundes nicht los. Als wüsste er genau, was mit ihm geschah, aber hoffte, dass sie, sein Team, etwas dagegen ausrichten konnten. Als wollte er sagen: *Nein! Doch nicht ausgerechnet jetzt. Überhaupt nicht. Zu früh, viel zu früh!*

Paul hatte Ole aufgefangen, bevor er auf den Boden aufgeschlagen war, doch es waren Männi und Hedi gewesen, die gewusst hatten, was zu tun war. Hand in Hand hatten sie versucht, ihren Kapitän wiederzubeleben: Herzmassage, Mund-zu-Mund-Beatmung. Irgendjemand hatte nach einem Arzt geschrien, jemand anders den Notruf gewählt. Nur wenig später waren Sanitäter aufgetaucht und hatten den verbissen pumpenden Männi und Hedi, die schweißüberströmt über Oles Gesicht kauerte, ohne auf ihre Hüfte zu achten, abgelöst.

Außer ihnen war der Wartesaal leer. Vor seinem Fenster

blinkten die Neonbuchstaben der Notaufnahme mit dem silbernen Licht der Sterne um die Wette. Autos brausten auf der Umgehungsstraße vorbei, auf dem Weg nach Hause oder in die nächstgrößere Stadt. Als wäre heute ein ganz normaler Abend.

Als die ersten Tropfen auf ihre helle Hose fielen, wischte Tina sich wütend über die Augen, hob den Kopf und sah zu den anderen.

Männi lief Kreise vor dem Kaffeeautomaten. Paul hatte die Ellenbogen auf die Oberschenkel gestützt und schüttelte immer wieder fassungslos den Kopf. Neben ihm parkte Hedis Rollator. Sie selbst saß wie ein Häufchen Elend in einem der ungemütlichen Schalensitze.

Die Wanduhr zeigte kurz nach zehn, als eine junge Frau mit grün gefärbten Haaren an ihnen vorbeieilte und sich zum Informationsschalter begab.

»Schon wieder zu spät«, hörte Tina die Krankenhausangestellte zischen, die ihnen zuvor nähere Auskünfte über Ole verweigert hatte. Nun schien sie es mordseilig zu haben: schob Grünschopf ein paar Akten hin und wandte sich zum Gehen. Tina sah ihr nachdenklich hinterher, als sie auf den Sohlen ihrer quietschenden Gesundheitsschuhe durch die automatische Schiebetür lief, eine riesige Patchworktasche über die Schultern geschlungen. Dann richtete sie sich auf. Das war ihre Chance! Entschlossen winkte sie dem überraschten Männi und rutschte näher zu Hedi und Paul. »Genug gewartet«, flüsterte sie. »Schichtwechsel!« Sie wies mit einem Nicken zu dem Mädchen hinterm Schalter. Paul bedachte Grünschopf mit einem beifälligen Blick. »Soll ich versuchen, meinen Charme spielen zu lassen?«

»Ich habe einen besseren Plan. Hat einer von euch *Während du schliefst* gesehen?«

Männi und Paul starrten sie an, als spräche sie in Zungen. Nur Hedi nickte begeistert und begann nach ein paar Sekunden breit zu grinsen. »Das könnte klappen! Du oder ich?«

»Du machst Sandra Bullock und ich die Moderatorin«, entschied Tina, stand auf und half ihrer Zimmernachbarin auf die Beine.

»Moment!« Paul hob die Hände. »Wir verstehen immer noch Bahnhof. Was sollen Männi und ich tun?«

Tina schob Hedi mit festen Schritten auf den Schalter zu. »Watch and learn!«

Die mit einem Glitzerlidstrich verzierten Augen des Mädchens wurden groß und größer, als Tina und Hedi bestimmt auf sie zuhielten. Überfordert zwirbelte sie an einer grünen Haarsträhne und verzog hilflos das Gesicht, während beide Frauen zeitgleich zu reden begannen. »Bitte«, flüsterte sie, »eine nach der anderen. Worum geht es?«

Tina legte einen Arm um Hedi. »Entschuldigen Sie, Kindchen, also noch einmal zum Mitschreiben: Wir sind wegen Ole Erickson hier.«

Während Hedi in immer kürzeren Abständen zu schluchzen begann, blätterte Grünschopf eilig in ihren Akten und nickte dann. »Der Herzinfarkt aus *Katis Klause*.«

Hedi bekam einen Schluckauf, ihr Atem ging stoßweise. Mit großen Augen blickte sie die Kleine flehentlich an.

Tina strich ihr beruhigend über den Rücken und beugte sich vor. »Exakt. Und wenn wir nicht schnell eine Aussage über seinen Zustand erhalten, haben Sie, fürchte ich, gleich den nächsten Notfall.« Wie aufs Stichwort fächelte sich Hedi Luft zu und begann zu hyperventilieren. »Eigentlich wollten sie heute ihre Verlobung bekannt geben«, wisperte Tina der sichtlich nervösen Angestellten zu und deutete auf ihre Zimmernachbarin. »Das hier ist also die Zukünftige Ihres Herzinfarktes. Und sie hat einen wirklich schlimm hohen Blutdruck.«

Das Mädchen schluckte. »Warten Sie einen Moment!«, sagte sie mit schriller Stimme. »Ich werde sofort sehen, was ich für Sie tun kann. Bitte regen Sie sich nicht auf!« Mit schnellen Schritten verschwand sie in dem Bereich, der nur für Personal zugänglich war.

Paul und Männi schlossen auf, Ersterer mehr als beeindruckt, Letzterer noch immer verwirrt. »Was habt ihr gesagt? Die Kleine war ja schneller weg als ein Erdmännchen, wenn's blitzt!«

Tina hob die Hand. »Erzählen wir dir später. Lasst uns hoffen, dass es geklappt hat!«

Hedi sank erschöpft auf das Sitzkissen ihres rollenden Begleiters. »Wir sollten eher hoffen, dass sie keine Beweise haben wollen!«

Tina winkte ab. »Wie willst du denn eine Verlobung beweisen? Keine Angst, niemand wird sich trauen, unsere Geschichte infrage zu stellen.« Aufmunternd legte sie eine Hand auf den Arm ihrer Zimmernachbarin. »Dazu hast du deine Rolle viel zu gut gespielt.«

Hedi nickte stumm und wischte sich zitternd eine Träne vom Gesicht. »War nicht weiter schwierig.«

Alle vier fuhren herum, als die Tür aufschwang und ein Mann in weißem Kittel heraustrat. Tina hielt die Luft an, als das Mädchen vom Empfang mit dem Kopf auf sie deutete. Der Arzt kam auf sie zu. »Verzeihen Sie? Schwester Mara hat mir gesagt, eine von Ihnen ist … ähm, die Verlobte von Herrn Erickson?« Grünschopf hinter ihm verknotete derart heftig ihre Finger, dass die Knöchel weiß hervortraten. Tinas Herz machte einen schmerzhaften Sprung. Sie wusste, was das bedeutete, noch bevor sie das »Es tut mir sehr leid« und Hedis Aufschluchzen hörte.

Was genau die weiteren Worte des Arztes gewesen waren, daran erinnerte sich Tina später nicht mehr. Sie wusste nur noch, dass sie sich alle vier an den Händen gehalten hatten. Tina massierte sich vorsichtig die Finger ihrer rechten Hand. Der Knöchel des Zeigefingers war geschwollen. Hedi hatte so fest zugedrückt, als fürchtete sie, sonst den Halt zu verlieren. Selbst im Taxi, das ihnen die Schwester vom Empfang bestellt hatte, hatte Hedi Tinas Hand nicht losgelassen.

Nun saß sie auf Männis alter Gartenschaukel, ein Bein auf dem Rollator geparkt, und sah aus, als käme sie nie mehr allein hoch. Musste sie vielleicht auch gar nicht. Keiner von ihnen wollte nach Hause. Überhaupt: nach Hause – wo genau sollte das sein?

Ein Klirren ließ Tina aufsehen. Gebückt jonglierte Männi ein Tablett mit Bierflaschen durch die kleine Tür seines Häuschens und schloss sie eilig hinter sich. In seine Junggesellenbude ließ er niemanden. Nicht das Sozialamt, nicht den Pfarrer, keine übereifrige Nachbarn, die anboten mal sauber zu machen oder für ihn einzukaufen. Nicht einmal seine Quizfreunde.

Tina verlagerte ihr Gewicht und horchte in sich hinein. Hoffentlich meldete sich nicht ausgerechnet jetzt ihre Blase.

»Tina?« Männi hielt ihr eine Bierflasche hin – von Gläsern hielt er nicht viel – und entzündete eine Petroleumlampe. Seit sie aus dem Krankenhaus zurückgekommen waren, hatte keiner von ihnen Lust auf noch mehr Halogenbeleuchtung.

»Steht jemand der Sinn nach was … Geistvollerem?« Hedi angelte ihren Flachmann aus dem Fach unter dem pinkplüschigen Sitzkissen und hielt ihn in die Höhe.

Paul fackelte nicht lange, nahm einen großzügigen Schluck, hustete und löschte mit Bier. »Ein Herrengedeck!«, witzelte er mit trauriger Miene. »Für einen echten Herren. Auf dich, Ole!« Dann reichte er den Schnaps weiter.

Tina schnupperte vorsichtig. Normalerweise war das nichts für sie … Aber heute war nicht normalerweise. Sie legte den Kopf in den Nacken, und die brennende Flüssigkeit rann ihr die Kehle hinunter. Hatte Ole nicht mal erzählt, in anderen Ländern galt das Nacheinander-aus-der-gleichen-Flasche-Trinken als heimlicher Kuss? Mit der Geschichte hatte sich der alte Kapitän an seine längst verstorbene Frau rangemacht. Ihr einen Schluck aus seiner Wasserflasche angeboten, als sie einander beim Wandern begegnet waren, und die Erklärung hinterhergeschickt.

Ole, der alte Pfiffikus. Nie um eine hübsche Anekdote verlegen.

»Auf Ole.« Tina übergab Männi seufzend die Luxusflasche aus Sterlingsilber mit Hedis eingravierten Initialen. Verrückt. Aber Tinas Zimmernachbarin konnte es sich leisten.

Männi prostete stumm in Richtung Himmel. »Und jetzt?«

Überrascht starrten sie ihn an. Männi, ihr wortkarger Männi wollte wissen, wie es weiterging?

»Wie, und jetzt?«, zuckte Paul trübsinnig mit den Achseln. »Jetzt lassen wir uns volllaufen, um zu vergessen, dass wir die Nächsten sein können.« Er zog ein Etui aus der Innentasche seiner Jacke. »Und dazu schmurgeln wir eine schöne Cohiba. Das ist es mir wert!«

Hedi rümpfte die Nase. »Sargnägel? Nein Danke!

»Das ist kein Sargnagel, das ist Kolumbiens Gold!« Paul knipste mit geschickten Fingern das Ende ab, zündete die Zigarre an, blies nahezu perfekte Rauchkringel in die Luft und hielt sie fragend in die zögernde Runde.

Tina gab sich einen Ruck. »Her damit, viel Schaden kann das eh nicht mehr anrichten!« Sie paffte, pustete vorsichtig aus und reichte das fingerdicke Ding an Hedi weiter. »Männi hat recht«, dachte Paul laut, »was machen wir? Wir waren schließlich seine Freunde.«

Hedi schwang auch das zweite, noch funktionstüchtige Bein auf den Rollator und winkte ab. »Ich bin ganz schlecht im Grabredenschwingen. Kommt mir immer vor wie 'ne Generalprobe für mich selbst.«

Paul streckte sich. »Also, ich wüsste jemanden, der uns für

wenig Geld ein paar schöne Blumenkränze besorgt, und was den Grabstein angeht…«

Tina war verwundert. »Sag bloß, auch Grabsteine fallen vom Laster?«

»Man muss nur jemanden kennen, der jemanden kennt.« Paul zuckte mit den Achseln. »Warum sollte ich nicht auch Ungewöhnliches im Repertoire haben?«

»Einen Stein brauchen wir Ole nicht zu besorgen, wenn er sich in die See streuen lässt, oder?«, erklärte Hedi pragmatisch. Überrascht starrten die anderen sie an. »Hat er neulich erst gesagt«, ergänzte sie. »Er will verbrannt werden und seine Asche dort verstreut haben, wo er am glücklichsten war. Auf dem Meer.«

»Macht Sinn«, fand Paul, »einmal Seebär, immer Seebär.«

»Ich hätte uns da ja gern dabei«, überlegte Männi. »Also euch, meine ich. Euch, wenn es mich erwischt.«

Tina nickte langsam. Männi hatte recht. Ole und sie vier waren ein Team gewesen. Und einen Teamgenossen ließ man nicht allein. Schon gar nicht zum Schluss. »Dann sollten wir am besten ganz schnell herausfinden, wohin wir zu seiner Bestattung müssen, und uns eine Mitfahrgelegenheit suchen«, sagte sie und musste fast ein wenig lächeln. Ausgerechnet sie, die anfangs ihr Zimmer kaum verlassen hatte, schlug einen Klassenausflug vor. Und doch fühlte es sich richtig an. Ole hatte so viel für sie getan – einiges, ohne es zu wissen. Nun waren sie an der Reihe. Bestimmt schnappte sie sich Hedis Flachmann und hielt ihn in die Runde. »Also, was sagt ihr, seid ihr dabei?«

5

(49°47'07''N)

Karel starrte auf seine zitternden Hände. Sein ganzer Stolz waren sie gewesen. »Pianistenhände« hatte Margo immer gesagt und nicht selten hinterhergeschoben, dass er damit etwas anderes machen könnte, als Tote umzubetten. Aber Karel hatte das Beerdigungsinstitut seiner Eltern übernommen, schon als Junge mit angefasst und von seinem Großvater gelernt, wie man mit Trauernden umging. Dafür hatte er eine echte Begabung: aus der Bahn geworfene Menschen ernst zu nehmen. Ihnen keine Plattitüden zu bieten, sondern ehrliches Mitgefühl, ihnen Zeit zu geben, keinen Druck aufzubauen – all das hatte er über die Jahre verfeinert. Manche brauchten länger, um sich mit der Unwiederbringlichkeit auseinanderzusetzen und sich zu entscheiden, andere waren schnell fertig und flohen aus den geschmackvollen Räumen von *Parlinger und Sohn*, als wäre der Tod ansteckend.

So wie der gut gekleidete junge Mann eben. Der hatte Karel nicht einmal Zeit gelassen, ihn zu beraten. Warum auch, er war mit einer Liste hier hereingefegt, bereit, sich an den nächsten Bestatter zu wenden, wenn Karels Angebot nicht seinen Vorstellungen entsprach. Oder Sarg und Beerdigung übers Internet zu bestellen. Karel schüttelte sich. Zumindest fiel dabei sein Zittern nicht auf. Während des Gesprächs hatte er darauf geachtet, seine Hände unter der Tischplatte zu verstecken.

»Papa, was sollen die Leute denken, wenn sie das sehen?«, redete ihm seine Tochter Marion seit Wochen ins Gewissen. »Die müssen ja Angst haben, dass du als Nächstes tot umfällst. Die wollen nicht doppelt daran erinnert werden, dass alles zu Ende geht.«

Sensibel war Marion noch nie gewesen. Dafür schon immer effizient. Und direkt. Das hatte sie von ihrer Mutter. Margo hatte auch nie ein Blatt vor den Mund genommen. Bis ihr zum Schluss die Sprache abhandengekommen war.

Karel seufzte. Margo.

Ihre Pläne hatten anders ausgesehen: den Betrieb der Kleinen überschreiben, sobald sie einen passenden Mann gefunden hatte. Reisen, sich zu zweit ein schönes Häuschen suchen, irgendwo, wo das Klima besser war und eine Putzfrau nicht viel kostete. Stattdessen hatte er die letzten fünfzehn Jahre durchgearbeitet, um nicht daran denken zu müssen.

Wie sollte er all das in Schach halten, wenn er hier nicht mehr benötigt wurde? Dann konnte er wirklich gleich die Straße runterziehen, ins Altersheim, wie Marion regelmäßig vorschlug. Sie hatte sich sogar schon erkundigt, wie es mit der Miete aussah, einen Finanzplan erstellt und ihn dazu gedrängt, dort mal vorbeizugehen, um einen Platz zu beantragen. »Die Warteliste ist lang«, hatte sie erklärt, »und wird immer nur dann kürzer, wenn jemand …« Wenigstens hatte sie so viel Anstand besessen, den Satz unvollständig zu lassen.

Denn Karel saß an der Quelle. Wenn in *Schafweide* jemand starb, landete er oder sie automatisch bei ihm auf dem Tisch.

Das Heim war nur ein paar Schritte entfernt und Marion mit der Direktorin befreundet. Die drückte den Hinterbliebenen sicherlich einen von Karels Tochter gestalteten Flyer in die Hand: *Kompetent und schnell.* Klang irgendwie nach Fast-Food-Restaurant. Aber vielleicht musste er sich daran gewöhnen. Alles ging immer schneller, warum also sollte es mit der letzten Dienstleistung auf Erden anders sein?

Der Kunde eben war dafür das beste Beispiel gewesen. Die Entscheidung zur Kremierung, die Wahl der Urne und des Friedhofplatzes, Aussegnungsmusik, Blumen – all das hatte er schon parat gehabt. Von Terminierung hatte er gesprochen und irgendwas auf seinem Handy überprüft, das in einem schnieken Lederetui steckte, passend zu den Schuhen mit Budapester Lochmuster und dem Anzug, der sicher nicht von der Stange kam. Typisch für das Alter. Die glaubten, das alles beträfe sie nicht persönlich, wollten möglichst schnell wieder zurück in ihr ach so wichtiges Leben voller Termine, Familie, Urlaubspläne und dem 13. Monatsgehalt.

Irgendwas musste ihm einfallen. So ging es nicht weiter, Marion hatte recht. Aber für das Abstellgleis und die Wartehalle zur Aufbahrung war er noch nicht bereit.

»Was meinst du, alter Junge, sollen wir uns nach einer kleinen Wohnung umsehen?«

Pi, Karels Terrier-Mischling, hob nicht einmal den Kopf. Zufrieden schlief er in seinem Körbchen zu Karels Füßen. Pis Pfoten zuckten. Er träumte vermutlich von der goldenen Zeit, als er noch Kaninchen gejagt hatte.

Wenn Karel weniger gearbeitet hätte, alte Freundschaften

nicht so leichtfertig vernachlässigt, dann hätte er jetzt zumindest jemanden, mit dem er sich beratschlagen könnte.

Gestern, auf der Nachtrunde mit Pi, war er an dem überwucherten Grundstück des alten Schreiners vorbeigekommen, der in dem windschiefen Häuschen gegenüber von *Katis Klause* lebte. Ebenso verwundert wie neidisch hatte Karel die kleine Versammlung im Garten bemerkt. Der Kerl sprach kaum ein Wort und schien sich die letzten verbliebenen vier Haare mit der Nagelschere zu stutzen. Trotzdem hatte er da mit anderen in seinem verwilderten Garten gesessen, geraucht und getrunken. Wie machte der das nur? Vermutlich, indem er nie in seinem Leben auf ein Ziel hingearbeitet hatte. Karel aber hatte Marion etwas hinterlassen wollen, das genug für seinen und Margos Lebensabend abwarf, ohne dass seine Tochter sich dafür einschränken musste.

Langsam fuhr er den Computer hoch. Er sollte heute noch die Urnen- und Blumen-Bestellungen abschicken, damit auch alles so über die Bühne gehen konnte, wie dieser Finn Irgendwas es wollte. Ob dessen Vater so vorausschauend gewesen war, ihn mit den Listen für alles Nötige zu versorgen? Karel hoffte es für den alten Herren, der da so unerwartet in *Katis Klause* das Zeitliche gesegnet hatte. Während eines Spieleabends, hatte der Sohn erzählt und nicht verhehlen können, was er davon hielt – nicht viel.

Karel fand das eigentlich einen schönen Tod. Während man etwas tat, das man genoss, womöglich mit einem Whiskey in der Hand, inmitten von Freunden.

»Papa?« Marion steckte den Kopf ins Zimmer, entdeckte

Karel und knipste das Deckenlicht an. Karel zuckte zusammen. Er nutzte es nie; es brannte in seinen Augen und hob die Staubschicht hervor. In sein Reich ließ er die Putzkolonne nicht, die sich jeden Freitag schnatternd durch ihre Räume wedelte.

Marion sah sich seufzend um. Dann blieb sie vor seinem Schreibtisch stehen und malte Kreise auf den kaum benutzten Teil der Tischplatte hinter Margos Foto. »Papa, ich habe mit *Schafweide* gesprochen. Der Vater unseres Kunden von eben hatte dort ein Zimmer.«

Karel strich sich nervös die grauen Haare über den Kopf, auch wenn keine noch so kleine Strähne abstand. Dafür sorgte er jeden Morgen. Eine ordentliche Portion Brisk und die Trockenhaube seiner verstorbenen Frau waren sein Trick. Letzteres würde er Marion nie gestehen.

»Das bedeutet, dort ist ein Zimmer frei. Ich habe dir einen Termin für morgen besorgt und meine Beziehungen spielen lassen.« Sie zwinkerte ihm so fröhlich zu, als sollte er in freudige Jauchzer ausbrechen. »Du stehst offiziell auf Platz eins der Warteliste!«

Karel starrte sie an. Was zur Hölle sollte er darauf antworten. *Danke? Lieb von dir? Ich wollte schon immer in ein Zehnquadratmeterzimmer ziehen??*

»Also, vermassele das nicht. Der stellvertretende Heimleiter erwartet dich exakt um zehn Uhr dreißig.« Schwungvoll drehte sie sich um und marschierte auf die Tür zu. Offenbar erwartete sie keine Antwort. Nur, dass er gehorchte. Kurz bevor sie das Zimmer verließ, lächelte sie ihm dann doch noch zu. Karel atmete auf. Nun würde ein kleiner Rückzieher folgen, richtig? Ein liebevolles *Schau es dir einfach an, wenn es dir nicht zusagt, denken wir uns gemeinsam etwas anderes aus.*

Sie aber streckte den Zeigefinger aus und deutete auf ihn. »Zehn Uhr dreißig! Und mach dich ein bisschen frisch. Ich hol dich ab und begleite dich, damit du es nicht vergisst!« Ihr Zeigefinger schnellte vor und zurück. Als feuerte sie eine imaginäre Pistole ab.

6

(49°46'40.5"N)

Ojemine! Millimeter für Millimeter hob Tina den Kopf. Sie hätte sich zurückhalten sollen gestern. Bei Hedis Zaubertrank wie bei Pauls Kolumbianischem Gold. Ihr Hirn schwappte träge im eigenen Saft, das Frühstück hatte sie ausfallen lassen. Besser so. Was hätten wohl Babsi-Ich-bin-immer-auf-der-Höhe und ihre Freundinnen gesagt, wenn sie mit einem Hangover (auch so ein Adrian-Wort) zum kaugerechten Müslibrei erschienen wäre?

Bei dem Gedanken musste sie lachen – und zuckte augenblicklich zusammen. Viel zu laut! Und trotzdem irgendwie richtig. Sie fühlte sich seit Langem mal wieder jung: ungehorsam, ein bisschen dreist und voller Tatendrang. Weil es da noch etwas gab, das sie für Ole tun konnten. Ach, von wegen konnten – würden! Der Entschluss war einstimmig gefallen. Sie würden herausfinden, wo die Seebestattung stattfand, und dort hinfahren.

Tina schwang die Beine aus dem Bett und angelte sich eine Banane aus dem Obstkorb. So eine Reise musste gut geplant werden: Bahnverbindungen, Gruppenticket, eventuell Übernachtung. Alles Dinge, bei denen Paul ausnahmsweise kaum helfen könnte. Doch das machte nichts, Adrian hatte Tina beigebracht, wie man sich im Internet zurechtfand. Einige grundsätzliche Informationen konnte sie also schon jetzt herausfinden. Doch kaum saß sie sicher in ihrem Hightech-Sessel, wurden vor ihrer Tür nuschelnde Stimmen laut. Bis das Hörgerät aufhörte zu piepsen, stapfte auch schon jemand den Gang entlang, und die Tür zum Treppenhaus knallte zu. Das war niemand von den Bewohnern. Die benutzten die Notfalltreppe nicht. Sie war steil, schlecht beleuchtet und hatte darüber hinaus auch noch eine unterschiedliche Anzahl an Stufen zwischen den Stockwerken: vom Erdgeschoss zur ersten Etage fünfzehn. Zwischen erstem und zweitem Stock dreizehn, zwischen zweitem und drittem zwölf. Zwischen drittem und viertem … war noch niemand von ihnen gewesen. Aber alle in den unteren zwei munkelten, dass es immer weniger wurde, je weiter man nach oben kam. Im dritten Stock wohnten jene, die täglich Hilfe brauchten. Im vierten war die offene Station des Pflegeheims untergebracht, und vom fünften – Krankenhausatmosphäre pur – fuhr ein extrabreiter Aufzug direkt in den Keller zur schön gekühlten Leichenhalle.

Neugierig lief Tina zur Tür und spähte in den leeren Gang.

Von nebenan war Hedis Gerumpel zu hören. »Nach mir muss eh renoviert werden, also weshalb sollte ich auf Macken achten?«, lautete ihr Standardspruch. Recht hatte sie.

Hedi bewohnte mit Abstand das größte Appartement des Stockwerks. Sie hatte drei Räume: Wohnzimmer, Schlafzimmer, Küche, Bad und – tada – Arbeits- oder Gästezimmer. Nicht, dass sie außer ihren Freunden hier viel Besuch bekam. Hedi besaß keine Angehörigen. Daher auch die lockeren Scheinchen. Sie war in der luxuriösen Situation, alles für sich selbst ausgeben zu können. Als sie nun den Kopf mit den frisch ondulierten Locken aus der Nachbartür steckte, sah sie überrascht aus. »Was soll der Krach?«

Tina zuckte mit den Schultern. Da trat José, ihr Lieblingspfleger, aus der Tür gegenüber. Oles Zimmer. In den Armen trug er eine Kiste.

»José!« Hedi sah ihn erschrocken an. »Ole ist nicht mal vierundzwanzig Stunden … tot.«

Typisch Hedi. Ginge es nach ihr, würde Oles Zimmer eine Woche lang jedem offen stehen, der sich von ihm verabschieden wollte. Aber so lief es hier nicht. Der nächste Bewohner scharrte sicher schon mit den Hufen, und die Heimleitung achtete darauf, dass keine Mieteinnahmen flöten gingen. Spätestens übermorgen hätten Tina und Hedi einen neuen Nachbarn.

Tina seufzte. »War das sein Sohn? Nimmt er Oles Sachen mit? Und hat er dir verraten, wo genau die Seebestattung stattfinden wird?« Ole hatte immer von seinem Finn gesprochen, gesehen hatte ihn jedoch bisher niemand.

José biss sich auf die Lippen, dann stürzten sämtliche Antworten auf Tinas Fragen gleichzeitig aus ihm heraus. »Keine Ahnung wegen der Bestattung. Und von Oles … Hinterlassenschaft hat der Junior das Wichtigste aussortiert. Der Rest landet im Müll, die Möbel im Secondhandshop.« Er warf den beiden geschockten Frauen einen zerknirschten Blick zu.

»Im Müll?« Tinas Stimme krächzte.

Hedi schüttelte den Kopf. »Das ist … indiskutabel!« Energisch schob sie sich an José vorbei und winkte Tina, ihr in Oles Zimmer zu folgen. »Kommst du? Retten, was zu retten ist.«

José schob die Tür mit dem Fuß weit auf. »Greifen Sie zu, Ladies«, flüsterte er verschwörerisch. »Aber beeilen Sie sich, bevor der effiziente Sohnemann die letzte Kiste holt!«

Entschlossen marschierten Tina und Hedi in das schmale Zimmer und blickten sich rasch um. Was sollten sie mitnehmen? Was konnten sie tragen? Was hätte Ole auf keinen Fall im Abfallcontainer sehen wollen? Seine Ölschinken, die Rahmen an Rahmen die Wände bedeckten: Ansichten vom Meer, von Fjorden und Sonnenuntergänge? Seine Sammlung an Flaschenschiffen? Die wenigen Bücher, die in den paar Metern Regalen verstaubten? Tina kniff die Augen zusammen. Vor dem offenen Fenster stand abholbereit eine kleine Kiste. »Persönliches« stand darauf und darunter »Testament etc.«. Was war wohl etc.?

Nachdenklich trat sie näher, als vom Parkplatz Josés Stimme heraufdrang: »Warten Sie! Ich kann Ihnen die letzte Kiste Ihres Vaters herunterbringen!« Tina lief zum offenen Fenster und spähte hinaus. José warf einen schnellen Blick zu ihr hinauf und zwinkerte. Offenbar versuchte er, ihr und Hedi Zeit zu verschaffen. Eilig folgte er einem Mann im Anzug, der, seine Autoschlüssel um einen Finger rotierend, den Parkplatz überquerte. Sein schicker Sportwagen stand mit offenem Verdeck dreist auf dem Behindertenplatz – der einzige mit Schatten. Auf dem Rücksitz thronten drei Kartons und eine Tüte. Viel mehr passte in das Spielzeugauto auch nicht hinein. Daneben parkte ein Umzugswagen; drei muskulöse Männer lehnten gähnend daran und rauchten.

»Danke, aber nein«, winkte der Anzugträger ab, bedeutete den Möbelpackern, ihm zu folgen, und wollte an José vorbei zurück zum Gebäude.

Der hielt ihn auf. »Wir alle haben Ihren Vater wirklich sehr geschätzt.«

Tina zog den Kopf ein und drehte sich zu ihrer Zimmernachbarin, die noch immer verloren in der Mitte des Raumes stand. »Hedi!«, unterbrach sie deren stummen Blick. »Wir haben nicht viel Zeit!« Josés Verzögerungstaktik würde ihnen nicht mehr als ein paar Minuten bringen. »Was war Ole am wichtigsten?«

Hedi zuckte hilflos mit den Achseln und sah Tina verzweifelt an. »Alles? Guck dich doch um, für Unnötiges ist hier gar kein Platz!« Zischend holte sie Luft.

»In Ordnung, jetzt nicht hyperventilieren!« Tina nickte zu dem Nachtkästchen. »Kümmere du dich darum, ich greife möglichst viel, das mit dem Meer zu tun hat.« Beherzt schnappte sie sich Oles Einkaufstasche auf Rädern – die würde sein Sohn kaum vermissen – und begann sie zu füllen:

Das kleinste Gemälde passte hinein, ein abgegriffenes Buch mit einem geprägten Kompass auf dem Einband, Oles selbst gemalte Wasserweg-Karten, ein Flaschenschiff …

Schritte kamen die Treppe hinauf. Tina sah sich nach Hedi um. Konzentriert leerte die den gesamten Schubladeninhalt von Oles Nachttischchen in das oberste Fach ihres Rollators: Taschentücher, lose Blätter Papier, ein alter Reisepass, Fotos. Resolut knallte sie dann den Plüschdeckel darüber und verteidigte sich: »Was man vom Bett aus erreichen kann, ist immer von Belang!«

Tina nickte ihr zu. »Okay, aber jetzt lass uns verschwinden.« Dann zerrte sie den schweren Hackenporsche in Richtung Tür. Doch anstatt ihr zu folgen, mühte sich Hedi mit der Tagesdecke auf dem Bett ab und angelte nach Oles Tempurkissen. Tina stampfte ungeduldig auf. »Hedi!« Oles Sohn war nur noch wenige Stufen von ihnen entfernt. Und auch wenn er keine Verwendung für die meisten Dinge seines Vaters hatte, wäre er sicher nicht begeistert darüber, dass sie sich hier so großzügig bedienten.

Endlich hatte Hedi das Kissen befreit und legte es auf ihren Rollator. »Er roch immer so gut, ist dir das aufgefallen?« Sie seufzte.

Tina schnappte sich Oles blau-weißen Bademantel, warf ihn über das Kissen und schob Hedi entschlossen vor sich auf den Gang. »Old Spice«, nickte sie währenddessen. »Das hat Ernst, mein Mann, auch immer benutzt.«

»Nein, das meine ich nicht. Er roch sauber. Nach frischer Luft und Sand und ein bisschen nach Morgen.«

Die Tür zur Treppe schwang quietschend auf. Hedi stolperte gegen Tina, als diese Hand anlegte und den plüschigen Rollator ihrer Freundin vorwärtszog. Nebeneinander kamen sie exakt vor Tinas Tür zum Stehen.

José trat, gefolgt von Oles Sohn, in den Gang. »Jetzt machen Sie es mir doch nicht so schwer«, seufzte der und schob sich an José vorbei. »Diese eine Kiste noch, und ich bin weg. Sie sollten froh sein, dass ich die Möbelpacker gleich mitgebracht habe. Wenn ich mich nicht irre, kommt in einer halben Stunde ein Interessent für das Zimmer meines Vaters.« Resolut drängte er sich an dem Pfleger vorbei, hob die verbliebene kleine Kiste auf und wandte sich zum Gehen.

»Entschuldigung?« Mutig trat Tina ihm in den Weg. »Finn Erickson? Unser Beileid. Wir beide hier«, sie deutete auf Hedi und sich, »waren mit Ihrem Vater befreundet und würden gerne zu seiner Bestattung kommen.«

Betont professionell nickte er ihr zu. »Alle Informationen hat *Parlinger und Sohn*. Wenn Sie mich also entschuldigen würden.« Er schob die Tür zur Treppe mit einem gekonnten Hüftschwung auf. »Und übrigens: Mein Name ist Schneckensiedler, nicht Erickson.«

Verblüfft starrten Tina und Hedi auf seinen Rücken, der nun im Treppenaufgang verschwand. Immer zwei Stufen auf einmal nehmend, eilte er in Richtung Erdgeschoss an den heraufstapfenden Umzugshelfern vorbei.

»Schneckensiedler?«, wiederholte Hedi perplex.

»Möglicherweise der Name seiner Frau«, schlug José vor.

Hedi schnaubte. »Der kam mir nicht gerade modern veranlagt vor. Außerdem«, sie rümpfte die Nase, »wer tauscht freiwillig Schneckenbiber gegen Erickson?«

José lächelte über den Versprecher, doch Tina öffnete nachdenklich die Tür zu ihrem Zimmer. »Was mich viel mehr verwundert: Warum hatte der es so verdammt eilig?«

Während die Möbelpacker gegenüber laut diskutierend Oles Einrichtung auseinandernahmen, hielt Hedi schnurstracks auf Tinas Elektrosessel zu, ließ sich hineinfallen und manövrierte sich in ihre Lieblingsposition: Die Füße oben, die Lehne schräg, ein Kissen im Nacken, damit ihre rot gefärbten Löckchen nicht zerknautscht wurden, sah sie aus wie eine alternde Filmdiva. Eine traurige Filmdiva, die sich nun auch noch Oles Kissen schnappte und sich mit einem kleinen Knurren seinen Bademantel übers Gesicht zog.

Tina blieb überrascht stehen. Das Beben unter dem Frotteestoff war die einzige Bewegung. Kein Geräusch drang darunter hervor. Leise zog sie den Küchenstuhl samt Oles Einkaufstasche neben Hedi. Während sie die gemopsten Gegenstände der Größe nach auf ihr Bett sortierte, warf sie dem blau-weißen Berg neben ihr immer wieder verstohlene Blicke zu. Hedi und Ole, das war ein bisschen wie Waldorf und Statler gewesen, die zwei Alten von der *Muppet Show*. Ironisch hatten sie sich mit Scherzen übertroffen, einige auf Kosten anderer, die meisten aber über ihre eigenen Gebrechen und Wehwehchen. Hatte sie das Ganze unterschätzt? Vorsichtig beugte sie sich vor. Noch immer kein Laut. Wie lange hatte Hedi vor, sich unsichtbar zu stellen? Sanft klopfte Tina gegen die Sessellehne. »Hedi? Willst du mir nicht erzählen, was los ist?«

Das Gesicht, das langsam unter dem Frotteestoff auftauchte, glich eher einem trübsinnigen Panda als ihrer sonst so fröhlichen Zimmernachbarin. Die Wimperntusche war verlaufen, der kesse Pony zerdrückt, die Mundwinkel zitterten. Hedi schüttelte tieftraurig den Kopf, zuckte mit den Schultern und nickte gleichzeitig. Tina reichte ihr ein Taschentuch. »Ole und du? Ehrlich?«

Hedi wischte sich über die Augen, dann seufzte sie schwer. »Ich glaube nicht, dass er es bemerkt hat. War viel zu beschäftigt mit seiner verstorbenen Frau und was zwischen ihnen alles falsch gelaufen war.« Das anschließende Lächeln verrutschte. »Das ist das Hauptproblem, oder? Je älter du wirst, desto mehr Dinge gibt es, die du falsch gemacht hast.«

»Oder aber erst gar nicht ausprobiert.« Tina legte vorsichtig eine Hand auf Hedis. »Warum hast du es ihm nicht gesagt?«

Das brachte ihre Nachbarin zum Lachen – wenigstens etwas. Kopfschüttelnd beäugte sie Tina. »Du bist echt eine Marke, Tina! Würdest du damit rausrücken, in unserem Alter? Was, wenn der Mann, der dich interessiert, *Nein danke* sagt?«

»Pfft! Dann würde ich *Gern geschehen* murmeln und mir deinen Flachmann ausborgen, ist doch klar!«

Das war natürlich eine Lüge. Tina hatte keinerlei Erfahrung mit so etwas. Ernst und sie hatten heiraten müssen, bevor das ganze Dorf angefangen hätte zu rechnen und zu reden. Das

Leben nach seinem Tod hatte aus ihr und den spärlichen Besuchen ihrer Tochter bestanden, dann aus lange vorher verabredeten Terminen, um Laura, ihren Mann und Adrian zu sehen. Anfangs aus einigen Nachmittagen als Babysitterin für ihren Enkel und ansonsten Gärtnern. Natürlich hatte sie männliche Bekannte gehabt, der ein oder andere hätte womöglich sogar mehr werden können. Doch sie hatte es nie forciert, zu unsicher, wie sie sich verhalten sollte, was sagen.

Früher, ganz früher, ja, da hatte sie sich unter ihrem Leben etwas anderes vorgestellt gehabt: Abenteuer und einen Job, der sie ausfüllte, Herzklopfen und eine Zukunft so breit, dass sie nur entscheiden musste, welche Richtung sie einschlagen wollte.

Hirngespinste eines jungen Mädchens.

»Apropos Flachmann!«, Hedis Lebensgeister erwachten. Sie drückte den Aufwärtsknopf des Sessels und humpelte an Tina vorbei zur Küchenzeile. »Du hast nicht zufällig Tomatensaft vorrätig?«

»Säfte stehen im Kasten über der Mikrowelle. Gläser gleich daneben.«

Hedi rumorte in den Schränken herum. »Krähenbeere, was ist das denn? Irgendein moderner Gesundheitstrend aus Übersee von deiner Tochter?«

Tina wandte sich ihrem Bett zu. »Ist gut für die Blase«, erklärte sie und schob schnell hinterher: »Und fürs Gedächtnis, die Gelenke und so weiter.«

»Sag ich doch.« Hedis Naserümpfen war in ihrer Stimme zu hören. »Aber was soll's, in der Not… Auch einen?«

»Nein, danke.« Tina betrachtete fasziniert, wie die Sonnenstrahlen Schattenspiele auf das kleine Gemälde von Ole zauberten. Die Ölfarbe war dick aufgetragen, fast sah es aus, als wären die Wellen lebendig. Auch der Kompass auf dem kleinen Lederbuch war eingestanzt. Wie hatte Paul gesagt? Einmal Seemann, immer Seemann. Tina blätterte das Büchlein auf. Das Gluckern aus der Küchenzeile bildete ein passendes Hintergrundgeräusch.

…so kann auch das Meer, entzifferte sie Oles Handschrift, *in einer blauen Morgenstunde – sich öffnen gegen Himmel und Einsamkeit.* Nachdenklich sah sie auf, gerade rechtzeitig, um zu bemerken, dass sich Hedi den nächsten Wodka mit einer homöopathischen Dosis Saft gönnte. Wenn sie in dem Tempo weitermachte, würde Tina bald Selbstgespräche führen müssen. Kurz entschlossen hielt sie Oles Buch in die Höhe. »Wusstest du, dass Ole Gedichte geschrieben hat?«

»Ehrlich?« Der Cocktail war vergessen. Hedi kam aus der Küche gehumpelt, las kurz die ersten Zeilen und nahm sich dann entschlossen Oles restliche Hinterlassenschaften vor: Bilder, Bücher, Landkarten, die lose Blättersammlung aus seinem Nachtschränkchen. Bis sie einen Umschlag mit den Wörtern *Mein letzter Wille* entdeckte. Und darin ein dicht bekritzeltes DIN-A4-Blatt. Plötzlich wurde sie ganz still. Ihre Augen flitzten über das Papier. Dann begann sie wieder von vorn.

»Was ist es?« Tina beugte sich zu ihr, und Hedi ließ sich aufs Bett sinken, direkt neben das Ölgemälde. Ihr Hintern landete auf einer von Oles Landkarten. Tina hörte das feine

Reißen von Papier, verkniff sich aber bei einem Blick in Hedis Gesicht jegliche Bemerkung.

»Das hier … « Hedi wedelte mit dem unscheinbaren Blatt vor Tinas Gesicht – *Norwegen* konnte Tina entziffern, irgendetwas mit *Finn* und … *Stockfisch mit Bier*. Stockfisch? »Es sind Oles Bestattungswünsche. Sagt dir Finnfjordvær irgendetwas?«

Tina legte den Kopf schief. Ganz, ganz hinten klingelte es, zu leise, um es zu greifen.

Hedi lächelte wehmütig. »Das klingt schön, findest du nicht? Nach Fjorden, grünen Hügeln und Klabautermännern. Dort muss er gearbeitet haben.«

Das war es! Tina schnappte sich den Stapel akribisch gezeichneter Seekarten und blätterte sie durch: das Baltische Meer, die dänische Küste und dann … »Hier! Finnfjordvær!« Mit großen Augen sah sie ihre Zimmernachbarin an. »Das wird eine lange Reise. Finnfjordvær liegt in Norwegen.« Sie beugte sich über die Legende – ein Zentimeter entsprach einhundert Kilometer – und überschlug eilig im Kopf. »Etwas über Tromsø … Das macht … fast dreitausend Kilometer von hier.«

Hedi riss ihr die Karte aus der Hand und wuchtete sich vom Bett hoch. »Kilometer«, schnaubte sie, »sind nur Zahlen. Viel wichtiger ist doch sicherzustellen, dass dieser Finn Schneckendingens informiert wird. Worauf warten wir noch?«

7

(49°46'40.4"N)

Tina und Hedi sahen sich ungeduldig an. Schwester Ursula schien es einfach nicht zu begreifen. Schlimmer noch, sie tat geradezu so, als wären Tina und Hedi diejenigen, die nichts kapierten. »Das ist die *Handy*nummer«, wiederholte sie jetzt schon zum dritten Mal betont ruhig. »Darüber wickelt Herr Schneckensiedler seine Arbeitsaufträge ab. Und ich habe hier explizit stehen: Nur bei Notfällen anwählen.«

»Das. Ist. Ein. Notfall!« Hedi stützte sich auf die Handgriffe ihres Rollators und richtete sich zu ihrer vollen Größe von einem Meter und achtundfünfzig auf. »Wenn wir seinen Sohn nicht erreichen, landet Oles Asche womöglich irgendwo, wo er nicht hinwollte!«

Schwester Ursula schüttelte energisch den Kopf. »Aber das wissen Sie doch gar nicht …«

»Und wenn Sie uns seine Nummer nicht verraten, werden wir das auch nie!«, mischte sich Tina ein, die fürchtete, Hedi könne jeden Augenblick explodieren. »Nun kommen Sie schon, Oberschwester, wir übernehmen auch die volle Verantwortung.«

Für einen Moment sah es aus, als hätte Tinas Argument eine Chance, dann seufzte Ursula tief. »So gerne ich Ihnen helfen würde, ich darf nicht!« Vertraulich beugte sie sich vor und senkte die Stimme. »Wir haben schon einmal Ärger bekommen.« Ein Lächeln umspielte ihre Lippen. »Das war das erste Mal, als Herr Erickson ausgebü… ähm, verpasst hat, sich abzumelden. Die Nachtschwester hat ihn nicht vorgefunden, seinen Sohn angerufen, der hat ein wichtiges Meeting unterbrochen, nur um seinen Vater drei Stunden später gut gelaunt hier eintreffen zu sehen. Sie hätten hören sollen, womit der uns gedroht hat! Seitdem haben wir ihm die… Ausflüge von Herrn Erickson verschwiegen.«

Tinas Augen wurden groß. »Sie wussten davon?«

»Aber natürlich. Und er hätte dazu auch nicht durch die Küche schleichen müssen, aber das kleine Abenteuer gehörte wohl irgendwie dazu.« Ursula grinste, dann verzog sich ihr Gesicht plötzlich, als fiele ihr erst jetzt ein, dass sich der lebenslustige Kapitän an diesem Freitag nicht mehr aus dem Haus stehlen würde. »Aber vielleicht fragen Sie mal bei *Parlinger und Sohn* nach, die sind mit der Beerdigung betraut.«

Hedi und Tina sahen sich an und nickten. Richtig, das war eine Alternative.

Gerade wollten sie sich umdrehen, da fegte ein aufgebrachter älterer Herr aus Oles Zimmer heraus und den Gang entlang. Für jeden Schritt, den er machte, musste der kleine Vierbeiner an seiner Seite fünf hinlegen. Tina lächelte. Der Hund sah aus wie eine kleine, zerzauste Wolke. Nur die heraushängende Zunge bewies: Es gab ein Vorne und ein Hinten.

»Wenn ich das vorher gewusst hätte…«, beschwerte sich der Wolkenbesitzer aufgebracht und peilte den Aufzug an.

Eine junge Frau überholte ihn und stellte sich ihm in den Weg. »Aber was denkst du denn, Papa?«, fragte sie ehrlich verwundert. »Dass das Personal hier Lust hat, neben Patienten auch noch altersschwache Tiere zu versorgen? Natürlich sind hier keine Hunde erlaubt!«

Tina und Hedi machten große Augen. Zartfühlend war was anderes!

Der Mann täuschte einen Ausfallschritt nach rechts an und umrundete die junge Frau geschickt von der anderen Seite. »Und wer, Marion, passt dann auf Pi auf, du etwa? Er ist immerhin fast zehn!« Einen kleinen Moment sah es aus, als überlegte er ernsthaft, über die Treppe zu entkommen, da öffneten sich auch schon die Fahrstuhltüren mit einem satten Pling.

»Exakt!«, erklärte sie seinem Rücken, schob sich hinter ihm in die Kabine und drückte den Knopf fürs Erdgeschoss. »Er ist fast zehn, das ist doch ein schönes Alter für so ein Tier.«

Hedi und Tina wechselten einen Blick. Die Worte ließen keinen Zweifel daran, was sie eigentlich bedeuteten: Zeit zum Einschläfern.

Der alte Herr presste die Lippen aufeinander, als müsste er sich eine harsche Entgegnung verkneifen, dann sackten seine Schultern nach vorn. Er drehte sich weg, wohl um die Frau, die augenscheinlich seine Tochter war, nicht ansehen zu müssen. Dabei begegnete sein Blick dem von Tina. Noch als die Türen längst zugegangen waren, verfolgte sie sein trauriges Lächeln.

»Was für eine Schreckschraube«, knurrte Hedi. »Da kann einem das Kinderkriegen aber wirklich vergehen!«

Tina lachte. Das war nun wirklich kein Thema, mit dem sie sich herumschlagen mussten! Sie verdrängte die Gedanken an den Herren und sein Lächeln und wandte sich ihrer eigenen Sachlage zu. »Wie entlocken wir *Parlinger und Sohn* die geplanten Details für Oles Beerdigung?«

Hedi winkte lässig ab. »Ganz einfach. Wir rufen Paul an!«

8

(49°47′07″N)

Karel starrte sein Gegenüber perplex an. Während seiner gesamten Zeit bei *Parlinger und Sohn* war ihm so etwas noch nicht untergekommen. »Also nur, damit ich das richtig verstehe«, schüttelte er den Kopf, »Herr Schneckensiedler hat sich ausdrücklich gewünscht, dass die Beisetzung in kleinem Kreis stattfindet, und jetzt erwarten Sie, Herr Gruber, von mir, dass ich die Pläne meines Kunden durchkreuze? Dem Angehörigen?«

Paul Gruber fuhr sich fahrig durch die dichten, silbrigen Haare. »So hätte ich es jetzt nicht formuliert, aber …« Etwas hilflos brach er ab und probierte es mit einem verschwörerischen Lächeln. Jede Wette hatte er damit schon so manche Frau rumgekriegt! Karel aber war nicht verführbar. Schon gar nicht von einem Mund voller blitzender Perlodent-Zähne. Er war Profi und kannte die Gesetze, die geschriebenen wie die ungeschriebenen. Letztere waren in seiner Branche fast noch wichtiger. Dazu gehörte es auch, die Wünsche der Kunden ernst zu nehmen.

Auf der anderen Seite – wenn dieser Gruber recht hatte, dann stimmten die Wünsche des Sohnes nicht mit denen seines verstorbenen Vaters überein. Nachdenklich rieb sich Karel übers Kinn und spürte ein feines Kratzen. Offenbar hatte er beim Rasieren heute Morgen ein paar Haare übersehen. Wenn er allerdings gewusst hätte, was während des Besuchs im Haus *Schafweide* auf ihn zukommen würde, hätte er sich die ganze Mühe gespart! Nur daran zu denken ließ seinen Blutdruck in ungesunde Höhen schnellen. Er hatte sich eingeredet, dass Marion nur das Beste für ihn wollte. Bis vorhin. Als sie ihm, ohne mit der Wimper zu zucken, nahegelegt hatte, Pi einschläfern zu lassen. Er hatte den Blick der schicken älteren Dame aus dem Heim bemerkt – geschockt hatte sie ausgesehen. Das Mitleid in ihren Augen hatte ihn gleichzeitig tief getroffen und bestärkt. Und so hatte er Marion das erste Mal seit Langem keine Chance gegeben, ihn mit ihren ach so sachlichen und logischen Argumenten zu bombardieren, mit denen sie ihn fast immer dazu brachte, etwas zu tun, was er nicht wirklich wollte. Nein, dieses eine Mal hatte er nicht nachgegeben. Die Frage war nur, wie lange er durchhielt.

Paul Gruber auf dem Besuchersessel beugte sich bittend vor. »Womöglich habe ich Sie auf dem falschen Fuß erwischt«, seufzte er. »Lassen Sie uns doch noch einmal von vorn anfangen. Natürlich habe ich keinerlei Berechtigung, über die Beweggründe von Oles Sohn zu urteilen.«

Karel kniff abwartend die Augen zusammen.

»Aber wir haben gerade erst herausgefunden, dass unser Freund seine Asche gern im norwegischen Meer verstreut sähe – genauer gesagt: in den Fjorden rund um Finnfjordvær. Und falls Herr Schneckensiedler das nicht weiß, organisiert er womöglich eine ganz falsche Reise.«

Karel starrte Paul an. »Er organisiert keine Reise.«

»Ja, ja, ich weiß«, verbesserte sich der offensichtliche Lebemann schnell. »Natürlich sind Sie derjenige, der die Fahrt und alles, was dazugehört, durchführt, aber …«

»Sie verstehen mich falsch. Es wird keine Seebestattung geben. Herr Ericksons Sohn hat einen Urnenstellplatz auf dem Friedhof oben am Berg gepachtet.«

Paul Gruber riss die Augen auf. »Er hat … Und wann ist die Beisetzung?«

»Morgen um neun.«

Geschlagen ließ sich Karels Besucher in den Sessel zurücksinken. Hilflos wanderte sein Blick über die ausgestellten Särge. »Ich nehme nicht an, dass wir als Oles Freunde irgendetwas dagegen tun können?«

Betrübt schüttelte Karel den Kopf. Auch Pi unter dem Tisch ließ ein kleines Jaulen hören.

»Na dann, danke.« Herr Gruber stand auf.

Karel sah zu, wie er mit hängenden Schultern zur Tür lief. Pi fiepte noch immer. Der kleine Terriermischling war schon immer ein ziemlich exakter Seismograf für die Gemütszustände seines Besitzers gewesen. Beruhigend kraulte Karel ihm die Ohren. Dann gab er sich einen Ruck. »Warten Sie«, rief er Herrn Gruber nach. »Eines können sie schon tun! Teilen Sie den Beisetzungstermin allen mit, die Sie kennen, und tauchen Sie auf. Es wird keine Ankündigung oder Einladung geben. Wie gesagt, Herr Schneckensiedler wollte eine … ähm, sehr private Zeremonie.«

Sein Gegenüber verzog das Gesicht. »Eine möglichst schnelle, meinen Sie wohl?!«

Karel hob die Hände. »Dazu sage ich nichts.«

»Schon verstanden.« Paul Gruber öffnete die Tür. Dann drehte er sich plötzlich noch einmal um. »Gibt es irgendeine Chance für uns, Adieu zu sagen? Bevor dieser schnelle Finn das Zepter übernimmt?«

Karel nickte. »Die Einäscherung findet heute Abend statt. Die Überreste von Herrn Erickson werden morgen früh gegen acht zum Friedhof gebracht. Es spricht also nichts dagegen, dass Sie die verbleibende Stunde bis zur Aussegnung dazu nutzen, sich von ihm in aller Ruhe zu verabschieden.«

Ein trauriges Lächeln erschien auf dem Gesicht von Herrn Ericksons Freund. »Danke. Sie sind schwer in Ordnung!« Und damit ging er.

Karel lauschte den langsamen Schritten auf der Treppe und beugte sich nachdenklich zu Pi. *Schwer in Ordnung*. Seine Tochter würde darüber sicher anders urteilen. *Wunderlich* wäre vermutlich noch das Harmloseste. Und normalerweise hätte Karel nicht im Traum daran gedacht, die Planung eines Kunden zu sabotieren. Doch seit Marion ihm deutlich gemacht hatte, für wie unrealistisch sie seine Wünsche für die Zukunft hielt, hatte sich etwas verschoben. Denn wer hatte mehr Recht auf eine wie auch immer geartete Entscheidung, wenn nicht derjenige, dessen Leben – oder Tod – sie betraf? Dass der verstorbene Kapitän nicht nur für immer an Land stehen musste, sondern auch noch ohne das ein oder andere warme Abschiedswort seiner Freunde eingemauert wurde, das war einfach nicht richtig!

Karel hörte die Tür im Erdgeschoss zuklappen und wie Paul Gruber sich entfernte, mit festen und zügigen Schritten. Dann fasste Karel einen spontanen Entschluss.

9

(49°47′08.4″N)

»Mooooment!« Tina hob die Hände wie eine Dirigentin und unterbrach das empörte Stimmengewirr. Brav klappten Hedi, Paul und Männi den Mund zu und sahen sie erwartungsvoll an. »Also, wie war das? Oles Sohn hat die gesamte Beerdigung durchgetaktet?«

Pauls Mund war nur ein Strich, als er nickte. »Krematorium, Zeitpunkt, Platz der Urne – schnell und effizient, der Nachwuchs. Und ich glaube nicht, dass er sich dabei von irgendwem reinreden lässt. Weder von uns noch … von Ole selbst!«

»Indiskutabel«, brach es aus Hedi heraus. Sie hielt anklagend ein vergilbtes Stück Papier in die Höhe. »Ole will nicht in irgendeiner Mauer stehen! Er will auf dem Meer vor Finnfjordvær verstreut werden! Das habe ich schriftlich.«

Paul zuckte mit den Schultern. »Nur dass sein letzter Wille nicht sein Testament ist, sondern ein Blatt Papier aus seinem Nachtkästchen.«

»Na und? Letzter Wille ist Letzter Wille, was hat er denn sonst für einen Sinn?« Hedi hatte Tränen in den Augen.

»Vielleicht ist eine Seebestattung zu kompliziert?«, warf Männi vorsichtig ein. Zumindest ein Gutes hatte die allgemeine Aufgeregtheit: Er bekam endlich einmal alles mit.

Paul schüttelte den Kopf. »Nein. Ich habe das nachgesehen. Und der alte Beerdigungschef hat auch nichts darüber gesagt. Ihr wisst schon, Herr Parlinger? Der ist ein bisschen zittrig, aber noch sehr klar im Kopf und gut zu Fuß. Vermutlich dank des kleinen vierbeinigen Stinkers, der ihn überallhin begleitet.«

Tina gab ihm einen kleinen Stoß. »Komm zum Punkt!«

Paul salutierte, bevor er weitersprach. »Folgendes habe ich rausgefunden: Eine Seebestattung ist kein großer Aufwand. Natürlich müssen dabei ein paar Auflagen erfüllt werden, aber eigentlich kostet das nur ein bisschen Zeit. Die allerdings hat Finn Schneckendings offenbar nicht. Heute ist die Einäscherung. Morgen früh wird die Urne eingemauert. Zum Glück hat uns Parlinger wenigstens den Termin verraten. Im Gegensatz zu diesem Rabensohn!«

»Dass der nicht mal einen Aushang im Seniorenheim gemacht hat!« Tina ballte wütend die Fäuste.

Männi zog die breiten Schultern hoch bis zu den Ohren.

»Ich würde lieber hier verstreut werden, als in einem Schließfach zu stehen.« Traurig blickte er sich um und hob einen Arm. »Dahinten vielleicht, unter dem Apfelbaum. Der ist zu alt, um noch Früchte zu tragen. Das wäre passend, was meint ihr?«

»Um dich geht es hier nicht. Ole wollte keinen Apfelbaum, sondern das offene Meer. Da können wir doch nicht zusehen, wie er eingemauert wird!« Mit flehendem Blick sah Hedi die anderen an. »Oder?«

»Dagegen lässt sich nichts machen«, winkte Paul seufzend ab. »Wir können unsern Kapitän ja kaum kidnappen!«

Männi und Hedi seufzten unisono, doch Tina sprang auf. Ihre Knie knirschten, aber das war jetzt Nebensache. »Wieso eigentlich nicht?«

»Bitte was?« Männi legte die Hände an seine Ohren.

Paul beugte sich blinzelnd vor. »Da muss ich unserem eingeschränkt hörenden Lieblingsschreiner allerdings recht geben: Bitte was??«

Tina sah in die Runde. »Erinnert ihr euch noch an *Immer Ärger mit Bernie*?«

Hedi begriff. »Du meinst, wir sollen ihn … klauen?!«

»Das war ein Film«, widersprach Paul, »neunzig Minuten, in denen getan wurde, als wäre jemand am Leben, der es nicht war. Keine tagelange Flucht in Richtung Meer mit einem toten Kapitän im Gepäck!«

»Erstens«, hob Tina einen Finger, »geht es um sicher nicht mehr als ein bis drei Kilo Asche. Und zweitens«, der nächste Finger stieß fast in Pauls Gesicht, »seit wann schreckt ausgerechnet dich eine Herausforderung? Du besorgst den irrsten Quatsch, solange jemand zahlt. Hier dagegen geht es um etwas Privates.« Ihr Grinsen wurde breiter. »Uns bleiben sechzig Minuten allein mit Ole, bevor die Zeremonie startet. Das Einzige, was wir jetzt noch brauchen, ist ein ausgefuchster Plan.«

»Und der wäre?« Paul sah sie aufmerksam an.

»Ähm …« Tina zögerte. Das Happy End war klar: Ole an seinem Lieblingsplatz in die See streuen. Aber wie konnten sie ihn stehlen, ohne dass es jemandem auffiel? Wie kämen sie nach Norwegen? Hatte einer von ihnen noch den Führerschein? Vergaben Leihfirmen Autos auch an Ü-Siebziger? Konnten sie trampen?

Paul wandte sich ab. »Ich hab's geahnt. Du weißt auch nicht weiter.«

Dann zuckte er zusammen. Hedi hatte ihm einen empörten Knuff versetzt. »Klappe, und stör sie nicht. Du siehst doch, wie ihre grauen Zellen arbeiten!«

Tina nickte dankbar und bedachte Paul mit einem herablassenden Blick. »Selbstverständlich weiß ich das«, log sie überzeugend. Ihr würde sicher gleich etwas einfallen. Hoffentlich! Fest sah sie reihum in die Gesichter ihrer aufmerksamen Freunde. »Allerdings brauche ich dazu eure Hilfe! Die wirklich wichtige Frage ist also: Seid ihr dabei?«

Hedi zögerte keine Sekunde. »Aber so was von!«

Männi hob seinen Daumen und lächelte breit. »Ich auch!«

Paul schüttelte nachdenklich den Kopf. Tina hielt den Atem an. Ohne Paul und seine unerschöpflichen Kontakte würde es schwer werden, einen geeigneten Plan zu entwickeln.

Da erklang ein Räuspern, oder war das etwa… Tatsächlich, Paul schüttelte sich vor Lachen! »Ihr spinnt!«, stieß er schließlich, nach Luft schnappend, hervor. »Alle miteinander.« Doch seine Augen leuchteten, und er streckte Tina die rechte Hand entgegen. »Um nichts in der Welt würde ich mir so ein Wahnsinnsabenteuer entgehen lassen!«

Tina schlug erleichtert ein, kurz danach landeten auch Hedis und Männis Hände auf Pauls und ihrer. »Einer für alle«, murmelte der Schreiner mit strahlenden Augen, »und alle für einen!«

10

(49°47′20.05″N)

»Pfui Teufel, guckt euch das an. Will einer von euch da landen?« Hedi umklammerte die Griffe ihres Rollators derart fest, dass das Hartgummi quietschte. Den Kopf wie eine aufgebrachte Schildkröte vorgereckt, beäugte sie die gravierten Metallplatten, die dicht an dicht auf der langen Mauer angebracht waren. »Name neben Name, nicht einmal Platz für einen Spruch, geschweige denn Blumen?« Sie schüttelte sich. »Jedes Postfach hat mehr Charme!«

»Und von denen aus geht es wenigstens noch irgendwohin.« Männi drehte sich weg.

Tina strich unbehaglich über den Wollstoff ihrer Kostümjacke, die sie zu Oles Ehren seit Langem mal wieder trug. Ursprünglich hatte auch sie darüber nachgedacht, sich verbrennen zu lassen. Das war platz- und geldsparend. Doch diese Mauer am Rande des Kirchhofs machte eher den Eindruck einer Parkgarage als den einer letzten Ruhestätte. Da war eine Seebestattung doch viel verlockender. Oder Männis *Verbuddelt mich unterm Apfelbaum.*

»Jetzt macht hier keinen Aufstand«, rief Paul seine bedrückten Mitstreiter zischend zur Ordnung. »Erstens haben wir etwas vor, zweitens können wir sie ja schlecht alle mitnehmen, und drittens haben wir etwas vor!« Er deutete auf den Smart des Krematoriums, der gerade das Gelände verließ. »Ole ist da, lasst uns loslegen.« Ungeduldig klopfte er auf die sich nach außen wölbenden Taschen seines eleganten Jacketts.

Tina musste grinsen. »Ja, auf geht's. Nicht dass unser Paul noch Minuspunkte auf der Eleganz-Skala bekommt mit all den prallen Tütchen auf den Hüften.«

Männi betrachtete Paul mit hochgezogenen Augenbrauen. »Ich hab gleich gesagt, ich sollte das Zeug transportieren.«

»Ja klar«, artikulierte Paul laut und deutlich, »und wenn wir es dann brauchen, hörst du uns nicht.«

Männi grunzte beleidigt. Bevor er davonstapfen konnte, schnappte Tina nach seinem Arm. »Keinen Streit jetzt«, sagte sie bestimmt. »Wir sind ein Team. Weiß jeder, was zu tun ist?«

»Schon auf dem Weg!« Hedi drehte ab, um Teil eins ihres wahnwitzigen Plans in die Tat umzusetzen: das Ablenkungsmanöver. Betont mühevoll bugsierte sie ihren rollenden Begleiter über den Rasen auf zwei Arbeiter in grünen Latzhosen zu, die letzte Hand an Oles Urnengrab legten. Männi nickte kurz und folgte ihr, nicht ohne Paul noch einen giftigen Blick zuzuschießen.

»Musst du ihn eigentlich immer verärgern?«, schimpfte Tina, während sie sich bei Paul unterhakte und ihn in Richtung des Hintereingangs der kleinen Kapelle zerrte. Angeblich war diese nie versperrt. Blieb zu hoffen, dass das auch heute der Fall war.

»Müssen nicht, aber es macht einfach so viel Spaß.«

»Ihm nicht. Und mir auch nicht. Vor allem dann, wenn alles von unserer Zusammenarbeit abhängt.«

Paul legte eine Hand auf Tinas und machte im Laufen eine kleine Verbeugung. »In dem Fall unterlasse ich es natürlich«, grinste er schräg, »zumindest für die nächste Stunde.«

Tina lotste ihn auf den kleinen Pfad, der um das Gebäude herumführte. »Das Flirten kannst du dir sparen, mein Lieber. Ich bin zu alt für dich.«

Paul lachte. »Vielleicht im Pass, aber nicht im Herzen.«

Tina schüttelte den Kopf. Alter Schmeichler. Den Teufel würde sie tun und sich von ihm den Kopf verdrehen lassen. Von irgendwem. Die Zeiten waren lange vorbei. Apropos Ausweis: Wann hatte sie eigentlich das letzte Mal ihren Reisepass verlängert? Brauchte sie den, um über die Grenze zu kommen, oder war das alles inzwischen schon längst EU, der Personalausweis reichte, und niemand kontrollierte mehr? Tina wünschte, sie hätte ein bisschen besser aufgepasst. Nicht immer nur recherchiert, was in den USA so los war, um während der Telefonate mit Adrian möglichst beiläufig informiert zu wirken. Nun denn, dazu war es jetzt zu spät. Keiner von ihnen hatte vor, sich aufhalten zu lassen. Sie würden Ole eine letzte Reise bieten, die sich gewaschen hatte. Sie würden ihn dorthin begleiten, wo er sich zu Hause gefühlt hatte: nach Norwegen. An jene Stelle, die ihn zu dem ein oder anderen Gedicht inspiriert haben dürfte.

Kurz vor der Hintertür der Kirche blieben sie stehen. Paul stupste sie amüsiert an und wies auf die beiden Friedhofsangestellten, die sich zu Hedis Rollator beugten, während diese aufgebracht mit den Händen in der Luft herumfuchtelte und Männi immer nur »Was? Was sagen Sie? Ich höre so schlecht!« rief.

»Sieht aus, als hätten Hedi und Männi alles im Griff. Wir können!« Galant zog er die schmale Tür auf und ließ sie vor. So geräuschlos wie möglich schlüpften sie in einen überfüllten Raum voller Grabkerzen, Gießkannen und anderen Utensilien. An der Garderobe hingen zwei schwarze Anzüge, zwei Paar Lackschuhe standen darunter, daneben eine schier endlose Reihe Gummistiefel. Das hier musste zeitgleich das Lager für den Friedhof und die Umkleidekabine der Angestellten sein.

Tina warf einen Blick auf ihre Armbanduhr: kurz nach acht. Sie lagen gut in der Zeit. Oles Sohn würde erst in zwanzig Minuten eintreffen. Und wenn alles nach Plan lief, würde er auch dann nicht gleich in die Kirche gelangen, dafür hatten sie gestern Abend noch gesorgt: mit einer schriftlichen Einladung an sämtliche Bewohner von *Schafweide. Herr Erickson gibt sich die letzte Ehre*, hatte darauf gestanden, *bitte erscheinen Sie zahlreich. Abschiedslieder sind erwünscht, für einen kleinen Schmaus ist gesorgt. Alle Fragen beantwortet gern der Sohn des Verstorbenen, Finn Schneckensiedler.* Tina unterdrückte ein Kichern, als nun auch schon die ersten Stimmen vor dem Gebäude laut wurden und ein Seemannslied anstimmten: »Ruhig durch die blauen Wogen zieht das Schiff nun seinen Lauf…« Der eilige Finn würde Augen machen! Sie stieg die drei flachen Steinstufen zum Hauptraum der Kirche hoch und öffnete die unauffällige Tür hinter dem kleinen Altar. Ein schneller, prüfender Blick in die Runde und dann: »Die Luft ist rein, beeil dich!«

Das war Pauls Startschuss. Geschmeidig wie ein Tänzer machte er die wenigen Schritte bis zu der kleinen Stele, auf der wie erwartet die schmucklose Urne thronte, nur wenige Meter vom Altar entfernt. Behände zog er zwei Beutel aus seinem Jackett, die er, Tina, Hedi und Männi gestern im Schweiße ihres Angesichts befüllt hatten: mit der Asche einiger teurer Zigarren sowie verkohlten Ästchen aus Männis Garten, einem wurmzerfressenen Beistelltischchen aus seiner Schreinerei und dem einen oder anderen Fladen getrockneten Kuhdungs, den sie verbrannt hatten. Ole würde ihnen die sicher nicht krummnehmen; vermutlich hätte er dazu sogar einen guten Witz auf Lager.

»Houston, wir haben ein Problem.« Pauls angestrengtes Flüstern riss Tina aus ihren Gedanken. »Das Mistding geht nicht auf!«

Mit vier Schritten war Tina bei ihm. Der Keramikbehälter

war verplombt. Natürlich, das hatte sie gelesen. Und vergessen. So wie das Vorhandensein des Moskitogitters vor ihrem Fenster. Wie lange war das jetzt her? Dreizehn Wochen? Egal. Sie mussten etwas tun. Und zwar schnell! Tina zog ihr Handy aus ihrer Handtasche und wählte. Hoffentlich hörte Hedi sie.

Nach dem zehnten Klingeln wurde Tina langsam nervös. Da nahm ihre Zimmernachbarin endlich ab. Im Hintergrund war das schrille »Mimimimi« von Babsi-Ich-kann-noch-immer-engelsgleich-singen zu hören. »Ich hoffe, du sagst mir, ihr seid fertig«, knurrte Hedi leise. »Das Katzengejaule raubt mir den letzten Nerv, und die Friedhofsmitarbeiter sind auch auf dem Sprung.«

»Dann lass deine Wimpern klimpern, wir brauchen mehr Zeit. Und Männi in der Kapelle – pronto!«

»Sklaventreiberin!« Die Verbindung wurde unterbrochen. Tina starrte perplex auf das Gerät in ihrer Hand. Hoffentlich hieß das, Hedi hatte verstanden …

Da knallte auch schon die Kirchentür auf. Männi stürmte herein, drückte sie schleunigst vor der großen Gruppe aufgeregt singender und plaudernder Gestalten auf dem Kirchenvorplatz wieder zu und positionierte einen Stuhl unter der Klinke. »Wer ist eigentlich auf die Idee mit dem Trauerschmaus gekommen?«, brüllte er viel zu laut und fuhr sich über die vor Schweiß glänzende Glatze. »Da draußen stehen sicher über fünfzig Gäste und werden langsam ungeduldig.«

Paul nickte wissend. »Tja, die Kombination von Sahneschnittchen und umsonst ist eben unwiderstehlich. Und jetzt komm her. Wir brauchen Hilfe!«

»Was ist überhaupt los?«

Tina deutet auf den Urnendeckel. »Bitte sag mir, dass du irgendwas an deinem Schlüsselbund hast, um den Deckel zu öffnen!«

»Schlüssel?« Männi schüttelte den Kopf. »Dafür gibt es keinen Schlüssel, das Ding ist natürlich verplombt! Wir brauchen etwas Scharfes, das sich nicht so leicht verbiegen lässt. Vielleicht meinen Flaschenöffner?« Er zog an der Paketschnur, die von seinem Gürtel bis in die Hosentasche führte, und förderte einen riesigen Schlüsselbund zutage. Mit geschickten Fingern fischte er aus der Unmenge an Metallgegenständen ein verbeultes Objekt mit gerundetem Ende hervor.

»In welchem Universum ist das ein Flaschenöffner?« Paul sah alles andere als überzeugt aus.

Tina trat ihm auf den Fuß. »Wer von uns hat versprochen, die Luft anzuhalten, bis wir unseren Plan umgesetzt haben?!«

Mit schmerzverzerrtem Gesicht hielt Paul Männi die Urne entgegen. »Hau rein, alter Knabe, wer könnte uns jetzt noch helfen, wenn nicht du.«

»Verdammt richtig!« Männi setzte an und hebelte.

Tina vergrub nervös die Hände in den Taschen ihres Jacketts. Sie zwirbelte alte Bonbonpapierchen, zerknüllte ein Tempotaschentuch – was dauerte denn so lange? Erschrocken zuckte sie zusammen, als sie etwas in den Daumen stach. Überrascht zog sie den Gegenstand heraus: die Geflügelschere! Immer wieder hatte sie diese benutzt, danach jedoch stets hier verstaut anstatt in ihrer Küchenschublade oder der Heimküche. Vermutlich weil sie dachte, in ihrer Jacke wäre das Ding sicher – und irgendwie gehörte es da auch hin! Als Erinnerung an etwas, das glücklicherweise nie stattgefunden hatte. Nun begutachtete sie die scharfen Schneiden nachdenklich, während von weiter vorn ein ungutes Knirschen zu hören war. Männi sah überrumpelt auf seine breiten Hände, in denen er sein in der Mitte entzweigebrochenes Werkzeug hielt. »War wohl der falsche Winkel.«

Paul fuhr sich durch die sorgsam drapierte Haarpracht. »Das darf doch nicht wahr sein! Kannst du nicht ein Mal…«

»Ruhe!« Tina eilte mit ausgestreckter Hand zu den beiden Männern. »Ich hätte womöglich eine Alternative.«

Für einen Moment wurde es totenstill im Raum. Dann beugte sich Paul irritiert vor. »Ist das … eine Geflügelschere?«

»Ähm, ja. Also was jetzt, kommen wir damit weiter?«

»Wenn wir vorhätten, ein kleines Grillgelage zu machen, sicherlich…« Paul starrte Tina kopfschüttelnd an.

Doch Männi hatte bereits zugegriffen. Entschlossen klemmte er sich Oles Urne zwischen die Knie, schob die Spitze der Schere unter den Rand des Deckels und ließ eine Faust auf die Augen niedersausen. Der Deckel löste sich mit einem satten Plopp und schoss in die Höhe. Starr vor Entsetzen, sah Tina, wie er durch die Luft segelte…

Da schnappte Paul zu, bevor der Deckel auf dem Boden zerschellen konnte.

Männi nickte Paul beeindruckt zu, Tina klopfte ihm auf die Schultern. »Gibt es da was, das du uns beichten willst? Vielleicht über deine Karriere im Seniorenfootball?«

»Versuche nur fit zu bleiben, man weiß ja nie.«

Männi verdrehte die Augen, als Paul Tina vielsagend zublinzelte, gab ihr die Schere zurück und nickte in Richtung Urne. »Können wir?«

»Ähm … nur eines noch …« Paul blickte sich suchend um. »Wohin mit Ole?«

Tina stöhnte. »Du warst für den Transport zuständig! Jetzt sag mir nicht, du hast vergessen, einen Behälter für ihn mitzubringen.«

Paul verzog entschuldigend das Gesicht und zuckte mit den Schultern. »Muss ich irgendwie … verpasst haben.«

Männi schnaubte. »Wie jetzt? Herr-Ich-besorge-allen-alles hat nichts dabei, um unseren Kapitän einzutüten?« Er durchsuchte seine Taschen und zog schließlich einen abgegriffenen Jutebeutel mit dem Emblem einer Supermarktkette hervor, den er Paul entgegenhielt. »Nur gut, dass einer von uns gewappnet ist.«

Paul verzog angewidert die Nase. »Ehrlich? Da rein?« Schaudernd las er den Werbespruch vor. »Ik bin ne Jute??!«

Entnervt schnappte Tina sich Männis Beutel und füllte den Inhalt ihrer Handtasche inklusive Geflügelschere um. Dann hielt sie ihr gutes Stück den Männern hin. »Echt Leder«, versicherte sie. »Was Stilvolleres haben wir nicht. Los jetzt!«

Paul holte tief Luft, dann drehte er die Urne um. Es staubte, als Oles Überreste in Tinas Handtasche landeten.

»Hab ihn.« Eilig ließ sie den Messingverschluss einrasten und klemmte sich das Krokodilimitat unter den Arm. Sie hatte gelogen. In ihrem ganzen Leben hatte sie noch keine

Handtasche aus echtem Leder besessen. Aber Ole hätte im Gegensatz zu Paul sicher keine blasierten Vorurteile. Hauptsache, er käme hier weg.

Männi und Paul füllten unterdessen die Ersatzasche in die Urne und versuchten vergeblich, den Deckel einzupassen. Viel zu locker saß er obenauf. So würde die Urne nicht einmal den Weg aus der Kirche schaffen, ohne dass gleich auffiel: Hier stimmte etwas nicht.

»So geht das nicht, wir müssen ihn wieder … ranplomben oder so.« Hoffnungsvoll sah Tina zu Männi.

Doch der schüttelte hilflos den Kopf. »Dazu bräuchten wir mindestens einen Bunsenbrenner.«

Da klingelte Tinas Handy. Hektisch angelte sie in dem unübersichtlichen Jutebeutel danach. Als sie es endlich zwischen Schmerztabletten, Brieftasche, Lippenstift, Haarspray und Taschenspiegel gefunden hatte, blinkte ein verpasster Anruf auf. Hedi. Das konnte nichts Gutes bedeuten. Kurz danach piepste es. Eine SMS. Tina kniff die Augen zusammen. *Totenvräbr Unternehmen. Konnte sein nicht ängstlich aufhält. Ohrringe!!*

Bitte?

»Was ist los?« Paul und Männi versuchten entgegen jeder Erfolgswahrscheinlichkeit noch immer, den Deckel durch pure Gewalteinwirkung einzupassen.

Tina zuckte mit den Schultern. »Hedi hat uns geschrieben.« Langsam las sie das Kauderwelsch vor.

»Oh nein!« Paul blickte wild um sich. »Jeden Moment tauchen hier die Totengräber auf, um sich umzuziehen. Uns muss etwas einfallen!«

Auf Tinas perplexen Blick hin erklärte er stakkatoartig: »Automatisches Rechtschreibprogramm. In Hedis Handy. Eigentlich meint sie: Totengräber unterwegs, konnte sie nicht aufhalten. Ihr raus!«

Nun wurde auch Tina panisch. Wohin? Und vor allem, was nutzte es, sich zu verstecken, wenn Oles Urne noch immer auffallend offen stand? Dann konnten sie sich ja gleich davorstellen, freundlich winken und gestehen. Schade, dass sie seit ihrem Gebiss keinen Kaugummi mehr kaute, der könnte ihnen womöglich ein bisschen Vorsprung gewähren. Auch Leberwurst war guter Kleber – Tina erinnerte sich schaudernd daran, wie Adrian damit einmal sämtliche seiner Zeichnungen an die Wände seines Kinderzimmers angebracht hatte. Kurz bevor er beinahe das ganze Haus abgefackelt hatte, weil er mit Kerzen experimentiert hatte … Halt! Das war es.

»Hat einer von euch ein Feuerzeug dabei?«

11

(49°47'20.05''N)

Karel staunte. Wie hatten der gebräunte Lebemann und seine Freunde das nur geschafft? Der Kirchenvorplatz war überfüllt. Überall standen Menschen – fein gemacht, wie es sich für eine Trauergesellschaft gehörte. Auch Herr Schneckensiedler schien mehr als verblüfft. Allerdings nicht im positiven Sinne. Ungeduldig versuchte er, sich einen Weg zu dem gemütlich plaudernden Pfarrer zu bahnen, wurde jedoch immer wieder aufgehalten. Alte Herren schüttelten ihm die Hände und machten Vorschläge für Lieder, Damen drückten ihn gefühlvoll an sich und gaben eine Anekdote über Ole zum Besten.

Üblicherweise nahm niemand von *Parlinger und Sohn* an Beerdigungen teil, die sie organisierten – eine Regel, die Karels Großvater aufgestellt und die niemand jemals hinterfragt hatte. Trotzdem fühlte es sich bei dieser für Karel völlig richtig an, eine Ausnahme zu machen. Er wollte dem alten Kapitän die letzte Ehre erweisen. Außerdem ließ er suchend den Blick über die Anwesenden schweifen. Nirgendwo entdeckte er den warmen Blick, nach dem er Ausschau hielt. Schade. Er hatte gehofft, die ältere Dame mit dem verständnisvollen Lächeln aus der Residenz *Schafweide* wiederzusehen. Doch nicht einmal die eisgraue Mähne dieses Paul Grubers blitzte irgendwo auf. Hatte der während seines Besuchs neulich nicht erzählt, dass er und seine Freunde sich gebührend von dem alten Kapitän verabschieden wollten?

Sich verabschieden können war etwas, das Karel selbst verpasst hatte. In Margos letzten Tagen hatte er an ihrem Bett gesessen, ihre Hand gehalten und ihr endlich die wirklich wichtigen Sätze ins Ohr geflüstert, die für sie schon längst jegliche Begrifflichkeit und Bedeutung verloren hatten.

Während einige der Anwesenden Aufstellung nahmen, um ihr einstudiertes Seemannslied ein weiteres Mal zum Besten zu geben, drehte sich Karel zu den alten Erlen hinter dem Kirchengebäude und trat vorsichtig auf den Kiesweg. Er würde sich später ganz hinten in den Kirchenraum stellen und als Erster wieder gehen. Streng genommen gehörte er hier nicht her. Aber zunächst würde er Margo einen Besuch abstatten. Sie lag unter der mittleren Erle und wartete auf ihn. Marion hatte ein Familiengrab erstanden. Es war kostengünstiger und garantierte, dass man sich am Ende nicht in unterschiedlichen Ecken wiederfand. Trotzdem war genau das – der leere Platz neben Margos Namen – der Grund, warum Karel sich immer schuldig fühlte, wenn er das Grab seiner Frau besuchte. Schuldig, am Leben zu sein. Und schuldig, es hier und da sogar zu genießen.

Als Pi entzückt an einer Plastikrose schnüffelte und das rechte Hinterbein hob, zog Karel seinen kleinen Mischling eilig weiter um das Kirchenschiff herum. Nur wenige Meter weiter betraten die beiden Friedhofsangestellten plaudernd den Hintereingang.

Karel blieb vor dem Grab seiner Frau stehen. »Hallo Margo, ich habe dir etwas mitgebracht.« Vorsichtig stellte er einen der zwei Wiesenblumensträuße in die Vase, gab Wasser dazu und wollte die kleine Gießkanne gerade wieder zurück zu dem Becken zwischen die Bäume stellen, als er etwas Breites, Plüschiges dazwischen bemerkte. Zwei erschrockene Augen sahen ihn an, nur unzureichend von einem Oleanderstrauch verborgen. Pi begann zu knurren. Für einen Moment wirkte die alte Dame mit den kleinen Löckchen fast ertappt. Doch was sollte sie hier schon Verbotenes tun?! Vorsichtig trat er auf sie zu. »Haben Sie sich verirrt?«

Ihr Nicken kam einen Tick zu schnell und… erleichtert? »So in etwa, ich dachte, ich gucke mich mal ein bisschen um… Man weiß ja nie, wann's so weit ist, nicht wahr, und dabei bin ich irgendwie… stecken geblieben.« Nun deutete sie nach unten auf die Reifen ihres ausladenden Rollators, die sie nur mühsam über die kleinen Kieselsteine manövrierte.

»Warten Sie, ich helfe Ihnen.« Karel legte die Blumen für den alten Kapitän auf das plüschige Sitzkissen und zog den Rollator langsam, aber sicher auf den gepflasterten Weg.

»Danke, sehr zuvorkommend.« Neugierig ließ sie den Blick von ihm zu den Blumen und wieder zurückwandern. »Sind Sie auch wegen Ole Erickson hier?«

Karel nickte und streckte ihr eine Hand entgegen. »Karel Parlinger. Von *Parlinger und Sohn*.«

»Ah, Sie sind das!« Sie musterte ihn derart interessiert, dass Karel fast ein »Ich habe schon viel von Ihnen gehört« erwartete. Doch dann schüttelte sie nur seine Hand. »Hedi Vondertaub, sehr erfreut«, sagte sie und lief los. »Ihr Strauß ist eine gute Wahl. Ole mochte keine Zierblumen. Wussten Sie das, oder haben Sie gut geraten?«

»Geraten.« Karel beeilte sich, mit ihr Schritt zu halten, und musste lächeln, als sie sich geschickt durch die Menge der Trauergäste zum Eingang der Kirche drängelte. Erleichtert ließ sie sich dort auf das Kissen des Rollators sinken und winkte ihn näher, während der Refrain des Seemannsliedes zu einem letzten, lauten Crescendo anwuchs, das ein normales Gespräch unmöglich machte. »Halten Sie sich nur an mich, Herr Parlinger«, brüllte sie ihm ins Ohr. »Dann müssen Sie nicht stehen!«

Karel nickte. So viel zu seinem Plan, sich hinten hineinzuschleichen und unerkannt wieder zu gehen. Aber vielleicht war es so viel netter. Und außerdem konnte er von der rüstigen alten Dame womöglich auch eine ehrliche Einschätzung über das Seniorenheim bekommen. Marion erwartete, dass er sich bald entschied.

»Glori, glori, Gloria, schöne Mädchen gibt es da«, erscholl es aus vielen Kehlen. Karel verkniff sich ein Lachen. Nun, so hatte sich der Sohn von Herrn Erickson das Ganze sicher nicht vorgestellt.

Da schwang die Tür zum Kirchenraum auf, und eine silbrige Haartolle erschien. »Herzlich willkommen«, Paul Grubers Stimme klang sonor und völlig sicher. »Treten Sie ein, das Schloss klemmt leider ein wenig. Übrigens: ein schönes Lied.« Karel starrte ihn überrascht an. Wieso war er in der Kirche, anstatt mit allen anderen draußen auf den Einlass zu warten? Hatten er und seine Freunde etwa so lange gebraucht, um sich von dem Kapitän zu verabschieden? Verwundert beobachtete Karel, wie Paul jovial Hände schüttelte und die Eintretenden begrüßte. Doch Frau Vondertaub zog ihn energisch weiter und deutete auf eine der vordersten Reihen, in der bereits zwei Menschen saßen. Karel schüttelte den Kopf. Auch das war mehr als ungewöhnlich! »Da setzen wir uns dazu«, erklärte seine Begleiterin und bugsierte den Rollator voran. Als Karel nun erkannte, wer dort in der Kirchenbank wartete, verflüchtigte sich seine Irritation. Sein Mund verzog sich zu einem spontanen Lächeln. Neben dem glatzköpfigen alten Schreiner saß die alte Dame, nach der er vorhin vergeblich Ausschau gehalten hatte. Weshalb die beiden auch immer bereits in der Kirche waren – er freute sich, sie zu sehen.

In dem Moment drehte sie sich um und entdeckte ihn. Sie stieß ihren Banknachbarn in die Seite, der ihn nun seinerseits in Augenschein nahm und ihr eilig etwas ins Ohr flüsterte. Hatte Karel da eben seinen Namen gehört? Ihre Augen wurden groß, sie runzelte die Stirn, schnappte sich ihre vornehme Handtasche und verstaute sie zwischen ihren Füßen neben einen Jutebeutel. Was war denn hier los?

Karel warf einen fragenden Blick auf Frau Vondertaub, doch die redete noch immer über den Verstorbenen, ein kleines, trauriges Lächeln auf dem Gesicht. Karel konzentrierte sich auf seinen Blumenstrauß. Er fühlte sich wie ein Eindringling. Nun war es allerdings zu spät, einen Rückzieher zu machen. Frau Vondertaub hangelte sich von ihrem Rollator in die Bank und schob den Glatzkopf zur Seite. »Männi, mach mal Platz für mich und Herrn Parlinger!«

Während Karel sich vorsichtig auf die harte Bank niederließ, hörte er das zu laute Flüstern des Schreiners: »Parlinger senior, ausgerechnet?! Und dann auch noch mit Hund! Hedi, was soll das?«

Unsicher rutschte Karel hin und her, befahl Pi, sich hinzulegen, und konzentrierte sich auf die flackernden Kerzen neben der Urne. Eine davon war merklich weiter heruntergebrannt als die anderen. Aus den Augenwinkeln konnte er sehen, dass ihn der alte Schreiner missbilligend musterte.

Offenbar hatte der etwas gegen Karels Gegenwart. Ob er und seine Freunde es Karel übel nahmen, dass der alte Kapitän auf dem Friedhof und nicht auf See bestattet wurde? Aber selbst wenn Karel von den Wünschen des Verstorbenen gewusst hätte, was hätte er schon tun können? Womöglich sollte er besser gehen? Sich doch hinten hinstellen. In der Bank, die sich die besten Freunde des Verstorbenen teilten, schien er nicht erwünscht, nette Einladung der lebhaften Frau Vondertaub hin oder her.

Karel griff nach der Lehne, drauf und dran, sich zu entschuldigen und die Freunde allein zu lassen, als sich plötzlich eine zierliche Hand in sein Gesichtsfeld schob. »Nett, Sie persönlich kennenzulernen, wir haben uns gestern ja nur … flüchtig gesehen.« Und als benötigte er eine Gedächtnisstütze, fügte sie hinzu: »In *Schafweide*. Sie haben sich Oles Zimmer angesehen.«

Karel räusperte sich. »Ja, auf … Bestreben meiner Tochter hin.«

Als erriet sie auch all das, was er ungesagt gelassen hatte, sah sie ihn mit einem warmen Blick an. Das musste an ihren Augen liegen: hellblau, glasklar, mitfühlend und umringt von Lachfalten. Er schüttelte ihre Hand nur kurz, denn er wollte verhindern, dass sie das unkontrollierte Zittern seiner Finger spürte.

»Tina Ommen«, stellte sie sich vor.

Karel holte tief Luft. Doch bevor er etwas entgegnen konnte, schob sich jemand neben ihn in die Bank. Paul. »Genug der Vorrede«, wisperte er, »es geht los!«

Und als hätte er damit ein geheimes Startzeichen gegeben, drehten sich sämtliche Köpfe in Richtung der Urne auf der hölzernen Stele vor ihnen. Karel runzelte die Stirn. Weshalb nur sahen alle vier aus wie Schulkinder, die einen Streich ausgeheckt hatten und nun befürchteten, erwischt zu werden?

Frau Ommen schob ihre Handtasche und den Jutebeutel mit den Füßen schützend weitere Zentimeter zur Seite, weg von Pis Schnauze, der sich lang unter der Kirchenbank ausgestreckt und die Augen geschlossen hatte.

Da öffnete sich die kleine Tür zum hinteren Raum. Hinaus trat der Pfarrer. Sein sonst so gemütliches Gesicht war verkniffen. »Das ist nicht meine erste Beerdigung!«, zischte er dem ihm folgenden Sohn des Kapitäns über die Schulter hinweg zu. Karel seufzte. Ob dieser Finn jemals lockerließ? Unzufrieden strich sich der Filius die dunklen Haare aus den hellen Augen. Seebärenaugen. Ob er die von seinem Vater hatte? Dann ließ er sich in der ersten Bank nieder, direkt vor ihnen.

»Auftritt Finn Schneckendings, dem wir heute einen Strich durch die Rechnung gemacht haben«, flüsterte Paul selbstzufrieden und erhielt als Reaktion warnende Blicke von den Damen in seiner Bank.

Frau Vondertaub wandte sich lächelnd an Karel. »Wir haben gestern alle unsere … Mitbewohner hierher eingeladen«, vertraute sie ihm an, »und sie gebeten, ein Seemannslied vorzutragen.«

Karel schmunzelte. Das also war es? Die vier Verschwörer hatten dafür gesorgt, dass ihr verstorbener Freund wenigstens ein bisschen mehr letzte Ehre erhielt, als der Sohnemann geplant hatte. »Das hätte Herrn Erickson bestimmt gefallen!«

Paul nickte. »Das glaube ich aber auch!« Mit einem Blick auf den perfekt in Form gegelten Hinterkopf von Oles Sohn fügte er leise hinzu: »Der Junior verdient es nicht anders! Hat es sogar geschafft, Pfarrer Stelz gegen sich aufzubringen. Und das ist eine echte Kunst.«

Karel hörte Frau Ommen auf der anderen Seite der Bank amüsiert glucksen. »Sag bloß, Paul«, flüsterte sie, »du kennst den Geistlichen auch … beruflich?«

Der grinste. »Beruflich wäre zu viel gesagt. Er und ich gönnen uns manchmal eine kleine Runde Poker.« Poker mit dem Pfarrer – das konnte sich Karel bei dem silberhaarigen Paul sehr gut vorstellen.

Frau Vondertaub lehnte sich nach rechts. »Die einzige Frage ist, in welcher Währung sich unser Paul den Gewinn auszahlen lässt«, raunte sie ihm zu. »Dass er gewinnt, ist klar.« Sie beäugte Karels Sitznachbarn vielsagend. »Ich tippe auf die ein oder andere Absolution für vergangene Sünden.«

Paul machte ein undurchdringliches Gesicht. »So viele Pokerrunden, wie ich dazu nötig hätte«, murmelte er leise, »bringe ich in diesem Leben nicht mehr unter.«

Frau Vondertaub sah ihn überrascht an und wollte gerade noch etwas sagen, doch da wurde das erste Kirchenlied angestimmt und rettete den Lebemann vor einer ansonsten sicherlich gründlichen Inquisition.

Karel ließ sich auf die Holzbank zurücksinken. Er war froh, hergekommen zu sein. Und darüber, dass Frau Vondertaub –

Hedi, wie sie ihn nun schon dreimal korrigiert hatte – ihn in ihre Bank eingeladen hatte. Die Freunde des verstorbenen Kapitäns waren wahrlich seltsam. Und extrem sympathisch.

12

(49°47'20.05''N)

»Lobet den Herren, den mächtigen König der Ehren …« Tina hielt das Blatt dicht vor die Augen und versuchte, sich nicht von dem schräg brummelnden Männi neben ihr aus dem Takt bringen zu lassen. Dieses letzte Lied war schließlich das einzige, dessen Text und Melodie sie kannte. Und die Melodie war gefällig. Eine der wenigen, die sie selbst mit ihrem Seniorenalt, der früher einmal ein Sopran gewesen war, schaffte.

Als sie klein war, hatte sie immer »den mächtigen König der Ähren« gesungen. Das schien ihr völlig logisch. Wenn sich schon bei jemandem bedanken, den man nie sah, dann für die Ernte, die es den Eltern erlaubte, ein weiteres Kind auf die Schule zu schicken.

Der Pfarrer hatte eine schöne Rede gehalten. Über das Älterwerden und dass man darüber dankbar sein sollte. Tina hatte das Nicken von Herrn Parlinger aus den Augenwinkeln bemerkt, als der Pfarrer sagte, dass man nach und nach immer einsamer zurückblieb, je mehr vor einem gingen. Und dass Friedenschließen etwas war, das immer wichtiger wurde und nicht zu lange hinausgezögert werden sollte. Dabei hatte er Oles Sohn direkt vor ihr fest angesehen und dieser mit einem Hustenanfall gekontert. Tina hatte den Geistlichen interessiert beobachtet. Auch er schien sich den ein oder anderen persönlichen Gedanken über die seltsame Vater-Sohn-Beziehung gemacht zu haben.

»Ich halte ja normalerweise nicht viel von Schwarzkitteln«, hatte selbst Männi zustimmend gebrummelt. »Aber der hier hat es auf den Punkt gebracht: Oles Junior hat's verkackt!«

Tina hatte sich fast verschluckt, als besagter Junior sich empört zu ihnen umgedreht hatte. Doch zum Glück hatte der Pfarrer im selben Moment das Zeichen für das letzte Lied gegeben. Als hätte sie die ganze Zeit darauf gewartet, hatte die Dame neben Oles Sohn dermaßen inbrünstig losgesungen, dass selbst Männi erschrocken zusammengezuckt war.

Tina musste lächeln. Besonders harmonisch schwebten ihre Stimmen nicht durch die Luft. Dafür aber voller Enthusiasmus und laut. Sehr laut. Oles Sohn rieb sich immer wieder über die Ohren. Tina selbst drehte einfach ein bisschen an ihrem Hörgerät. Manchmal war das Alter eben doch ein Segen. So wie für ihr Vorhaben. Wer würde schon vier Senioren zutrauen, eine solche Tat zu begehen? Oder ein – wie hatte Paul es genannt? – wahnwitziges Abenteuer?!

»… der dich erhält«, schmetterte Tina und beugte sich mit voller Absicht näher nach vorn zu Oles Sohn, »wie es dir selber gefällt.« Genau. Das. Wie es ihnen gefiel. Darum ging es doch im Leben. Und nicht nur dort.

»Amen!«, dröhnte der Pfarrer, und Tina nickte. Ja, darauf ein Amen. Sie zog sich an der Rückenlehne der Vorderreihe empor und streckte die müden Knochen. Selbst die Kurzversion einer Aussegnung war definitiv zu lang! Aufatmend wandte sie sich den anderen zu – und landete in den Augen von Karel Parlinger. Während dieser im Seitengang des Kirchenschiffs Hedi half, ihren Rollator in Richtung Ausgang zu drehen, sah er sie an. Für einen Moment legte er den Kopf schief, als wollte er sie etwas über die drei Meter Luftlinie fragen. Oder … als hätte er einen Verdacht!

Tinas Knie wurden weich. Ob er Ole durch das Krokoimitat ihrer Handtasche riechen konnte? Vielleicht war für ihn der Krematoriums-Geruch ebenso unverkennbar wie Chanel und Dior für Pauls Nase? Was, wenn Karel Parlinger ahnte, dass Tina und ihre Crew drauf und dran waren, seinen Kunden zu stehlen, um mit ihm durchzubrennen? Bestimmt gab es auch unter Bestattern so etwas wie den hippokratischen Eid, der sie dazu verpflichtete, jegliche Unregelmäßigkeit zu melden. Wie oft hatte sich Laura dahinter verschanzt, wenn Tina sie gegen Ende nach stärkeren Schmerzmitteln für Ernst befragt hatte. Dabei war es ihr gar nicht darum gegangen, ihre Tochter zu etwas Illegalem anzustiften. Sie wollte nur sichergehen, alle Möglichkeiten ausgeschöpft zu haben. Selbst jene, von denen Normalsterbliche womöglich gar nichts wussten. Letztendlich hatten Ernst und sie allerdings auch so eine einigermaßen erträgliche Lösung gefunden. Dank eines alten Freundes, der sich sicherlich gut mit Paul verstanden hätte. Eine Lösung, die sie vor ihrer Tochter geheim gehalten hatten.

Paul bemerkte ihre Unruhe, drängte sich neben sie in den Hauptgang und fädelte ihren freien Arm durch seinen Ellenbogen. Parlinger und sein kleiner Hund drehten sich auf der anderen Seite der Kirchenbänke um und liefen neben Hedi her. Tina fixierte seinen Hinterkopf. Sie waren so kurz davor! In nicht einmal einer halben Stunde fuhr ihre Mitfahrgelegenheit ab. Paul hatte alles organisiert. Während Oles Urne mit der falschen Asche eingemauert wurde, würden sie sich mit dem Original in einem Lkw der Granitfirma *Meißelstein* aus dem Staub machen. Paul kannte einen Fahrer, der sich bereit erklärt hatte, sie bis zum nächsten Bahnhof zu bringen. Von dort aus ginge es zum Flughafen.

Auf dem Vorplatz der kleinen Kirche warf Tina einen Blick auf ihre Uhr und versuchte Hedi das Zeichen zum Aufbruch zu geben. Doch diese redete noch immer mit dem Bestattungsunternehmer und strich sich eine Strähne frisch gefärbter Haare hinters Ohr.

Die Gruppe Trauergäste strömte aus der Kirche zu der Urnenmauer. Der Vorhof leerte sich, und nur Tina, Paul und Männi blieben zurück. Dann bremste auch Hedi und hielt Herrn Parlinger eine Hand zum Abschied entgegen. »Nett, Sie kennengelernt zu haben.«

Der Beerdigungsunternehmer sah ihnen der Reihe nach forschend ins Gesicht. »Wollen Sie vier denn nicht mit?«

»Ähm … nein danke.« Tina schüttelte den Kopf. »Wir … möchten lieber nicht sehen, wie er eingemauert wird.«

Hedi nickte fest, ihre Löckchen wippten. »Wo er doch lieber ins Meer gestreut werden wollte.«

»Freiheit und so«, fiel nun auch Männi ein und gab Hedi ein eindeutiges Zeichen. »Kommst du? Wir müssen los.«

»Ja, der Trauerschmaus – irgendjemand muss schließlich die Häppchen verkosten«, grinste Paul lässig und legte eine Hand auf Tinas Rücken.

Diese zögerte einen Moment. Der alte Beerdigungschef hatte sich nicht vom Fleck gerührt. Hilflos sah er zwischen den vier Freunden und der sich immer weiter entfernenden Trauergemeinde hin und her. Er wirkte verloren. Schließlich gab er sich einen Ruck und nickte ihr zu. »Dann sehen wir uns also später. Komm, Pi.« Der kleine Hund sprang auf und trottete neben ihm her.

»Pi?«, wunderte sich Männi im Umdrehen. »Wie ein halbes Pipi?« Und lachte über seinen eigenen Witz.

Tina verdrehte die Augen. »Wohl kaum. Eher wie Pi, die Kreiszahl, du weißt schon, 3,14159 und so weiter. Wunderbare Idee, seinen Hund danach zu benennen!«

»Ja.« Paul grinste breit und stupste sie an. »Total wunderbar. Ich wette, du hattest einen Goldfisch namens Algebra.«

»Pythagoras«, verbesserte Tina und passte ihre Schritte seinem Tempo an, »und es war ein Lämmchen.«

Paul lachte. »Der alte Bestattungskerl und du, ihr passt echt gut zusammen.«

Hedi überholte die beiden. »Spart euch den Atem und legt einen Zahn zu, Pauls Truckerkumpel wartet nicht auf uns.«

Ohne zu bremsen, liefen sie den Hügel zur Hauptstraße hinab und bogen unten beschwingt um die Kurve. Von hier aus war der Lkw in der Einfahrt der Granitfabrik zu sehen.

Keiner von ihnen hörte das empörte Zetern von Oles Sohn, der mit dem Deckel der Urne in der Hand vor dem Fach kniete, das er als letzte Ruhestätte seines Vaters ausgewählt hatte. Und keiner von ihnen sah, wie sich eine Gestalt langsam, aber sicher rückwärts aus der Menschenmenge vor der Urnenwand löste, die interessiert mit den Blicken dem unerwarteten Schauspiel folgte, sich bückte, eine hechelnde kleine Schneeflocke auf den Arm nahm und, so schnell es ging, den Abhang hinuntereilte.

13

(49°47'08.8"N)

»Und jetzt Sie, Mylady.« Paul beugte sich aus der Beifahrertür des Vierzigtonners und streckte Tina galant eine Hand entgegen. Kein Härchen seiner Silbermähne war verrutscht. Ihm schien nichts mehr Vergnügen zu bereiten, als Damen im besten Alter in die Fahrerkabine eines Lastwagens zu hieven.

Tina betrachtete skeptisch die weiten Abstände zwischen den Stufen und war froh, sich heute Morgen für eine Hose entschieden zu haben.

»Komm schon, von hier oben hat man eine super Aussicht«, winkte Hedi ihr fröhlich von der Sitzbank zu und beäugte im Seitenspiegel wohlwollend ihren muskelbepackten Fluchthelfer Roberto. Dieser wuchtete gerade das letzte Gepäckstück, Hedis Plüschrollator, in den Wagen und schwang sich dann tarzangleich auf den Fahrersitz.

Tina ergriff Pauls Hand, der offenbar mit dem doppelten Gewicht gerechnet hatte: Ihre Füße berührten kaum die erste Stufe. Die zweite kam umso überraschender, und Tina stieß sich heftig ab. Als Nächstes landete sie in Pauls Armen und danach auf dem ganzen Herrn. Mit einem überraschten »Uff!« kippte er rückwärts und zog sie mit. Dann erschien ein schelmisches Grinsen auf seinem Gesicht. »Wer hätte gedacht, dass in dem alten Mädchen noch so viel … Sturm steckt.«

»Dame, mein Lieber, Mädchen bin ich die längste Zeit gewesen!« Unter allgemeinem Geglückse stemmte sich Tina so majestätisch wie möglich auf alle viere, schob sich rückwärts auf den letzten Beifahrersitz und schnallte sich an. Sorgsam darauf bedacht, dabei nicht auch noch Pauls Allerwertesten einzuklemmen. Nicht, dass der alte Silberfuchs auf falsche Gedanken kam! Sie zupfte ihre Frisur zurecht und überprüfte den Schnappverschluss der Handtasche. Ole schien ihre kleine Flugeinlage gut überstanden zu haben. Kein noch so kleines Aschestäubchen war entkommen.

»Sind alle an Bord?« Roberto startete mit zuckenden Mundwinkeln den Motor und ließ ihn aufheulen, als säßen sie in einem Sportcoupé.

Paul sortierte die langen Gliedmaßen und hielt einen Daumen in die Höhe. »Wir können.«

»Fast.« Roberto nickte Tina zu. »Würden Sie die Tür noch schließen, Werteste? Nicht dass wir Sie in der nächsten Kurve verlieren.« Tina streckte sich nach dem Griff der Beifahrertür. Dieser Wagen war wirklich überdimensioniert! Da hörte sie hektische Schritte. Jemand rannte auf sie zu. Jemand in dunkler Trauerkleidung und mit einem weißen Wollknäuel unterm Arm. Tina erstarrte.

»Brauchst du Hilfe?«, säuselte Pauls Stimme nahe an ihrem Ohr – dann sog er überrascht die Luft ein und verdoppelte sein Bemühen, die schwere Tür zuzuziehen.

Ihr Verfolger allerdings war schneller und warf sich todesmutig dazwischen. Mit einem »Halten Sie bitte mal kurz?« drückte Karel Parlinger Tina seinen mit allen Pfoten strampelnden Hund entgegen und wuchtete sich schwer atmend zur Fahrerkabine hinauf. »Wir kommen mit.« Mit einem satten Ploff schloss sich die Beifahrertür hinter ihm. Herr Parlinger setzte sich entschlossen zwischen Tina und Paul und nickte allen Anwesenden zu.

»Auf keinen Fall!« Pauls Stimme war mehr ein Knurren. Mit verschränkten Armen starrte er den Beerdigungsunternehmer an.

Hedi versuchte es mit einer anderen Taktik. »Herr Parlinger«, lächelte sie samtig, »wir sind in einer wichtigen Mission unterwegs, und Timing ist geradezu … essenziell. Steigen Sie bitte aus. Tun Sie das Richtige.«

»Das Richtige«, entgegnete der alte Herr ebenso sanft, »wäre es, Gas zu geben.« Nun konzentrierte er sich auf Tina. »Ihr Plan ist nicht ganz so unentdeckt geblieben wie gehofft. Den Urnendeckel mit dem Wachs der Kirchenkerze zu befestigen war theoretisch ein guter Gedanke, praktisch allerdings …«

Tina verzog das Gesicht. Sie hatte es geahnt. Aber noch war nicht alles verloren. Sie nickte Roberto zu. »Fahren Sie! Herr Parlinger kommt mit.«

Als hätte er sich bisher mühevoll zurückgehalten, drückte Roberto das Gaspedal durch, lenkte den Lastwagen mit quietschenden Reifen auf die Dorfstraße und donnerte los. Tina warf einen Blick zurück: Weitere Beerdigungsgäste rannten den kleinen Hügel hinab, allen voran Oles Sohn und eine Frau, die große Ähnlichkeit mit der jungen Dame hatte, die Herrn Parlinger bei seinem Besuch in *Schafweide* begleitet hatte. Und wenn Tinas Augen sie nicht trogen, sahen beide ungesund rotgesichtig dabei aus.

Während Paul mit durchgedrücktem Rücken und eisigem Gesicht nach vorn starrte, warf Herr Parlinger ihr ein dankbares Lächeln zu und hielt ihr seine Rechte entgegen. »Gute Entscheidung, und nennen Sie mich alle doch bitte Karel.«

»Hallo, Karel, ich bin der Männi.« Der alte Schreiner grinste breit. Offenbar hatte er nichts gegen die zwei Neuzugänge einzuwenden.

»Wir waren ja schon beim Du.« Hedi winkte kokett und stieß dem stummen Paul einen Ellenbogen in die Rippen. »Paul kennst du. Er ist nicht immer so missmutig, na, und neben dir ist Tina.« Sie lächelte katzenhaft. »Zumindest dürfen ihre Freunde sie so nennen.«

»Männi, Hedi, Paul … Tina. Freut mich.«

Paul schnaubte. »Wenn's nach mir geht, muss er sich unsere Vornamen gar nicht erst merken.«

Das war genug. »Hier geht es aber nicht nur nach dir«,

sagte Tina scharf. Welcher Grund auch immer hinter Pauls Abneigung gegen den netten Beerdigungschef steckte, es war an der Zeit, ihr Verschwörerteam wieder auf Spur zu bringen. »Wir vier haben beschlossen, Oles letzten Wunsch zu erfüllen. Weder Männi noch Hedi oder ich haben etwas gegen ein bisschen Extrahilfe. Also finde dich damit ab!« Sie fixierte Roberto. »Erreichen wir den Bahnhof wie geplant in einer halben Stunde?«

Roberto schenkte ihr ein breites Grinsen. »Wenn wir weiter so wenig Gegenverkehr haben, null Problemo.« Damit lenkte er den Vierzigtonner ungebremst in die nächste Kurve. Tina stützte sich am Armaturenbrett ab und hörte Paul auflachen. »Richtige Antwort, Roberto. Unsere Generalin führt nämlich ein straffes Regiment.« Tina lächelte. Paul mochte ein hitziges Temperament haben, doch er war auch ein Freund von klaren Worten und stimmigen Argumenten. Und vor allem war er nicht nachtragend. Das machte ihn zu einem äußerst angenehmen Partner in Crime.

»Und … wie geht es von dort aus weiter, wenn ich mir die Frage erlauben darf?«, mischte sich Karel nun ebenso vorsichtig wie interessiert ein. »Nach dem, was Herr Gruber während seines Besuchs bei mir verraten hat, nehme ich an, Sie sind auf dem Weg nach Norwegen?«

Paul seufzte laut. »Lass mal gut sein, Karel, Tina hat recht. Ich bin überstimmt. Also nenn mich Paul. Und, ja, wir wollen nach Finnfjordvær.«

»Wir nehmen den Zug nach Hamburg und von dort das Flugzeug nach Tromsø«, mischte sich Hedi erfreut ein.

Tina wurde schon bei dem Gedanken flau im Magen. Zugfahrten – kein Problem. Personenwagen auf überfüllten Straßen – immer wieder gern. Aber Fliegen? Fliegen war noch schlimmer als eine Kreuzfahrt. Flugzeuge waren eine unbekannte Größe, ganz egal, wie viele studierte Menschen die Sicherheit dieses Transportmittels mit lustigen Tortendiagrammen beweisen wollten. Es fühlte sich für Tina an, als erhöbe sich die Menschheit gegen ihre Natur. Ein Teil von ihr erwartete immer, dass die Natur diese Übertretung ahndete, als gäbe es ein Gleichgewicht, das es zu wahren galt. Genau das war auch der Grund, warum sie bisher vor einem Besuch ihrer Familie in Amerika zurückgescheut war. Blieb zu hoffen, dass die Schlaftabletten, die sie sich in den letzten drei Tagen vom Mund abgespart hatte, ihr dabei halfen, die Zeit in der Luft zu überstehen.

»Hmmm«, machte Karel neben ihr nachdenklich und streichelte abwesend die Ohren seines Hundes. Seine Finger zitterten. Offenbar war auch er kein großer Freund der Luftfahrt.

»Keine Sorge«, lächelte Hedi ihn an. »Wir haben das perfekte Rezept gegen Flugangst: Ananassaft, Triple Sec, Kokoslikör, Rum, Curaçao und einen Schuss Sahne.« Auf Karels fassungslosen Blick hin erklärte sie, ganz Frau von Welt: »The flying Dutchman. Aber wenn du eher der Wodka-Typ bist, mix ich dir einen Heaven can wait!«

»Hedi ist unsere Cocktail-Queen«, erklärte Tina, als der Beerdigungsunternehmer noch immer irritiert in die Runde blickte. »Und für unsere kleine Reise hat sie einige besonders passende Drinks zusammengestellt.«

»Genau! Auf zum Duty-free!« Hedi klatschte in die Hände. Für sie war der anstehende Flug ein luxuriöses Abenteuer.

»Ich hoffe, die haben da auch Bier«, seufzte Männi laut. »Egal, was Ole immer von irgendwelchen Mikrobrauereien erzählt hat, Bier ist in Norwegen Mangelware.«

Karel schüttelte skeptisch den Kopf. »Ich fürchte, ich muss euch enttäuschen.«

»Was, kein Bier?« Männi beugte sich erstaunt vor. »Früher gab es das selbst auf dem kleinsten Flughafen.«

»Ich rede nicht vom Alkohol, ich meine den Flug.«

Männi hielt eine Hand hinter sein gutes Ohr. »Hat er eben gesagt, wir können nicht fliegen?«

»Noch nicht«, rief Paul laut in seine Richtung. »Aber ich glaube, das kommt gleich.«

»Weshalb?« Auch Männi freute sich auf die Flugreise. Sie würde ihn, wie er Tina erst gestern mit wehmütigem Lächeln erklärt hatte, an früher erinnern. An eine Zeit, in der es für ihn kaum Grenzen gab.

Karel hob entschuldigend beide Hände – und erkannte seinen Fehler erst, als Robert schwungvoll in die nächste Kurve bog. Sein kleiner Vierbeiner purzelte von seinem auf Tinas Schoss. Verwundert öffnete Pi kurz die Augen, dann rollte er sich mit einem zufriedenen Schnaufen wieder zusammen. Ihm schien es egal zu sein, wo er lag; die angespannte Stimmung um ihn herum ging ausnahmsweise an ihm vorbei.

»Flughafenkontrollen!«, erklärte Karel für Männi etwas lauter. »Wenn Oles Junior euch anzeigt, kommt ihr nicht mal bis zum Duty-free. Und dann die Scanner fürs …«

»Anzeigen, wieso anzeigen«, unterbrach Paul aufgebracht, »etwa wegen Entführung?«

»Ist die Polizei hinter uns her?« Hedi klang atemlos. Und begeistert. Die Vorstellung, in ihrem Alter eine gesuchte Persönlichkeit zu sein, erfreute sie sichtlich.

Männi runzelte beleidigt die Stirn. »Kontrollen, überall Kontrollen. Zu meiner Zeit gab es das nicht.«

Da ließ der Beerdigungsunternehmer die nächste Bombe platzen. »Und das ist nicht mal das Problematischste. Viel interessanter ist: Wie wollt ihr erklären, dass ihr ein Titanknie dabeihabt? Oder habt ihr vor, das irgendwo am Flughafen zu entsorgen?«

»Titan? Hat er gesagt, wir müssen einen Titanen entsorgen?« Männi rutschte so weit in Karels Richtung, wie der Gurt es zuließ. »Ich habe mich verhört, oder?«

»Ausnahmsweise nicht«, rief Tina ihm entgegen und wandte sich zu Karel. »Ein bitte was?«

»Ole Erickson hatte ein falsches Knie. Habt ihr das beim Umfüllen seiner Asche nicht bemerkt? Da müssten doch ein paar Schrauben, ein Titangelenk und eine Titanscheibe dabei gewesen sein. Zumindest hat das Krematorium bestätigt, dass diese Teile mit dem Rest in der Urne waren.« Karel sah sie der Reihe nach fragend an.

Männi schüttelte noch immer den Kopf, Hedi griff sich unbewusst an die Hüfte. Paul und Tina starrten sich reglos an. »Also das war es«, seufzte Paul schließlich, und Tina hob versuchsweise die Handtasche aus Krokoimitat. Sie hatte sich schon gewundert, woher das Gewicht kam.

Vorsichtig öffnete sie den Verschluss, spähte hinein und schüttelte den Inhalt hin und her. Tatsächlich, nach ein paar energischen Stößen blitzte etwas Metallenes zwischen Oles Asche hervor. Eine gewölbte Halbkugel. Tina seufzte. »Auf keinen Fall lassen wir Oles Knie zurück!«

»Ich weiß nicht«, wiegelte Paul ab. »Vielleicht hätte der alte Pirat gar nichts dagegen, ohne das Ersatzteil im Meer zu landen?«

»Nichts gibt's«, widersprach Hedi mit fester Stimme. »Er bleibt vollständig bis zum Schluss!« Dann fügte sie leiser hinzu: »Das würde ich auch wollen.«

»Soll heißen, wir schmeißen dir den Rollator nach?«, zog Paul sie auf.

Doch Hedi war nicht zum Scherzen zumute. »Soll heißen, egal, was bei mir noch kommt, bitte entsorgt mich ganz und nicht halb!« Sie warf Tinas Handtasche einen zärtlichen Blick zu und seufzte tief.

Männi legte ihr eine Hand auf den Arm und sah ihr ins Gesicht. »Versprochen. Falls du vor mir ins Gras beißt, kommen auch deine Hightech-Teile unter den Apfelbaum!«

Das half. Hedi stützte empört die Hände in die Hüften. »Moment! Der Apfelbaum ist dein Traum, ich hab mich noch nicht entschieden! Oder soll das etwa ein unsittliches Beerdigungsangebot sein?«

Tina klatschte in die Hände. »Das können wir nach Oles letzter Reise festlegen«, bestimmte sie. »Die allerdings findet aus verschiedenen Gründen offenbar besser auf dem langen Weg statt. Ohne Flieger. Sind wir uns da einig?«

Das allgemeine Nicken wurde von Roberto unterbrochen, der den Lastwagen nun in eine enge Einbahnstraße lenkte. »Gut, dass das entschieden ist«, fand er. »Wir sind da.« Stotternd kam der Lkw vor dem Eingang des Bahnhofsgebäudes zum Stehen. »Ich drück euch die Daumen. Brauchen könnt ihr's!«

14

(49°54'02.7"N)

Nur wenig später standen die fünf nachdenklich vor einer Länderkarte an der Wand des Reisebüros im Bahnhof. »Wo genau ist unser… ähm…« Karel warf einen schnellen Blick zu der Reisekauffrau, »…Zielort?« Doch die Angestellte war viel zu sehr damit beschäftigt, dem unentschlossenen Pärchen vor ihr eine Reise nach Disneyland schmackhaft zu machen. Vermutlich bekam sie eine Provision.

Tina legte den Zeigefinger auf die gesuchte Stelle an der Küste Norwegens. Paul machte große Augen »Wow, das ist ja noch weiter oben, als ich dachte! Da brauchen wir ja ewig!«

Hedi schüttelte sich entsetzt. »Ich hasse Schlafabteile im Zug!«

»Wir müssen nicht alles mit dem Zug machen«, mischte sich Männi plötzlich ein. »Ab Bergen nehmen wir einfach die Hurtigruten.«

Tina blinzelte überrascht. Auch Paul und Hedi sahen den alten Schreiner an, als hätte er plötzlich isländisch gesprochen. Nur Karel nickte. »Gute Idee! Die Tour wollte ich mit meiner Frau immer machen, aber dann …« Verlegen brach er ab.

»Hurtigruten«, probierte Hedi das seltsam klingende Wort aus, »hört sich irgendwie … na ja, hurtig an.«

Männi grinste. »So hurtig sind sie nun auch wieder nicht, immerhin fahren sie bis zum Nordkap über zwanzig Häfen an.«

»Häfen?« Tinas Magen meldete sich unverzüglich. »Die Hurtigdinger sind Schiffe?«

»Genauer gesagt, die norwegischen Postschiffe und –« Weiter kam Männi nicht.

»Auf keinen Fall!« Hedi pustete sich eine Locke aus den Augen. »Ich übernachte nicht auf einer Holzbank zwischen Kisten voller Briefe, Aquavit, Elchen und was die Skandinavier sonst noch so verschiffen! Dann lieber schnarchende Männer im Nachtzug!«

Karel und Männi tauschten einen lachenden Blick. »Der Begriff Postschiff ist vielleicht ein bisschen irreführend«, beruhigte Karel Hedi. »Wenn ich mich recht erinnere, gibt es Kabinen in ganz unterschiedlicher Ausstattung.«

»Du meinst mit oder ohne Fenster«, beteiligte sich nun auch Paul und sah ebenfalls aus, als fühlte er sich nicht so richtig wohl bei dem Gedanken.

»Bullaugen, eigene Badezimmer, eine Lounge zum Kartenspielen.« Männi zwinkerte Hedi zu. »Je weiter oben, desto netter wird es.«

»Gebongt.« Die Lounge hatte Hedi offenbar überzeugt. Ruckartig drehte sie sich um. »Dann buchen wir uns jetzt einen Zug nach Bergen und eine Runde heimelige Kabinen. Nicht, dass die plötzlich aus sind!« Ihrem Blick nach hatte sie vor, das noch immer diskutierende Pärchen zu vergraulen, um Nägel mit Köpfen zu machen.

Doch Tina stellte einen Fuß vor das Rad ihres Rollators. »Nicht hier!«, zischte sie. »Wenn wir hier die ganze Reise buchen, haben wir Oles Sohn sofort auf dem Hals. Wir müssen falsche Fährten legen. Und ich weiß auch schon, wie.« Fast musste sie über sich selbst lachen. Hier stand sie und redete wie ein Ganove der Olsenbande. Und das Verrückte daran war: Es fühlte sich gut an! Mit breitem Grinsen deutete sie auf die Fahrkartenautomaten und den Bahnschalter in der Halle. »Mir nach!«

Auf dem Weg nach draußen erklärte Tina den anderen ihren Plan. Oder besser die Pläne – Plural –, denn wichtig war, dass alle ihre vorgesehenen Rollen spielten. Aufmerksam lauschten Männi, Paul, Hedi und Karel ihren Ausführungen. Selbst Pi schien plötzlich sehr viel wacher zu sein als noch vor wenigen Minuten. Schwanzwedelnd trippelte er neben Karel her, der sich als Erster von der Gruppe löste, um an einem Automaten fünf Fahrkarten zu lösen. Hedi und Paul beluden einen Trolley mit dem Gepäck aller und machten sich auf den Weg zu den Bahnsteigen. Männi zwinkerte Tina zu und stellte sich an einen Fahrkartenschalter.

Tina schlenderte durch die Halle und blieb vor dem Schaufenster der kleinen Bahnhofsbuchhandlung stehen.

In der reflektierenden Scheibe konnte sie Männi problemlos im Auge behalten. Der Auslage nach zu urteilen, schienen Reisende eine Vorliebe für pastellfarbene Liebesromane und bluttriefende Horrorschocker zu haben. Sogar einige Zombies waren dabei. Oder war es anders herum? Waren Bahnhofsbuchhändler der Meinung, wer in einem Großraumabteil saß, konnte sich sowieso nicht auf Anspruchsvolles wie Gedichte und Sachbücher konzentrieren? Was war die Henne, was das Ei?

Hinter ihr kam Männi an die Reihe. »Stockholm!«, brüllte er so laut, dass selbst die Dame hinter der Kaffeetheke den Kopf aus ihrem Geschäft steckte. »Fünf Mal! Wir haben etwas sehr Besonderes vor. Was, kann ich Ihnen nicht verraten, denn es ist ein Geheimnis. Wie bitte? Können Sie etwas lauter reden, ich höre nicht so gut.« Während er mit der Nase fast an der Scheibe landete, die ihn von der Bahnangestellten trennte, wechselten einige der hier arbeitenden Verkäufer einen amüsierten Blick. »Ja«, rief Männi da stolz. »Wir sind alle über zwanzig. Was? Ach sechzig? Ja, da kommen wir auch locker drüber. Aber rüstig sind wir. Außer Hedi vielleicht, die hat ihren pinkfarbenen Rollator dabei. Das ist doch kein Problem, oder? Auch in Stockholm nicht? … Prima. Hier ist meine Karte.«

Männi gab alles, das musste man ihm lassen. Langsam begab sich Tina zur verabredeten Stelle. Nur wenig später lief der Schreiner mit stolzgeschwellter Brust und leicht geröteter Glatze an ihr vorbei. Ohne anzuhalten, drückte er ihr einen Stapel Papier und seine Bankkarte in die Hand. Tina sah ihm nach. War das eben etwa ein kleiner verwegener Hüpfer in seinem sonst so gemäßigten Gang gewesen?

Im Reisebüro hatte sich nichts verändert. Nun ja, außer vielleicht der Enthusiasmus, den die Reisefachfrau anfangs noch an den Tag gelegt hatte. Den hatte sie definitiv eingebüßt. Ihre beiden Kunden dachten inzwischen über eine Fahrradtour im Elsass nach. Tina setzte ihr schönstes Großmutterlächeln auf. »Entschuldigen Sie bitte, meine Lieben, dürfte ich mich vielleicht ganz kurz vordrängeln? Unser Zug fährt gleich ab, und mein Mann hat einen kleinen Fehler gemacht.« Verständnis heischend sah sie dem jungen Mann ins Gesicht. »Ihnen wäre das sicher nicht passiert, aber in seinem Alter, nun ja… da verwechselt man schon mal was. Das letzte Mal wollten wir nach Bern, und er hat uns Tickets für Basel gebucht.« Tina legte eine zittrige Hand auf die Schulter des Mädchens. »War aber auch sehr schön dort. Letztendlich kommt es ja vor allem darauf an, mit wem man unterwegs ist, nicht wahr?«

Die Kleine strahlte ihren Freund verliebt an, sprang auf und bedeutete ihm, Platz zu machen. »Setzen Sie sich doch«, bat sie und sah Tina mit einem Blick an, der sie für einen Moment wehmütig machte, so sehr erinnerte er sie an Adrian. »Nein, nein, wenn ich einmal sitze, komme ich nur ganz schwer wieder hoch, und ich muss noch bis zum hinteren Gleis!« Sie hielt der Dame hinter dem Tisch Männis entstandene Tickets und seine Karte hin. »Könnten Sie die bitte für mich stornieren? Das geht doch, oder?«

»Aber natürlich!« Froh, endlich eine Aufgabe zu haben,

die sie schnell zu einem guten Ende bringen konnte, nahm die Frau die Tickets entgegen und tippte entschlossen auf ihrer Computertastatur herum. »Allerdings kann es bis zu fünf Tage dauern, bis der Betrag Ihrem Konto gutgeschrieben wird«, erklärte sie dabei gewissenhaft.

»Fünf Tage?« Tina bemühte sich um einen bedrückten Gesichtsausdruck.

»Ja, tut mir leid!«

Fünf Tage waren perfekt. Angenommen, Oles Junior hetzte ihnen wirklich die Polizei auf den Hals, und die scannte ihre Kontobewegungen, fänden sie also erst einmal nur die Abbuchung für Stockholm. Nicht die Stornierung. Und niemand wusste etwas von den Fahrkarten, die Karel am Automaten erstanden und bar bezahlt hatte. Das und Männis kleines Schauspiel vorhin sollte ihre Verfolger erst einmal auf eine falsche Fährte locken. Zufrieden nahm Tina Männis Bankkarte wieder entgegen. »Vielen Dank! Ihnen allen dreien.« Sie drehte sich zum Gehen, blieb aber, einer Eingebung folgend, noch einmal stehen. »Wissen Sie, was ich wirklich bedaure?«, wandte sie sich an die junge Frau. »Dass mein Mann und ich es nie nach Disneyland geschafft haben. Er war …«, schnell räusperte sie sich, »… ähm, ich meine, er *ist* ein großer Achterbahn-Fan. Aber ich fliege nicht gern.« Damit verließ sie das Reisebüro. In ihrem Rücken spürte sie zwei nachdenkliche Blicke. Und einen dankbaren.

Achterbahnen waren Ernsts große Leidenschaft gewesen. So zurückhaltend er sonst gewesen war, diese Fahrgeschäfte hatte er geliebt. Doch ohne Tina, hatte er immer gesagt, machte es keinen Spaß. Also hatte er sich darauf verlegt, sie nachzubauen, wie andere Modelleisenbahnen. Und hatte Fahrradtouren mit ihr unternommen. Nicht einmal bis ins Elsass waren sie gekommen.

Auf dem Weg durch die Bahnhofshalle fiel Tinas Blick auf die Uhr. Noch fünfzehn Minuten bis zur Abfahrt. Kurz entschlossen bog sie in den Minisupermarkt ein und kaufte nicht nur einige Flaschen Wasser, sondern auch ein paar gehaltvollere Getränke. Während sie an der Kasse darauf wartete, dass der nette Kassierer ihr den Einkauf in zwei Tüten verstaute, amüsierte sich hinter ihr eine Gruppe Mädchen über »die Lady mit dem pinken Seniorenschlitten«.

»Die war echt schräg!«, kicherte eines und zupfte begeistert an seinem Baseballkäppi. »Wie viel Gepäck die hatte! Zehn Mann haben ihr geholfen, das in den Zug zu stemmen!«

»Ja, die war supercool!«, sagte ein anderes.

Und das dritte fand: »In ihrem Alter noch nach Stockholm! Und der Typ, den sie dabeihatte, ihr … Reisebegleiter. Erste Sahne, ehrlich! So will ich auch sein, wenn ich alt bin.«

Lächelnd verließ Tina den Laden. Doch dann verzog sie schmerzhaft das Gesicht. Ihre Handgelenke beschwerten sich; das Gewicht der beiden Tüten wog deutlich mehr, als Tina ihnen in der letzten Zeit zugemutet hatte. Noch sechs Minuten bis zur Abfahrt. Keine Zeit für Altersgebrechen. Entschlossen packte sie die Tüten unter den Arm und legte einen Zahn zu.

15

(49°54'02.7''N)

Mit dem Zug nach Hamburg um die Wette schnaufend, erreichte Tina den Bahnsteig. Sechs Minuten waren eben doch ein wenig knapp kalkuliert gewesen. Karel streckte eine Hand aus der Zugtür, nahm die Tüten entgegen und half ihr hinauf. »Es gibt keine Großraumabteile, ist ein tschechischer Zug«, flüsterte er, »und wahnsinnig voll. Wir sind nicht allein!«

Das Erste, was Tina sah, als sie die Schiebetür zum Abteil öffnete, waren breite Schultern unter einem weißen T-Shirt und dunkle Haare, die sich trotz des nicht besonders fortgeschrittenen Alters des Mannes schon langsam zu lichten begannen. Sie blieb so plötzlich stehen, dass Karel hinter ihr eine Vollbremsung hinlegen musste. Dann drehte sich der Mann um. Und das Einzige, was sein Gesicht mit Adrian gemeinsam hatte, waren die leichten Lachfältchen um die Augen. Tina seufzte. Dass ihr Kopf ihr heute aber auch ständig solche Streiche spielte! Irgendetwas an dieser Reise schien Gedanken an ihre Familie auszulösen.

»Ah, die Letzte in der Runde«, lächelte der junge Mann ihr entgegen. »Ihre Freunde haben sich schon Sorgen gemacht. Kann ich Ihnen mit dem Gepäck helfen?«

Tina schüttelte den Kopf und deutete hinter ihm auf die hohe Ablage. »Danke, das haben Sie offenbar schon erledigt, meines ist das in der Ecke.«

Freundlich nickend ließ er sich auf seinen Platz nieder und klappte einen Laptop auf. Karel verstaute Tinas Einkäufe unter seinem Sitz, während sie einigermaßen würdevoll unter dem Ladekabel des Computers hindurchtauchte und sich erleichtert neben dem Unbekannten fallen ließ. Sie fühlte sich, als hätte sie eine Weltreise hinter, nicht vor sich. Ihr Kopf aber war wach. Wacher als wach. Als hätte sie ihre Pillen mit Koffeintabletten verwechselt. Den anderen schien es ähnlich zu gehen. Mit großen Augen blickten sie sich an, doch niemand wagte etwas zu sagen. Sie hatten im Bahnhof ein so geschicktes Schauspiel hingelegt – das wollte keiner von ihnen torpedieren, indem sie nun alles vor diesem Fremden ausplauderten. Egal, wie sympathisch er wirkte. Vorsichtig musterte Tina ihn. Mit gerunzelter Stirn ließ er die Finger über die Tastatur fliegen. Tina spähte auf den Monitor. Eine Stadtkarte war zu sehen, Bilder von einer Wohnung und ein kleines Feld, in das er schrieb, um eine Nachricht abzusenden.

Der Zug fuhr ruckelnd und quietschend an.

»Wollen wir hoffen, dass er bis Hamburg durchhält«, Paul zog die Nase kraus.

»Das tschechische Bahnnetz ist wesentlich besser ausgebaut als das skandinavische«, erklärte Männi. »Was bedeutet, die Züge werden häufiger gewartet.«

Hedi schüttelte den Kopf. »Woher weißt du so was? Postschiffe, Bahnnetze, australische Tiere …«

Männi grinste breit. »Ich war auch mal jung. Und Schreiner.« Er zuckte mit den Schultern. »Und ich war länger auf der Walz als alle, die ich kenne. Das Schlafen im Heu vermisse ich allerdings nicht.«

Der junge Mann neben Tina horchte auf und lachte. »Ja, hätte es damals schon so etwas wie NightNDay gegeben, wäre das sicher leichter gegangen.«

Ein Blick in die Runde, und er begriff, dass niemand auch nur den Hauch einer Ahnung hatte, wovon er sprach. Kurzerhand drehte er seinen Laptop zu ihnen und deutete darauf. »NightNDay ist eine Webseite, über die man sich halb private Unterkünfte besorgen kann.«

Männi bekam große Augen. »Für umsonst?«

»Nein, das nicht. Aber wer kein Problem hat, auf dem Sofa im Wohnzimmer zu übernachten oder in einer WG, der kann schon recht billig einen Schlafplatz finden. Und das Beste: Es ist international.«

Tina rutschte näher. »Das haben Sie also eben gemacht? Sich eine Unterkunft irgendwo besorgt?«

Ihr Sitznachbar nickte. »Genau. Ich muss nächste Woche nach Amerika und habe zwanzig Stunden Aufenthalt in Amsterdam. Anstatt also ein teures Hotel zu buchen, habe ich bei einer Familie angefragt, die das Zimmer ihres Jüngsten untervermieten, der gerade in einer anderen Stadt studiert.«

Tina strahlte. »Könnten wir das auch?«

»Natürlich. Sie brauchen nur einen Internetzugang, müssen sich anmelden und ausweisen, und los geht's! Schauen Sie, hier zum Beispiel. Ich wähle Amsterdam an, gebe den Preis ein, den ich zahlen will, sehe auf der Karte nach, wo die Zimmer liegen, und …«

»Aber ohne Internet und Computer läuft das nicht, richtig?«, unterbrach Paul die wortreiche Ausführung.

Der junge Mann zuckte entschuldigend mit den Schultern. Offenbar war ihm gerade wieder eingefallen, dass er es hier mit einer Gruppe Senioren zu tun hatte. »Richtig«, bestätigte er und zog seinen Computer etwas zerknirscht zurück auf den Schoß.

Tina lehnte sich näher zu ihm. »Könnten Sie mal Kopenhagen aufrufen?«

Überrascht sah er sie an, tat aber dann wie gebeten.

Tina stupste mit dem Zeigefinger auf seinen Monitor. »Setzen Sie hier mal fünf Leute ein. Und da ganze Unterkunft... und würden Sie bitte hier mal für mich draufklicken? Danke!« Nachdenklich las sie das Angebot. Dann sah sie auf. Hedi und Paul sahen verwirrt aus. Männi hatte sich weit vorgebeugt, schien aber trotzdem nicht alles mitzubekommen. Nur Karel und Pi auf seinem Schoß sahen sie lächelnd und erfreut hechelnd an. Lächelnd das Herrchen, hechelnd der Vierbeiner. Sie schienen zu ahnen, was Tina gleich tun würde. Es sah aus, als würden beide unisono eine Augenbraue heben. Tina musste grinsen. »Angenommen, Sie würden diese Unterkunft hier...«, sie beugte sich dichter über den Laptop und las, »diese Wohnung mit sechs Schlafplätzen in einer Studentenunterkunft nahe der Universität mit ihrem... ähm, Zugang buchen, ginge das theoretisch auch für jemand anderen?«

»Keine Ahnung.«

Nun war Tina in ihrem Element. »Würden Sie es versuchen? Für uns? Wir bezahlen Ihnen die Auslagen selbstverständlich in bar.«

Er zögerte. Als sei er sich nicht ganz sicher, ob sich hinter der harmlos wirkenden Seniorenfassade nicht doch eine Gruppe gefährlicher Trickbetrüger versteckte. Tina unterdrückte ein Kichern. Eine steile Karriere, die sie da hinlegten! Von Team Bugs Bunny zu Team Bugsy Siegel.

Hedi, Paul, Männi und Karel sagten kein Wort. Sie alle warteten gespannt, was als Nächstes geschah. Also holte Tina tief Luft und entschloss sich, so nahe wie möglich an der Wahrheit zu bleiben. Viel besser konnte auch keine Lüge sein. »Keine Angst, mein Junge, wir sind keine Betrüger. Um ehrlich zu sein, kenne ich mich so wenig mit dem Internet aus, selbst wenn ich es wollte, könnte ich niemanden hereinlegen. Aber darf ich Ihnen eine Geschichte erzählen?« Dann wartete sie. Und sah genau, dass die Neugierde gewann. Ihr Sitznachbar schlug ein Bein unter das andere und drehte sich zu ihr. Paul lehnte sich zurück. Was auch immer Tina aus dem Hut zaubern würde, er schien zu fühlen, dass die erste Hürde überwunden war. Auch Männi entspannte sich.

»Ich fange vielleicht mit einer kleinen Vorstellungsrunde an«, begann Tina. »Wir fünf – oder sechs, zählen wir den Hund mit – leben in demselben Dorf. Ihnen gegenüber sitzen Karel und sein Hund Pi, daneben Hedi und Paul und neben mir Männi. Ich bin Tina.«

»Freut mich, ich bin Flo. Florian.«

»Florian«, nickte Tina und musste lächeln. Florian, Adrian – die beiden hatten sogar ähnliche Namen! »Also: Keiner von uns ist in letzter Zeit viel gereist.« Er nickte verständnisvoll, und Tina verkniff sich den Bezug auf ihr Alter. Sie musste ja nicht übertreiben. »Aber jetzt sind wir unterwegs zu dem Begräbnis eines alten Freundes. In Skandinavien. Nicht gerade die Art von Urlaub, die wir uns ausgesucht hätten. Ganz zu schweigen von dem Grund. Und dann ist da noch das Thema Rente. Fliegen kam nicht infrage, und wenn wir während unserer Reise irgendwo ein paar Euro sparen können, sind wir nicht böse. Wie beispielsweise bei unseren Übernachtungen.«

Florian seufzte tief und wandte den Kopf ab. Tina bekam ein schlechtes Gewissen. Richtig angelogen hatte sie ihn nicht, nur die Wahrheit ein bisschen … zurechtgebogen. Aber wenn sie eines nicht wollte, dann den Jungen emotional erpressen. Vorsichtig legte sie eine Hand auf seine. »Wissen Sie was, Florian, vergessen Sie es einfach.« Sie stützte sich rechts und links auf die Armlehnen, um aufzustehen. »Soll ich uns mal sechs Kaffee besorgen?«

»Nein, warten Sie!« Florian hielt sie zurück. »Das heißt, den Kaffee nehme ich später gern. Ich glaube, ich habe eine Idee!« Er nahm sich seinen Computer vor und tippte darauf herum. »Wenn wir die Sofort-Buchen-Option wählen und ich in meinem Anschreiben dazusetze, dass ich die Wohnung für meine …«, verschwörerisch zwinkerte er Tina zu, »Großmutter brauche, die keinen Zugang hat, kann ich mir nicht vorstellen, dass das irgendjemand ablehnt. Da, schauen Sie!« Er drehte den Monitor zu ihr. »Für heute Nacht ist die Wohnung noch frei. Allerdings kann der Schlüssel erst ab sechs

Uhr abends abgeholt werden, und Sie kommen sicher früher an. Ist das ein Problem?«

»Überhaupt nicht!« Männi fiel fast von seinem Sitz. »Wir gehen in der Zwischenzeit einfach ins Tivoli.«

Florian nickte amüsiert. »Gute Idee!« Dann schrieb er ein paar Zeilen und schickte die Buchung ab. »Okay.« Nun war er Feuer und Flamme. »Wohin geht es nach Kopenhagen? Sollen wir da auch gleich was suchen?«

Bevor Tina den Kopf schütteln konnte – sie wollte Florians Zuvorkommenheit nicht ausnutzen –, war Paul bereits aufgestanden und beugte sich zu ihnen runter. »Oslo«, gab er an. »In Oslo sind wir am nächsten Tag. Danach kommen wir, glaube ich, klar.«

»Oslo, also…« Florian ging die Angebote durch. »Fünf Schlafplätze, vermutlich gern in einer eigenen Wohnung. Moment…«

»Und nicht allzu weit weg vom Bahnhof«, mischte sich nun auch Hedi ein und deutete auf ihren Rollator, der zusammengeklappt auf den Gepäckstücken in der Ablage verstaut war.

Florian nickte. »Ja, da hätte ich etwas. Fußläufig vom Hauptbahnhof, eine kleine Wohnung, ein Doppelbett, eine Ausziehcouch, ein Einzelbett. Kostenpunkt siebzig Euro pro Nacht.«

»Für alle? Perfekt!« Männi rieb sich die Hände. »Das spart uns Unsummen!«

Nur Hedi war unsicher. »Doppelbett und Ausziehsofa – wer mit wem?«

Paul wedelte ihre Bedenken mit den Händen weg. »Ist doch klar. Karel mit seinem kleinen Stinktier auf der Sololiege, du mit Tina im Ehebett, Männi und ich sind Gentlemen und nehmen die Couch.«

»Na dann!« Florian machte auch diese Übernachtung klar und sah dann beschwingt in die Runde. »Meine Damen und Herren, es war mir ein Vergnügen!«

»Und jetzt der Kaffee!«, rief Hedi nicht weniger erfreut. »Und ich brauche was zu essen. Dringend! Sonst werde ich grantig, und das wollt ihr nicht erleben.«

»Bewahre!«, lachte Paul und nahm Karel ins Visier. »Du, Neuzugang, parke deinen Vierbeiner bei Tina, die scheint er eh viel lieber zu mögen als dich, und komm mit. Wir müssen für die Raubtierfütterung sorgen.«

Tina schüttelte gut gelaunt den Kopf und landete mit ihrem Blick in den lachenden Augen von Karel, der ihr Pi übergab. »Wie ein Sack Flöhe«, flüsterte er ihr amüsiert zu.

Tina kraulte dem kleinen Hund den Nacken und nickte. »Ein Sack alter Flöhe.«

»Hat hier jemand etwas von Flöhen gemurmelt?«, tat Männi empört.

Tina verdrehte die Augen. »Du, mein Lieber, bist ganz offensichtlich nur partiell und gezielt schwerhörig.«

Männi beugte sich vor. »Vor allem bin ich momentan ganz gezielt glücklich. Trotz des Grunds unserer Reise. Und ich denke, das ist auch in Ordnung so. Ole hätte seine Freude an uns.«

Tina schluckte. Es war seltsam, zeitgleich so viel Freude

und trotzdem ein gehöriges Maß an Trauer zu empfinden. Aber wenn sie eines in den letzten Jahren gelernt hatte, dann Abschied zu nehmen. Je älter sie wurde, desto leichter wurde es. Oder vielleicht luftiger? Als würden die gelebten Jahre und damit auch alles Nette, Positive, Erreichte und Genossene überhandnehmen und eine gesunde Gleichung aufmachen.

Am schwersten war es, jemanden gehen lassen zu müssen, der oder die nicht die Zeit gehabt hatte, alles auszuschöpfen. Wie ihre jüngste Schwester. Um Edi trauerte Tina noch immer. Oder vielleicht um all ihre verpassten Chancen. In den letzten Jahren allerdings hatte Tina festgestellt, dass ein Tod in ihrem Alter etwas sein konnte, das organisch dazugehörte. Nicht weniger traurig. Eher weniger tragisch. Ein Abschied, dem man mit einem leisen Lächeln begegnete, nicht mit wütendem Wehren. Vielleicht lag das auch daran, dass für all jene, die lange genug blieben, der Tod mehr und mehr ein Teil des Lebens wurde, nicht länger das Gegenteil davon. Nur war es schwer, das jemandem begreiflich zu machen, der so viel jünger war als man selbst. So wie Adrian beispielsweise.

Oder Florian, der neben ihr irgendwie ehrlich bekümmert aussah.

Tina stupste ihn an. »Florian? Ist alles in Ordnung mit Ihnen?«

Er schüttelte den Kopf, sein Gesicht zerknautscht, als bemühte er sich, die Tränen zurückzuhalten.

Hedi beugte sich vor und nahm ohne großes Federlesen eine seiner Hände in ihre. »Junge, was ist denn? Eben warst du doch noch so fröhlich!«

»Sie alle«, sein Lächeln verrutschte, »sie alle sind so … toll miteinander. Auf dem Weg nach Skandinavien, um sich von einem Freund zu verabschieden …« Etwas hilflos zuckte er mit den Schultern. »Ich denke, es ist einfach … Ich war nicht da. Mein Großvater ist gestorben, und ich war auf der anderen Seite der Welt. Beruflich. Ich hab's nicht ins Krankenhaus geschafft, nicht mal zu seiner Beerdigung. Dabei hab ich es versucht, ehrlich!« Jetzt ließ er den Kopf hängen.

Männi und Hedi sahen Tina hilflos an. Sie hatten keine Kinder, keine Enkel. Wenn also jemand etwas Tröstendes sagen konnte, dann sie. Vorsichtig legte Tina Florian eine Hand auf den Arm. »Glaub mir, es ist nicht wichtig, wer am Schluss noch auftaucht. Es ist viel wichtiger, wer davor immer wieder da war. Nimm mich zum Beispiel. Ich habe einen Lieblingsenkel. Nun ja, ich habe auch nur einen, er hat also keine Konkurrenz …«

Dieses Mal erreichte Florians Lächeln auch seine Augen.

»Aber der eine«, machte Tina weiter, »ist der beste, den ich mir vorstellen kann. Er wohnt in Amerika. Ich gehe nicht davon aus, dass er es rechtzeitig zu mir schafft, um meine Hand zu halten, wenn ich gehe. Aber das macht nichts. Er war vorher da und hat mich zum Lachen gebracht. Er hat mir meinen Computer eingerichtet und gewisse Seiten blockiert. Er skypt mit mir und lässt mich an seinem Leben teilhaben. Das ist perfekt. Und vielleicht will ich gar nicht, dass er dabei ist, wenn es passiert. Vielleicht will ich viel lieber, dass er mich so in Erinnerung behält, wie ich jetzt bin.«

Florian nahm Tinas Hand und drückte sie. Dann richtete

er sich auf und sah zu Hedi und Männi, die ihn dermaßen vorsichtig beäugten, als könnte er jederzeit etwas Unerwartetes machen, und nickte ihnen beruhigend zu. »Danke.« Er grinste schräg. »Meine Familie sagt immer, ich trage mein Herz zu sehr auf der Zunge. Aber offenbar kann ich nichts daran ändern.«

Männi klopfte dem überraschten Jungen fest auf die Schultern. »Solltest du auch nicht, Junior!«, brummelte er. »Zurückhaltung bringt auf Dauer nur Reue!«

Tina musterte den alten Schreiner nachdenklich. Das klang, als wüsste er, wovon er sprach. Von dem, was er bisher hatte durchblicken lassen, hatte er mehr gesehen und war wesentlich weiter in der Welt herumgekommen als alle von ihnen zusammen. Was konnte er daran wohl bereuen?

»Und jetzt wird angestoßen!«, rief Paul da und schob die Tür mit einem Stoß seiner beweglichen Hüfte auf. Karel hinter ihm übergab die beiden Becher in seiner Hand Florian und Tina. Beide schauten überrascht hinein: Die Becher waren leer. Paul angelte unter Karels Sitz Tinas Einkäufe hervor. »Ein Vögelchen hat mir gezwitschert«, sagte er, »dass wir neben Hedis Wodka ein Getränk dabeihaben, das viel besser zu uns passt!«

Karel sah Tina entschuldigend an. »Da ist eine Sektflasche drin, richtig? Es könnte sein, dass ich Paul davon erzählt habe.«

Tina lachte. »Könnte sein?«

Paul zog die Flasche hervor und übergab sie Hedi. »Lass den Korken knallen, du bist unsere offizielle Schampusbeauftragte. Karel und ich haben Eiswürfel besorgt. War gar nicht so einfach in diesem Zug.« Er drückte Männi einen weiteren Becher in die Hand. »Halt mal kurz, wir brauchen sie gleich.«

Der Korken ploppte, Hedi hielt die sprudelnde Flasche über die Pappbecher, und Männi verteilte die Eiswürfel gerecht. Es klang nicht besonders, als sie miteinander anstießen, aber das war nicht wichtig. Gläserklingen war etwas für Menschen ohne Hörgeräte. Der Einzige von ihnen, der keines nötig hatte, war Florian. Und auch er schien keinen gesteigerten Wert auf einen ordentlichen Sektkelch zu legen. Nachdem er mit den anderen angestoßen hatte, hielt er seinen Pappbecher auffordernd Tina entgegen.

Tina nickte ihm zu. »Du bekommst noch Geld von uns, Florian. Und wir sollten unsere Handynummern austauschen wegen der Nacht-und-Tag-Geschichte.«

»Wird gemacht. Aber jetzt erst einmal: Prost!«

16

(53°33′04.2″N)

»Streng genommen lebt Ole Erickson nicht mehr, also dürfte es sich nicht um Kidnapping handeln. Aber es gibt in Deutschland die Beerdigungspflicht, die ihr alle unterwandert.«

Karel, Tina, Hedi, Paul und Männi standen in Hamburg auf dem Bahnsteig und warteten auf ihren Anschlusszug nach Kopenhagen. Nachdem sich Florian verabschiedet hatte, konnten die fünf Verschwörer endlich wieder offen reden. Und das war gut, denn es gab noch viel zu regeln und offensichtlichen Klärungsbedarf.

Karel war froh, helfen zu können. Auch wenn Paul sich inzwischen mit ihm und Pi abgefunden hatte – ab und an fing Karel einen schiefen Blick von ihm auf. Als wüsste der alte Lebemann nicht, ob er Karel wirklich trauen konnte. Oder als wäre er auf der Hut. Vielleicht lag das aber auch in seiner Natur. Karel war aufgefallen, dass Paul selbst im größten Gedränge alles um ihn herum im Auge behielt: die Anzeigetafel mit den veränderten Gleisnummern, die Security-Leute, die gemächlich zu zweit durch den Bahnhof schlenderten, jeden Einzelnen von ihnen. Diese Art von ständiger 360-Grad-Bereitschaft hatte Karel bisher nur ein einziges Mal gesehen: bei einem seiner Kunden, der seine Schwester bei ihm hatte beerdigen lassen, einem ehemaligen Polizisten mit einigen Jahren Erfahrung als Undercover-Agent.

Nun sah Paul ihn fragend an. Und nicht nur er, auch alle anderen. »Karel?« Tina beugte sich vor. »Hedi wollte wissen, was es mit der Beerdigungspflicht auf sich hat.«

»Ah ja, entschuldigt, ich war kurz woanders.«

»Ha, er hört auch nicht gut, so ist das!«, frohlockte Männi, und Karel widersprach nicht. Er vertrug nicht mehr alle Nahrungsmittel, Cholesterin und Blutdruck waren nur mit Medikamenten zu kontrollieren, seine Hände zitterten ohne sein Zutun, das Gehör allerdings war noch völlig in Ordnung. Meist bekam er sogar mehr mit, als er wollte. Aber das hatte er nicht vor zu diskutieren. »Die Beerdigungs- oder auch Bestattungspflicht«, erklärte er, »regelt Organisatorisches: Die Bekanntmachung beim Standesamt, die Leichenschau bei außergewöhnlichen Todesfällen, aber eben auch die Bestattung nach einer gesetzlich festgesetzten Frist. Kommen die Angehörigen dieser Pflicht nicht nach, übernimmt das Ordnungsamt.«

Hedis Kopf fuhr entsetzt hoch. »Bedeutet das, wer keine Angehörigen hat, wird von Beamten unter die Erde gebracht? Wenn die Zeit dafür finden zwischen Parkraumüberwachung und der Leinenpflicht-Überprüfung für Hunde?« Sie schüttelte sich. »Das will ich auf keinen Fall!« Fest sah sie ihnen reihum in die Augen. »Kann ich nicht euch als meine Angehörigen festlegen?«

Paul legte ihr grinsend eine Hand auf die Schulter. »Du kannst mich jederzeit adoptieren, altes Mädchen!«

»Oder aber«, fiel Männi ein, »sie heiratet mich.« Dann klappte er den Mund zu, als hätten ihn seine Worte selbst überrascht. Karel unterdrückte ein Schmunzeln. Wurde der alte Schreiner tatsächlich rot?

Hedi bekam davon nichts mit, sie war viel zu sehr damit beschäftigt, die Augen zu verdrehen. »Wenn überhaupt, adoptiere oder heirate ich Tina«, sagte sie.

Tina lächelte amüsiert. »Kaum sind wir mehr als fünfzig Kilometer von zu Hause entfernt, hagelt es Anträge. Das scheint mir ein gutes Zeichen zu sein. Aber lasst uns noch mal ein paar Schritte zurückgehen. Karel, deiner Erfahrung nach, für was kann uns Oles Junior belangen?«

Karel sah sie entschuldigend an. »Das ist eher eine Frage für einen Polizeibeamten. Aber ich würde sagen, mindestens für Diebstahl. Erschwerend kommt das Problem mit der Bestattungspflicht hinzu, aber auch so etwas wie Moral.« Bevor sich nun alle empört dazu äußern konnten, hob er schnell die Hand. »Ich spreche nicht von mir. Ich verstehe eure Beweggründe sehr gut. Nur bin ich mir nicht sicher, was ein Richter davon hält und wie ein Verteidiger argumentieren würde.«

Das folgende betretene Schweigen wedelte Tina mit den Händen weg. »Dann dürfen wir uns eben nicht erwischen lassen!«

»Ganz meine Meinung!«, bestätigte Hedi sofort, und auch Paul und Männi nickten eifrig.

»Umso wichtiger ist, dass wir zusammenhalten und alles so gut wie möglich durchplanen. Wie wäre es, Paul, wenn du uns jetzt endlich den versprochenen Kaffee besorgst? Wir haben noch zwanzig Minuten bis zur Abfahrt.«

Paul salutierte und schlug die auf Hochglanz polierten Hacken zusammen. »Aye, Frau General, schon auf dem Weg. Hilfst du mir tragen, Männi?« Die beiden liefen los.

Karel nickte Tina bewundernd zu. Sie wusste, was nötig war. Egal, ob es darum ging, Mut zu machen, ihre kleine Gruppe einzuschwören oder aber einen jungen Mann dazu zu bringen, ihnen zu helfen. Karel hatte den Blick gesehen, mit dem Florian Tina bedacht hatte, als Paul und er mit dem Eis zurückgekehrt waren. Irgendetwas war zwischen den beiden in den wenigen Minuten vorgefallen, die er unterwegs gewesen war. Etwas sehr Persönliches. Die alte Dame hatte ein

Händchen für Menschen. Und sie ging sorgsam mit ihnen um. Plötzlich kam Karel ein geradezu aberwitziger Gedanke: Tina wäre eine perfekte Trauerbegleiterin. Hätten sie sich vor einigen Jahren kennengelernt, er hätte keine Sekunde gezögert und ihr einen Job angeboten. Und das war, dessen wurde er sich selbst entgeistert bewusst, das größte Kompliment, das ihm seit Urzeiten durch den Kopf geschossen war.

»Karel?« Hedi stupste ihn an. Offenbar hatte er schon wieder eine Frage überhört. Sie waren nicht einmal drei Stunden unterwegs, und er versank in seinen eigenen Gedanken wie nach einem langen Arbeitstag. »Entschuldige, was hast du gesagt?«

»Ich wollte wissen, woher du das alles weißt. Klar, einen Teil sicher aus deinem Beruf, aber den Rest?«

Karel kniete sich zu Pi und tat, als müsste er dessen Halsband überprüfen. »Aus dem Fernsehen«, murmelte er.

Hedis Lachen war laut und machte gute Laune. »Hat er eben echt *Aus dem Fernsehen* gesagt?«, kicherte sie. »Na, ihr beiden seid echt wie Arsch auf Deckel … Eimer.« Dann wurde sie wieder ernst. »Hat Tina dir erzählt, wie wir die Krankenhausangestellten dazu gebracht haben, damit rauszurücken, was mit Ole los ist?«

Karel richtete sich auf und schüttelte den Kopf. Seine Wangen fühlten sich heiß an. Vermutlich wegen der plötzlichen körperlichen Betätigung.

Tina winkte verlegen ab und senkte den Blick. »Ich musste an einen Film denken und habe mich … nun ja, ein bisschen inspirieren lassen. Nichts weiter.«

Karel strahlte. »Das ist toll! Wie ein hermeneutischer Zirkel – die Kunst klaut aus dem Leben und wir von der Kunst!«

Tina nickte zustimmend. Diesmal sah sie nicht weg. Und irgendetwas war da zwischen ihnen. Ein grundlegendes Verständnis, eine Verbundenheit – oder schlicht und einfach gegenseitige Sympathie? Karel war selbst überrascht, wie stolz ihn das machte. Das war doch Stolz, oder?

»Ich liebe *Remmington Steele*«, seufzte Hedi, die offenbar noch immer beim Thema Film und Fernsehen war. Sie machte ein Gesicht, als hätte sie einen besonders guten Bloody Mary gekostet. »Ich habe alle DVDs. Das ist doch mal wirklich ein schöner Mann!«

Als Tina sich zu ihrer Freundin drehte, vermisste Karel sofort ihren Blick. »Ehrlich jetzt?«, schürzte sie amüsiert die Lippen. »Der trägt rein gar nichts zu den Auflösungen der Fälle bei. Laura macht die ganze Arbeit!«

»Aber hübsch anzusehen ist er. Und gerade du solltest die Filmzitate zu schätzen wissen, mit denen er um die Ecke kommt!«

Tina lachte. »Der Punkt geht an dich. Realistisch ist trotzdem was anderes.«

»Realistisch braucht das gar nicht zu sein!«

Karel kam auf eine Idee. »Hat eine von euch *Die Brücke* gesehen?«, wollte er wissen und sah die beiden Damen die Köpfe schütteln. »Auch eine Serie. Es geht um einen Fall, bei dem die dänische und die schwedische Polizei kooperieren müssen. Von außen betrachtet, glauben immer alle, Skandinavien wäre eine Suppe. Aber in Wahrheit ist es da ähnlich wie mit Österreich, der Schweiz und Deutschland: Alle hegen und pflegen ihre Unterschiede, und Zusammenarbeit über die Grenzen ist gar nicht so einfach.«

Hedis Augenbrauen verschwanden fast unter ihrem Pony. Sie hatte offenbar keine Ahnung, worauf er hinauswollte.

Tina dagegen biss auf ihrer Unterlippe herum und verwischte den sorgsam aufgetragenen Lippenstift. »Du meinst, dass wir auf unserem Weg durch drei Länder fahren, hilft uns dabei, nicht aufzufliegen? Selbst wenn Oles Sohn uns anzeigt?«

Sie verstand ihn. »Genau! Heute sind wir in Kopenhagen, und dafür haben wir unsere Fahrkarten. Morgen geht es weiter nach Oslo. Dazu müssen wir über Schweden. Wenn wir die Zugkarten Schritt für Schritt lösen, wird es schwer herauszufinden, was unser eigentliches Ziel ist.« Dann kam ihm ein unguter Gedanke. »Oles Sohn ahnt doch nichts von Finnfjordvær, oder?«

Tina schüttelte den Kopf. »Nein, wir haben versucht, ihn zu erreichen, um ihn von dem Letzten Willen seines Vaters in Kenntnis zu setzen, aber die Oberschwester hat seine Mobilnummer nicht rausgerückt. Er hat also keine Ahnung.«

»Exzellent!« Karel klatschte in die Hände, und Pi machte wie auf Zeichen Männchen.

Hedi klopfte Karel auf die Schulter. »Parlinger senior«, fand sie, »ich bin froh, dich dabeizuhaben. Du bist ein echter Gewinn.«

Bevor er etwas entgegnen konnte, kamen Paul und Männi

die Treppe heruntergelaufen, fünf Coffee to go in den Händen balancierend. Im gleichen Moment kündigte die Lautsprecherdurchsage die Einfahrt ihres Zuges an.

17

(53°33′04.2″N)

Paul stellte die Kaffeebecher auf den Tisch mit den vier reservierten Sitzplätzen und machte sich daran, das Gepäck zu verstauen, während Hedi und Männi sich auf zwei der Sessel niederließen. Tina dagegen blieb stehen – sie waren zu fünft. Einer von ihnen musste allein sitzen.

»Nehmt ihr vier den Tisch, für Pi ist ein Zweiersitz sowieso besser.« Karel begann sich in der Reihe hinter dem Tisch einzurichten. Und Tina glaubte ihm kein Wort. Der Beerdigungs-Chef wollte eine Konfrontation vermeiden. Sie hatte Pauls Blicke bemerkt. Auch wenn Karel nun offiziell Teil ihrer Gruppe war, Paul behielt ihn argwöhnisch im Auge. Ob er wirklich davon ausging, ihnen drohe von Karel Gefahr? Oder kam er doch nicht ganz über seine anfängliche Aversion hinweg?

Karel legte seine Jacke auf den Boden zwischen seine Füße, und sofort rollte sich Pi darauf ein.

Paul setzte sich zu Hedi und Männi und klopfte aufmunternd auf den Platz neben sich. Ein Kleeblatt junger Frauen sah ihnen vom Tisch nebenan interessiert zu; eine hielt ein schlafendes Kleinkind auf dem Schoß. Tina schüttelte kaum merklich den Kopf und ließ sich entschlossen neben Karel nieder. Inzwischen hatte er ihnen so viel geholfen, da sollte er sich nicht wie das fünfte Rad am Wagen fühlen!

»Du und deine Frau, ihr hattet also eine Tour durch Skandinavien geplant?«, begann sie das Gespräch.

Karel zögerte einen Moment, dann gestand er: »Das war Margos Traum. Nicht meiner. Ich wollte immer irgendwohin, wo es warm ist.«

Tina nickte. »Dann ist das hier«, sie deutete nach vorn, wo Männi, Paul und Hedi inzwischen Kontakt mit den Däninnen neben sich aufgenommen hatten, »auch so etwas wie eine Reise für sie?«

Karel stutzte.

»Entschuldige.« Tina biss sich auf die Zunge. »Ich wollte dir nicht zu nahe treten.«

Karel sah durch das Fenster, hinter dem die Landschaft immer schneller vorbeizog. »Ich mag deinen genauen Blick«, entgegnete er schließlich leise. »Und was du dir dazu denkst. Du hast recht. Margo … Irgendwann war es ihr nicht mehr möglich zu reisen.« Er sah sie noch immer nicht an. »Für mich kam es überraschend. Aber vielleicht hätte ich es sehen können – müssen.« In dem Moment klingelte ein Telefon. Karel klopfte sämtliche Taschen ab, zog sein Handy schließlich zitternd aus der letzten und tippte hektisch darauf herum. »Ja?«

Tina zuckte zusammen.

»Spinnst du eigentlich, Papa?«, dröhnte es wütend aus dem Hörer. »Du sagst mir jetzt sofort, wo du bist, damit wir dich abholen können. Dich, deine verrückten Freunde und die Asche von Herrn Erickson! Herr Schneckensiedler ist fuchsteufelswild. Aber ich konnte ihn dazu bringen, von einer Anzeige abzusehen, wenn ihr euch sofort stellt. Und ich meine SOFORT!«

Karel wechselte das Ohr und blieb ruhig. »Kommt nicht infrage, Marion.«

Die Stimme seiner Tochter wurde schriller, Karels Gesicht verkniffener. »Papa! Das ist kein Spiel!

»Da hast du völlig recht.«

»Sag mir bitte nicht, du warst von Anfang an eingeweiht?«

»Nein, aber gerade jetzt wünschte ich mir, es wäre so gewesen! Und ich werde euch nicht verraten, wohin wir wollen. Hätte Herr Schneckensiedler sich ein bisschen mehr Zeit für seinen Vater genommen, hätte es erst gar nicht so weit kommen müssen.« Er holte tief Luft. »Und wir beide, Marion? Wir haben eine ähnliche Schuld auf uns geladen. Denk darüber mal nach. Ich lege jetzt auf. Und ich werde die SIM-Karte entfernen. Ich komme zurück, wenn ich so weit bin. Auf Wiederhören!« Damit unterbrach er das Gespräch, öffnete sein Handy und entnahm ihm sowohl Karte als auch Akku. »Alter Trick«, lächelte er Tina dabei erschöpft an. »Auch aus dem Fernsehen gelernt. Ich fürchte, mein Handy ist erst mal nutzlos.« Er verstaute alles in der Innentasche seiner Jacke, dann ließ er sich zurücksinken.

Pi, der sich bereits beim ersten Wort aufmerksam aufgerichtet hatte, setzte zum Sprung an und landete direkt auf den Beinen seines Herrchens. Er schleckte Karel über den kleinen Finger, rollte sich auf dessen Schoß zusammen und drückte das Köpfchen in Karels Handfläche.

Tina schwieg. Karel brauchte Zeit zum Denken, das war mehr als klar. Aber ein wenig Zustimmung konnte auch nicht schaden. Also machte sie es dem Vierbeiner nach. Während dieser wohlig mit den Pfoten gegen die Oberschenkel seines Herrchens trat, als sei er eine Katze, lehnte Tina sich ein paar Millimeter näher. Und dann noch ein paar. Manchmal halfen keine Worte. Körperliche Nähe schon. Durch den Freiraum der beiden Sitze vor ihr beobachtete sie ihre Freunde. Paul und Hedi waren mit den Däninnen in ein lustiges Kartenspiel verwickelt. Männi bespaßte währenddessen den nun höchst wachen Junior. Auf wackelnden Beinen stand der im Gang und hielt sich an der Armlehne von Männis Sitz fest. Dabei brabbelte er in einer Tour auf den alten Schreiner ein. Tina verstand keim Wort. Männi dagegen antwortete gut gelaunt in einer Fantasiesprache, die den kleinen Mann schwer entzückte. Nicht immer musste man dieselbe Sprache sprechen, um Spaß miteinander zu haben.

»Skandinavier sind doch verschieden«, hörte Tina und sah, wie die Mutter des Kleinen sich zu Paul beugte. Mit deutlichem Akzent sprach sie weiter: »Aber auch Familie. Wir, Dänemark, sind so etwas wie die junge Schwester von der Gruppe: cool und ein bisschen wild. Wir nehmen nicht alles so ernst und haben ein gute Geschmack, auf den andere uns neiden. Schweden ist ein bisschen großer Bruder. Zum Abgrenzen will er Regeln für alles. Norwegen ist unser anderer Bruder, auch älter und so stolz, mit und auf dem Land groß geworden zu sein. Er hat unter dem Kuhstall Öl gefunden, aber will nichts ändern. Alles muss erst gedacht werden. Spontan ist eine Fremdwort. Also, immer noch wird mit… wie sagt man? Mit Kuhdung geheizt.« Tina musste lächeln und gleichzeitig gähnen, sie wurde müde. Der Kuhdung ließ sie an Männi denken und an das, was Oles Sohn als dessen Asche eingemauert hatte. Oder *beinahe* eingemauert hätte.

»Und wie passt Finnland in diesen Vergleich?«, hörte sie Paul nachhaken und schloss die Augen.

»Finnland«, kicherte die Skandinavierin, »ist der seltsame Vetter aus eine wilde Ehe. Niemand hat ihn als Autist festgestellt, aber das ist eine gute Erklärung für sein Verhalten…«

Einen Moment dachte Tina darüber nach, wie seltsam diese Analogie war. Menschen mit ausufernden Familien wussten genau, dass irgendwann gar kein Vergleich mehr stimmte. Mit viel gutem Willen war Einzelnes auf die Gene der Vorfahren zurückzuführen oder auf gemeinsam genossene Erziehung. Wesentlich mehr war jedoch gar nicht zu erklären. Edi beispielsweise, Tinas jüngste Schwester, war eine echte Schönheit gewesen. Schon als Kind ein kleiner Engel und später erst… Tina dagegen – auf allen drei Fotografien, die es von ihr als Kind und Jugendliche gab, sah man nicht mehr als ein verkniffenes, dunkles Gesicht. Einen Kobold. Erst Jahre später war es vorwärtsgegangen. Als sie Mitte zwanzig war, dreißig, aber da hatte Edi schon nicht mehr gelebt. Und Tina hatte sich oft gewundert, wenn sie in den

Spiegel geguckt hatte. Eine Schönheit war sie nie geworden. Aber irgendwie war sie… gereift. Wie Wein – nein, halt, der Vergleich hinkte: Kein Wein wurde so alt wie sie, ohne umzukippen und sauer zu werden. Also vielleicht eher Whiskey oder ein guter Käse. Tina lächelte, während sie in den Schlaf glitt. Käse, ja, Käse – das gefiel ihr.

18

(54°16′53.6″N)

Karel betrachtete die vorbeirauschende Landschaft. Die Häuser wurden kleiner, die Dächer tiefer. Sie duckten sich in die flachen Felder wie Kinder, die Verstecken spielen und glaubten, wenn sie den Kopf einzögen und die Augen schlössen, würden sie unsichtbar.

Pauls tiefes, sonores Lachen drang an sein Ohr, ein echtes Männerlachen. Er flirtete mit den drei Däninnen, die zusammengenommen gerade so eben sein Lebensalter erreichen dürften. Kinder, jede Einzelne von ihnen, eine selbst schon mit Nachwuchs. Sie strichen sich Haarsträhnen hinter die Ohren und beugten sich immer wieder vertraulich zu Paul, um ihn anzustupsen oder ihm einen Klaps auf die Hand zu geben, mit der er die Cent- und Öremünzen einsammelte. Er gewann, doch das schien niemanden zu stören. Paul und er, viel unterschiedlicher konnten zwei Männer ihres Alters kaum sein. Karel bewunderte Pauls joviales Flirten, wie er seine Aufmerksamkeit und Komplimente gerecht verteilte und auch Hedi nicht vergaß. Er, Karel, hatte das nie gelernt, und nun war es dazu sowieso zu spät.

Hedi bemerkte seinen Blick, zwinkerte ihm zu und hob ihren Kaffeebecher zu einem stummen Prost. Dann wandte sie sich wieder dem Spiel zu. Karel schloss einen Moment wohlig die Augen, als Tinas Kopf auf seiner Schulter landete. Ihr feines Haar kitzelte ihn am Hals, verfing sich in seinem Bartschatten, und hatte er das eben richtig gehört? Hatte sie wirklich *Ich bin ein Käse* gemurmelt?

Karel unterdrückte ein Lachen. Was für eine völlig unberechenbare, wunderbare, warmherzige und tiefsinnige Frau! Und dass sie, an ihn gelehnt, schlafen konnte, war ein Vertrauensbeweis, den Karel zu schätzen wusste.

Pi streckte sich auf seinem Schoß und gähnte. Dann marschierte er wie selbstverständlich hinüber zu Tina und ließ sich mit einem zufriedenen Grunzen auf ihre Beine plumpsen. Karel hielt den Atem an. Doch Tina legte nur eine Hand auf den ruhig atmenden kleinen Hundekörper, drehte ein wenig den Kopf an seiner Schulter und schlief weiter. Ihre so sorgsam toupierten Haare fielen am Hinterkopf auseinander und ermöglichten den Blick auf eine sonst gut versteckte, kleine kahle Stelle. Eines der wenigen Zeichen ihres Alters. Karel wurde unruhig. Sollte er sie später darauf aufmerksam machen? Nur wie? Nichts zu sagen stand außer Frage. Dann würde sie es erst am Abend bemerken, und das wäre für sie sicher noch schlimmer, als wenn sie niemand auf Petersilie zwischen den Zähnen hingewiesen hätte. Wie kam er jetzt ausgerechnet auf Petersilie? Egal! Vorsichtig hob er eine Hand. Halb pustete, halb zupfte er ihre Frisur zurecht.

»Wir erreichen in Kürze die Grenze, bitte halten Sie Ihre Pässe bereit«, schnarrte eine Stimme aus den Lautsprechern. Karel zuckte zusammen, und sein erschrockener Blick landete in Pauls zusammengekniffenen Augen. Diesem schien nicht zu gefallen, was er eben beobachtet hatte.

Als dieselbe Durchsage nun auf Dänisch wiederholt wurde, schrak auch Tina auf und starrte ihn hellwach an. »Wir müssen Ole und Pi verstecken, sofort!«

Karel blinzelte überrascht. »Aber …« Weiter kam er nicht. Tina schnappte sich seinen leeren Kaffeebecher und füllte vorsichtig die Asche des Kapitäns hinein. Es reichte nicht. Also öffnete sie ihren eigenen Becher und klopfte dort die zweite Hälfte hinein, während sie achtgab, dass kein Olestäubchen verloren ging. Währenddessen warf sie Karel ihren Schal zu. »Ich weiß, du hast eine Fahrkarte für Pi«, flüsterte sie hektisch. »Aber hast du auch den Impfpass und so dabei? Ich habe irgendwo gelesen, dass die Dänen eine sehr strenge Hundeverordnung haben.«

Karel stockte. Gerade noch rechtzeitig klemmte er sich Pi zwischen die Beine und drapierte Tinas Schal über ihn. Die Grenzbeamten kamen in ihren Waggon. Pi versuchte sich zu befreien. Er mochte keine Dunkelheit. Kurzerhand ließ Tina beide Tische vor ihnen herunter und lehnte sich davor. Unter den Tischplatten streckte Pi den Kopf unter dem Schal hervor und hechelte.

Atemlos beobachtete Karel, wie die Grenzer näher kamen. Niemanden ließen sie aus – das war schließlich ihr Job. Bei jedem blieben sie einen Moment stehen. »Fru Jensen«, las der eine den Namen vom Pass des Mädchens neben Hedi und gab ihn zurück. »Tak!« Dann nahm er sich Hedis und Pauls vor. »Fru Müller, herre Pivot. Tak.« Paul und Hedi tauschten einen verwirrten Blick. Auch Tina und Karel runzelten die Stirn: Wie kam es, dass die beiden vor ihnen andere Namen in ihren Pässen stehen hatten, als jene, mit denen sie sonst durchs Leben gingen?

»Tak, fru Ommen, tak, herre Parlinger.« Die Beamten warfen nur einen kurzen Blick auf ihre Ausweise, und schon waren sie an ihnen vorbei. Karel atmete aus. Das war überraschend gut gegangen.

Da knisterte es erneut in den Lautsprechern: »Sehr geehrte Damen und Herren, wir befahren die Fähre. Beachten Sie, dass während der fünfundvierzigminütigen Fährfahrt niemand innerhalb des Zuges verbleiben darf. Wir bitten Sie auszusteigen. Der Zug wird dann versperrt.«

Erschrocken starrte Karel auf Pi. Was nun?

19

(54°32'21.5''N)

»Ihre Duty-free-Artikel sollten während der Fährfahrt genossen werden. Der Shop hat noch fünfunddreißig Minuten geöffnet«, erklärte der Angestellte. Tina grinste, als die beiden Herren vor ihr jeweils eine Stange Zigaretten und zwei Flaschen mit ungesund braunem Inhalt entgegennahmen und in Richtung Oberdeck verschwanden. Aber klar würden sich die beiden in der nächsten halben Stunde zwei Liter Alkohol mit einer Stange Sargnägel, wie Hedi sie nannte, genehmigen!

»Eine kleine Flasche Whiskey, bitte«, verlangte sie und schüttelte den Kopf, als der geschniegelte Herr hinter dem Tresen ihr diverse weitere Produkte anbieten wollte. Sie brauchte weder Parfüm noch Tabak. Nur den Hochprozentigen, um einen kleinen Vierbeiner zu beruhigen. Momentan befand sich Pi alles andere als entspannt in Karels Rucksack.

Auf dem Weg nach oben füllte Tina noch ein paar Schluck Kaffeesahne in einen Pappbecher. Pur wollte sie dem kleinen Pi seine flüssige Schlaftablette nicht verabreichen. Der war immerhin auch schon ein älteres Semester. Und wenn sie eines nicht riskieren wollte, dann Karels vierbeinigen Freund mit einer Alkoholvergiftung in die ewigen Jagdgründe zu schicken!

Für alles gewappnet, betrat Tina die Außenreling und sah sich suchend nach den anderen um. Ein paar Familien mit

Kindern standen hier, um Möwen zu füttern und das immer kleiner werdende Ufer zu bestaunen. Nach und nach gaben die Vögel auf und flogen zurück. Nur einer blieb. Tina beobachtete ihn mitleidig. Sturköpfig flatterte er neben der Fähre her. Entweder kannte er seine Grenzen nicht, oder aber er hatte einen Grund, warum er nur nach vorn sah und keine Kraft für den Rückweg aufhob. Gab es so was wie Suizidalverhalten bei Tieren? Seine Flügelschläge wurden schwerfälliger. »Dreh schon um, du verrücktes Vieh!«, murmelte Tina kopfschüttelnd, da trat jemand neben sie. »Vielleicht ist das der Olympiastar unter den Möwen. Oder sie will zurückschwimmen.« Karel nahm Tina Whiskeyflasche und Milch ab und versorgte seinen Vierbeiner. Nach nur wenigen gierigen Schlucken fielen Pis Augen zu. Besonders trinkfest schien er nicht zu sein.

Tina sah hinab auf das Wasser, über dem eine Schicht Gischt lag. *Tote Meerjungfrau* hatte Edi immer dazu gesagt, das hatte sie aus ihrem Lieblingsmärchen. War das nicht sogar ein skandinavisches gewesen?

Unten trudelte eine Flasche den Schiffsrumpf entlang und wurde dann untergepflügt. Etliche Meter weiter schnellte sie wieder an die Oberfläche. Vielleicht eine Flaschenpost. »Wie machen wir das eigentlich mit Ole? Streuen wir ihn einfach aus?«

Karel streichelte Pi und nahm Rucksack samt Hund in die Arme, den Reißverschluss ließ er ein paar Zentimeter offen. »Das könnten wir tun, schließlich ist das keine offizielle Seebestattung.«

»Und wenn es eine wäre?«

»Dann würden wir uns eine kompostierbare Bio-Urne besorgen und ihn darin der See übergeben.«

Tina musste lachen. Was es alles gab! »Eine Bio-Urne, wirklich?«

»Sie ist sogar vegan«, grinste Karel zurück. »Pappmaschee, Salzkristalle oder andere sich schnell auflösende Mineralien.«

»Das heißt, falls wir ihn in einer Urne bestatten wollen, müssen wir eine basteln oder einer Ziege den Leckstein klauen?«

»Wir könnten natürlich auch eine kaufen«, sagte Karel. »Selbst in Skandinavien gibt es Beerdigungsinstitute. Ein paar davon kenne ich.«

»Jetzt erzähl mir nicht, dass ihr euch regelmäßig auf der internationalen Sargmesse trefft, um die neuste Mode zu diskutieren.«

Karel antwortete nicht. Er betrachtete die Möwe, die sich zufrieden in den Windschatten eines Rettungsboots zurückgezogen hatte und sich nun entspannt das Gefieder putzte.

»Ehrlich? Wow!«

Hinter ihnen klopfte jemand vehement an die Glasscheibe: Männi. Er deutete auf sein Handgelenk und machte dann eine Trinkbewegung. Tina trat näher und linste durch die Scheibe. Ihre Freunde saßen an einem Tisch mit den beiden Herren, die sie vorhin beim Duty-free-Kiosk beobachtet hatte. Einer der beiden schenkte großzügig das schlammfarbene Getränk in kleine Gläser, während Paul in seiner Ledertasche kramte.

So konnte man zwei Liter in einer halben Stunde vernichten! Tina hielt den Daumen hoch und hakte Karel unter. »Unsere Anwesenheit ist erwünscht.«

Auf dem Weg zur Tür bedachte sie die Möwe mit einem beeindruckten Blick. Im Gegensatz zu ihren Kollegen hatte sie gelernt, als schwarzer Passagier mitzufahren. Das machte sie zu einem Pionier ihres Schwarms.

Gut gelaunt setzten sich Karel und Tina zu den anderen. Hedi stellte ihre neuen Bekannten als Ale und Isko vor. Die beiden schienen lieber anzustoßen, als zu reden, und schoben nun auch Tina und Karel ein Glas zu.

»Salmiakki Koskenkorva«, erklärte Hedi, fast ohne zu stottern.

»Bitte?«

»Salmiakgeist«, verdeutlichte Ale und schenkte ein. »Gut gegen… varmistaa, wie sagt man?«

Isko blickte in sein Glas, als wäre in dessen trüben Untiefen irgendwo die Übersetzung verborgen. Und vielleicht stimmte das auch. »Sorgen«, brummelte er nämlich nur wenig später. »Gut gegen Sorgen. Alle.«

Tina roch vorsichtig an dem Gebräu und schüttelte sich. »Ist das Lakritz?«

»Nicht schnuppern, probieren!«, brüllte Männi gut gelaunt. »Wir sind eingeladen.«

»Kein Wunder!« Tina mochte kein Lakritz. Irgendwie schmeckte es immer nach Putzmittel. »Was ist aus der guten Tradition eines Line Aquavits geworden?«

Ales Faust rumste auf die Tischplatte und ließ die Gläser

springen. »Norwegischer Mist!«, fauchte er und stieß mit seinem Glas gegen das von Tina. »Kippis!«

Tina hielt die Luft an und stürzte das Getränk in einem Zug hinunter. Sie wollte den freigiebigen Herrn nicht noch mehr verärgern. Die anderen taten es ihr nach. Noch bevor die Gläser wieder auf dem Tisch standen, wurden sie erneut gefüllt.

Währenddessen erklärte Isko: »Kümmel ist für nach Essen, Wodka für immer.« Offenbar war er redseliger als sein Kompagnon, der nun schon wieder befahl: »Kippis!«

Fasziniert beobachtete Tina, wie Ale, ohne eine Miene zu verziehen, das Glas leerte. Und hatte er eben wirklich Hedi zugezwinkert?

Tina trank. Vielleicht war das eine gute Medizin gegen das Schaukeln der Fähre? Viele Meter Wasser unter sich zu haben war ihr ähnlich unangenehm wie viele Tausend Meter Luft. Das Seepferdchen hatte sie erst mit über fünfzig gemacht, gemeinsam mit Adrian. Doch die dafür erforderliche Strecke von fünfundzwanzig Metern würde sie nicht retten, wenn die Fähre unterging. Dann könnte sie auch gleich sitzen bleiben, wie dieses berühmte, alte Paar auf der Titanic. Allerdings hatten die beiden auch jemanden gehabt, mit dem sie währenddessen Händchen halten konnten. Also vielleicht doch besser gleich ins kalte Wasser springen und auf einen Herzinfarkt hoffen? Wenn sie sich eines wünschte, dann dass es am Ende schnell ging. Lieber einen Herzinfarkt wie Ole als ein langes Dahinsiechen wie bei ihrem Ernst.

»Dänen, Schweden, Norweger, Finnen ... eine Familie voller Verrückter!«, lachte Hedi und hielt ihr leeres Glas hoch.

»Wie war das?« Tina hoffte, dieses Thema wäre gefahrloser als der berühmte norwegische Schnaps. »Norwegen ist der Bruder vom Land, Schweden der große, Dänemark die kleine Schwester, cool und ...«

»Kein Schwester!«, grummelte Ale naserümpfend. »Und nicht die kleinste!«

»Nein?« Offenbar gab es mehrere Vergleiche und unterschiedliche Ansichten.

»Nein!« Nun stand er auf, schwankte nur wenig. »Norwegen ist der kleine. Dänemark alter, Schweden mittel und immer verdammt ... tyylikäs!!«

»Käse?« Nun mischte sich auch Paul ein. Inzwischen hatte er den gesamten Inhalt seiner schicken Tasche auf den Tisch geleert. Tina entdeckte Mundspray, Haargel, einen Klappkamm. Was suchte er wohl? Seinen Handspiegel?

»Tyylikäs. Wie deine Handtasche.« Ale betrachtete Paul abfällig.

»Ale meint«, lenkte Isko gemächlich ein, »schwedische Leute gehen nach Mode: Stil und Glitzer. Männer haben Zöpfe und Haarnetz, aber keine Haare in den Eiern.«

Männi verschluckte sich und griff nach einer Serviette, als ihm der Schnaps aus der Nase schoss.

Hedis Lachen war laut und ungebremst. »Uuund kippen!«, befahl sie.

Männi beugte sich vor und legte den Kopf schief. »Und was ist mit den Finnen?« Ihm schien das Gespräch wesentlich mehr Spaß zu machen als Paul, der seine Männerhandtasche wieder eingeräumt hatte und ungewöhnlich still aus dem Fenster sah. Isko grinste breit. »Anders!«

»Besser: einmalig«, verbesserte Ale und nahm die letzten Tropfen Lakritzgetränk direkt aus der Flasche.

»Bei Familienfest weiß niemand genau, sind sie geheiratet oder geschmuggelt. Aber weil sie beste Trinkspruch haben, bleiben sie.« Isko öffnete die nächste Flasche. »Auf Dinge, die du machst, wenn betrunken«, hob er mit sonorer Stimme an und schenkte die nächste Runde aus. »Und auf Dinge, die dein Leben noch Farbe geben, wenn du wieder nüchtern bist!«

Tina hob ihr Glas. »Darauf stoße ich an!« Wie hieß dieser Film noch mal, in dem Doris Day und Rock Hudson sich nicht leiden konnten, aber in betrunkenem Zustand heirateten?

Der Lautsprecher knisterte. »Meine Damen und Herren, in zehn Minuten erreichen wir den Hafen. Bitte begeben Sie sich auf Ihre Plätze. Die Zugänge zu den Pkws und zum Zug sind wieder geöffnet.«

Tina entsorgte den Rest ihres Salmiakgeists in einen am Boden festgeschraubten Blumenkübel. Die Pflanzen darin sahen derart mitgenommen aus, dass ihnen der Alkohol entweder den Rest geben oder sie wider Erwarten beleben würde. Die fünf Verschwörer machten sich auf den Weg zum Fahrstuhl.

»Vältätte«, rief Isko ihnen nach.

Männi hob eine Hand. »Tekin!«

Überrascht sah Tina ihn an. »Du sprichst Dänisch?«

Männi grinste. »Nein, Dänisch habe ich nie begriffen. Die lassen die Hälfte ihrer Silben weg und vernuscheln den Rest. Ein bisschen wie die Niederländer. Nur noch wirrer. Das eben war Finnisch – wesentlich leichter zu durchschauen. Es gibt keine Form für die Zukunft, fast keine Unterscheidung zwischen er und sie, und kennt man ein paar Worte, kann man immer irgendwie einen Satz zurechtzimmern.«

Tina schüttelte den Kopf. »Und was hast du sonst noch so von deinen Reisen mitgebracht, das du uns verheimlichst?«

»Meine eigene kleine Landkarte.« Männi schmunzelte geheimnisvoll, als wüsste er Dinge, von denen sie keine Ahnung hatte. Nun ja, das war auch nicht weiter schwer. In ihrem Leben hatte es nur zwei überraschende Wendungen gegeben. Bei ihren vier Mitreisenden schien das anders auszusehen. So viel Tina jedoch in der letzten Zeit über deren Filmvorlieben, Lieblingsgetränke, Diäten und Hobbys erfahren hatte – ihre jeweiligen Vergangenheiten waren nie groß Thema gewesen. Womöglich auch deshalb, weil es in *Schafweide* schon genug Menschen gab, die nur noch rückwärts blickten und von früher sprachen. Oder aber weil es den anderen so ging wie Tina selbst: Sie mochte keinen Seelenstriptease, machte ihre Gefühle lieber mit sich selbst aus. Diese Reise, erkannte sie nun allerdings, war eine Ausnahmesituation. Und das lag nicht nur an dem Grund dafür, an Oles letztem Wunsch. Die Quizabende hatten sie zu einem Team gemacht. Nun waren sie Verschwörer. Das schweißte zusammen, veränderte die Gruppendynamik und bisherige Regeln. Und dabei war sie gar keine große Freundin von Veränderungen. Aber sie war gespannt darauf, was die nächsten Tage für sie bereithielten.

Denn sie waren vier, nein, fünf Freunde gegen den Rest der Welt.

20

(55°40'22.6"N)

København Central war riesig. Das Dach spannte sich wie das einer Kathedrale weit über die ausladende Halle. Überall liefen Menschen, schlängelten sich durch die aufgestellten Buden mit Backwaren, Getränken und Zeitschriften und rannten in Richtung verschiedener Gleise. Tina wurde es schon vom Zusehen ganz schwindelig. Dass es hier keine Zusammenstöße gab! Das Durcheinander der Stimmen brachte ihr Hörgerät zum Brummen – alle sprachen, riefen und sangen unbekannte Worte. Langsam drehte sie sich um die eigene Achse und bemerkte, dass die anderen es ihr nachtaten. Von außen betrachtet, gaben sie sicher ein lustiges Bild ab. Fast wie eine dieser menschlichen Installationen, von denen Adrian ihr vorgeschwärmt hatte: lebendes Theater, heute mit alten Käuzen.

»Und jetzt?« Sie konnte ihre eigene Stimme kaum ausmachen. Männi schien sie auch so zu verstehen. »Jetzt suchen wir die Gepäckaufgabe und stürzen uns im Tivoli ins Getümmel.«

»Ins Getümmel«, wiederholte Karel schaudernd und hob Pi schützend auf die Arme. »Wie genau nennst du das hier?«

»Normaler Durchgangsverkehr?«, schlug Hedi strahlend vor. Für sie galt: Je mehr, desto besser. »Hat einer von euch das Koffersymbol entdeckt, und wenn wir schon dabei sind, auch das für die Toiletten?«

»Folgt mir.« Paul nahm sein Gepäck und lief zielgerichtet los. Dabei flitzten seine Augen unablässig hin und her. Offensichtlich war er nicht so unbeeindruckt, wie er tat.

»Tja, alter Freund«, flüsterte Tina ihrer Handtasche zu, in der sich die beiden Kaffeebecher mit Ole befanden. »Die erste Hürde haben wir überwunden.« Fest umklammerte sie die Henkel der Tasche. Nicht, dass ihr diese ausgerechnet jetzt irgendein übereifriger Kleinkrimineller stahl! Den entsetzten Blick, wenn er entdeckte, dass er statt einer prall gefüllten Geldbörse einen Haufen Asche samt Titanknie entwendet hatte, konnte sie sich lebhaft vorstellen. Eigentlich hatte sie vorgehabt, Ole nach dem Grenzübergang wieder in seine Behelfsurne aus Krokoimitat umzufüllen. Doch einige der Aschepartikel waren eine etwas unglückliche Verbindung mit den letzten Tropfen Kaffee eingegangen. Und einen Teil von Ole zurückzulassen oder gar zu entsorgen stand außer Frage. Später in der Studentenunterkunft würde sie die Becher auf die Heizung stellen und morgen jedes noch so kleine Ole-Stäubchen daraus befreien. Bis dahin allerdings musste sich ihr Kapitän mit einer doppelten Verpackung zufriedengeben. Und mit einem Besuch auf der Damentoilette. Sicherlich hätte er dazu einen frechen Spruch auf Lager gehabt.

Nur wenig später führte Männi sie mit stolzgeschwellter Brust im Slalom um diverse Baustellen zu dem Vergnügungspark. Währenddessen stand sein Mund kaum still. Er berichtete, dass Kopenhagen so viel wie Kaufhafen bedeutete, denn die Dänen seien streng genommen ein Handelsvolk. Er erzählte, dass der Tivoli als ältester Erholungs- und Vergnügungspark galt. Ohne mit der Wimper zu zucken, bezahlte er ihren Eintritt und handelte dabei auf Englisch auch noch einen Seniorenrabatt heraus.

Hedi sah sich suchend um. »Schön hier mit den Pflanzen und so, die Erholung hätten wir also gefunden. Aber«, nun stemmte sie die Hände in die Hüften, »wo ist das versprochene Vergnügen?«

»Aber wirklich, Männi«, zog Paul den alten Schreiner auf. »Wo bekommt Hedi ihre tägliche Dosis Bloody Mary, damit sie uns allen ein paar Plastikblumen schießen kann und die Geisterbahnfahrt übersteht?«

Hedi verpasste Paul einen spielerischen Knuff in die Seite, der ihn zusammenzucken ließ. »Geisterbahnen sind eher was für dich, im UV-Licht kommt deine Haartolle sicher super zur Geltung«, feixte sie, während Paul mit schmerzverzerrtem Gesicht neben ihr herhinkte. »Ich bin mehr so für die schnelleren Sachen: Wildwasserrutschen, Superswirl, Achterbahnen …«

Karel verschluckte sich vor Lachen. »Superswirl? Hast du den eben erfunden?«

»Achterbahnen?« Tina schauderte. »Den Spaß daran habe ich nie verstanden. Egal, wie oft Ernst versucht hat, mich in eines dieser Dinger zu zerren.«

»Also abgemacht!« Männi hielt sich gut gelaunt den Plan vor die Nase, den sie am Eingang erhalten hatte. »Erst die Drinks, dann die Achterbahn!«

Offenbar kam Tina heute nicht drum herum. Wenn das Ernst miterlebt hätte! Ergeben ließ sie den Kopf hängen und bemühte sich um Schadensbegrenzung. »Könnten wir wenigstens die Reihenfolge umdrehen? Erst das Fahrgeschäft, dann die Drinks?« Sie wollte sich lieber nicht vorstellen, wie es wäre, beschwipste Loopings zu drehen. Vermutlich ähnlich fürchterlich, wie zu fliegen.

»Wenn du glaubst, du steigst da nüchtern ein? Ich jedenfalls könnte jetzt einen Drink gebrauchen!« Paul setzte vorsichtig einen Fuß vor den anderen. »Wenn nicht sogar etwas Stärkeres.« Seit er auf der Fähre immer panischer den Inhalt seiner Männerhandtasche kontrolliert hatte, stimmte etwas nicht mit ihm. Und nun schien er Schmerzen zu haben, während sein Blick hektisch sämtliche Besucher des Parks scannte, als sei er auf der Suche nach etwas Bestimmtem.

»Also, eine der Achterbahnen ist dort hinten, wenn ich mich recht erinnere«, sagte Männi und winkte ihnen, ihm zu folgen. »Auf dem Weg finden wir sicher auch einen Getränkestand. Allerdings glaube ich nicht, dass ihr flüssigen Mut nötig habt. Ich bringe euch als Erstes zu dem berühmtesten Fahrgeschäft aus dem Jahr 1914.«

»1914??« Tinas Stimme kippte. »Du willst, dass ich mein Leben einer Bahn anvertraue, die noch älter ist als ich?«

»Seniorenbahn für Senioren«, kicherte Hedi. »Ich bin dabei. Und Ole sicher auch, oder was meinst du, mein Freund?« Damit strich sie über Tinas Handtasche.

Tina überprüfte vorsichtshalber erneut den Verschluss und seufzte. »Ich glaube, Ole hat von uns allen am wenigsten Vorbehalte.«

Männi hörte davon nichts. Begeistert drehte er sich mit ausgestreckten Armen im Kreis. »Toll hier, oder? Nur schade, dass die Kopenhagener ihren Park nicht am Wasser gebaut haben.«

»Du meinst, wie in Atlantic City?« Paul hinkte etwas schneller.

»Atlantic City?« Männi zog die Nase kraus. »Da gehen doch nur die hin, die in Las Vegas Hausverbot haben.«

Pauls Miene versteinerte, er widersprach aber nicht.

Tina sah die beiden seufzend an. »Sind eigentlich alle von euch weiter gereist als ich?«

Hedi schob ihren Rollator neben Tina. »Du, meine Liebe«, fand sie, »bist die Einzige von uns mit Familie in Amerika! Du kannst das alles nachholen und uns dann mit ewigen Diavorträgen nerven.«

Tina nickte stumm. Ja, könnte sie. Theoretisch. Wenn es ihr jemals gelingen sollte, ein Flugzeug zu betreten und auch darin sitzen zu bleiben, bis es abhob.

»In Brighton ist es auch sehr schön«, mischte sich da Karel ein, der offenbar spürte, dass ein Themenwechsel angesagt war. »Die haben ihren Vergnügungspark auf einem Pier.«

Männi nickte amüsiert. »Und eines der wildesten Fahrgeschäfte ist fast am Ende. So ein Aufzugsteil, das dich hochfährt und dann ungebremst runterrauschen lässt. Deshalb müssen regelmäßig drei der Planken direkt darunter ausgetauscht werden. Auf denen landet nämlich immer der Mageninhalt ihres Publikums. Und die Magensäure …«

»Bäh, Männi!« Hedi warf ihm einen strafenden Blick zu. »Nicht alles von deinem Trivial-Pursuit-Wissen musst du auch mit uns teilen!«

Auch Paul schüttelte sich, dann bog er plötzlich ab. »Geht schon mal vor, ich komme nach!« Damit eilte er eine kleine Allee entlang, die auf einen Seiteneingang zuführte, vor dem einige Jugendliche standen, und verschwand.

Die gewundene Holzkonstruktion ragte weit in den Himmel und erinnerte Tina an eine von Ernsts Modellbauten. Dort sollte sie einsteigen? Und mitfahren?? Während Hedi und Männi sich in ein gut gelauntes Streitgespräch über das Für und Wider von Holzbahnen und modernen Fahrgeschäften verwickelten, drehte Tina sich zu Karel. »Ich bleibe gern draußen und passe auf Pi auf«, versuchte sie sich noch einmal herauszuwinden.

Doch Karel lachte. »Mein Vierbeiner ist ein größerer Adrenalinjunkie als ich. Der steckt bei hundertzwanzig auf der Autobahn die Nase aus dem Fenster.«

Tina seufzte leise. Und dachte an das junge Pärchen heute Morgen, an den Ratschlag, den sie ihnen gegeben hatte. Eigentlich ergab es Sinn, mit Ole im Gepäck Dinge zu tun, an die normalerweise keiner von ihnen auch nur denken würden. Selbst wenn es in ihrem Fall derjenige nicht mehr mitbekam, für den sie es tat.

Sie warf einen Seitenblick auf Karel, der schweigend neben ihr herlief. Auch für ihn war diese Reise mehr als ein verrückter Spontanentschluss. »Was ist eigentlich passiert? Mit deiner Frau?«, hörte sie sich fragen. Manchmal konnte sie ihre Zunge einfach nicht im Zaum halten!

Seine Antwort kam leise. »Alzheimer. Stück für Stück ist sie uns verloren gegangen. Und wir ihr.«

»Das tut mir leid.« Noch jemand, der schmerzhaft nach und nach gegangen war. Nicht wie Ernst, der fast bis zum Schluss noch klar gewesen war, sondern andersherum. Sie und ihr Mann hatten sich noch lange unterhalten können. Sogar ehrlicher als je zuvor.

»Mir auch«, nickte Karel, »vor allem für Marion.«

Tina zuckte zusammen. Auch Laura war nicht gut mit der Krankheit ihres Vaters klargekommen. All die Bereitschaftsdienste im Krankenhaus, während Ernst immer weniger geworden war? Hätte ihre Tochter es gewollt, hätte sie jemanden gefunden, der mit ihr getauscht hätte. Wie für den runden Geburtstag ihres Mannes. Oder Adrians Feier zum Studienabschluss. Doch Laura hatte lieber angerufen, als vorbeizukommen. Und wenn sie aufgetaucht war, dann nie allein.

»Ich war überfordert«, murmelte Karel nun so leise, dass Tina sich konzentrieren musste. »Und meine Tochter hatte sonst niemanden. Margo und ich hatten immer gehofft, noch ein Kind zu bekommen, einen Jungen. Dann hätte sie jemanden zum Reden gehabt. Und jetzt einen Bruder, der ihr bei all den Unternehmensdingen hilft…«

Tina lachte spontan auf. »Entschuldige, aber nach allem, was ich gesehen habe, ist deine Tochter ganz gut in der Lage, die Unternehmensdinge, wie du sie nennst, zu handhaben. Glaube einer Frau, die mit sieben Geschwistern aufgewachsen ist: Es sind nicht zwangsläufig die Männer, die Dinge regeln.«

Er nickte ertappt. »Nein, wenn ich mir eure kleine Gruppe so ansehe, wohl eher nicht.« Dann schüttelte er überrascht den Kopf, »ihr seid zu acht?«

»Waren wir. Jetzt sind wir nur noch drei. Und wenn wir telefonieren, vergleichen wir unsere Blutwerte.« Entschlossen legte sie einen Schritt zu. »Umso wichtiger ist mir das hier. Wir fünf, Pi und Ole und dass wir seinen letzten Wunsch erfüllen.«

Karel blieb an ihrer Seite. »Ja, ich weiß«, raunte er. »Es fühlt sich so verrückt an, als sei ich wieder Anfang zwanzig.«

Tina musste lachen. Ja, das traf es ziemlich genau auf den Punkt. Vielleicht war ihre Reise gerade deshalb so wichtig – wegen des Unterschieds: gefühlte zwanzig, tatsächlich über siebzig.

Karel schnappte sich Pi, stopfte ihn vorsichtig unter seine Jacke und hakte Tina unter. »Also, was sagst du, sollen wir eine Runde in der Achterbahn drehen? Für alle, die nicht dabei sind, und für uns mit?«

Tina beäugte kritisch die kurvenreiche Fahrrinne vor ihr. Dann überholte sie Männi und Hedi. »Auf geht's! Wer am lautesten schreit, zahlt das Essen!«

Erschrocken sog Tina die Luft ein und presste Ole in der Handtasche gegen ihren Bauch. Ihr Waggon erklomm den Gipfel und schien einen Moment zu zögern, als hätte er ein schlechtes Gewissen, seine alten Insassen dem nächsten Hochgeschwindigkeitsrausch auszusetzen. Oder aber diese Bahnen waren mit Absicht so eingestellt, dass sie vor jedem Abwärtsfahren eine kleine Kunstpause einlegten. Tina kniff die Augen zusammen. Sie wollte nicht sehen, wie rechts und links von ihr die falschen Felsen vorbeirauschten, das Riesenrad am Horizont, ein paar Wohnhäuser weiter hinten.

»Yiehaaa!«, brüllte Hedi zwei Wagen weiter vorn und nippte trotz des Gegenwindes damenhaft an ihrem Luxus-Flachmann, den sie vorhin aufgefüllt hatte. Dann reichte sie ihn weiter an Paul. Der war gerade noch rechtzeitig zu ihnen gestoßen und inzwischen merklich entspannter. Allerdings schien die Kombination von Achterbahn und Hochprozentigem nichts für ihn zu sein, denn er gab Hedis silbernes Wunderfläschchen direkt weiter nach hinten zu Männi. Dieser ließ sich nicht lange bitten, legte den Kopf zurück und trank wie ein echter Finne – viel Flüssigkeit, wenig Schluckbewegung. Als er den Flachmann vor Tina und Karel in die Höhe hielt, schüttelten beide einhellig den Kopf. Mit Ole und Pi hatten sie keine Hand mehr frei. Eigentlich waren natürlich keine Hunde erlaubt, doch Hedi und ihr Rollator hatten sämtliche Mitarbeiter beschäftigt.

Das Rattern der Kette, die sie auf die nächste Anhöhe beförderte, klang nicht sehr vertrauenerweckend. Tina schluckte trocken und umklammerte Ole. Einundzwanzig, zweiundzwanzig… und schon rasten sie wieder abwärts. Pis Ohren flatterten im Fahrtwind; der Hund sah aus, als würde er lachen. Und auch Paul ganz vorn streckte nun die Hände in die Höhe. Dann ließ er ein gellendes »Yieeeeeha!« hören. Hedi hatte ihn offenbar angesteckt.

In der nächsten Kurve wurde Tina gegen Karel gepresst. »Hört sich an, als hätte Paul genauso viel Spaß wie Pi«, brüllte er ihr ins Ohr. »Wie hältst du dich?«

»Wenn Aussteigen keine Option ist, muss man da eben durch.« Doch um ehrlich zu sein, war es nur halb so schlimm wie befürchtet. Und um völlig ehrlich zu sein, mochte Tina das flatternde Gefühl in der Magengrube. Fast ein bisschen wie Verliebtsein, vorausgesetzt, sie erinnerte sich richtig. »Ich glaube, ich mag Achterbahnen. Zumindest diese.«

»Das habe ich gehört!«, schrie Hedi von vorn. Ihre Locken flatterten um das gerötete Gesicht, die Augen strahlten. »Und als Nächstes geht's zum Superswirl. Damit wir einen ordentlichen Vergleich haben!«

Tina musste lachen und konnte kaum mehr damit aufhören.

Als sie schließlich durchgepustet und aufgedreht vor der Bahn standen und diskutierten, welches Fahrgeschäft als Nächstes ausprobiert werden sollte, rief Männi sie zur Vernunft. »Wir müssen los«, sagte er, »den Schlüssel abholen.«

Paul klatschte ihm eine flache Hand auf die Glatze. »Ach komm schon, Spaßbremse, wenigstens noch eine Runde Autoscooter oder Geisterbahn, von mir aus auch Superswirl!«

Der Schreiner schlug grinsend Pauls Finger weg. »Tut mir

leid, Kinder, aber zum Univiertel brauchen wir ein bisschen.« Damit lief er voran.

Amüsiert beobachtete Tina, wie sich Pauls Gesicht zu einem Schmollen verzog. »Der Schlüsselmeister hat gesprochen«, grummelte er mit verstellter Stimme, »und duldet keine Widerworte.« Schwer seufzend trabte er dann hinter Männi her.

Tina und Hedi warfen sich einen glucksenden Blick zu. Hatte ihr sonst so stilbedachter Paul eben tatsächlich *Ghostbusters* zitiert?

»Was so ein bisschen Adrenalin alles kann«, flüsterte Hedi. »Man sollte es in Flaschen füllen und kostenlos verteilen.«

»Oder in Tabletten pressen«, entgegnete Tina.

»Meinst du, man könnte es auch rauchen?« Hedi sah sie mit ernstem Blick an. Dann brachen sie beide in Gelächter aus.

21

(55°40'28.1"N)

Der sonst so vorsichtige Männi ging in seiner Rolle des Stadtführers auf. Er hatte ihr Gepäck organisiert und sie zur nächsten U-Bahn-Station gelotst. Er hatte ihnen Karten besorgt und währenddessen diverse Fakten über das Kopenhagener Transportsystem heruntergerasselt, die Tina sofort wieder vergessen hatte. Viel zu sehr war sie damit beschäftigt, sich umzusehen: Die Bahntrasse war mit Glasscheiben von der Plattform getrennt, auf denen die Fahrgäste in fast schon beängstigend geordneten Reihen warteten. Nur wenn eine Bahn eingefahren und vollständig zum Halten gekommen war, öffneten sich die Türen der Züge und die der Glaswand. Die kleine oder große Schwester Dänemark schien eine Vorliebe für Ordnung zu haben. »Sehr praktisch, so kann niemand Müll auf die Gleise werfen.«

Hedi parkte ihren Rollator neben Tina und setzte sich darauf. »Oder sich selbst«, ergänzte sie lakonisch.

Tina sah ihre Freundin überrascht an. Daran hatte sie gar nicht gedacht.

»Ob das aber wirklich bedeutet, dass die Dänen weniger selbstmordgefährdet sind?«, mischte sich Paul ein. »Nur, weil es ihnen hier erschwert wird?«

Tina erstarrte unter seinem intensiven Blick. Nur sie sah er an, keinen der anderen. Als erwartete er von ihr eine Expertenmeinung. Sie wandte sich ab. Ole war der Einzige, der hätte ahnen können, was sie damals, bei ihrem ersten Treffen, wirklich in der Küche gesucht hatte. Doch falls er sich seinen Teil dazu gedacht hatte, hatte er Tinas Geheimnis mit ins Grab genommen. Oder, besser gesagt, in zwei Pappbecher und eine Handtasche.

»Die Dänen«, hob Männi da zu Tinas Erleichterung an und klang, als zitierte er eine jener Statistiken, die grundsätzlich sehr bunt und sehr geschönt daherkamen, »landen seit Jahren auf einem der ersten Plätze der Glücklichkeitsskala!«

»Schwachsinn.« Paul schüttelte den Kopf. »Ob du dich glücklich fühlst, hat etwas mit deinen Erwartungen zu tun. Dieses bescheuerte Ranking sagt also nur etwas darüber aus, ob sich die erfüllen. Und je tiefer du deine Erwartungen ansetzt, desto einfacher triffst du sie auch!«

Tina musterte ihn. Vorhin war er noch so gelöst gewesen, nun klang er beinahe wütend. Welche Erwartungen hatten sich in seinem Leben nicht erfüllt? Sie wusste fast nichts von ihm, außer, dass er selbst die absurdesten Produkte besorgen konnte, sofern sich dafür ein Abnehmer fand. Paul war das Musterbeispiel des Selfmade-Mannes, den Blick immer auf das gerichtet, was gerade en vogue war und womit sich Geld machen ließ. Das erleichterte das Leben sämtlicher Einwohner von *Schafweide* und sicher auch sein eigenes. Irgendwo musste diese Fähigkeit allerdings herkommen. Hatte er schon immer einen guten Riecher für Geschäfte gehabt? Und falls nicht, wer hatte es ihm beigebracht? Paul sprach genauso wenig von seiner Familie wie sie alle. Keine noch so kleine Bemerkung entschlüpfte ihm. Fast schien es, als sei er eines Tages erwachsen und mit perfektem Geschäftssinn aus einem Ei gekrochen oder – wie Ole sicher vermutet hätte – aus einem Raumschiff. Nachdenklich beobachtete Tina, wie er nun unruhig von einem Bein auf das andere trat und sämtliche Personen auf dem Bahnsteig argwöhnisch beäugte. Vor allem einer schien es ihm angetan zu haben: Genervt sprach der Mann in sein Handy, während er sich ein U-Bahn-Ticket zog und sich, mit seinem Portemonnaie in der Luft wedelnd, an die Spitze der wartenden Menschenreihe drängelte. Pauls Augen wurden schmal.

»Das ist unsere!«, unterbrach Männi Tinas Beobachtungen und scheuchte sie der Reihe nach in die U-Bahn.

Paul hatte es derart eilig, dass er mit dem noch immer telefonierenden Mann zusammenstieß. Entschuldigend hob er eine Hand, doch sein Gegenüber bedachte ihn nur mit einem genervten Blick und schob sich dann weiter nach hinten.

»Wow, guckt mal!« Ohne Rücksicht auf Verluste marschierte Hedi samt Rollator entzückt ganz nach vorn. »Man kann rausgucken! Kommt schon, das ist wie kalorienfreies Achterbahnfahren!«

Tina musste lachen. Achterbahn light? Zu fünft quetschten sie sich auf die ersten beiden Bänke, die Hedi für sie reserviert hatte, und staunten.

»Kein Fahrer«, murmelte Paul zu niemandem im Besonderen, während er trotz der angenehmen Temperaturen den Reißverschluss seiner Jacke zuzog. »Also keiner, der sich schuldig fühlen muss, wenn jemand unter den Rädern landet.«

Tina zwickte ihn durch den dicken Wollstoff in den Oberarm. »Wie wir vorhin erkannt haben, ist das hier sowieso nicht möglich, du alter Nieselpriem! Und jetzt genieß einfach mal die Aussicht.« Ihr jedenfalls gefiel es. Unter der Glasfront waren Aufkleber aufgebracht, die eine Reihe Knöpfe und Hebel andeuteten. Mit etwas Fantasie konnte man sich vorstellen, selbst hinter dem Steuer zu sitzen. Für Kinder musste es ein Traum sein. Vorausgesetzt, es hatten sich nicht fünf alte Vögel auf den begehrten Plätzen breitgemacht.

Die dunklen Tunnel, durch die sie beinahe geräuschlos

rauschten, und die ordentlich in Reihen wartenden Menschen an den Stationen hatten etwas Beruhigendes. Ganz ähnlich wie dieser Kaminfilm, den Adrian ihr zu ihrem Sechzigsten geschenkt hatte. »Zum Runterkommen«, hatte er naseweis dazugesagt und Tina sich gewundert – runterkommen von was? Von welchem abenteuerlichen, aufregenden Leben musste sie sich in der Vorstellung ihres damals gerade einmal fünfzehnjährigen Enkels wohl entspannen? Überraschenderweise hatte ihr die Aufnahme gefallen. Zwei Stunden nichts weiter als knisternde Flammen und ein immer größer werdendes Aschehäufchen. Hätte sie ein Smartphone, könnte sie nun im Gegenzug einen kleinen U-Bahn-Film drehen und ihn Adrian als Retourkutsche schicken. Zum Runterkommen. Schließlich wurde auch er nicht jünger.

Falls sie ihre Familie in Amerika besuchte, würde sie sich so ein Telefon besorgen. Damit sie ihren vier Freunden hinterher einen Einblick in das Leben dort geben könnte. Ja, Hedi hatte recht, das würde ihr gefallen. Offenbar war sie eine Frau für Diavorträge.

»Macht euch bereit.« Männi zog sich ächzend in eine stehende Position und hangelte sich von Griff zu Griff in Richtung Tür. »Die nächste Station ist unsere!«

Tina konnte gerade noch zur Seite treten, als sich mindestens acht kreischende Kinder gleichzeitig ein Wettrennen zu den vier frei werdenden Plätzen lieferten. Laut lachend stapelten sie sich übereinander. Keines musste stehen.

»Wow!« Hedi blieb das gefühlte hundertste Mal auf dem kurzen Weg durch das Universitätsviertel zu ihrer Übernachtungsadresse stehen. »Wow, wow und noch mal wow!«

»Ja, die Dänen verstehen was von Architektur.« Männi klang dermaßen stolz, als hätte er persönlich dazu beigetragen.

»Und von unterschiedlichen Materialien.« Auch Tina gefiel es hier. Holzkonstruktionen lockerten Betonwände auf, großzügige Treppen und flache Rampen machten selbst jenen das Schlendern leicht, die nicht gut zu Fuß waren. Die hohen Unigebäude spiegelten sich in den Wassergräben. Wie zufällig dazwischengesprenkelt, lagen überall kleine, grüne Oasen: Miniaturwäldchen mit nicht mehr als zehn Birkenstämmen, gestutzte Hecken und Hochbeete. Hier und da saßen dort Studenten zusammen und genossen die letzten Strahlen der Herbstsonne.

»Ganz schön wenig los«, fand Paul und reckte den Hals, um in die bodentiefen Fenster des nächsten Gebäudes zu linsen. »Das muss die Bibliothek sein. Guckt euch mal an, wie viele Plätze die haben. Und nur jeder zehnte ist belegt! Das sah früher ganz anders aus.«

»Du hast studiert?« Tina wusste selbst nicht so genau warum, aber das hatte sie nicht erwartet. Eher eine kaufmännische Ausbildung, irgendein Familiengeschäft, das Paul nicht hatte übernehmen wollen, ihn aber mit all dem wirtschaftlichen Wissen versorgt hatte, das er nun gewinnbringend nutzte.

»Nur ein paar Semester.«

»Psychologie, um Studentinnen rumzukriegen?«, nahm Hedi ihn hoch.

»Oder was Geisteswissenschaftliches? Da sind die meisten Frauen unterwegs«, schlug Männi in die gleiche Kerbe und führte sie um die Bibliothek herum.

Paul wehrte sich halbherzig. »Was ihr von mir denkt!«

»Ich würde auf was ganz anderes tippen.« Karel betrachtete Paul nachdenklich. »Jura vielleicht oder Betriebswirtschaft an einer privaten Hochschule.« Offenbar gingen Karels Gedanken in eine ähnliche Richtung wie Tinas.

Doch Paul schien die Konzentration auf seine Person unangenehm zu sein. »Privat«, er verzog das Gesicht, »trifft es nicht ganz. Sind wir bald da?«

»Ja. Dort vorn sind wir heute zu Hause.« Männi deutete auf ein kreisrundes, sechsstöckiges Holzgebäude. Die großen Fenster schienen wahllos über die Front verteilt, hinter jedem hing ein andersfarbiger Vorhang.

»Habe ich heute schon Wow gesagt?« Hedi legte einen Zahn zu. »So hätte ich auch gern studiert.«

»Kannst du dir heute ja vorstellen«, grinste Männi und drückte auf eine Klingel.

»Hi there, you have to come up to the third floor«, zwitscherte ihnen eine freundliche Stimme entgegen. »Elevators are behind the washing machines.« Dann öffnete sich das Eisentor.

»Der Lift ist hinter der Waschmaschine?« Tina wuchtete ihren Rollkoffer über die Schwelle. »Sind wir in einem Edgar-Wallace-Film gelandet?«

Karel spähte in den angrenzenden Raum. »Die Waschmaschinen habe ich gefunden! Und die Trockner. Und eine Reihe Computer. Und… ungefähr viertausend Briefkästen. Wie viele Leute leben hier?«

Männi blickte über seine Schulter. »Da hinten geht es weiter!«

Der Lift war eng, und als sie sich im dritten Stock rückwärts hinausgeschoben hatten, wartete eine wahre Erscheinung auf sie. Das Mädchen war ganz in Rot und Weiß gekleidet, trug einen Partyhut in den gleichen Farben und Socken, die Tina an ihre eigenen Hausschuhe erinnerten. Nur dass diese hier dicke Nasen und Geweihe hatten, keine Kaninchenohren.

»Hi!«, grüßte sie enthusiastisch und hielt einen Schlüssel in die Höhe, als erwartete sie, dass die fünf Senioren vor ihr nun Männchen machten und danach schnappten. »Also, wer von dir ist Florians Oma?«, wollte sie dann überraschenderweise in recht gutem Deutsch wissen.

»Welcher Florian?« Männi sah sie verwundert an.

Hedi fuhr ihm mit dem Rollator über den Fuß. »Der Florian, der uns die Übernachtung gebucht hat, du Hirsel!«, zischte sie, nickte dem Radieschen zu und sagte: »Ich.« – Zur exakt gleichen Zeit, als Tina eine Hand hob und behauptete: »Das wäre dann wohl ich.«

Tina verdrehte die Augen. Sie hätten sich absprechen sollen. »Ähm, also, unsere Familie ist ein bisschen ungewöhnlich«, stotterte sie und sah Hedi Hilfe suchend an.

Hedi zögerte nicht lange und übernahm. »Flos Opa ist ein… Hallodri. Erst hat er Tina geheiratet, dann mich.«

Tina war verblüfft. Sie sollte also die verlassene Ehefrau spielen?

»Aber wir patchworken ganz gut zusammen«, spann Hedi ihre kleine Geschichte da auch schon weiter und legte einen Arm um Tina. »Nicht wahr, meine Liebe?«

Tina lächelte dünn. »Was wesentlich einfacher ist, seit der betrügerische Mistkerl mit Ehefrau Nummer drei nach Mexiko durchgebrannt ist.«

Einen Moment staunte das Mädchen sie wortlos an. Dann zuckte sie mit den Schultern, als hätte sie von den seltsamen Deutschen nichts anderes erwartet. »Also«, stellte sie sich gut gelaunt vor, »ich bin Gro, und nicht immer ich sehe so aus.« Sie deutete auf ihr Outfit. »Aber heute ist Geburtstag und dazu ein Feier!«

»Herzlichen Glückwunsch, Gro.« Paul streckte ihr die Hand entgegen. »Auf dass dein nächstes Jahr rauschend wird!«

Ernsthaft schüttelte sie die dargebotene Hand und übergab Tina endlich den Schlüssel. »Rauschend ist schon jetzt – oben auf der Dach. Also wenn Sie Lust habt, kommt vorbei!«

Eine Party? Tina schüttelte den Kopf. Sie fünf sollten morgen früh um acht im Zug nach Oslo sitzen.

Doch da führte Paul Gros Hand an seine Lippen und hauchte einen Kuss darauf. »Wir fühlen uns geehrt!«

Tina verdrehte die Augen und hörte Karel hinter sich ein Kichern verhüsteln, während das Radieschen mit einem entzückten »Bis dann!« davoneilte.

»Diese Däninnen sind wirklich bezaubernd!« Paul ließ sich auf das Ausziehsofa in Gros Appartement sinken. »Wenn die Norwegerinnen ähnlich sind, wundere ich mich nur, warum Ole überhaupt zurückgekommen ist!«

»Vielleicht hatte er ein Jobangebot bei einer deutschen Reederei?«, vermutete Karel und legte seine Jacke als Pis Körbchen in die Ecke.

»Gut möglich.« Hedi stupste testend gegen die Matratze des Doppelbetts und ließ sich zufrieden darauf nieder. »Immerhin war seine Frau eine Deutsche.«

Auch Männi nickte. »Egal, wie gut du eine Sprache beherrschst, irgendwann hast du keine Lust mehr, Witze zu erklären, die deine Landsmänner auf Anhieb verstanden hätten.« Dann warf er Hedi einen entschuldigenden Blick zu. »Und deine Landsfrauen natürlich.«

Tina unterdrückte ein Grinsen und schielte neugierig zu Hedi, während sie das Nötigste für die Nacht aus ihrem Koffer packte. Oles Gedichtband, den sie mitgenommen hatte, schob sie dabei tiefer in den Koffer. Bekam Hedi eigentlich mit, dass der alte Schreiner alles tat, um sie für sich einzunehmen? Er bemühte sich sogar darum, grammatikalisch gleichberechtigt zu formulieren.

»Vielleicht ist Ole ja vor irgendwas geflohen.« Paul biss sich auf die Lippen und sah aus, als wünschte er, vor dem Reden erst nachgedacht zu haben.

Doch außer Tina fiel das niemandem auf. Die anderen lachten, als hätte er einen guten Witz gemacht. »Agent Ole?«, kicherte Hedi. »Wohl kaum.«

»War ein Scherz.« Paul zog das Sofa aus. Dann streckte er sich und strich die Frisur zurecht. »Und wer von euch geht mit mir Gros Geburtstag feiern?«

»Na, wir alle, oder?« Hedi zog einen überdimensionierten, roten Pulli aus ihrer Tasche. »Wir wollen doch nicht unhöflich sein. Und ich könnte ein Grillwürstchen vertragen – oder was auch immer Dänen auf so einer Dachterrassen-Party servieren!« Diese Frage schien sie ernsthaft zu beschäftigen. »Hotdogs vielleicht? Hotdogs gibt es auch bei diesem Modellbauladen für Möbel. Hotdogs, Fleischklöße und Schokolade.«

»Ikea?« Männi lachte. »Ikea ist schwedisch.«

»Dann haben die Schweden auch Lego erfunden?« Hedi stülpte sich den zeltartigen Pulli über.

»Nein, das waren, glaube ich, die Dänen.«

»Da soll sich noch jemand auskennen.« Hedi knüpfte sich ein weißes Tuch um den Hals und drehte sich im Kreis. »Was meint ihr, dänisch genug?«

Paul hielt ihr einen angewinkelten Arm hin. »Definitiv. Darf ich Ihre Hoheit aufs Dach begleiten?«

»Nur wenn du mich auch wieder zurückbringst, der Rollator bleibt hier. Ich kann ja viel vertragen, aber Pink und Rot ist eine Sünde.«

»Es gibt niemanden, den ich lieber nach Hause begleiten würde.« Galant öffnete Paul ihr die Tür.

Männi folgte ihnen auf dem Fuß. Seine Stirn war gerunzelt, die Lippen verkniffen.

»Ich komme nach!« Tina ließ sich auf das Bett sinken,

streifte die Schuhe ab und rutschte ein Stück zurück. »Vorausgesetzt, ich komme jemals wieder hoch.«

»Wenn du willst, helfe ich nach.« Tinas Kopf fuhr herum. Karels Anwesenheit hatte sie tatsächlich vergessen. Vermutlich, weil er in den letzten Minuten so ruhig gewesen war. »Aber erst einmal drehe ich mit Pi ein paar Runden im Innenhof.«

»Gerne.« Tina streckte sich aus.

Die Tür des Appartements fiel ins Schloss. Tina seufzte. Sie war zu alt für Partys. Oder vielleicht auch einfach nur für Partys nach einer mehrstündigen Reise. Wie hatte Ole das nur geschafft? Immer wieder hatte der alte Kapitän davon berichtet, wie es gewesen war auf seinen Reisen die norwegische Küste hoch und runter. Dass die Mannschaft sich trotz der langen Tage abends zusammengefunden hatte, um zu reden, Karten zu spielen, zu musizieren und die nächsten Landausflüge zu planen. Und zwischen all dem Programm war es Ole noch gelungen, Gedichte zu schreiben? Tina drehte sich auf die Seite und fischte den in Leder gebundenen Band aus ihrem Koffer. Eines seiner Werke wollte sie während seiner Seebestattung vorlesen. Selbst wenn dies bedeutete, sich sämtliche seiner lyrischen Ergüsse vorzunehmen, um ein passendes Gedicht auszuwählen. Und das war wirklich ein Liebesdienst, denn Tina war kein Lyrikfan. All die verkürzten und verschobenen Zeilen! Und dann die Reime. Reime waren die Hölle. Liebe – Hiebe, Tod – Not. Immer die gleiche Leier. Als wären Dichter zu faul, ihre eigenen Gedanken zu formulieren, und entschieden sich nur für einen Sinn, weil das eine

Wort eine ähnliche Endsilbe hatte wie das zwei Zeilen vorher. Wie die Finnen das wohl machten ohne Zukunft und Geschlechterspezifik? Gähnend blätterte sie in Oles Buch herum. Zumindest hatte sich sein Gedicht nicht gereimt, das war schon mal eine Erleichterung. Tina hoffte, die anderen wären ähnlich. Worum war es noch mal gegangen? Um das Meer, den Himmel und die Einsamkeit, richtig? Ja, da war es: *Das war das Meer – der Ernst selbst, gewaltig und grau.* Tina musste lächeln. Der Ernst selbst? Fast schien es, als würde ihr das Gedicht zuzwinkern. Vorhin die Achterbahn, jetzt der Name ihres verstorbenen Mannes. Das Schicksal hatte definitiv einen sehr eigenen Humor! *Aber so wie der Sinn,* las sie weiter, *in einsamen Stunden, plötzlich öffnet, gleitende Spiegelung, rätselhafter Tiefe, so kann das Meer, in einer blauen Morgenstunde, sich öffnen.*

Das hatte sie Hedi vorgelesen. War das wirklich erst drei Tage her? Tina blätterte zur nächsten Seite. Auch so ein Ding mit Gedichten: Man wusste nie, wann sie zu Ende waren. Und meist dauerten sie ewig an, nachdem schon alles gesagt war – zehn Mal. Mit Reimen. Dieses ging jedoch nur noch über weitere fünf Zeilen. Danach folgten noch einige Sätze in Oles Handschrift *Havet von Olav Håkonson Hauge,* stand dort und *Ein Gedicht, das ich immer und immer wieder lesen kann. Vielleicht, weil es so gut zu mir passt, aber so gar nicht zu Felicitas. Auch heute haben wir gestritten. Sie will nicht bleiben, ihr ist das alles nichts. Es sieht aus, als müsste ich mich entscheiden: für das Land oder für meine Frau …*

Tina setzte sich überrascht auf. Es war das eine, die Gedichte eines verstorbenen Freundes zu lesen. Sein Tagebuch war eine ganz andere Nummer! Und genau darum handelte es sich hier, oder nicht? Also was tun? Das Buch wieder einpacken oder weiterlesen und ein bisschen mehr von jenem Mann erfahren, der Ole gewesen war, bevor sie sich kennengelernt hatten? Was würde er wohl wollen?

Nachdenklich klappte Tina das ledergebundene Notizbuch zu und fuhr mit den Fingern über das geprägte Ankersymbol. Sie selbst hatte ein einziges Mal Tagebuch geführt, und das war lange her. Sie hatte es verbrannt, als sie nach *Schafweide* umgezogen war, weil sie nicht wollte, dass einer ihrer Lieben es jemals zu Gesicht bekam. Zu viel Wahrheit steckte darin, die sie im alltäglichen Leben beschönigt hatte. Ole aber hatte seines aufbewahrt. Bedeutete das, er fände es in Ordnung, wenn sie es las?

Wahllos schlug sie eine weitere Seite auf. *Wir schaffen es nicht, sagt sie,* stand dort. *Ich bin zu fremd, all das, was ich will, stimmt nicht mit ihr überein. Ich wünschte, ich könnte mich ändern. Doch dazu ist es längst zu spät, wenn es jemanden gibt, der stimmiger ist. Liegt es also an mir oder daran, dass er rechtzeitig auftauchte? Vielleicht nicht wichtig. Sie schmieden Pläne, und ich werde natürlich unterschreiben. Auch wenn das bedeutet, ich bleibe allein zurück. Ohne meinen Jungen, der nur eine Erinnerung an diesen Ort im Namen trägt, nicht an mich.«*

Tina nahm die Brille ab und kniff sich in die Nasenwurzel. Was genau hatte sie da eigentlich gelesen? Hatte Ole ihnen nicht immer erzählt, seine Frau wäre gestorben? Nun, vielleicht war sie das auch. Nur dass sie zu der Zeit offenbar schon längst seine Exfrau gewesen war. Seine Aufzeichnungen klangen, als hätte sie ihn verlassen – wegen eines anderen. Mit dem Kind, Finn. Daher vielleicht der andere Nachname. Und all die Wut. Hatte Oles Sohn das Gefühl, sein Vater hätte nicht genug gekämpft und ihn aufgegeben?

Tina holte tief Luft. Dass es in Karels Leben einiges gab, das sie nicht wusste, war klar. Auch Männi und Paul ließen kaum etwas durchblicken. Und Hedi hielt sich bei all ihrer oft schnoddrigen Art ebenfalls bedeckt, wenn es um Wesentliches aus ihrer Vergangenheit ging. Die letzten Tage hatten zwar ein bisschen an der Oberfläche gekratzt. Aber kannte einer von ihnen wirklich den Menschen, für den sie diese Reise unternahmen?

Nicht, dass es einen Unterschied machen würde. Nichts und niemand würde sie jetzt noch aufhalten. Und doch legte Oles Tagebuch den Finger auf die Wunde: Wie sollten sie ihm den Abschied bereiten, den er sich gewünscht hatte, wenn das Einzige, was sie wirklich kannten, ein Ortsname war?

Die Antwort steckte zwischen den Seiten seines Tagebuchs. Unbehaglich schob Tina den kleinen Band zurück in ihren Koffer. Sie fühlte sich nicht wohl dabei, allein zu entscheiden. Ob sie weiterlesen sollten oder nicht, dazu brauchte sie die Meinung der anderen.

Die Appartementtür ging auf, und Pi galoppierte hinein. Wie ein kleiner Derwisch drehte er Runden um Tinas Bett. Bis Karel in der Tür zum Schlafzimmer auftauchte, war ihr schon ganz schwindelig.

»Der Fellball«, grummelte Karel außer Atem, »ist fitter als

ich. Aber der muss ja auch nicht noch auf eine Party. Bist du bereit?«

Tina gähnte ausgiebig. »Feierwütig wie eh und je.«

22

(55°39'39.1"N)

So viel Rot und Weiß auf einem Haufen hatte Tina nicht einmal gesehen, als sie in den Sechzigern mit Ernst während einer ihrer wenigen Reisen aus Versehen beim Endspiel des Schweizer Cups in Bern gestrandet waren. Die meisten hier sahen ähnlich aus wie Gro, einige ihrer Freunde steckten sogar in rot-weißen Strampelanzügen für Erwachsene. *Onesies* hießen die, hatte Adrian erklärt, als er ihr nur zwei Jahre vor seinem Umzug nach Amerika breit grinsend in einem ähnlichen Aufzug die Tür geöffnet hatte. Sie sahen kuschelig aus. Wie praktisch sie allerdings zu späterer Stunde bei dringenden Toilettenbesuchen waren, wollte Tina persönlich nicht herausfinden.

Auf jeder verfügbaren Fläche flatterten Stofffahnen und klebten Aufkleber in den gleichen Farben. Selbst die Kuchen waren in Rot und Weiß gehalten – und da ging es nicht nur um Erdbeeren und Sahne, sondern um alles, was sich irgendwie einfärben ließ. Als Verzierung hielten Gummibärchen und buntes Lakritz her. Tina schüttelte sich. Dagegen war die finnische Tradition, Bärendreck in Wodka aufzulösen, bei Weitem zu bevorzugen.

Karel und Tina waren erst zwei Schritte auf die Terrasse getreten, da wurden sie bereits umringt und nur wenige Sekunden später mit Stickern und Fähnchen bestückt. »Gut, dass ich Pi unten gelassen habe«, murmelte Karel und zog sich einen der Klebestreifen mit dänischer Flagge vom Ohr. »Die hätten ihn vermutlich eingefärbt!«

Wie eine rot-weiße Welle übernahmen die Feiernden Karel und Tina. Jeder stellte sich vor, nicht alle hatten genug Geduld herauszufinden, dass die beiden Neuankömmlinge kein Dänisch verstanden. Mit fröhlich klingenden Wörtern wurden sie an den nächsten Gast weitergereicht. Nach nur einer Viertelstunde wurden sie auf der anderen Seite der Terrasse an das Geländer gespült. Mit rauschenden Ohren griff Tina zu, fest entschlossen, die sichere Brüstung so schnell nicht mehr loszulassen.

Karel neben ihr ächzte. »Ich fühle mich wie nach einer olympischen Disziplin!«

Tina lachte. »Zehntausend Vokale in unter einer Minute?«

»Es muss doch irgendwo ein Versteck für uns geben!« Er sah sich suchend um. »Da zum Beispiel, hinter dem Kamin, meinst du, wir schaffen es lebend dorthin?«

Tina nickte. »Wir teilen uns auf. Ich besorge uns etwas zu essen und du Getränke. Für mich bitte irgendetwas ohne Alkohol. Und Lakritz. Und roter Lebensmittelfarbe!«

»Abgemacht. Wer in zehn Minuten nicht am Treffpunkt ist, muss gerettet werden.«

Ein letztes tiefes Atemholen und sie stürzten sich ins Getümmel. Auf ihrem Weg zum Grill kam Tina an dem Geburtstagskind vorbei und gratulierte ihr. Gro winkte lachend und rief etwas darüber, dass sie am nächsten Morgen lieber etwas früher als geplant aufbrechen sollten wegen der Kontrollen. Dann hielt sie beide Daumen in die Höhe. »Vielen Dank auch für die Geschenk! Ich liebe … Grünzeug. Ihr seid sehr cool!« Verwundert lief Tina weiter. Welche Kontrollen? Welches Grünzeug? Und weshalb fand Gro sie cool? Hatten Männi, Paul oder Hedi tatsächlich noch Blumen besorgt? Hut ab.

Mit ein paar Würstchen und einer ordentlichen Portion Kartoffelsalat mit irgendwas zwängte sich Tina durch die Menschen. Egal, wie ähnlich alle gekleidet waren, Gros Freunde waren wohltuend verschieden. Längst nicht alle schienen Studenten zu sein. Tina entdeckte Männi in einem angeregten und sehr lauten Gespräch über Schnitztraditionen mit einem distinguiert wirkenden, älteren Herren, der ausgezeichnet Deutsch sprach. Offenbar war es vor langer Zeit Brauch gewesen, dass ein Mann mit einer selbst geschnitzten Wäschemangel um die Hand einer Frau anhielt. Nahm sie diese nicht mit nach Hause, musste er sie sich an die Wand hängen. Als sichtbaren Beweis der Abfuhr. »Ewige Junggesellen«, kicherte Männis vornehm gekleideter Gesprächspartner gerade, »erkannte man also an den Holzrollen an ihrer Wohnzimmerwand.« Ein wenig verrückt waren sie schon, die Dänen! Tina schüttelte den Kopf und drängte sich weiter.

Hedi hielt auf einem scheinbar extra für sie aufs Dach geschafften Sessel Hof. Um sie herum saßen einige Mittzwanziger mit Gitarre, Quetschkommode und etwas, das aussah wie eine Maultrommel. Sie sangen Lieder und klatschten entzückt, wenn Hedi mit ihrem überraschend rauchigen Alt einfiel. Dass sie dabei merklich frei mit den dänischen Texten umging, störte niemanden. Tina wippte ein paar Takte mit. Hedis Stimme erinnerte sie an einige von Ernsts alten Lieblingsplatten.

Paul stand an der Tür zur Treppe, beäugte interessiert, wie eine Musikanlage aufgebaut wurde, und teilte sich mit einigen der fachsimpelnden Männer eine Zigarette. Der Glimmstängel machte die Runde. Und hatte sie da eben tatsächlich die Worte *actual yield* – also Rendite – aus seinem Mund gehört? Ob er sein Ich-besorge-alles-Netzwerk gerade auf Dänemark ausweitete? Nun, wenn sein Sortiment demnächst Legosteine und Lakritz beinhaltete, wüsste sie Bescheid.

Karel lehnte wie verabredet an der Ziegelmauer des Kamins und sah ihr lächelnd entgegen. Dann hob er entschuldigend die beiden Flaschen in seiner Hand. Tina seufzte. Der Inhalt war rot.

»Irgendeine Beerensaftschorle«, erklärte er achselzuckend, als sie endlich bei ihm ankam. »Aber zumindest zwei Drittel deiner Wünsche konnte ich erfüllen: ohne Prozente und Lakritz.«

Hinter ihnen lachte jemand laut auf. »Ah, noch mehr Nicht-Dänen! Die erkennst du auf einer Party, um dass sie sich rückziehen und durchatmen.« Die junge Frau winkte ihnen zu. »Ich bin Sjoerdje und neben mir ist Kilian – wir sind die niederländisch-irische Zusammenschluss heute.«

Kilian nickte kurz und grunzte etwas, das Tina nur schwer verstand. Etwas über Außenseiter? Irisch war offensichtlich noch einmal eine ganz andere Nummer als Amerikanisch. Sjoerdje verdrehte die Augen und beugte sich zu Tina. »Er ist heute nicht ganz sich selbst: Liebesverdruss. Seine Freundin hat es mit ihm ausgemacht. Obwohl er spezial für sie hierhergezogen ist.«

Kilian verzog das Gesicht. »Danes!!«, grummelte er missgelaunt und ließ eine Schimpftirade vom Stapel, deren Worte allesamt ineinanderflossen. Tina konzentrierte sich. Kilian schien sich darüber zu beschweren, dass Dänen die ganze Welt bereisten, aber wenn sie dann jemanden mit zurück in ihr Heimatland nahmen, lief alles schief. Und Tina ahnte, was passiert war: Kilian hatte seine Freundin irgendwo außerhalb von Dänemark kennengelernt, sie hatten sich verliebt, und er war ihr hierhergefolgt. Doch dann war die Beziehung offenbar zerbrochen, und nun fühlte er sich an der Nase herumgeführt. Wie zum Beweis starrte er finster zu einem Mädchen auf der Tanzfläche – höchstwahrscheinlich besagte Exfreundin, die gut gelaunt mit einem anderen tanzte. Seine nächsten Worte klangen alles andere als freundlich. Hatte er gerade wirklich etwas über *traditions* und *shoes* gebrummelt? Was hatten Traditionen und Schuhe miteinander zu tun?

Sjoerdje bemerkte Tinas Verwirrung und übersetzte. »Kilian begreift Traditionen nicht, die wichtig sind für sein Freundin.«

»Fuck traditions!«, bestätigte er. »Everything has to be hyggelig: hyggelig here and hyggelig there, and if it isn't hyggelig anymore – you are the problem!«

Tina hob die Augenbrauen. »Hügelig?« Wenn es eines hier nicht gab, dann Hügel oder gar Berge.

Sjoerdje schmunzelte. »Hyggelig bedeutet so wie gemütlich. Bei mir zu Hause wir sagen gezellig, es schön haben, nett miteinander. Sie in Deutschland würde sagen: harmonisch? Sehr wichtig für Dänen oder Däninnen.«

»Hyggelig trumps everything!« Kilian sah wütend aus.

Tina nickte langsam. Dem Iren schien es nicht gelungen zu sein, seine Probleme mit seiner Freundin zu besprechen, da dieser Harmonie wichtiger zu sein schien, als Konflikte auszudiskutieren. Sie war sich nicht sicher, ob das wirklich mit dänischen Gewohnheiten zusammenhing. Die Fähigkeit, sich einer schmerzlichen Wahrheit zu stellen, hatte eher etwas mit der eigenen Persönlichkeit zu tun. Einige gingen es an, andere flohen. Tina selbst hatte beispielsweise irgendwann aufgehört, Laura zu einem offenen Gespräch zu bewegen. Jedes Mal hatte ihre Tochter dichtgemacht. Weder über Ernsts Krankheit noch über seinen Tod hatte sie reden wollen, eine ordentliche Verabschiedung von ihrem Vater hatte es nicht gegeben. Tina seufzte tief und blinzelte in den dunklen Himmel. Seit Jahren hatte sie das Gefühl, damals den einfacheren – falschen – Weg eingeschlagen und damit Laura etwas genommen zu haben. Wäre es nicht eigentlich ihre Aufgabe gewesen, auf eine gemeinsame, egal wie qualvolle Unterhaltung zu bestehen? Um zu verhindern, dass sich hinterher das Gefühl einschlich, etwas verpasst zu haben, das nicht mehr gutzumachen war?

»Kilian ist gerade bisschen anti-hyggelig«, riss Sjordje sie aus ihren Gedanken, und Tina war ihr dankbar.

»Und Sie?«, fragte sie nach, nahm Karel die Bratwurst aus der Hand, biss ab und betrachtete die auskunftsfreudige Holländerin interessiert.

»Ich bin zu Besuch.« Sjoerdje zuckte mit den Schultern, als erklärte das alles. »Aber viele von die Bräuche hier haben wir bei uns ähnlich. Darum bin ich bisschen … mehr nahbei als Kilian.«

Kilian grunzte. Seine nächste Antwort war langsam und klar formuliert, Tina verstand sie ohne Probleme. Er warf Sjoerdje vor, dies sei exakt der Grund, warum sie sich aus Holland abgesetzt habe. Erst nach England und dann mitsamt ihrem Professor nach Amerika.

Sjoerdje kniff die Augen zusammen. »Er ist Jurist«, widersprach sie ärgerlich auf Englisch. »Und jetzt tu nicht so, als sei es ein Verbrechen wegzuziehen!«

Tina horchte auf. »Sie sind nach Amerika gezogen? Wohin denn?« Sie ließ die angebissene Bratwurst zurück auf Karels Teller fallen. »Meine Tochter und ihre Familie leben dort.«

Sjoerdje seufzte. »Nach New York«, antwortete sie nun wieder auf Deutsch. »Aber ich glaube, ich werde zu alt für eine Großstadt.«

Karel verschluckte sich an seinem Beerengetränk und hustete heftig. Tina klopfte ihm auf den Rücken. »Zu alt«, brachte er schließlich außer Atem heraus. »Zu alt sagt sie und ist jünger als meine Marion! Man ist nie zu alt für etwas, Sjoerdje. Zumindest solange man es noch kann. Nicht für Städte, nicht für Veränderungen, ja nicht mal für verrückte Spontanreisen in ein Land, das offensichtlich gleich mitgefeiert wird, wenn jemand Geburtstag hat. Und was dich betrifft, Sohnemann …« Nun wandte er sich kopfschüttelnd an Kilian, suchte nach den passenden Worten und machte fest entschlossen auf Englisch weiter: »Man up! Fight for her! Or not. But stop sulking! Hör auf zu schmollen und nichts zu tun!«

Tina starrte Karel an. Das war seit der Erklärung über die Beerdigungspflicht in Deutschland die längste Rede, die er bisher gehalten hatte!

Und sie zeigte Wirkung. Kilian richtete sich auf und marschierte los. Ohne zur Seite zu weichen, schob er sich durch die tanzende Menge auf seine Exfreundin zu.

»Oookay!« Sjoerdje drehte sich beeindruckt zu Karel. »Seit Tagen versuche ich ihm das zu lernen«, sagte sie, »aber er hört mich nicht.«

»Manchmal braucht es einen, der nichts mit dir zu tun hat, um dir den Kopf zurechtzurücken.« Wegwerfend griff Karel nach dem Kartoffelsalat. »Ist nicht so, als könnte ich das bei mir selbst besonders gut …« Er schob sich einen Bissen in den Mund, kaute und verzog das Gesicht. »Uhh, was ist das denn?«

Tina schnupperte. »Hering?«

»Nein, das hier.« Er zog ein längliches Stäbchen aus dem Mund. Es war rot und in der Mitte braun.

Sjoerdje begann zu lachen. »Lakritz. Muss vom Kuchen in die Salat gedonnert sein.«

23

(55°39'39.1"N)

Langsam wurde es kühl. Und dämmrig. Die Neonbeleuchtung der Gebäude weiter hinten tunkte die Nacht in Farbtöne, die für Karel alle gleich aussahen. Er ließ den Blick schweifen. Tina lehnte stumm neben ihm am Geländer und sah in den Himmel. Sie hatte das niederländische Mädchen über Flüge in die USA ausgequetscht. Vermutlich war sie nun in Gedanken bei ihrer Familie. Auch er musste an seine Tochter denken. Nicht mehr lange, und sie wurde vierzig. Niemand würde ihr ein derart rauschendes Fest ausrichten, seit Urzeiten hatte es in ihrer Familie keine Geburtstagsfeiern mehr gegeben. Um genau zu sein, seit Margo. Seine Frau hatte die besten Feiern organisiert. Immer gab es eine Überraschung. Zu Marions Achtzehntem hatte sie ihre Tochter und Karel auf die Zugspitze entführt und Marion frühmorgens geweckt, damit sie nicht den ersten Sonnenaufgang ihres Erwachsenenlebens verpasste. Der dort oben wirklich spektakulär gewesen war. Damals war Margo noch sie selbst gewesen.

Und später? Es hatte Anzeichen gegeben. Als sie sich auf dem Weg von der Toilette in dem Hotel verlaufen hatte, in dem sie schon unzählige Urlaube verbracht hatten. Dass plötzlich immer mehr kindliche Ausdrücke die viel gebräuchlicheren ersetzten. Wie sie mit ihm im Restaurant halbe-

halbe gemacht und in nur fünf Minuten dreimal nachgefragt hatte, was sie da eigentlich aß. Oder auch ihre Witze, deren Vielfalt einschrumpfte, bis nur noch zwei übrig blieben, die sie immer und immer wieder mühevoll hervorkramte. Zuerst hatte er es charmant gefunden, dass sie auch das hundertste Mal darüber lachen konnte, später hatte es ihn vor allem genervt. Doch er war nicht auf die Idee gekommen, was all das bedeuten konnte. Er hatte versagt. Auch was seine Tochter anging.

Gro mit ihren wilden Locken erinnerte ihn an Marion. Doch er konnte nicht sagen, wann seine Tochter das letzte Mal derart ungebremst gelacht hatte, wie die fröhliche Dänin heute Abend. Wann sie das letzte Mal einfach nur das pure Leben genossen hatte. Und auch das Gespräch mit Sjoerdje und Kilian hatte ihn nachdenklich gestimmt. »Manchmal«, hatte die junge Niederländerin gesagt, bevor sie sich verabschiedet hatte, »du denkst, du bist nur zur Abwechslung wo, und siehst dann, Zurückkommen ist keine Alternative.« Marions Traum war immer Brasilien gewesen. Gegangen war sie nicht. Ähnlich wie bei Karels und Margos geplanter Schiffsreise an der norwegischen Küste entlang war auch seiner Tochter immer etwas dazwischengekommen. Bis sie Brasilien irgendwann in jene Schublade gelegt hatte, die in kleiner, kaum zu entziffernder Schrift das Label *Zu-spät* trug.

Dabei gab es ein Zu-spät viel weniger, als man annahm. Man musste sich nur sie fünf ansehen. »Wo ist eigentlich Ole?« Karel drehte sich zu Tina.

Mit zusammengekniffenen Augen verfolgte sie das kaum

auszumachende Blinken eines Flugzeugs am Horizont. »Steht auf der Heizung. Ich würde ihn gern morgen aus den Kaffeebechern befreien.«

Hinter ihnen schepperten die Boxen, ein Jubeln erklang, etliche Stimmen grölten lauthals einen dänischen Popsong. Einen Moment beobachteten sie die tanzenden Menschen und die mitwippenden Zuschauer am Rand. Dann drehten sie sich zeitgleich wieder in Richtung Dämmerung.

»Woran denkst du?« Eine gefährliche Frage. Eine, die man als verliebter junger Mann andauernd stellte und später viel zu selten. Eine, die jetzt ebenso übergriffig wie irgendwie passend schien.

Tina stieß langsam ihren Atem aus. »Ich denke an Absprünge. Dass manche sie machen, ohne zu wissen, dass es welche sind. Und andere nie den Mut dazu aufbringen.«

»Du selbst?«

»Auch. Wolltest du denn immer Beerdigungsunternehmer werden?«

Karel lachte leise. »Ich glaube nicht, dass das für irgendwen auf der Top-Ten-Liste der Wunschberufe steht. Nein, ich bin da hineingewachsen. Und es war immer richtig. Einen Traum wie andere hatte ich nie, Feuerwehrmann oder Kranführer oder Politiker. Nur ein Vorbild, meinen Großvater. Ich glaube, auch er hatte nie geplant, ein Beerdigungsinstitut zu führen. Aber er war gut mit Menschen. Dafür habe ich ihn bewundert, und genau das wollte ich auch: dort ein bisschen Hilfe bieten, wo die meisten allein zurückbleiben.«

Tina beobachtete ihn, als würde ihr sein Gesicht mehr verraten als seine Worte. Und vielleicht tat es das auch. »Das ist ein guter Beweggrund«, fand sie.

»Und du?«

»Lehrerin.« Nur ein Wort. Dann Schweigen. Und als er nichts dazu sagte: »Aber auch für mich war das kein Traum. Nur etwas, das mir theoretisch offenstand. Ich weiß gar nicht, ob ich einen hatte. Einen Traum, meine ich.« Etwas hilflos zuckte sie mit den Schultern. »Unsere Generation ist vielleicht nicht zum Träumen gemacht.«

»Ah, aber ich glaube, jetzt hast du einen.«

»Oh ja? Welcher könnte das sein?« Sie legte amüsiert den Kopf schräg. Das Licht spiegelte sich in ihren Brillengläsern und machte ihr Gesicht weich. Karel hatte plötzlich eine gute Vorstellung davon, wie sie als junge Frau ausgesehen haben mochte: konzentriert und ernst, nur dann gelöst, wenn sie sich nicht zurückhielt.

»Amerika«, sagte er sanft. »Amerika und deine Familie besuchen. Oder liege ich falsch?«

»Ich fliege nicht gern.«

Karel lachte. »Na und? Bis vor Kurzem hast du auch noch nicht die Asche eines verstorbenen Freundes geklaut und dich damit auf eine mehr als unsichere Reise gemacht. Für alles gibt es ein erstes Mal.«

Tina lehnte sich vorsichtig gegen ihn. »Ist heute dein Hinterntritt-Tag?«

»Kommt mir fast so vor. Wie stelle ich mich an?«

»Bis jetzt ganz gut.«

»Da seid ihr ja!« Paul hakte Tina und Karel unter und wirbelte sie um hundertachtzig Grad herum. »Da vorn spielt die Musik!« Er schien genug Energie für ein paar weitere durchwachte Nächte zu haben. Und obwohl Karel Bedauern darüber verspürte, dass Paul das Gespräch zwischen ihm und Tina unterbrach – sein breites Grinsen war ansteckend. »Auf geht's, ich habe euch heute Abend noch kein einziges Mal auf der Tanzfläche gesehen.«

»Und wie kommst du auf die verwegene Idee, dass das keine Absicht war?« Tina zog ihren Arm aus Pauls und schnupperte. »Du riechst nach Bier. Und anderen Dingen.«

»Man lebt nur einmal. Je älter man wird, desto seltener.« Paul schob sie vorwärts. »Los jetzt! Ich hab mir ein Lied für uns gewünscht! Und für Ole. Sogar Hedi macht mit. Also kneif die Arschbacken zusammen, Frau-Ich-habe-immer-alles-im-Griff, und beweg die Hüften, solange es noch geht!«

Die ersten Takte erklangen, und Paul machte einen Ausfallschritt. Einen Arm in die Luft gestreckt, sang er aus voller Kehle mit: »You can dance, you can jive, having the time of your life!«

Karel wusste nicht genau, ob es den anderen auch so ging, aber er fühlte sich wirklich so lebendig wie seit langer Zeit nicht mehr. Als Männi nun herantanzte und Pauls wilde Armbewegungen spiegelte, musste Karel lachen und reihte sich ein. Es machte ihm nichts aus, dass er rhythmisch völlig verloren war. War er immer gewesen. Melodien konnte er, Takte nicht. Margo hatte bei ihrem Hochzeitswalzer führen müssen.

Hedi schwang vorsichtig hin und her, Männi legte einen

stützenden Arm um sie, Paul gab alles, und Tina hatte die Augen geschlossen und tanzte wenige Schritte vor und zurück. Dabei lächelte sie in sich hinein, als würde sie sich an etwas erinnern. Karel konnte den Blick nicht von ihr wenden. Vermutlich wusste sie gar nicht, wie aussagekräftig ihr Gesicht war, wenn sie einmal nicht darauf achtete, sich zurückzuhalten. Karel hob die Arme. Jetzt war es sowieso schon egal. Machte er sich eben zum Affen. Morgen wären sie wieder weg!

»Uff, waren es hoch auch schon so viele?« Hedi überwand langsam eine Stufe nach der anderen. »Ich brauche eine neue Hüfte!«

Paul und Männi, die zur Sicherheit vor ihr liefen und sie stützten, nickten zeitgleich. »Meine Rede«, gähnte Paul, »und zwar nicht erst seit gestern. Aber du und mein Lieblingsschreiner, ihr seid ja gegen jede Art von Schulmedizin.«

Hedi schüttelte den Kopf. »Ich bin nicht gegen Schulmedizin, ich bin zu alt, um mich noch einmal aufschrauben zu lassen. Das letzte Mal hat völlig gereicht, vielen Dank. Und jetzt hör auf, mir etwas anderes erzählen zu wollen.«

Karel bemerkte den Blick zwischen Männi und Paul. Die beiden waren offenbar anderer Ansicht.

»Vielleicht könntest du dir wenigstens ein paar Informationen über eine mögliche zweite Operation einholen«, schlug Männi zaghaft vor.

»Und das von dir, der du nicht einmal zum Blutdruckmessen zum Arzt gehst?« Hedi lachte ihn aus, während sie unten ankamen.

Männi fuhr sich mit der freien Hand über die Glatze. »Ich hab meine Messwerte gern selbst in der Hand.«

Hedi schnaubte. »Schon klar! Du hältst dir morgens den Puls ans gute Ohr, hörst, dass das Herz noch schlägt, und entscheidest, das reicht für die nächsten vierundzwanzig Stunden!« Entschlossen drückte sie auf den Schalter für den Aufzug.

Karel sah, wie Männi zusammenzuckte. »Nicht ganz«, murmelte er leise.

Doch Hedi malträtierte den Knopf im Millisekundentakt und bekam davon nichts mit.

Kaum war der Aufzug da, ließ sich Paul gegen die Wand der Kabine sinken. »Hat einer von euch was Süßes?«, gähnte er. »Etwas anderes als Lakritz mit Zuckerguss? Ich glaube, in meinem ganzen restlichen Leben brauche ich kein Lakritz mit Zuckerguss mehr. Oder Gummibärchen.« Er gähnte erneut. Diesmal hielt er sich nicht einmal die Hand vor den Mund. »Ein Schokoriegel wäre toll. Oder Kekse. Von mir aus auch schwedische.« Er schloss die Augen.

Karel feixte. Er ahnte, was los war: Ihr immer perfekt frisierter und gekleideter Lebemann war bekifft! Und zwar nicht zu knapp. Wer hätte das gedacht.

Auch Tina schien auf die gleiche Lösung gekommen zu sein. Sie beugte sich vor und schnupperte sacht. Dann stützte sie empört die Hände in die Hüften. »Jetzt verstehe ich! Du Schwachkopf hast Gro zum Geburtstag eine Ladung Gras geschenkt. Wo hast du das überhaupt her, und viel wichtiger: Tickst du noch richtig? Wir wollen unter dem Radar fliegen!!!«

»Ich habe mir vor dem Tivoli nur ein bisschen Medizin besorgt und was davon verteilt.« Paul öffnete langsam die Augen und konzentrierte sich mühevoll auf Tina, die ihn wütend anblitzte. »Hab meine Schmerztabletten vergessen«, murmelte er und legte eine Hand auf seinen Rücken. »Das ist sozusagen legal. Und keiner von euch hat dran gedacht, ihr ein Geschenk mitzubringen.«

Tina schüttelte den Kopf und legte einen stützenden Arm um ihn. »Oh mei!«, seufzte sie. »Dann wollen wir dich mal ins Bett bringen und nachsehen, ob wir irgendwo Schokolade haben. Und Wasser.«

Paul lehnte sich gegen sie. »Ich wusste, dass du mich verstehst. In deinem Herzen bist du eben ein Hippie.«

Tina half ihm aus dem Aufzug und zückte den Schlüssel. »Nix Hippie« murmelte sie, »nur ungewöhnliche Schmerztherapie gewohnt.« Sie sperrte die Tür auf, führte Paul hinein und ließ ihn auf dem aufgeklappten Sofa nieder. »Das wird kein Spaß morgen früh!« Sie zog ihm die Schuhe aus und gab ihm einen Stoß. Wie ein gefällter Baum sackte er nach hinten. Tina warf eine Decke über ihn. »Die Schokolade können wir uns offenbar sparen. Ich wecke euch gegen halb sieben. Unser Zug geht um acht.« Damit schnappte sie sich ihren Kulturbeutel und verschwand im Badezimmer.

Karel kraulte dem schlaftrunkenen Pi das Köpfchen und blickte auf die geschlossene Badezimmertür. Ungewöhnliche Schmerztherapie? Tina musste von ihrem Mann gesprochen haben. Auch sie hatte jemanden begleitet, der immer weniger geworden war. Im Unterschied zu Margo nicht geistig, sondern körperlich. Hoffentlich war sie in Ordnung. Er wünschte, er könnte sie irgendwie wissen lassen, dass er ahnte, was ihre Erinnerungen mit ihr anstellen mussten.

Paul drehte sich um und begann, laut zu schnarchen. Hedi entledigte sich ihres Pullovers und fischte einen Samt-Schlafanzug aus ihrer Tasche.

Männi durchforstete seinen schmalen Kulturbeutel. »Sie hat halb sieben gesagt, richtig?« Karel nickte. »Gut, dann sehen wir uns dann.« Er nahm seine Zahnbürste mit in die Küchenzeile und verschwand im Dunkeln.

Karel wartete. Doch als Tina aus dem Bad kam, sah sie ihn nicht an, niemanden von ihnen. »Gute Nacht«, wünschte sie in den Raum hinein und verzog sich nach nebenan.

Sie alle trugen ihre eigenen Dämonen mit sich herum. Karel hoffte, dass Tinas eigene sie heute Nacht verschonten. Und ihn seine .

24

(55°39'39.1"N)

Kaffee? Roch es wirklich nach Kaffee? Tina zwang sich, die Augen aufzuschlagen, und versuchte, die Zeiger ihres Reiseweckers zu erkennen. Als sie gähnend danach angelte, stieß sie ihn versehentlich vom Nachttisch. Es schepperte, dann begann er laut zu klingeln und ruckelte brummend unter das Bett.

Hedi neben Tina grunzte vernehmlich und legte sich einen Arm über die Augen, als hätte das Licht etwas mit dem Krach unter der Matratze zu tun. Dann setzte sie sich plötzlich auf, zwitscherte völlig wach »Hinein in den neuen Tag!« und begann mit ihrer Version einer Morgengymnastik.

Tina starrte sie an. Das Grün des Pyjamas war im Tageslicht noch greller als gestern. Mit dem geröteten Gesicht und den nach allen Seiten abstehenden Löckchen sah sie aus wie eine in den Farbtopf gefallene, explodierte Pusteblume. Eine ziemlich verrückte Pusteblume.

»Los, mach mit, ist bestimmt auch für deine alten Knochen gut«, spornte Hedi sie an.

Tina schob stattdessen langsam die Beine vom Bett und ließ sich vorsichtig mit dem Hintern auf die Bodendielen hinab. »Du hättest mich warnen können.«

»Wovor?«

»Dass du einer von diesen ekelhaft gut gelaunten Morgenmenschen bist!«

»Was du und deine Laune brauchen, ist ein bisschen morgendlicher Sport!«

Anstatt zu antworten, begann Tina mit dem rechten Bein nach dem immer tiefer unter dem Bett verschwindenden Wecker zu treten. Der vierte Versuch saß, und als sie den Wecker hervorgekickt hatte, klopfte sie so lange darauf herum, bis er endlich Ruhe gab. »So!« Zufrieden rappelte sie sich auf. »Der Morgensport ist erledigt! Jetzt brauche ich Koffein!«

In der Küche blubberte die Kaffeemaschine. Paul schnarchte. Aus dem Badezimmer klang Wasserplätschern und unmelodiöses Geträller. »Ahoi, die Welt ist schön, und muss sich immer drehn. Da woll'n wir mal ein Ding dreh'n, Jawoll, Herr Kapitän.«

Ganz große Reimes- und Gesangskunst! Tina verdrehte die Augen, musste aber lachen. Auch Männi schien kein Problem mit guter Laune am Morgen zu haben.

Die Tür ging auf, und herein tänzelte Pi, einen übernächtigt aussehenden Karel an der Leine. Karel lauschte kurz und seufzte. »Wie viele Strophen hat dieses vermaledeite Lied?«

Wie auf Kommando hörte Männi auf zu singen – und begann wieder von vorn.

»Ich tippe auf unendlich. Gut geschlafen?«

»Geschlafen? So kann man das nicht nennen. Paul sägt in einer Tour. Egal auf welche Seite man ihn dreht.«

Tina warf einen Blick auf das aufgeklappte Sofa. Paul hatte sich in der Decke vergraben und rührte sich nicht. Das sonore Dauerschnarchen war das einzige Lebenszeichen. Tina schenkte eine Tasse Kaffee ein und stellte sie neben ihn auf den Boden. Dann stupste sie dorthin, wo sie seine Schulter vermutete. »Guten Morgen, Sonnenschein!«

Die Decke flog zur Seite, Pauls Arme schossen hervor, umklammerten sie eisern und zogen ruckartig. Mit einem überraschten kleinen Schrei fiel Tina auf ihn, eine seiner Armbeugen drückte gegen ihren Kehlkopf.

Chaos brach aus. Pi sprang zähnefletschend auf das Bett. In nur drei Schritten war Karel bei ihnen und hielt ihn am Halsband fest, mit der anderen Hand versuchte er zittrig, Pauls Griff zu lösen. Hedi rumpelte samt Rollator ins Zimmer, und selbst Männi, in Socken und fest in einen seidig schimmernden Damenbademantel gewickelt, stürzte aus dem Bad. Perplex starten die beiden auf die drei Menschen und den aufgeregt knurrenden Vierbeiner auf dem Sofa. Vorsichtig befreite sich Tina aus Pauls nur noch halbherziger Umklammerung und ließ ihn dabei nicht aus den Augen. Sein Atem ging schnell und flach, aber langsam machte der harte Gesichtsausdruck einem erschrockenen Blick Platz. Tina setzte sich auf.

»Ähm, möchte einer von euch erklären, was ihr da… treibt?« Hedi sah von einem zum anderen, nicht ganz sicher, ob das Ganze ein schlechter Witz sein sollte oder nicht.

»Bist du in Ordnung?« Karel musste sich vorbeugen, um Tina anzusehen.

Sie nickte kurz. »Nur erschrocken.«

Karels Faust sauste auf die Matratze herab, dicht neben Pauls Gesicht. »Was zur Hölle war das?« So aufgebracht hatte Tina den sonst so beherrschten Beerdigungsunternehmer noch nie gesehen. Und auch Pi hatte sich mit gesträubtem Nackenfell zwischen Tina und Paul geschoben, bereit, sich falls nötig für sie in den Kampf zu stürzen.

Tina streichelte die kleine Schneeflocke beruhigend. »So«, erklärte sie dann betont normal. »Ich wäre dann wach. Männi hat Kaffee gekocht. Wie wäre es, wenn wir uns alle fertig machen?«

»Aber…« Karel schien nicht bereit, die Angelegenheit so einfach auf sich beruhen zu lassen. Bis sie ihn ansah und deutlich den Kopf schüttelte. Er stand auf. »Wie trinkst du deinen Kaffee?«

»Schwarz.«

Vorsichtig rappelte sie sich auf – da landete Pauls Hand auf ihrer, diesmal zögernd und sanft. »Es tut mir so leid!« Seine Stimme war nicht mehr als ein Krächzen. »Ich … ich weiß nicht, wie ich das erklären soll …«

Tina lächelte etwas zittrig und beugte sich zu ihm. »Wenn du irgendwann die richtigen Sätze dafür zusammen hast«, sagte sie so leise, dass nur er sie hörte, »versuche es. Manche Dinge verlieren an Schrecken, wenn man sie ausspricht.«

Verwundert sah er sie an. Sie tätschelte seine Schulter und stand auf. Dann nahm sie Karel ihre Kaffeetasse aus der bebenden Hand und wandte sich an Hedi und Männi, die wie festgeschraubt noch immer an der gleichen Stelle standen. »Wenn Männi mit seinem Morgenritual fertig ist, teilst du dir mit mir das Bad, Hedi? Vorausgesetzt, er kommt ohne Hilfe aus seinem schicken Seidendress. Der scheint mir ein paar Nummern zu klein zu sein.«

Nun kam Bewegung in ihre kleine Gruppe. Männi zupfte verlegen an dem rot-weißen Bademantel ihrer Vermieterin, Hedi drehte sich um, um ihre Kleider und Toilettenartikel zu holen, Paul klappte schweigend das Sofa ein.

Auf dem Weg zum Bahnhof blieb die Stimmung bedrückt. Kaum einer sprach ein Wort, alle waren mit ihren eigenen Gedanken beschäftigt. Männi war besonders hibbelig. Während Hedi ihnen Fahrkarten von Kopenhagen über Göteborg nach Oslo besorgte, sah er sich unentwegt um. Doch er schien nicht zu finden, wonach er suchte. Schließlich zog er Tina ein paar Schritte zur Seite. »Wann kommen wir an?«

»Gegen sechs Uhr abends, warum?«

Nervös fuhr er sich über den kahlen Kopf und senkte die Stimme. »Ich bräuchte eine Apotheke.«

Tina musste trotz des ernsten Tonfalls lächeln. Der gestandene Schreiner verhielt sich wie einer ihrer Brüder, wenn Mutter ihn losgeschickt hatte, um Binden zu holen. »Wie dringend ist es?«

»Ich denke, ein Tag geht auch so, aber nicht viel mehr.« Tina nickte. »Sollen wir gleich gucken gehen? Wir haben noch ein paar Minuten.«

»Lieber nicht. Gro hat Paul und mir gestern erzählt, dass ihre Landsleute die Kontrollen für internationale Züge verstärkt haben. Ich will nicht schuld sein, dass wir unseren verpassen.«

»Und es ist nichts, was einer von uns dir … leihen könnte?« Tina stupste ihn freundschaftlich in die Seite. »Nicht mal Paul mit seinen Beziehungen zur Unterwelt?«

Männi schüttelte den Kopf und zupfte ungelenk an seinem Rollkragenpullover. Nun gut. Offenbar wollte er nicht darüber reden. Vielleicht eine Männersache. Bei Prostatabeschwerden und Ähnlichem musste sie passen. Aber wenigstens beruhigen konnte sie ihn. »Wir kümmern uns als Erstes darum, wenn wir in Norwegen ankommen.«

Gro hatte nicht übertrieben: Sämtliche Zugpassagiere wurden einzeln vom Sicherheitspersonal kontrolliert, das mit großer Sorgfalt Pässe fotografierte. Zum Glück gab es wenigstens keinen Metalldetektor. Überhaupt machte das Ganze eher den Eindruck eines spontanen, aber nicht ganz durchdachten Unterfangens. Statt mit Kameras hantierten die beiden Beamten mit Smartphones herum; nicht selten mussten mehrere Fotos geschossen werden, da es einem von ihnen nicht gelang, seinen Blitz auszustellen. Die Folge waren weiße Bilder. Die Schlange wurde immer länger, Tina nervöser. In zehn Minuten sollte ihr Zug gehen. Als sie endlich vorn angekommen war, betrachtete der Uniformierte mit einem Stirnrunzeln Ausweis und Fahrkarte und schüttelte den Kopf. »To Oslo, right, fru Ommen?«

»Nach Oslo, genau.« Tina hielt den Atem an. Vor ihrem inneren Auge sah sie bereits mehrere Polizisten heranstürmen und sie alle in Handschellen legen. Hatte Karel nicht gesagt, Oles Sohn könnte sie anzeigen? Und seine Tochter am Telefon, dass sie Finn nur dazu bewegen konnte, das nicht zu tun, wenn sie alle sofort nach Hause kämen? Mit Ole. Das hatten sie aber nicht getan.

Tina presste ihre Handtasche gegen den Bauch. Oles Titanknie drückte auf ihre Blase. Oh bitte, jetzt nicht auch noch das! Schnell lockerte sie den Griff und trat vorsichtig von einem Bein aufs andere. Der Beamte tippte auf seinem Handy herum. Ob Finn Bilder von ihnen geschickt hatte? So wie die guten alten Gesucht-Fotos? Hedi würde das gefallen. Tina unterdrückte ein nervöses Kichern. Sie war die Einzige von ihnen, die aufgehalten worden war, die anderen hatten ohne Probleme die Kontrolle passiert. Für einen kleinen Moment überlegte sie, auszuholen, ihre Handtasche in hohem Schwung einem ihrer Komplizen zuzuwerfen und zu fliehen. Zumindest so lange, bis der Rest ihrer Truppe in den

Zug gestiegen und verschwunden war. Aber für eine Verfolgungsjagd mit dem muskulösen Mann vor ihr war sie nicht gut genug ausgestattet – er würde sie erwischen, noch bevor sie die Rolltreppe zur Haupthalle erreicht hatte. Hilfe suchend warf Tina ihren Mitverschwörern einen Blick zu. Nur wenige Meter entfernt, steckten diese nervös die Köpfe zusammen. Zumindest ein Gutes hatte das – die vier redeten wieder miteinander.

»I am sorry.« Der Sicherheitsmann blickte von seinem Handy auf und gab ihr Fahrkarte und Ausweis zurück. Dann winkte er seinem Kollegen zu und redete in rasender Geschwindigkeit auf ihn ein.

»Ihr Zug hat verspätet«, übersetzte dieser entschuldigend. »Mein Kollege sucht nach Informationen, aber nichts.« Er verzog das Gesicht. »Das sind die Schweden.«

Tina sah ihn verwirrt an. »Aber wir sind doch in Dänemark und wollen nach Norwegen, weshalb sind die Schweden verantwortlich?«

»Ihr Zug ist schwedisch, fährt nach Göteborg. Dort musst Sie umsteigen. Höre besser auf die Durchsagen.« Er trat zur Seite. »Gute Fahrt.«

25

(55°37'49.5"N)

»Immer noch nichts. Wir hätten in aller Ruhe eine Apotheke für dich suchen können, Männi!« Tina war genervt. Schon eine halbe Stunde standen sie am Bahnsteig, und es gab keine weitere Information über ihren Zug, als dass er verspätet war. Und natürlich waren auch die Toiletten auf der anderen Seite der Kontrolleure.

»Und dann noch mal durch die Ausweisschlange?« Männi schüttelte sich. »Auf keinen Fall. Mir ist fast das Herz stehen geblieben, als der Beamte dich aufgehalten hat! Hedi wollte schon zurück und ihn ablenken, damit du endlich durchkommst.«

»Oh ja, was hätte sie gemacht, ihn mit dem Rollator überfahren?« Tina sah zu ihrer Freundin, die Karel dabei half, Pi ruhigzuhalten. Sie hatten nicht damit gerechnet, dass der Vierbeiner so lange versteckt werden musste. Er saß in der Lade unter dem pinkfarbenen Sitzkissen des Rollators und schien nicht zu begreifen, warum er nicht hinausdurfte, um sämtliche Pfosten zu bepinkeln. Apropos pinkeln. Tina verlagerte ihr Gewicht auf das andere Bein. Lange würde sie nicht mehr durchhalten!

Der nächste Zug erschien auf der Anzeigentafel. Sie kniff die Augen zusammen. »Siehst du das? Der geht auch nach Göteborg. Da müssen wir umsteigen. Den nehmen wir! Ich warte doch nicht den ganzen Tag. Außerdem muss ich aufs Klo! Wo zum Teufel steckt Paul?«

»Unterhält sich mit den Sicherheitsbeamten.«

»Ausgerechnet?!« Tina steckte zwei Finger in den Mund und ließ ein schrilles Pfeifen hören. War es also doch zu etwas gut, auf einem Bauernhof aufgewachsen zu sein.

Pauls Kopf fuhr in die Höhe.

»Abfahrt!«, befahl sie.

Er tauschte noch ein paar letzte Worte, wollte gar nicht aufhören, den Uniformierten auf die Schultern zu klopfen, und kam – endlich – herbeigeeilt, als der Zug schnaubend und quietschend am Gleis hielt.

Zumindest waren sie jetzt schon mal in die richtige Richtung unterwegs. Wenn auch in einem unglaublich langsamen Tempo. Tina lehnte den Kopf gegen die Fensterscheibe und hoffte, sie hatte die richtige Entscheidung getroffen. Was, wenn dieser Zug der Regionalexpress war und viermal so lange nach Göteborg brauchte wie ihr eigentlicher? Er hielt an jedem Stein, gerade rumpelte er sogar rückwärts, noch einmal in den kleinen Bahnhof zurück, nur wenig entfernt von Kopenhagen. Ob das die schwedische Reaktion auf zu spät gekommene Fahrgäste war, einfach rückwärtsfahren und sie einsammeln? In einem Land, das etwa dreimal so viele Einwohner hatte wie Berlin, musste man vermutlich jeden einzelnen Fahrgast hofieren, selbst die dänischen. Tina spähte hinaus. Nur ein paar Wiesen, weiter entfernt rote, hellgraue und grüne Häuschen und darüber ein strahlend blauer Himmel. Wenigstens das Wetter meinte es gut mit ihnen. Zum Glück war Ole nicht im Winter gestorben. Je älter sie wurde, desto wichtiger war ihr die Wärme.

»Die Schnellsten sind sie ja nicht, die Dänen«, fand Karel neben ihr, als sie sich nun endlich wieder ein paar Meter vorwärtsbewegten.

Tina seufzte. »Schweden. Ist ein schwedischer Zug.«

Karel lachte. »Macht das einen Unterschied?«

»Lass das bitte keinen unserer Mitpassagiere hören, sonst bekommen wir gleich die nächste gut durchdachte skandinavische Familienaufstellung serviert.«

Der Zug rollte auf eine Brücke und blieb stehen. Durch die Lautsprecher kam eine unverständliche Durchsage.

»War das nun Dänisch oder Schwedisch?«

»Hauptsache, sie haben nicht gesagt, wir müssen aussteigen und den Rest laufen.«

Paul vor ihnen stand auf. »Das ist die Grenze«, wisperte er und sah sich nervös im Abteil um. »Wir ziehen um, kommt.«

»Was, aber warum?« Tina riss perplex die Augen auf. Sie saßen hier gut!

»Vertraut mir einfach.« Paul scheuchte sie bestimmt etliche Reihen weiter nach hinten.

Diesmal kam Tina neben Hedi zu sitzen. »Was hat er vor?«

»Keine Ahnung. Er ist schon seit heute Morgen ein bisschen… durchgeknallt. Erst die Nummer beim Aufwachen, dann kuschelt er mit den Sicherheitsbeamten und jetzt das hier.« Sie beugte sich näher zu Tina. »Meinst du, er hat das skandinavische Gras nicht vertragen?«

Tina zwinkerte Hedi zu. »Ich glaube nicht, dass Pauls Tüte gestern eine größere Persönlichkeitsveränderung hervorruft als deine hoch dosierten Bloody Marys. Und jetzt Achtung, sie kommen!«

Die Zollbeamten enterten den Waggon paarweise von zwei Seiten. Wollte jetzt jemand entkommen, blieb nur das Zerschlagen eines Fensters und der Sprung in den Fluss. Von vorn näherte sich ihnen ein ungleiches Paar in Uniform. Nach den ersten Sätzen auf Dänisch und Englisch machten die beiden auf Deutsch weiter. »Guten Tag, meine Damen und Herren«, lächelte der größere der beiden. Er war ein Riese. Ohne Anstrengung konnte er einen Blick in die Gepäckablagen werfen. Ob das der Grund für seine Einstellung gewesen war? Vielleicht landeten sämtliche ehemaligen skandinavischen Basketballspieler beim Zoll. Hatten Dänemark und Schweden, Norwegen oder Finnland überhaupt eine Profi-Nationalmannschaft? Und weshalb dachte Tina ausgerechnet jetzt über so etwas nach?

»Gib mir Ole«, zischte Hedi, »ich sitze am Fenster.« Für einen Moment hatte Tina die Vision, wie Hedi mit Ole in ihrer Handtasche über das Geländer der Brücke flickflackte.

»Und weshalb sollte er bei dir sicherer sein? Glaubst du, sie riechen ihn?« Tina konnte nicht genau erklären, weshalb, aber es widerstrebte ihr, Oles Asche abzugeben. Ob das etwas mit seinem Tagebuch zu tun hatte? Dass sie das Gefühl hatte, sie verstünde Ole besser als der Rest von ihnen? Sie musste dringend mit den anderen darüber reden. Würde Hedi Oles Tagebuch lesen wollen oder lieber nicht?

Hedi griff resolut zu und löste Tinas Finger vom Griff der Tasche. »Jetzt stell dich nicht an, je weiter er von ihnen weg ist, desto besser. Was passiert wohl, wenn sie einen Blick hier reinwerfen wollen?« Sie parkte die Tasche zwischen ihren Füßen und schüttelte ihren Rock darüber. Unter dem hätte Ole auch in nicht eingeäscherter Form Platz gefunden.

»Hat einer von Ihnen illegale Drogen oder mehr als 10 000 Euro kontant… in bar dabei?«, fragte der kleinere Beamte gerade auf Deutsch und erntete ein Lachen von weiter vorn. »Mehr als 10 000 Euro in bar? In dem Fall wäre ich im Privatjet geflogen.«

»Då så, dann ist es auch in Ordnung für Ihnen, Ihr Gepäck zu öffnen?«

Tina wurde es heiß und kalt. Hedi hatte recht, die Chancen standen nicht schlecht, dass jemand in ihre Taschen und Koffer sehen wollte. Die schwedischen Zollbeamten schienen ihren Job ernster zu nehmen als die Dänen. Apropos: Was war eigentlich mit Pauls alternativen Schmerzmitteln? Entsetzt drehte sie sich zu ihm um. »Du hast doch nicht etwa… du weißt schon, hast du Gro gestern den Rest der… Blumen geschenkt, oder steckt davon noch etwas in deiner Hosentasche?«

»Ich bin sauber wie ein Babypopo«, machte Paul einen etwas unsauberen Vergleich. »Ihr solltet euch lieber um unseren verstorbenen Freund und die kleine Töle sorgen!«

Oh nein, Pi! Tina stand auf, um nach Karel zu sehen. Dieser saß jedoch ganz entspannt neben Männi, dessen breite Schultern die Sicht auf Karels Schoß verdeckten, auf dem Pi unter einem Pulli lag. Nur ein kleines Stückchen weißes Ohr war zu sehen.

»Setz dich wieder hin, und entspann dich«, zischte Hedi. »Für das nächste Mal bringe ich dir autogenes Training bei!«

Tina starrte sie an. »Morgengymnastik, autogenes Trainig, was hast du sonst noch so im Programm?«

»Kundilini-Yoga, Faszienübungen und das Kamasutra«, erklärte Hedi trocken. »Kick-Boxen und Zumba waren aus.«

Paul ließ ein prustendes Lachen hören, doch das erstarb schnell, als die Zollbeamten sich nun ihre Gruppe vornahmen. Nur Menschen, die ihn gut kannten, bemerkten das leichte Zittern seiner Hand, als er seinen Reisepass hochhielt. Tina runzelte die Stirn. Auf dem Passfoto waren Pauls Haare rabenschwarz und zu einem Zopf gebunden. Hoffentlich war sein Ausweis nicht längst abgelaufen. Und weshalb zeigte er nicht einfach den Personalausweis vor wie vorhin auf dem Bahnsteig? Oder war das seine Art, Oles Sohn eine mögliche Verfolgung schwer zu machen?

Die Uniformierten warfen nur schnelle Blicke auf ihre Reisedokumente. »Wo wollen Sie fahren?«, fragte einer der beiden Tina und gab ihr den Pass zurück.

»Nach Finnfjordvær.« Tina biss sich auf die Zunge. Warum hatte sie nicht einfach Tromsø gesagt? Jetzt hatte sie ihr wahres Ziel verraten.

Während der Große bereits auf eine kleine Gruppe jüngerer Rucksacktouristen drei Reihen hinter ihnen zuhielt, lächelte der Kleine sie und Hedi nett an. »Sollen Sie fahren mit Hurtigruten. Gute Wahl! Die haben ohne Mehrpreis tröskelfreie …« Er suchte einen Moment nach dem richtigen Wort und korrigierte sich dann stolz: »Barrierefreie Kabinen.«

Tina war beeindruckt. Von der Fahrgastpolitik der Postschifflinie ebenso wie von der Vokabelvielfalt des netten Mannes. Nun beugte er sogar noch verschwörerisch den Kopf zu ihnen. »Und wenn Sie mögen Bier: Verpassen Sie nicht den Ausflug zu Dains – gegründet von eine Deutsche! Beste Biere in der Welt!« Er warf ihnen noch ein Lächeln zu und eilte dann seinem Kollegen nach.

Hedi kicherte hinter vorgehaltener Hand. »Er gibt uns Tipps für Bier, aber fragt nicht mal nach, ob wir Geld oder illegale Substanzen schmuggeln!«

Tina grinste. »Ja, auch ich bin ein bisschen beleidigt. Offenbar vermutet er das nicht … in unserem Alter.«

Anders sah es bei der Gruppe hinter ihnen aus: Die vier Rucksackreisenden mussten sämtliche Taschen öffnen, ihre Pässe wurden gründlich gescannt und viele Fragen gestellt. Jetzt verstand Tina, weshalb Paul sie so plötzlich hierhergeschleift hatte. Mit einem instinktiven Blick hatte er erkannt, dass ihr Team im direkten Vergleich mit den Jugendlichen noch harmloser erscheinen musste als sowieso schon. Das war irgendwie genial. Und ein bisschen gruselig.

Kopfschüttelnd blitzte sie ihn an. Doch Paul auf der anderen Seite des Ganges machte nur große Unschuldsaugen; er schien nicht zu begreifen, was sie von ihm wollte. Und Tina konnte nun ja wohl schlecht eine laute Diskussion darüber mit ihm führen. Nicht mit Pi auf Karels Schoß und Ole unter Hedis Rock!

Der Zug fuhr weiter, die Beamten kamen zurück. Einer von ihnen warf eine Jacke auf den leeren Doppelsitz neben Männi und Karel und lief weiter.

»Entschuldigen Sie? Sie haben da was vergessen«, brüllte Männi ihm hinterher.

Der Beamte lachte. »Nicht vergessen, gelegt. Jetzt machen wir eine Übung für die Hunde. Aber hab keine Angst, sie sind trainiert auf Duftspur.«

Mit blankem Entsetzen im Gesicht sah Männi dem Mann hinterher.

»Das ist für eine Übung«, wiederholte Tina laut. »Für die Hunde.«

»Ja, das habe ich schon kapiert, ich bin ja nicht taub!« Männi verdrehte die Augen. »Aber was glaubt ihr, passiert, wenn die Hunde den kleinen Mistkäfer auf Karels Schoß riechen? Der ist so was wie eine Duftmarke auf vier Beinen!«

»Entschuldige mal!« Karel war empört. »Pi riecht an den meisten Tagen besser als du.«

»Kommt drauf an, für welche Nase.«

Tina sprang auf. »Ich habe eine Idee. Männi, du setzt dich zu Hedi. Karel, wo steckt das stinkige Zeug, nach dem Pi so verrückt ist?«

»Die Pferdedarmnuggets? In meinem Koffer ganz oben.«

Männi schüttelte sich und ließ sich auf Tinas Platz sinken. »Ich wünschte, ich hätte es nicht gehört, aber er hat eben wirklich Pferdedarmnuggets gesagt, richtig?«

Hedi prustete vor Lachen. »Dein Gesicht ist wirklich toll!«

Männis Ohren wurden rot. »Es ist dasselbe wie immer.«

Tina riss Karels Koffer auf, schnappte sich die Tüte mit den stark riechenden Leckerlis und steckte sich einige davon in die Hosentasche. »Hoffen wir, dass es funktioniert.«

Paul beugte sich zu ihr. »Was genau hast du vor?«

Tina warf ihm einen vielsagenden Blick zu. »Etwas, mit dem du dich auskennst. Ein Ablenkungsmanöver. Und jetzt Achtung!« Schnell ließ sie sich auf den Platz neben Karel und Pi sinken.

Durch die Schiebetür stürmten zwei tapsige Hunde. Noch waren sie nicht ganz aus dem Welpenalter heraus, ihre Pfoten etwas zu groß für den Rest ihres Körpers. Doch schon jetzt war der Größenunterschied zwischen ihnen und Pi wie der zwischen zwei Bulldozern und einem Smart. Aufgeregt hechelnd liefen sie mit hochgestreckten Nasen zielgerichtet auf die Jacke des Beamten zu. Der Schnellere setzte mit einem Sprung über die Armlehne und vergrub sich in die Jacke. Der zweite hob den Kopf und fixierte winselnd Karels Schoß, auf dem sich Pi wandte. Karel schob eine Hand unter seinen Pulli und hielt seinem Vierbeiner die Schnauze zu. Das erschrockene Fiepsen entging dem Zollhund trotzdem nicht. Er schlug an. Nur eine Sekunde später stand auch der zweite vor Tina und jaulte.

»Beiden können etwas riechen bei Ihnen.« Nun sah der kleinere der Beamten gar nicht mehr so zuvorkommend aus. Er beugte sich zu ihnen vor und schnupperte. Dann kräuselte er die Nase. »War das auch vorher so?«

Tina holte tief Luft. »Ich fürchte, das bin ich.«

Der Beamte sah derart entsetzt auf ihren Sitz, dass sie fast in Lachen ausgebrochen wäre. Stattdessen legte sie eine Hand auf Karels Arm und beugte sich vor ihn und Pi. »Mein Mann und ich hatten eigentlich vor, diese Reise mit Descartes zu machen, unserem Dackel. Aber er hat es nicht geschafft …« Tina sah den Mann mit feuchten Augen an. »Er war aber auch schon vierzehn, ein schönes Alter für so einen kleinen Hund.« Sie streckte den Zollhunden vorsichtig die Hand entgegen. Beide schleckten begeistert darüber. »Ich habe wohl vergessen, seine Lieblingsleckerlis auszupacken. Würde es Ihnen etwas ausmachen, wenn ich die an Ihre Hunde verteile? Descartes hätte es sicher so gewollt.«

»Ähm …« Überfordert zupfte der Beamte sich am Ohr. Dafür gab es wohl keine Zollvorschrift.

Tina wartete nicht, bis er sich gefasst hatte. »Danke, das ist wirklich nett von Ihnen!« Mit beiden Händen verteilte sie die nicht besonders wohlriechende Hundebelohnung und hoffte, dass Karel es schaffte, Pi ruhigzuhalten, dem der Duft sicher auch in die Schnauze stieg. Doch Karels gezischtes »Toter Mann!« schien Wunder zu wirken. Kein Laut war von der Schneeflocke zu hören. Stattdessen wollten die beiden jungen Zollhunde gar nicht mehr von ihrem neuen Lieblingsplatz vor Tinas Sitz weg. Der Beamte musste sie anleinen, um sie davonzuzerren. »Vielen Dank von beide«, lächelte er amüsiert. »Und wussten Sie, dass Descartes ist gestorben in Stockholm?«

»Was Sie nicht sagen! Sicher eine schöne Stadt, um zu sterben.« Tina winkte ihm zum Abschied zu.

»Oh Mann!« Erschöpft ließ sie sich zurücksinken. Eine

schöne Stadt, um zu sterben? Wie gut, dass der Mann mit etwas anderem beschäftigt war, als ihr zuzuhören.

Karel stieß den Atem aus. Dann richtete er sich auf. »Und?«, wollte er wissen. »Wusstest du es? Das mit Descartes?«

Tina schüttelte den Kopf. »Ich merke mir doch nicht, wo wer das letzte Mal nach Luft geschnappt hat! Ich schätze, der Name steckte einfach in meinem Kurzgedächtnis, nachdem wir damit in unserer letzten Quizrunde gepunktet haben!«

Paul lehnte sich amüsiert vor. »Aber schon irgendwie passend, dass gerade du dir mal wieder einen staubigen Mathematiker aussuchst.«

»Um genau zu sein, war Descartes auch Philosoph«, mischte sich Männi von vorn ein. »Ohne seine Metaphysik…«

»Quatsch, Metaphysik«, machte Hedi Männi nach. »Ohne Tinas Metaplan wäre hier gar nichts gelaufen!« Mühevoll, aber entschlossen stemmte sie sich in die Höhe und drückte Männi Tinas Handtasche in die Hand. »Halt mal Ole. Meint ihr, wir finden in diesem Bummelzug irgendwas, mit dem wir anstoßen können? Und was zu essen?«

»Also ich hätte da noch ein paar wirklich vorzügliche Pferdedarmnuggets.« Tina leerte zu Hedis Entsetzen ihre Hosentaschen aus und machte Pi in diesem Augenblick sehr glücklich.

Karel hielt seinen begeistert kauenden Vierbeiner fest, während er Tina mit seinem breiten Grinsen ansteckte. »Descartes, der Dackel«, gluckste er. »Was auch immer passiert, diese Situation vergesse ich nie!«

Tina streichelte Pis Ohr, der ihr erfreut entgegenhechelte. »Nein«, murmelte sie dann leise. »Ich auch nicht.«

»Schon allein wegen des Geruchs!« Hedi winkte Paul zu. »Auf geht's, ich brauche jemanden, der das Tablett trägt!«

Paul schlängelte sich aus seinem Sitz. »Du meinst, du brauchst jemanden, der die Wogen glättet, nachdem du mit deiner unnachahmlichen Art sämtliche Bistromitarbeiter vergrault hast«, sagte er. Doch seine Mundwinkel zuckten, während er Hedi hinterhereilte.

Tina war glücklich. So durfte ihre Reise weitergehen. Genau so.

26

(56°23'08.1"N)

Satt und zufrieden schmatzend, lag Pi auf Karels Beinen, eine Pfote auf Tinas Oberschenkel geparkt, um sicherzugehen, dass sich seine Pferdedarmnugget-Chefin nicht in Luft auflöste. Versonnen kämmte Karel mit den Fingern durch das weiche Fell seines Hundes und beobachtete Tina aus den Augenwinkeln. Offenbar hatten sein kleiner Mischling und er momentan ähnliche Bedürfnisse: sicherzugehen, dass sie blieb, wo sie war.

»Mein Mann«, hatte Tina gesagt. Schon lange war er kein *Wir* mehr gewesen, keine Zweiereinheit. Doch er musste es vermisst haben, sonst würde es sich jetzt nicht so warm anfühlen. Er warf einen vorsichtigen Blick um sich. Die Jugendlichen hinter ihnen nickten ihm lächelnd zu. Er ahnte, was sie dachten: Süß, so alt und noch immer zusammen. Das Wichtige aber war nicht, für wie antik sie ihn hielten, sondern dass er für sie Teil eines Paars war. Und dazu reichten zwei kleine Worte: mein Mann!

Als eine geschäftige Dame in zu großer blau-gelber Uniform hereinfegte und im Akkord Fahrkarten abknipste, schob Karel Pi kurzerhand zurück unter seinen Pullover, kramte sein bestes Englisch hervor und winkte sie zu ihnen. Hedi und Paul, die mit verkniffenen Gesichtern hinter ihr ins Abteil kamen, ignorierte er. »Entschuldigen Sie, könnten Sie meiner Frau und mir sagen, von welchem Gleis in Göteborg unser Zug nach Oslo abfährt?« Zugegeben, seine Sätze klangen wie aus dem Englischbuch der fünften Klasse, aber verständlich dürften sie gewesen sein, oder?

Die eilige Dame allerdings knipste einfach weiter. Erst als Paul und Hedi sich an ihr vorbeidrängten, um sich auf ihre Plätze zu setzen, sah sie auf und schüttelte den Kopf. Ja, sie hörte gar nicht mehr auf damit. Karel wurde unruhig. Hatte er etwas falsch gemacht?

Paul schien das zu finden, denn er erdolchte Karel geradezu mit Blicken, während er sich in wesentlich flüssigerem Englisch ins Gespräch mischte. »Ja«, rief er laut, »das wüsste gern auch der beste Freund deiner *Frau*!«

Männi drehte sich um und zeigte Paul einen Vogel. »Und wer sagt, dass du das bist, mein Lieber?«

»Männer!«, rief Hedi sie zu Ordnung. »Dieses Detail klären wir, nachdem wir eine Antwort haben?« Sie beugte sich zu der Kontrolleurin und überraschte Karel mit einem Akzent, der einwandfrei nach Oxford klang: »Bedeutet Ihr Kopfschütteln, dass Sie uns leider nicht weiterhelfen können?«

»Ja.«

Besonders gesprächig schien die Frau nicht zu sein. Vielleicht sprach sie nicht gern Englisch. Oder aber sie musste erst auftauen. Denn als ihr deutlich wurde, dass sowohl Karel, seine Frau als auch ihre restlichen Reisegenossen noch immer auf eine Antwort warteten, holte sie tief Luft. Karel musste sich konzentrieren, um alles zu verstehen. »Das Gleis kann ich Ihnen nicht sagen«, ratterte sie herunter, »denn Ihr nächster Zug ist ein norwegischer, aber das würde Ihnen sowieso nichts nutzen, denn der Zug nach Oslo ist längst weg, wenn wir ankommen.« Missbilligend sah sie Karel an. »Warum haben Sie, Ihre Frau und alle Ihre Freunde nicht den früheren Zubringer genommen?«

Tina seufzte und übernahm. »Weil er nicht kam«, formulierte sie etwas gestelzt in der fremden Sprache. »Dieser war der erste in unsere Richtung.«

Die Kontrolleurin winkte ab. »Typisch. Die Dänen sind in solchen Dingen etwas nachlässig.«

Nun verlor selbst Hedi die gute Laune und ein bisschen Oxfordenglisch. »Schuldzuweisungen bringen uns nicht weiter. Wann fährt der nächste Zug nach Oslo? Oder wissen Sie das auch nicht, weil es sich dabei ja um einen norwegischen Zug handelt?«

»Natürlich habe ich diese Information. Sogar in meinem Kopf.« Wie zum Beweis tippte ihre Kontrolleurin sich gegen die Stirn und bedachte Hedi mit einem schlecht gelaunten Blick. »Gibt ja nur zwei pro Tag. Der nächste Zug fährt am späten Abend. Theoretisch.« Nun machte sie eine Kunstpause, bevor sie die Bombe platzen ließ. »Praktisch allerdings fällt er aus.«

Etwas hilflos sah Karel sie an. »Und jetzt?«

»Jetzt gar nichts.« Langsam schien die Beamtin Gefallen an dem Gespräch zu finden. »Weiterhelfen kann Ihnen nämlich nur der Ticketschalter der norwegischen Bahn in Göteborg. Da bin ich nicht zuständig, ich bin schließlich…«

»Schwedin, schon klar«, fiel Tina ein. »Vielen Dank.«

»Thank you very much?«, murrte Paul, als die Kontrolleurin geschäftig knipsend weitereilte. »Für was?«

Nur Männi schien die Absurdität der Situation zu schätzen wissen. »Was für ein irres System!«

»Na warte!« Hedi setzte sich auf. »Diese Norweger werden was von mir zu hören bekommen!«

Langsam breitete sich auf Tinas Gesicht ein Grinsen aus. »Aber Hedi«, nahm sie ihre Freundin hoch, »die können doch am allerwenigsten was dafür.«

»Nee, die Dänen waren's!«, fiel Paul feixend ein. »Oder aber wir schieben es auch einfach auf die Finnen. Die sind ja sowieso nur angeheiratet.«

Hedi winkte ab. »Mir egal«, erklärte sie ernsthaft. »Irgendeine dieser verrückten skandinavischen Bahngesellschaften wird unsere Weiterfahrt managen und unsere Übernachtung in Göteborg zahlen, so wahr ich Hedi heiße!«

Erfreut klatschte Paul in die Hände. »In dem Fall weiß ich auch, wo wir die Nacht verbringen: Im Grand Hotel gegenüber des Göteborger Bahnhofs. Das ist zwar nicht so schick wie das in Oslo, aber auch nicht verkehrt.«

Karel rechnete still vor sich hin – wenn sie heute Nacht in Göteborg bleiben mussten, hätten sie morgen eine Fahrt von über zwölf Stunden vor sich, um rechtzeitig das passende Hurtigruten-Schiff zu erreichen. Die *Midnatsol* legte gegen zehn Uhr abends in Bergen ab. Das könnte knapp werden.

Tina allerdings schien auf Hedis Überzeugungskünste zu vertrauen. »Na dann hätten wir ja alles gelöst«, fand sie und ließ sich entspannt in ihrem Sitz zurücksinken.

27

(57°42'31.6"N)

Der kleine Raum mit den drei Schaltern der norwegischen Bahn war stickig und überfüllt mit genervten Passagieren, die in vielen unterschiedlichen Sprachen wissen wollten, wie es für sie weiterging. Denn Tina, Karel, Hedi, Männi und Paul waren nicht die Einzigen, die ihren Anschlusszug verpasst hatten. Immer wieder wurden Flüche und Verwünschungen laut, einige verständlich, andere nur anhand der missmutigen Handbewegungen und Gesichtsausdrücke zu erkennen.

Das Mädchen hinter dem Schalter, über dem endlich ihre

Wartenummer aufblinkte, sah abgekämpft aus. Und so als sollte sie eher hinter einer angesagten Bar Cocktails mixen, als hier zu arbeiten: Ihre Haare waren an den Seiten abrasiert und oben zu einem nach allen Seiten abstehenden Zopf gebunden. Ein tätowierter Drache schlängelte sich um ihren linken Arm und verschwand in dem ausgefransten T-Shirt.

Unsicher sah Hedi sie an. »Ob die sich wirklich auskennt? Vielleicht sollten wir lieber zu dem daneben gehen.«

Tina schüttelte den Kopf. »Zu dem behäbigen Dicken? Bei dem dauert ja schon das Luftholen eine Minute! Nein, nein, die ist schon die Richtige für uns.«

»Ganz deiner Meinung.« Männi schob sich nach vorn und beugte sich über den Tisch. Von dem, was er sagte, war nicht mehr als ein »Hi there, nice ink!« zu verstehen, aber das Mädchen strahlte plötzlich erfreut und sah gar nicht mehr müde aus. Sie und Männi diskutierten einige Minuten, dann druckte sie etwas aus, kritzelte ein paar Zeilen auf das Papier und zwinkerte Männi zu, als sie es ihm überreichte.

»Unser Bus fährt in einer Stunde.« Männi übergab Tina die Tickets. »Und ich muss jetzt etwas regeln. Im Shopping-Bereich.«

»Shopping-Bereich? Warum hast du das nicht gleich gesagt?« Hedi schob strahlend ihren Rollator vor sich her und überließ es Paul, mit ihrem Gepäck nachzukommen. »Ich bräuchte noch was Schickes fürs Schiff. Und eine Sonnenbrille. Und Lippenstift! Und …«

Amüsiert ließ sich Tina ein paar Schritte zurückfallen, um einen besseren Blick auf Karel, Paul, Hedi und Männi zu haben, die nebeneinander durch die Geschäftszeile des Bahnhofs flanierten. Fehlten nur noch Cowboyhüte, Staubmäntel und Revolverholster, und sie könnten als *Die gefährlichen Fünf* durchgehen.

Tina schien nicht die Einzige zu sein, die an einen Haufen gealterter Westernhelden denken musste. Automatisch wichen Entgegenkommende ihrer kleinen Gruppe aus und warfen ihnen so vorsichtige Blicke zu, als könnten sie jeden Moment die Colts rotieren lassen.

In der Mitte einer kleinen Halle, von der mehrere überdachte Gänge abzweigten, ließen sie sich schließlich auf die hier stehenden Bänke nieder und sahen sich suchend um. Während Männi einen Plan studierte, staunte Hedi mit in den Nacken gelegtem Kopf ein riesiges Plakat an, das direkt über ihnen von der Decke baumelte. Tina brauchte ein paar Sekunden, bis sie begriff, was die beiden lose miteinander verbundenen Schalen darstellten: kein Doppelnapf für Kleintiere, nein, einen halterlosen BH. Was es alles gab! Der Name des interessanten Kleidungsstückes, Freebra, glitzerte in Pink und Violett. Vermutlich war es die Farbkombination gewesen, die Hedi magisch angezogen hatte.

Nun reckten auch Paul und Karel die Hälse, um zu überprüfen, was Tina und Hedi dermaßen faszinierte. Während Paul mit Kennermiene nickte, fiel es Karel offensichtlich schwerer, sich einen Reim darauf zu machen.

»Freebra.« Hedi ließ sich das Wort auf der Zunge zergehen. »Ist irgendwie missverständlich, findet ihr nicht? Als ginge es darum, den Büstenhalter zu befreien, nicht die Trägerin.«

Tina musste lachen. »Du meinst, das ist eine Aufforderung? So wie bei *Free Willy*?«

Nun kicherte auch Hedi. »Wessen Willie willst du befreien?«

Tinas Ohren begannen zu glühen. »Der Wal, Hedi, Willie war ein Wal. Ich rede von einem Film.« Verlegen konzentrierte sie sich auf ihre Fußspitzen und sah niemandem ins Gesicht. Mit so viel Zweideutigkeit konnte sie nicht umgehen. Schon gar nicht, wenn Männer anwesend waren. Vielleicht war das auch ein Grund, weshalb sie beim Flirten immer eine Niete gewesen war. Edi, Tinas Lieblingsschwester, hatte das, obwohl ein ganzes Stück jünger, viel besser gekonnt als sie selbst. Und Tina jedes Mal damit aufgezogen.

»Tja, Titel und Namen«, lenkte Paul da das Thema zum Glück in andere Bahnen. »Nur wenige treffen den Nagel auch auf den Kopf. Wie zum Beispiel bei unserer Jantina-Aleida hier.« Paul griff nach ihrer Hand und hauchte einen Kuss darauf. »Viel schicker geht es kaum.«

Tina entzog Paul peinlich berührt ihre Finger. »Von wegen schick«, winkte sie ab. »Mein Vater dachte, ich würde ein Junge, meine Mutter ahnte, dass sie mit einem Mädchen schwanger war. Und weil die beiden sich generell auf nichts einigen konnten, verpassten sie mir einfach sämtliche Namen, um die sie sich gestritten hatten.«

»Jantina-Aleida«, murmelte Karel leise, als kostete er eine exotische Eissorte.

»Tina ist schon ganz richtig«, murmelte Männi abgelenkt

und drehte den Etagenplan stirnrunzelnd auf den Kopf. »Ihr wisst schon, wegen des Tina-Prinzips.«

Hedi gähnte demonstrativ. »Und da lässt er wieder sein Trivial-Pursuit-Wissen raushängen.« Dann verpasste sie ihm einen Stoß vors Schienbein. »Okay, großer Meister, erleuchte uns, was ist das Tina-Prinzip.«

»Eine Abkürzung, oder besser ...« Nun hob Männi den Zeigefinger und wackelte damit gut gelaunt vor Hedis Gesicht herum. »Ein A-kro-nym. Die Langversion heißt: **T**here **is** **n**o **al**ternative.«

»Wahnsinnig romantisch, mein lieber Manfred, den Namen einer Frau mit einem marktwirtschaftlichen Schlagwort zu vergleichen.« Paul klopfte Männi auf die Schultern.

»Nix Manfred, meine Mutter hatte Größeres mit mir vor!« Männi wackelte mit den Augenbrauen. »Ich heiße Emanuel.«

Hedi brach in Gelächter aus. »Emanuel? Wie dieser Softerotik-Streifen?«

»Du brauchst gar nichts zu sagen, meine Liebe«, gab Männi, ohne zu zögern, Paroli. »Welche Eltern nennen ihre Tochter nach einer Skandalschauspielerin?«

Paul horchte auf. »Hedi Lamarr? Die mit den Nacktszenen?« Er legte einen Arm um Hedi, den anderen um Männi. »Na, ihr zwei passt ja wunderbar zusammen!«

Männi warf Hedi einen warmen Blick zu. »Und wenn das einer beurteilen kann, dann unser Paulus. Haben deine Eltern bei deiner Geburt den Finger per Zufallsprinzip in die Heilige Schrift gesteckt?«

»Keine Ahnung.« Überrascht sah Tina Paul mit den Schultern zucken. Welches Kind forschte nicht irgendwann einmal nach, woher sein Name kam? »Aber Paul ist schon ganz gut«, sagte er. »Ein bisschen wie Hans, Peter oder Karl. Nichtssagend eben. Nicht wahr, Karl?« Paul beäugte Karel spöttisch. »Lass mich raten, du hast dir das extra E in deinem Namen zugelegt, um dich spannender zu machen.«

Karel ließ sich nicht provozieren. »Mein Name ist tschechisch. Zu Schulzeiten haben mich alle damit aufgezogen. Deswegen habe ich meiner Tochter auch einen möglichst unauffälligen Namen gegeben. Und du, Tina?« Er drehte Paul den Rücken zu. »Wie hast du deine Tochter genannt?«

»Laura. Die Siegerin.« Tina dachte an das hilflose kleine Bündel Mensch, aus dem ziemlich exakt jene Frau geworden war, auf die sie gehofft hatte: mutig, zupackend, entschieden. Nun ja, ein wenig zu entschieden, als es darum gegangen war, Tina in *Schafweide* unterzubringen. Und während Ernsts langer Sterbezeit ein bisschen zu wenig die eigenen Gefühle formulierend.

»Eins wundert mich aber schon«, überlegte Männi laut. »Warum hat Ole seinen Nachwuchs ausgerechnet Finn genannt – wo er doch lieber in Norwegen war als in Finnland?«

»Weil Norweg Schneckenverpieper ein echt blöder Name gewesen wäre?«, schlug Paul vor.

Tina schüttelte den Kopf. »Nein, wegen Finnfjordvær. Ole hat seinen Sohn nach der Gegend benannt, die er liebte.«

Hedi blinzelte kurz, dann starrte sie Tina an. »So was denke ich auch, aber du… du klingst, als wüsstest du es genau. Hat Ole dir das erzählt?«

Tina ahnte den Grund für Hedis Befremden: Sie glaubte, Ole am besten von ihnen allen gekannt zu haben. Besser zumindest als Tina, der Neuzugang ihres Quizteams. Und was den Ole der letzten Jahre betraf, stimmte das sicher auch. Tina allerdings hatte in seinem Tagebuch gelesen… und fasste nun einen Entschluss. Sie würde den anderen davon erzählen, hier und jetzt.

Doch noch während sie sich die dafür passenden Worte zurechtlegte, sprang Männi plötzlich auf und schlug sich gegen die Stirn. »Ich bin echt dämlich, genau vor der Nase!« Er verdrehte die Augen. »Die ganze Zeit suche ich nach einem roten A, dabei hätte ich nach einem grünen Kreuz gucken müssen!« Und schon lief er auf ein Geschäft schräg gegenüber zu. »Wir treffen uns in einer halben Stunde wieder hier!«

Auch Hedi kam auf die Beine, allerdings nicht ganz so flink. »Eine halbe Stunde nur noch? Warum sagt mir das keiner! Bis nachher!« Entschlossen entfernte sie sich in Richtung eines exklusiven Warenhauses.

»Na, dann gönne auch ich mir ein kleines Vergnügen. Passt ihr so lange auf das Gepäck auf?« Ohne die Antwort abzuwarten, schlenderte Paul lässig davon. Zehn Meter weiter machte er eine scharfe Rechtskurve und verschwand in einem Pub.

Tina sah Karel an. »Wie hast du gesagt? Flohzirkus!«

Karel grinste ihr zu, dann saßen sie nebeneinander und sahen sich um, wiesen sich mit einem Kopfnicken auf die ein oder andere Erscheinung hin und schwiegen ansonsten. Tina gefiel das. Wer sie hier so sah, würde davon ausgehen, sie gehörten zusammen. Was sie ja auch taten, sie alle fünf. Karel und sie mussten nun aber wie ein sich völlig genügendes Paar wirken. Eines mit unfassbar viel Gepäck. Aber na und? Vielleicht reisten sie einfach gern weit und nahmen sich alle Zeit der Welt?! Italien, Spanien, Kroatien – alles Länder, die Tina noch nicht gesehen hatte. Und überall dort kam man mit dem Zug hin. Sogar nach Großbritannien, durch den Tunnel. Aber Karel hatte gesagt, er mochte es lieber warm. Gerade wollte sie ihn fragen, ob er schon mal in Irland oder Schottland gewesen war, da fiel ihr Blick durch die Scheibe gegenüber auf Männi.

Unruhig tigerte der vor einem jungen Mann in weißem Kittel hin und her und fuhr sich nervös über die Glatze. Dieser winkte ihn schließlich zu sich und nahm den Hörer eines Telefons ab. Tina runzelte die Stirn. Hatte Männi Probleme? Auch Karel entging das stumme Schauspiel nicht. »Was fehlt ihm denn?«

»Hm?«

»Na, er sieht aufgebracht aus. Und das liegt sicher nicht nur daran, dass der Apotheker zu leise und in einer Fremdsprache spricht.«

Tina zögerte. Männis Medikamente waren offenbar nicht so einfach zu bekommen wie erhofft. »Ist 'ne Männergeschichte, glaube ich«, gestand sie. »Aber von mir hast du das nicht.«

»Meine Lippen sind versiegelt.«

Nun wurde Männi der Hörer gereicht. Ob er doch etwas

Wichtigeres brauchte als ein paar Zinktabletten und Brennnesseltee?

»Ich habe uns etwas zu trinken besorgt und euch zwei Turteltäubchen was mitgebracht!« Strahlend hielt Hedi Tina eine modische Kappe mit Sonnenschutz entgegen. Auf der Vorderseite prangte in glitzernden Pailletten das Wort *bas* – Chef.

Tina bemühte sich um ein erfreutes Lächeln. So gut Hedi es mit ihr meinte, das Ding war für ihren Geschmack nicht nur zu bunt, es würde auch ihre Frisur vernichten. Einmal aufgesetzt, konnte sie es den ganzen Tag nicht mehr abnehmen. Karel hatte es da besser getroffen: Seine Kopfbedeckung war eine traditionelle Schiebermütze mit Fischgrätenmuster. Hedi drückte sie ihm schräg aufs Haar und nickte erfreut. »Dachte ich mir, du siehst direkt keck damit aus!«

»Keck?«, wiederholte Karel und sah Tina panisch an. »Keck ist irgendwie … halbseiden, findest du nicht?«

»Keck ist nur ein Wort. Sie steht dir.« Und das war die Wahrheit. Ungewohnt sah er damit aus, aber stilvoll.

Als Nächstes hielt Hedi dem herbeitrabenden Paul ein schmales Etui entgegen. »Und das hier ist für dich, mein Lieber, immerhin bist du der Einzige von uns, der keine Sehstärke braucht. Von daher dieser schicke Nasenporsche.« Als Paul die Hände aus den Taschen nahm, um die verspiegelte Pilotenbrille entgegenzunehmen, klimperte es verdächtig. Was hatte er in den letzten Minuten getan? Einen einarmigen Banditen ausgeraubt? Er setzte die Brille auf und zog gekonnt eine Augenbraue in die Höhe. »Was mir jetzt noch fehlt, ist ein Zahnstocher im Mund und zwei schöne Frauen im Arm.« Er schielte vielsagend zu Hedi und Tina. »Wie wär's?«

Tina hörte Karel neben sich etwas murmeln. Der Tonart nach zu urteilen, war es nicht unbedingt ein Kompliment.

»Und du, Emanuel, kommst gerade richtig zur Bescherung!«, rief Hedi Männi entgegen, der nun mit erleichtertem Gesichtsausdruck aus der Apotheke kam. Als er die zusammengefaltete Stoffbahn öffnete, die Hedi ihm entgegenhielt, weiteten sich seine Augen. »Ein Vagabunden-Traveller! So einen wollte ich schon immer haben!« Er schüttelte den gewachsten Hut aus und setzte ihn sich auf den kahlen Schädel. »Wie sehe ich aus?«

Paul hob einen Daumen. »Wie ein Vagabund.«

»Ein australischer Vagabund«, waren sich Karel und Paul einig.

»Indiana Jones«, präzisierte Tina den verwegenen Look. Was so ein einziges kleines modisches Utensil doch ausmachte!

Nur die sonst so wortgewandte Hedi staunte Männi sprachlos an und brachte nur ein einziges Wort heraus: »Gut.«

»Na dann.« Paul schob sich die neue Brille auf den Kopf und griff nach seinen und Hedis Koffern. »Oslo, wir kommen!«

28

(57°42'38.7"N)

Der Busbahnhof auf der anderen Seite der Gleise in Göteborg war viel größer, als Karel erwartet hatte. Bis sie ihr Terminal Nummer 37 erreicht hatten, waren sie alle außer Atem und die besten Sitzplätze belegt. Nur direkt bei der Toilette gab es noch zwei freie Reihen. Männi ließ sich auf der anderen Seite von Hedi und Tina neben einem älteren Herrn nieder, der definitiv nach Seemann aussah.

Karel war froh, dass es endlich weiterging. Auch wenn keiner der anderen noch einmal darüber gesprochen hatte: Oles Sohn konnte ihnen jederzeit einen Strich durch die Rechnung machen.

Die nächsten Stunden waren sie jedoch erst einmal sicher. Selbst wenn sie vielleicht bereits verfolgt wurden – hier im Bus würde sie niemand vermuten. Er verstaute das dunkelrote Getränk, das Hedi ihm in die Hand gedrückt hatte, im Netz vor ihm. *Grönsaker* stand darauf, und jeder von ihnen hatte eines in unterschiedlichen Farben bekommen. Was sich darin befand, konnte er nur vermuten: wahrscheinlich irgendeine pürierte Frucht. Er baute Pi aus seiner Jacke ein Ersatzkörbchen zwischen Sitz und Fenster. Möglichst weit weg von Paul neben ihm, dem es großen Spaß machte, seinen loyalen Vierbeiner als Stinktier zu bezeichnen.

Hinter sich hörte er Hedi raunen: »Hast du Männis Sitznachbarn gesehen?« Sie gluckste. »Also, ich habe ja eine Schwäche für Seebären.«

»Ich weiß.« Tinas Stimme klang vielsagend. »Vorhin allerdings hatte ich den Eindruck, dein Männergeschmack habe sich um… Vagabunden erweitert.«

»In unserem Alter darf man nicht wählerisch sein.«

»Dann stimmt mit mir etwas nicht.« Tina seufzte. »Mit voranschreitendem Alter werde ich nur noch wählerischer.«

Karel drückte sich in seinen Sitz und spitzte die Ohren. Was die beiden Damen da aus dem Nähkästchen plauderten, interessierte ihn brennend.

»Na, du hattest beim ersten Versuch ja auch keine Alternative.« Hedi klang mitleidig.

»Die hat man immer«, widersprach Tina. »Und eine Wahl, die man aus Vernunftgründen trifft, muss nicht die schlechteste sein.«

»Himmel, Tina!« Hedi lachte spöttisch. »Du klingst wie meine Mutter! Und die wäre jetzt schon fast hundert!«

Tinas Lachen war leiser als das von Hedi; es klang nach einem plätschernden Gebirgsbach. Nach einem Gebirgsbach? Karel schüttelte den Kopf über sich. Mit so einem Vergleich kam vielleicht ein Lyriker durch, nicht aber ein Beerdigungsunternehmer.

»Dann erzähl mal«, hakte Hedi zu Karels Freude nach. »Auf was achtest du bei einem Mann?«

Jetzt wurde es spannend! Tina wählte ihre Worte mit Bedacht: »Auf den Wohlfühlfaktor. Darauf, ob ich mit ihm schweigen kann, ohne dass ich unruhig werde. Ob er versteht, was ich meine, ohne dass ich es tausend Mal erklären muss…«

»Oh Gott, Wohlfühlfaktor, wir reden doch hier nicht von einer Wärmflasche! Was ist mit Herzklopfen und Aufregung? Mit Haaren oder Glatze? Und was ist mit Sex?«

Karel bekam große Augen. Hedi nahm wirklich kein Blatt vor den Mund!

»Das gehört bei dir zusammen? Herzklopfen, Haare und Sex?«

Tina klang amüsiert. Er sah sie vor sich: Nun schüttelte sie sicher den Kopf, um ihre Augen zogen sich die Lachfältchen zusammen.

»Nicht unbedingt in dieser Reihenfolge, aber wenn du mich fragst…«

Den Rest bekam Karel nicht mehr mit. Paul räusperte sich laut und deutlich. »Nachdem wir jetzt mal unter uns sind…« Er sah Karel fest an. »Was genau war das gestern?« Karel musste ebenso verwirrt aussehen, wie er sich fühlte, denn Paul sprach sofort weiter. »Im Zug. Kurz vor der dänischen Grenze. Tina saß neben dir und… du hattest die Finger in ihrem Gesicht!«

Karel schluckte. Paul sah aus, als wäre er drauf und dran, einen Sturm zu entfachen. Da, schon wieder eine Naturmetapher! Lag das an der Landschaft oder an seiner Begleitung? Schnell schüttelte er abwehrend den Kopf. »Ich habe ihre Frisur zurechtgemacht, nichts weiter. Die war platt gelegen. Und sie hat am Hinterkopf eine kleine Stelle, die sie immer versteckt…«

»Ja, ja, ich weiß. Sie glaubt, niemand von uns wüsste das, aber ...« Pauls Gesicht wurde weich. »Als wäre das ein Fehler.« Er lachte leise. »Als hätten wir nicht alle wesentlich größere!«

Karels Kehle war plötzlich trocken. Er verstand. Und es gefiel ihm nicht. »Alles ganz harmlos«, murmelte er, »kein Grund, eifersüchtig zu werden.« Dann sah er Paul direkt in die Augen. »Also Tina und du?«

»Was? Nein, nein!« Paul schüttelte den Kopf. »Tina hat mir die charmanteste Abfuhr meines Lebens verpasst. Aber sie ist etwas Besonderes. Wir sind Freunde. Und auf meine Freunde passe ich auf.«

Karel hob die Hände. »In Ordnung.« Er verstand eine Warnung, wenn er sie hörte. Zur Ablenkung schraubte er seine Getränkeflasche auf und nahm einen Schluck. Schmeckte erdig, schon wieder nach irgendwelchen Waldbeeren und unglaublich gesund!

Paul ließ ihn nicht aus den Augen und tat es ihm nach. Sein Getränk war quietschorange. Dann hustete er plötzlich. »Pfui Teufel, nie im Leben ist das Pfirsich!«

Pauls Ausruf und das dazugehörige angeekelte Gesicht zog eine Welle der Erheiterung nach sich.

»Lass mal sehen!« Tina stand auf, griff über seine Rückenlehne nach der Flasche und schnupperte daran. Dann grinste sie breit. »Wie kommst du denn auf Pfirsich?«

»Na das Bild: orangefarbene Frucht, aber keine Noppen wie bei einer Orange.«

»Das ist Karotte!«

Nun beugte sich auch Männi über den Gang nach vorn.

»Vielleicht solltest du deine Pornobrille absetzen, Paulus, da steht: Morötter. In welcher Sprache könnte Morötter Pfirsich bedeuten und nicht Möhre oder Karotte?«

Paul zog die Nase kraus. »Lass mich nachdenken …« Er linste über den Brillenrand. »In irgendeiner seltsamen, skandinavischen vielleicht?«

Tina hielt ihm ihr Getränk entgegen. »Meinst du, deine Geschmacksnerven kommen eher mit Gurke-Minze klar?«

Dankbar griff Paul zu. »Und ob, ich hasse Karotten!« Er probierte, diesmal vorsichtiger. »Oh ja, sehr erfrischend.« Dann strahlte er Tina lausbübisch an. »Wusstest du, dass es, wenn man nacheinander aus der gleichen Flasche trinkt, in anderen Ländern als heimlicher Kuss gilt? Hat mir Ole mal erzählt. Prost!« Er trank den Rest der grünen Flüssigkeit in einem Zug aus und ließ Tina dabei nicht aus den Augen.

Mit zusammengebissenen Zähnen wandte Karel sich zum Fenster und streichelte Pi.

Nur Freunde? Von wegen.

29

(58°52'07.3''N)

»Der geht aber ran, zumindest verbal!« Hedis Augenbrauen verschwanden fast unter den neckisch zurechtgelegten Ponysträhnen.

Tina schnaubte abfällig. Ole hatte die Geschichte, wie er seine Frau kennengelernt hatte, offenbar nicht nur ihr erzählt. Und auch wenn sie während ihres Zusammensitzens in Männis Garten nach Oles Tod ebenfalls daran hatte denken müssen, hier und jetzt fühlte sich Pauls Bemerkung irgendwie… falsch an. Deshalb ignorierte sie Hedis vielsagenden Blick und deutete zur Ablenkung nach draußen. »Schau mal, da geht es nach Bullarebrygden. Ob brygden so was wie Brücke bedeutet?«

Ihre Freundin betrachtete sie einige weitere Sekunden, dann tat sie Tina den Gefallen und spielte mit. »Die Kinder von der Bullabrücke«, lächelte sie und las den nächsten Ortsnamen. »Strömstad, wie passend: erst die Brücke, dann der Strom.«

Nun mischten sich auch die drei Männer ein. Wie eine Horde Kinder auf einem Autorücksitz warteten sie ungeduldig auf die nächsten Schilder und versuchten, sich mit den absurdesten Namenserklärungen zu übertreffen: Näsinge – sicherlich eine Trollart mit großer Nase. Läkholmen – ein Schlaraffenland für Lakritz und andere Leckereien. Svinesund – ganz klar eine Meerenge für schwimmende Schweine.

Tina genoss das Geplänkel. All die Umlaute machten die Sprache freundlich, als seien sie mitten in eine Kindererzählung hineingeraten, in der am Ende immer das Gute siegte. Selbst die Sonne machte mit und ging in Farben unter, als sollte sie eigentlich aufgehen. Sie färbte Wolken hellpink und tauchte ihre Gesichter in einen gnädigen, rosafarbenen Schein. Tina musste lächeln. »Meint ihr, wir sehen das Nordlicht?«

Männi nickte eifrig. »Gut möglich. Die Zeit stimmt, und weit genug in den Norden müssen wir auch.«

»Ole würde das sicher gefallen.« Hedi seufzte tief.

Tina beeilte sich, sie auf andere Gedanken zu bringen. »Es gibt da diese lustige Serie«, begann sie. »*Northern Lights* …«

»Die, in der ein Arzt gegen seinen Willen in Alaska landet?« Karels Kopf schoss über die Rückenlehne. Er grinste breit. »Ja, daran musste ich in letzter Zeit auch so manches Mal denken. Vielleicht, weil der sich fühlte wie ich. Wie ein Fisch, der aus dem Wasser katapultiert wird und trotzdem schwimmt. Aber der richtige Titel ist *Northern Exposure*.«

Männi klatschte in die Hände. »Du, mein Lieber, wärst eine gute Ergänzung für unsere Freitagsquizrunde!« Dann begann er plötzlich zu stottern. »Also nicht, dass Ole ersetzbar wäre … ich meine nur, unser Bestatter deckt ein weiteres Feld ab. Also, ich … ihr wisst schon.«

Tina griff über den Gang und drückte Männis Hand, als es bei Karel unruhig wurde. Sie spähte durch den Schlitz zwischen den Sitzen vor ihr. Pi kreiselte gestresst auf dem Schoß seines Herrchens. Den panischen Blick verstand Tina sofort: SOS! Sie ahnte, wo es die kleine Schneeflocke drückte.

Auch Männi interpretierte Karels geseufztes »Ausgerechnet!« richtig. Er stand auf und streckte die Arme nach dem Fellknäuel aus. »Ich müsste auch mal verschwinden«, murmelte er dabei für seine Verhältnisse fast leise. »Zeit für eine Männerrunde.« Karel zögerte. Doch Männi schnappte sich den Vierbeiner und verfrachtete ihn unter seinen dicken Rollkragenpulli. Darunter hätten gleich mehrere von Pis Sorte

Platz gefunden. »Keine Angst«, feixte er, »ich habe schon gefährlichere Raubtiere gebändigt.«

Überrascht starrte Tina seinem breiten Rücken hinterher.

Hedi sprach aus, was sie nur gedacht hatte: »Der alte Kerl überrascht mich immer wieder!«

»Das tut ihr alle«, sagte Karel. »Ich weiß noch, als ich euch das erste Mal gesehen habe ... in Männis Garten. Ich habe mich gefragt, wie es vier derart unterschiedliche Menschen schaffen, so offensichtlich zusammenzugehören.« Er lachte unsicher. »Ich war wirklich neidisch.«

In der folgenden Stille war das Brummen des Motors zu hören und das Klappen der Toilettentür. Tina beugte sich vor. »Musst du nicht länger sein.« Karels Augen wurden weich. Erst als Hedi ihm etwas zu energiegeladen durch den Sitzspalt auf die Schulter klopfte, drehte er den Kopf und unterbrach ihren Blick.

»Eben«, strahlte Hedi über das ganze Gesicht, »du bist jetzt ein Teil von uns.« Selbst Paul nickte, wenn auch für Tinas Geschmack etwas zu widerstrebend.

Pi schien sie ebenfalls samt und sonders zu seinem Rudel erklärt zu haben. Als Männi mit ihm zurückkehrte, blinzelte er nur kurz in die Runde, als zähle er seine Schäfchen, dann gähnte er und kuschelte sich zufrieden unter Männis wollenem Pullover ein. Dieser strahlte entzückt, als Karel ihm bedeutete, den Hund bei sich zu behalten.

Tina ließ sich zurücksinken. Hier im Bus nach Oslo vermutete sie niemand, sie waren sicher. Und auch den Rest ihres Weges würden sie meistern, solange sie zusammenhielten.

Da unterbrach ein schrilles Piepsen ihre Gedanken. Eine SMS? Dem Personal in *Schafweide* hatte sie gesagt, sie verbrächte ein paar Tage bei Verwandten. Bei Adrian hatte sie sich für eine Butterfahrt mit Freunden abgemeldet. Wer also schrieb ihr? Blinzelnd hielt sie sich das Display vor die Augen und richtete die Gleitsichtbrille. Eine Nachricht von Flo. Flo? Dann las sie die folgenden Sätze und stöhnte laut.

Vier Köpfe drehten sich in ihre Richtung. Paul im Vordersitz setzte sich alarmiert auf. »Was ist passiert?«

»Irgendwas mit Oles Sohn?« Hedi sah sie mit aufgerissenen Augen an.

»Nein, nein. Nur: Unsere Übernachtung in Oslo ist geplatzt. Und Flo kann leider nicht weiterhelfen, sein Flugzeug hebt gleich ab.«

»Flo? Welcher Flo?« Hedi schüttelte irritiert den Kopf.

»Der Junge aus dem Zug nach Hamburg?« Karel hatte offensichtlich ein besseres Gedächtnis als sie beide. Tina nickte.

»Ha!« Zu Tinas Überraschung glitt ein Strahlen über Pauls Gesicht. »Dann komme ich also doch noch zu einer Nacht im Grandhotel!« Erfreut rieb er sich die Hände.

Nur eineinhalb Stunden später kletterte Tina in Oslo rückwärts aus einem Großraumtaxi mit viel zu hohem Einstieg. Ihr Fahrer wuchtete das Gepäck auf den roten Teppich vor dem Grandhotel und freute sich über die Scheine, die Paul ihm in die Hand drückte. Paul musste vorgesorgt haben. Niemand sonst von ihnen hatte schon Geld gewechselt. Der alte Fuchs dachte wirklich an alles.

Das Hotel trug seinen Namen zu Recht. Stolz ragten seine Türmchen und Erker über die anderen Gebäude am Platz empor, als seien sie einzig dafür entworfen worden. Das Licht der Straßenlaternen spiegelte sich in den goldenen Lettern über der doppelflügeligen Eingangstür, die von livrierten Mitarbeitern aufgehalten wurde. Überall drängten sich Menschen, viele mit Kniehosen und Schnallenschuhen, die Frauen in bestickten Röcken und aufwendigen Hauben. Entweder die Norweger waren noch etwas spezieller als ihre Nachbarn, oder aber Tina und ihre Freunde waren in eine Mittelalter-Veranstaltung hineingeraten. Die Namensschildchen der meisten so angezogenen Menschen konnten beides bedeuten. Tina zerrte ihren Koffer in Richtung des Eingangs.

»Exhibitor or visitor«, fing sie einer der Angestellten ab und bemerkte ihre Verwirrung. »Die Bunadmesse«, erklärte er freundlich auf Englisch. »Wenn Sie nicht dazugehören, würde ich Ihnen das Continental empfehlen. Wir sind ausgebucht.« Noch immer wusste Tina nicht, was er eigentlich von ihr wollte.

»It's okay.« Paul schob sich dazwischen. »We have a reservation!«, sagte er selbstbewusst und zog Tina hinter sich her.

»Wir haben eine Reservierung?« Nun war sie platt. »Wann hast du das denn gemacht?«

»Noch gar nicht, aber gib mir ein paar Minuten und halte mir den Rest unserer Gang vom Hals.« Paul eilte zum Empfang. Überrascht beobachtete Tina, wie er sich unter eine gut gelaunte Gruppe jüngerer Männer mischte, die sich bald lachend mit ihm unterhielten. Scherze flogen hin und her,

Schulterklopfen wurde ausgetauscht. Paul schlang einen Arm um einen der Männer neben ihm, und die beiden schüttelten sich aus vor Lachen, während Paul dem anderen freundlich auf die Hüfte klopfte, exakt dorthin, wo dieser nur kurz zuvor seine Geldbörse verstaut hatte. Tina trat argwöhnisch ein paar Schritte zur Seite, um ihren Tausendsassa besser im Auge zu behalten. Seine flinken Finger waren ständig in Bewegung, doch sie entdeckte nichts, was ihren kleinen Verdacht bestärkte. Alles schien mit rechten Dingen zuzugehen, und etwas beschämt drehte sie sich nach einer Weile zu Hedi, um ihr mit dem Gepäck zu helfen. Paul war eben ihr Mann für alle Fälle. Er hatte im Gegensatz zu ihnen keinerlei Probleme, neue Freunde zu finden, und das tat er nun mal mit Körperkontakt. Davon konnte Tina ein Liedchen singen. Also war sicherlich alles normal, und Paul tat einfach das, was er am besten konnte: Andere Menschen auf die Idee bringen, ihm freiwillig zu helfen.

Tina folgte Hedis Blick, die sich begeistert in dem feudalen Foyer umsah. An einem Ende stand ein altes Piano. Auf dem nachtblauen Teppich wanden sich dunkelgrüne Kreise um- und ineinander. Getönte, große Wandspiegel ließen den Raum noch herrschaftlicher und etwas unwirklich erscheinen, als seien sie in Edis Lieblingsmärchen, *Die kleine Meerjungfrau*, eingetaucht. Tina fühlte sich schwebend und verlangsamt, wie unter Wasser. Karel, Männi und Hedi schien es ähnlich zu gehen, und auch die Hektik der Messebesucher versickerte hier, machte einem geruhsameren Tempo Platz.

Nur Paul war effizient wie eh und je. Nachdem er endlich ganz vorn am Empfang angekommen war, beugte er sich flirtend zu der Dame dahinter, die neckisch am Revers seines Jacketts zupfte, wo nun ein Namensschild prangte. Das Schlitzohr! Er deutete mit dem Daumen auf Tina und die anderen und überließ ihr seinen Reisepass, der in dem schummrigen Licht eine noch dunklere Farbe zu haben schien als heute Morgen im Zug. Tina seufzte. Wenn sie zurück wären, müsste sie zum Augenarzt. Der graue Star stand vor der Tür. Vitamine waren wichtig, Augentropfen noch nicht getestet, eine Operation war irgendwann unumgänglich. *Irgendwann* allerdings bedeutete nicht sofort. Das war die einzig gute Nachricht gewesen.

Paul zog alle Register und hauchte einen Kuss auf die Hand der erfreut lächelnden Dame hinterm Empfang. Dann drehte er sich um und winkte ihnen zu, ihm zum Aufzug zu folgen.

»Fünfter Stock. Doppelzimmer für Hedi, Tina und Ole, Suite für uns Männer samt Stinktier, einverstanden?«

Karels Augen verengten sich. »Er hat einen Namen, und der besteht nur aus zwei Buchstaben: P und I. Das sollte selbst für dich nicht zu viel verlangt sein!«

Bevor Paul zu einer zynischen Entgegnung ansetzen konnte, klopfte Männi zart auf die Ausbeulung seines Wollpullis. »Ich freue mich auf eine Nacht im gleichen Raum wie Pi«, gestand er. »Sein regelmäßiges Schnorcheln vertreibt Geister.«

Tina sah ihn überrascht an. Geister? Ob das mit Männis geheim gehaltenen Medikamenten zusammenhing?

Paul drückte auf den obersten Knopf. »Wir werfen das Gepäck und Pi, das Stinktier, ab und treffen uns sofort im Restaurant. In einer Stunde ist kein Tisch mehr frei.«

»Alles klar, Sklaventreiber«, sagte Tina.

Paul nickte hoheitsvoll, doch seine Augen blitzten lausbübisch, als die Türen zum fünften Stock aufschwangen und er Tina mit einer kleinen Verbeugung den Vortritt ließ. »In fünfzehn Minuten unten! Schönmachen ist nicht… nicht nötig, meine ich.«

Tina und Hedi verdrehten die Augen und machten sich auf die Suche nach ihrem Zimmer.

30

(59°54′49.5″N)

Der Raum brummte. Paul hatte recht gehabt, das Restaurant war ausgebucht. An jedem erdenklichen Tisch saßen Gäste, selbst an der auf Hochglanz polierten Bar war jeder Hocker besetzt. Viele der Anwesenden trugen Trachten und schienen sich zu kennen, laute Begrüßungen flogen hin und her. Egal, wie oft Tina versuchte, ihr Hörgerät auf den ständig wechselnden Lärmpegel einzustellen, es gab nur zwei Lösungen: Entweder ganz aus und wohltuende Ruhe oder Dauerkrach, aus dem sie nur mit höchster Konzentration das Gespräch an ihrem Tisch herausfiltern konnte. Sie hatten die letzten Plätze an einem langen Sammeltisch neben einigen der angereisten Messeaussteller ergattert, die extra für die Neuzugänge ihr bestes Englisch hervorholten. Es war gerade mal eine Frage samt flatterndem Augenaufschlag von Hedi nötig gewesen, um die anwesenden Herren in einen wortreichen Wettbewerb zu stürzen: Sie alle wollten ihnen erklären, worum es bei ihren Trachten eigentlich ging. *Exceptional* – einzigartig – war dabei der am häufigsten gebrauchte Begriff. Immerhin sei es bei ihren dänischen und schwedischen Nachbarn mit Traditionskleidung nicht weit her. Trotz des Tumults und der Einstellungsprobleme beim Hörgerät gelang es Tina, dem Gespräch auf Englisch problemlos zu folgen. Offenbar hatten ihre unregelmäßigen Youtube-Ausflüge zu diversen amerikanischen Kinderserien doch etwas genutzt. Adrian wäre stolz auf sie! Aufmerksam lauschte sie Hedis Tischnachbarn, der gerade im Brustton der Überzeugung erklärte: »Wir mögen eine weitgefasste Familie sein, doch sind wir sehr verschieden.« Tina amüsierte sich über Karels Augenrollen. Auch er erwartete einen weiteren Vergleich über den Zusammenhang der viel beschworenen skandinavischen Familienbande, diesmal auf Englisch und aus norwegischer Sicht.

»Ohne die Wikinger«, hob der Mann neben Hedi da auch schon den Zeigefinger, »wären wir alle nicht denkbar. Damals waren wir ein reisendes Volk, Eroberer!« Er drückte die schmale Brust heraus, als sei er selbst noch vor wenigen Wochen in einem derbe zusammengezimmerten Boot zu unsicheren Abenteuern über die Weltmeere aufgebrochen. »Dieses Gen steckt in uns. In manchen mehr, in manchen weniger. Wie auch die Traditionen.« Nun wurde er ernst. »Wir Norweger haben dazu vielleicht eine … sagen wir natürlichere Verbindung als unsere Nachbarn.« Seine Kollegen nickten einvernehmlich.

»Die Norweger-Muster beispielsweise«, mischte sich ein Herr neben Männi ein, der genauso glatzköpfig war wie dieser. »Garn, Farbe, Muster, alles hat eine ähnlich große Bedeutung wie unsere Schnitzkunst!«

Männi drehte ihm interessiert sein gutes Ohr zu. »Schnitzkunst?«

Von dem folgenden Zwiegespräch konnte Tina nicht mehr als *wool* und *sheep* – Wolle und Schafe – verstehen, denn die beiden steckten die Köpfe zusammen. Ihre Glatzen schimmerten verdächtig. Entweder war das Thema so fesselnd, oder sie hatten sich bereits ein paar Mal bei den auf dem Tisch stehenden Bieren bedient.

»Also wie ist das nun genau mit den Traditionen und den skandinavischen Ländern?«, hakte Paul da nach. Beiläufig ließ er die vor sich liegende Zimmerkarte des Trachtenherstellers zwischen den Fingern rotieren, auf die dieser vorhin sein Essen gebucht hatte.

Erfreut über Pauls Interesse, sah der Mann sie der Reihe nach an. »Bunads zeigen den Stolz auf unsere Traditionen. Manche der Trachten werden von Generation zu Generation vererbt, was sie noch wertvoller macht, andere nach- und maßgeschneidert. Sie sind eine Rückbesinnung auf alte Werte, die für uns noch immer gelten.« Das kam sehr flüssig. Es war ganz offensichtlich nicht das erste Mal, dass er versuchte, Ausländern auf Englisch begreiflich zu machen, worum es ihm und seinen Kollegen ging.

Tina nahm einen Schluck Weißwein und winkte ihren Krabbencocktail zu sich, als die Bedienung endlich das bestellte Essen verteilte. Sie erinnerte sich noch gut daran, wie es sich in ihrer Kindheit angefühlt hatte, etwas vererbt zu bekommen, egal ob von der letzten Generation oder dem älteren Geschwisterkind. Weniger wie Adelung, mehr nach Notwendigkeit. Stolz waren Edi und sie vor allem auf Kleidungsstücke gewesen, die extra für sie angeschafft werden mussten. Oder auf die, die sie sich später von ihrem Erspartem geleistet hatten. Versunken betrachtete sie das Outfit des Trachtenherstellers: Eine Reihe unterschiedlicher Silberknöpfe blitzten an seiner Weste aus steifem schwarzen Stoff. Ob die ursprünglich seinem Großvater gehört hatte? Und ob er als Zehnjähriger wirklich die gleiche Begeisterung darüber verspürt hatte wie jetzt? Oder war seine Zunft nur deshalb so erfolgreich, weil sich in Zeiten des Wohlstands und des Überflusses Werte umdrehten? Wenn das Allerneueste an jeder Ecke und für jeden erschwinglich war, nicht selten mit aufgenähten, falschen Logos, wie Adrian ihr erzählt hatte, wurde Originales womöglich attraktiver und – wie hatte ihr Enkel dazu gesagt? – zum heißen Scheiß?!

»Die Bunads«, wurde zwischen zwei Bissen Fisch erklärt, »einen unser Land. Trotz der Ölfunde bleiben wir erdverbunden. Und unsere Trachten stehen für Zusammengehörigkeit, auch wenn sie von Landstrich zu Landstrich variieren.«

Paul streckte hingerissen seine Gabel in die Luft. »Speziell und doch geeint«, strahlte er und schien nicht zu merken, dass er ins Deutsche fiel. Er vollführte einen weiten Kreis mit dem Besteck. »So wie wir.«

Tina blinzelte ihn verwundert an. »So wie wir?«

»Na klar! Hedi hier«, kaute er, »ist unsere spontan Entschlussfähige und für die Begeisterung zuständig. Den Gegenpol bildet Männi, der Bedächtige mit dem Fragequiz-Wissen.« Nun lehnte er sich zu Tina. »Ohne Tina, unsere Managerin, kämen wir nie zu einer Entscheidung, und ich selbst…« Zufrieden lehnte er sich zurück und hob sein Bier. »Ich bin so etwas wie unser Mann fürs Grobe. Ich tue alles, was nötig ist, um unser Ziel zu erreichen! Wir sind also so etwas wie Norwegen.«

Tina lachte auf. Sie fünf so etwas wie Norwegen? Dann runzelte sie plötzlich die Stirn. Moment. Paul hatte nur von vieren gesprochen. Hatte er Karel vergessen, oder war das Absicht gewesen?

Karel sah keinen von ihnen an. In Gedanken versunken, trommelte er mit den Fingerspitzen auf die linke Brusttasche seines Hemds. Zum zwölften Mal in der letzten Stunde. Tina hatte mitgezählt. Und sie wusste auch, was er da tat: Er überprüfte den Sitz seines Handys, das er sicher nicht zufällig direkt über seinem Herzen verstaut hatte.

Tina beugte sich vor. »Und Karel«, sagte sie mit einem strafenden Blick zu Paul, »ist unser Joker.«

Karel lächelte, sah jedoch noch immer nicht auf. Paul ignorierte ihre Äußerung, griff sich die leeren Bierflaschen und wandte sich an alle. »More drinks?«

Karel winkte ab. »Pi muss sicher mal. Ich hole ihn und drehe eine Runde«, murmelte er zu niemandem im Speziellen und erhob sich.

Tina sah ihm nach, bis das Foyer ihn verschluckte. Dann suchten ihre Augen Paul. Sich keiner Schuld bewusst, marschierte er zielgerichtet zur Bar, scherzte mit dem Personal und signalisierte die Zimmernummer für seine Getränkebestellung. Tina kniff die Augen zusammen. Hatte er eben tatsächlich erst drei, dann zwei, dann wieder drei Finger hochgehalten? Sie waren im fünften Stock untergebracht, nicht im dritten. Also was zur Hölle …

»Was sagst du?« Hedi stupste Tina an und legte sich vorsichtig ein besticktes Umhängetuch über die Schultern. Tina nickte abgelenkt.

Das Rot der Blüten brachte Hedis Haarfarbe zum Leuchten. Hedi drehte sich zu ihrem Sitznachbarn und schlug mit strahlenden Augen einen kleinen Preisnachlass vor. Immerhin würde sie damit Werbung für das schöne Norwegen laufen. Eines musste man ihr lassen, egal, in welcher Sprache, sie wusste zu verhandeln. Kein Wunder also, dass die Mundwinkel des Trachtenherstellers nun amüsiert zuckten. »Ich wüsste nicht, an wem ich es lieber sähe als an Ihnen«, fand er galant. »Darf ich es Ihnen schenken?«

Hedis Aufjauchzen brachte das Fass zum Überlaufen. Tina stellte ihr Hörgerät aus. Ihr wurde das alles zu viel: Paul, der mit einem vollen Tablett auf dem Weg zu ihrem Tisch war und jeder Gruppe, an der er vorbeikam, ein paar gut gelaunte Worte zuwarf. Hedi, deren Mund unaufhörlich auf und zu ging. Männi, der sie dabei nachdenklich betrachtete, als fiele auch ihm auf, dass es eigentlich zwei Hedis gab: die wortgewandte und lebhafte, auf die sich alle Augen richteten. Und die zurückhaltende, in sich verschwindende, die nicht im Mittelpunkt stand.

Tina vermisste Karel, der stets ohne viele Worte erst einmal sämtliche Seiten betrachtete, bevor er sich eine Meinung bildete.

Sie schob ihren leeren Teller von sich und stand auf. Eine Entschuldigung war nicht nötig, denn exakt in diesem Moment stürzte eine junge Frau auf ihren Tisch zu. Hedis stolzer Nachbar stellte sie selbst für Tinas Ohren laut genug als seine Tochter vor. Noch studierte sie Modedesign in Oslo, doch in zwei Jahren würde sie in sein Unternehmen einsteigen. Tina machte ihr Platz und schob sich in Richtung Foyer. Niemand würde sie vermissen, alle waren mit dem enthusiastisch plappernden Neuzugang beschäftigt. Sie würde einen kleinen Spaziergang machen, sich die Umgebung angucken und ihre klingelnden Ohren entspannen. Und vielleicht träfe sie unterwegs ja irgendwo auf Karel. Ihren Joker.

31

(59°54'49.5"N)

Karel warf einen Blick ins Restaurant – und erstarrte: Die Trachtenhersteller stießen mit einer jungen Frau an, die sich neben den Wortführer der letzten Stunde gequetscht hatte und ihn nun fest umarmte. Sie sahen sich ähnlich, Augenfarbe, Nase und das etwas fliehende Kinn. Vater und Tochter? Das würde passen: Trachten, Traditionen und ein Familienunternehmen. Mit liebevollem Lächeln sahen sie sich an. Karel drehte sich weg. Er brauchte Luft.

Paul, der Mistkerl, hatte es auf den Punkt gebracht: Er, Karel, hatte die kleine Verschwörertruppe aus einem egoistischen Grund erpresst, ihn mitzunehmen. Doch was hatte er ihnen zu bieten? Überhaupt irgendwem? Selbst seine eigene Tochter wollte ihn nicht länger im Unternehmen haben.

Was Marion wohl aus diesem Abend gemacht hätte? Vermutlich der Hälfte aller Anwesenden eine Beerdigungs-Vorsorge-Police verpasst. Tina hatte recht, Marion brauchte keinen Bruder, sie war Manns genug… nein, Moment, Frau genug! Und er? Hatte er ihr jemals gesagt, wie stolz er auf sie war? Oder ihr immer nur das Gefühl gegeben, sie sei nicht vollständig, eben kein Mann?

Karel führte Pi zum nächsten Strauch und zog sein Handy hervor. Die SIM-Karte und den Akku einzupassen dauerte nur wenige Sekunden. Er wählte, es tutete. Drei Mal, sieben

Mal, dann sprang die Mailbox an, und er hörte seine eigene Stimme. »Sie haben *Parlinger und Sohn* erreicht. Momentan sind wir unterwegs, aber selbstverständlich so schnell wie möglich für Sie da. Bitte hinterlassen Sie uns Ihre Telefonnummer und eine Nachricht, und wir melden uns zeitnah zurück.« Die Leute seien ihn und seine Stimme gewohnt, hatte er Marion erklärt, und nur er wisse, was sie hören wollten.

Kein Wunder, dass sie keinen Mann fand. Angenommen, sie lernte jemanden kennen, was dann? Sie konnte ihm nicht einmal ihre Handynummer geben. Wer würde schon ein weiteres Treffen vereinbaren, nachdem er auf ihrer Mailbox von der Stimme ihres Vaters begrüßt worden war – sanft, ruhig und voller Mitgefühl?

Es piepste. Karel räusperte sich. »Mariechen?« Er räusperte sich noch einmal. So hatte er sie schon seit Jahren nicht mehr genannt. »Ich meine, Marion, bitte entschuldige, dass ich… durchgebrannt bin. Du hast jedes Recht, wütend auf mich zu sein, aber…« Pi zerrte an der Leine; im Hintergrund begannen Glocken zu läuten, eine seltsame Melodie, die Karel bekannt vorkam. Er hielt das Telefon dichter an den Mund. »Aber für mich ist das hier wichtig. Wegen deiner Mutter. Wir haben so viel verpasst und falsch gemacht… Nein, vergiss meinen letzten Satz: ICH habe so viel verpasst und falsch gemacht.« Die Glocken wurden lauter. Das war… ein Rocksong, oder? Seltsam. »Diese Reise ist für mich so etwas wie eine kleine Wiedergutmachung.« Er seufzte. Viel Zeit blieb nicht mehr, sie hatten die Sprachmemos auf zwei Minuten begrenzt. »Und auch wenn du das nicht nachvollziehen kannst, Liebes, vielleicht kannst du mich doch irgendwann verstehen.«

Der schrille Ton aus dem Telefon dröhnte in seinem Ohr. Die Glockentöne verschmolzen zu einer Kakofonie. Die Skandinavier hatten wirklich einen seltsamen Geschmack. Karel baute schweren Herzens sein Handy wieder auseinander. Als sich eine Hand auf seine Schulter legte, fuhr er erschrocken herum.

»Entschuldige.« Tinas Stimme klang zaghaft. Vorsichtig sah sie ihn an. »Ich wollte nicht spionieren, aber du hast so verloren ausgesehen.«

Karel lachte ertappt. »Verloren trifft es ziemlich gut.« Langsam führte er Pi ein paar Schritte weiter. Zu seiner Erleichterung lief Tina einfach neben ihnen her, als gehörten sie zusammen.

»Ein Gefühl, das in den letzten Jahren immer nur zunimmt«, gestand er. »Anfangs half es, mich in Arbeit zu vergraben. Aber in letzter Zeit…« Hilflos zuckte er mit den Schultern und überließ Pi die Führung, der ihn erst über die Straße zerrte und dann auf dem Platz Slalom lief – irgendetwas schien hier extrem spannend zu riechen. Trotz der späten Stunde flanierten Paare im Dämmerlicht, spielten ein paar Jungs Fußball, übten Skateboarder ihre Tricks. Hier gab es Leben und so viel Zukunft. Seine dagegen machte ihm zu schaffen.

»Mein Betrieb ist das Einzige, was ich kenne«, brach es aus ihm heraus. »Was soll ich nur tun, wenn ich nicht einmal mehr arbeite? Was bin ich noch, wenn ich kein Bestatter mehr sein kann?«

Tina hakte sich bei ihm unter. »Du machst dir Sorgen über ungelegte Eier«, lächelte sie. »Dein Unternehmen, die Beziehung zu deiner Tochter, die nächsten Jahre, all das ist doch noch längst nicht entschieden.« Dann blieb sie plötzlich stehen und sah ihn fest an. »Weißt du eigentlich, was für ein Glück du hast? Du und Marion, ihr könnt alles verändern. Nichts ist unwiderruflich.«

»Unwiderruflich wie der Tod?«, versuchte Karel einen Scherz. Und erkannte seinen Fehler sofort.

Sie konzentrierte sich auf Pi. »Ja«, murmelte sie bedrückt, »wie der Tod.«

Unsicher schlang er seine Finger durch ihre. Sprach sie von ihrem verstorbenen Mann? Ihrer Tochter? Oder von etwas ganz anderem? Wie auch immer, er hatte einen wunden Punkt getroffen. Das merkte auch Pi, der sich dicht an ihre Beine drückte. Karel wünschte, er könnte seine Bemerkung rückgängig machen. Oder aber er wäre kühn genug, sie zu fragen, woran sie wirklich dachte.

Stattdessen wichen sie den herumflitzenden Skatern aus, betrachteten den fast vollen Mond am Himmel und drehten schweigend Arm in Arm eine Runde.

Erst als sie wieder an ihrem Ausgangspunkt ankamen, sprach Tina erneut. »Veränderung geht nicht ohne Mut, Karel. Oder Zeit. Aber du und deine Tochter, ihr habt genug von beidem.« Sie zog ihre Hand aus seiner, lächelte ihm aufmunternd zu und wandte sich zum Gehen.

Karel nickte. So wie es war, konnte es zwischen ihm und Marion nicht bleiben. Er musste eine Lösung finden.

Am liebsten würde er Tina nun zu einem Schlummertrunk einladen. Fraglos hätte sie für ihn den ein oder anderen guten Tipp. Und überhaupt widerstrebte es ihm, sie gehen zu lassen. Doch wer sagte, dass sie gesteigerte Lust darauf hätte, weitere Zeit mit ihm zu verbringen? Womöglich war sie ihm vor allem in ihrer Funktion als – wie hatte Paul sie vorhin genannt? – Managerin ihrer kleinen Gruppe gefolgt. Und wenn er eins nicht für sie sein wollte, dann ein Problemfall. Sie hatte schon genug damit zu tun, sie alle für ihr eigentliches Ziel auf Spur zu halten. Hin- und hergerissen blieb er vor dem Hoteleingang stehen und nahm Pi auf den Arm, um etwas zu tun zu haben.

Still standen sie voreinander. Bis Karel die rechte Pfote des Hundes in seine Hand nahm und Tina damit zuwinkte. »Wir gehen dann mal denken. Und schlafen«, hörte er sich sagen – und verfluchte sich augenblicklich selbst im Stillen.

Amüsiert griff Tina zu und schüttelte Pis Pfote ernsthaft, der ihr im Gegenzug über die Finger schleckte. »Macht das. Ich hole Hedi ab und tue was Ähnliches.« Sie drehte sich um und verschwand im Eingang des Hotels.

Karel blieb perplex zurück. Was zur Hölle war das eben gewesen? Hatte er wirklich mit der Pfote seines müden Vierbeiners gewunken? Wie alt war er, vierzehn?

32

(59°54'49.5"N)

An dem großen Tisch im Restaurant saßen inzwischen fremde Leute; von Männi und Hedi war nichts mehr zu sehen. Nur Paul stand an der Bar, der Einzige von ihnen, der nicht ins Bett wollte. So, als sei er auf der Flucht – vor was, das würde Tina irgendwann noch herausfinden.

In seltsamer Stimmung betrat sie die verspiegelte Aufzugskabine. Spiegel waren die Hölle! Warfen stets ein unerbittlich ehrliches Bild zurück, an das man sich nie ganz gewöhnte. Wie oft hatte Tina in den letzten Jahren ihr eigenes Gesicht überrascht, jeden Morgen aufs Neue? Für Ernst war es das schönste unter der Sonne gewesen. Aber er hatte es auch nie mit all den Falten gesehen, den Haaren, die plötzlich dort sprossen, wo sie nicht hingehörten, und dafür an anderen Stellen ausfielen, den Altersflecken. Ob er noch immer der gleichen Meinung wäre? Tina nahm die Brille ab. Vielleicht war das die falsche Frage. Vielleicht sollte sie nicht so genau hinsehen, gnädiger sein zu sich. Wer, wenn nicht sie selbst?

Vorsichtig setzte sie im fünften Stock einen Fuß vor den anderen. Der Teppich war ein verschwommener Fluss. Aber manchmal war die Welt unscharf eben besser zu ertragen.

Jemand sang von ferne ein trauriges Lied, irgendwoher kannte sie es. Als sie die Karte ihres Zimmers endlich richtig herum in den Schließmechanismus gesteckt hatte und die Tür aufschwang, brach der Song ab. Hedi saß auf dem Doppelbett, schloss ertappt den Mund und hielt etwas auf ihrem Schoß. Tina trat blinzelnd näher und erstarrte. Oles Tagebuch!

»Wann genau wolltest du mir davon erzählen?« In Hedis Frage schwang ein Vorwurf mit.

Tina stemmte die Hände in die Seiten. »Hast du etwa meinen Koffer durchwühlt?«

Anstatt es abzustreiten, nickte Hedi nur. »Ich war auf der Suche nach Ole.«

Und damit verpuffte Tinas Empörung. Sie hob den rechten Ellenbogen, von dem ihre Handtasche baumelte. »Er war die ganze Zeit bei mir. Erst beim Essen, dann auf einen Abendspaziergang… mit Karel und Pi.«

»Soso, ein Abendspaziergang. War's schön?«

Tina zuckte mit den Schultern. Der Spaziergang war wunderbar gewesen, ihr Gespräch auch, zumindest die meiste Zeit. Die Verabschiedung allerdings… »Ja«, gestand sie. »Schön und seltsam.«

»Seltsam ist gut.« Hedi strich mit den Fingerspitzen über die Ankerprägung von Oles Buch. »Hauptsache, man kann zusammen schweigen, reden oder singen, richtig?«

»Lenk nicht ab.« Tina ließ sich neben Hedi sinken. Die Bettfedern quietschten. Sie deutete auf Oles Tagebuch. »Hast du es gelesen?«

»Du etwa nicht?«

»Ein paar Seiten. Bis ich begriffen habe, dass es keine Gedichte sind. Ich wollte euch davon erzählen, fragen, wie wir damit umgehen…«

»Nicht mehr nötig. Ich habe weniger Skrupel als du. Also.« Hedi drückte sich ein Kissen in den Rücken und lehnte sich zurück. »Ole war kein Kapitän. Er ist ein paar Jahre als Kellner auf den Hurtigruten mitgefahren, hat sich anschließend selbstständig gemacht und die Schiffe beliefert. Mit irgendeinem selbst angebauten Nahrungsmittel. Was genau das war, konnte ich nicht herauslesen.«

Tina nickte abwartend. Wusste Hedi alles? Also alles alles? »Und seine Frau?«

»Exfrau!« Hedis Stimme klang gepresst. »Hätte ich das früher gewusst.«

»Was genau?«

»Sie haben sich vor Urzeiten getrennt. Stell dir vor, der missmutige Junior war sicher nicht älter als drei. So wie Ole von ihr gesprochen hat, dachte ich, sie sei gestorben! Nachdem sie fünfzig Jahre oder mehr zusammengelebt haben. Und dann so was.« Hedi schüttelte entrüstet den Kopf. »Ich habe nichts unternommen, Tina, nur weil ich dachte, er trauert noch. Das ist doch verrückt!«

»Ich weiß nicht.« Tina hob die Schultern. »Vielleicht hat er das gebraucht? Wenn er lieber eine andere Lebensgeschichte gehabt hätte, konnte er bei uns genau derjenige sein, der er sein wollte. Ist das wirklich so verrückt?«

Einen Moment starrte Hedi sie an, dann zog sie seufzend die Beine aufs Bett. »Vielleicht nicht.« Sie zuckte mit den Schultern. »In dem Fall hätten wir ihm genau das gegeben, was ihm fehlte. Dazu sind Freunde schließlich da.«

Tina lächelte. Hedi verstand. Irgendwann stellte man fest,

dass nicht die Spiegel wichtig waren, die erbarmungslos die Realität wiedergaben, sondern die, die genug Platz für Wünsche ließen. Gähnend streckte sie sich. »Also, was tun wir hiermit?« Sie klopfte auf Oles Tagebuch, als erwartete sie ein *Herein*.

»Nichts!« Hedis Stimme war fest. »Wir beerdigen ihn so, wie er es wollte: als Kapitän. Völlig egal, ob er in Wahrheit Schneckenfarmer, Fischer oder Zimtkringelbäcker war. Und dasselbe musst du auch mir versprechen.«

Tina lehnte sich neben Hedi gegen das Kopfteil des Bettes, ihre Schultern berührten sich. »Dich als Kapitän zu verabschieden? Oder als die Diva, die du bist?«

»Beinahe geworden wäre, meinst du wohl.« Hedi starrte traurig an die Decke. Tina wartete ab. Ja, sie hatte sich in den letzten Tagen gewundert. Während der dänischen Passkontrolle hatte sie gehört, dass Hedis offizieller Name nicht mit dem übereinstimmte, unter dem Tina sie kannte. Aber Tina hatte sie nicht zwingen wollen, eine Wahrheit zu verraten, die sie vielleicht lieber geheim hielt. Und dann war da noch Hedis Stimme, die ganz entschieden nach mehr als Amateurgeträller klang. Irgendwo in Tinas Hinterkopf versuchte eine Erinnerung, an die Oberfläche zu gelangen. Vielleicht war jetzt also ein guter Zeitpunkt, um nachzuhaken. »Heißt du wirklich Hedi Vondertaub?«

»Nein.« Hedi seufzte schwer. »Ich habe mir einen klingenderen Nachnamen ausgesucht. Nicht sehr schwer bei Müller. Und einen Buchstaben meines Vornamens weggelassen.«

Tina verpasste ihrer Freundin lachend einen vorsichtigen

Stoß in die Rippen. »Heidi Müller, ehrlich?« Sie stellte die Handtasche mit Ole neben sich auf den Teppich und lehnte sich dann wieder bequem zurück. »Wozu brauchtest du einen Künstlernamen?«

Und Hedi erzählte. Davon, dass sie schon als kleines Mädchen Sängerin hatte werden wollen. Davon, dass ihre Eltern nichts gegen den Kirchenchor hatten, sie die Gesangsausbildung in der nächsten Großstadt aber heimlich absolvierte. Neben der zur Hotelfachfrau, zu der sie ihr Vater gezwungen hatte. Schließlich war Hedi Einzelkind und nichts ihrem Vater wichtiger gewesen, als den Betrieb in der Familie zu halten.

»Eine schöne, wilde Zeit war das. Tagsüber arbeiten, abends in jedem Kellerklub singen, der uns haben wollte.«

Uns? Tina rutschte näher. »Bist du als Hedi Vondertaub aufgetreten?«

Das Mondlicht fiel weich durchs Fenster auf Hedis Gesicht. Oder vielleicht waren es ihre Erinnerungen, die sie so viel jünger aussehen ließen. »Alle kannten uns als *Black'n'White*. Saxofon und Gesang. Wir waren ein Jazz-Duo, Rob und ich …«

Tina richtete sich auf. »*Black'n'White*, die kenne ich! Ernst hatte alle Platten von euch. Drei Stück, richtig?«

»Mehr waren in Planung, die Verträge unterschrieben.«

»Aber?«

»Dann starb mein Vater. Und meine Mutter war eher dafür geschaffen, Geld auszugeben. Also hatte mich das wahre Leben wieder, mein Traum war vorbei. Für meinen Partner Rob ein Glücksfall.«

Tina lauschte Hedis Worten nach. Die Betonung auf Partner klang nach mehr als nur kreativer Zusammenarbeit. »Wieso Glücksfall?«

Hedis Stimme wurde leiser, Tina musste sich konzentrieren, um sie zu verstehen. Gute Saxofonspieler, erfuhr sie, waren gesuchter als Sängerinnen, und Rob war einer der besten. Bis zum Tod von Hedis Vater hatte er sämtliche Anfragen, die nur ihn betrafen, abgelehnt, darauf bestanden, es gäbe ihn nur im Team. Dann jedoch...

In Tinas Hirn klickte es. War Ernst erst einmal von etwas begeistert gewesen, dann hatte er es hartnäckig verfolgt und war dabei geblieben. Es konnte kein Zufall gewesen sein, dass er neben den drei Alben von *Black'n'White* die Platten von Rob Williams einsortiert hatte. Als Sohn eines GIs und einer Deutschen war der Saxofonist erst nach seinem Umzug in die Staaten zum Star geworden.

Draußen schlugen erneut die Glocken, diesmal eine fast poppige Melodie, und Tina verstand. »Du hattest die falsche Hautfarbe?«

»Ach Gott, ich hatte noch so viel mehr: die falsche Familie, falsche Erwartungen, eine falsche Idee vom Leben. Ich habe ihn gehen gelassen und die Hotelkette meiner Familie übernommen. Deshalb muss ich jetzt nicht auf jeden Cent achten. Aber um ehrlich zu sein, frage ich mich jeden verfluchten Tag, ob das wirklich die richtige Entscheidung war.«

Tina schlang einen Arm um ihre Freundin. Unter dem giftgrünen Pyjamaoberteil wirkte sie schmal und zerbrechlich. Wie oft man bei jemandem mit lautem Mundwerk doch vergaß, dass das einfach nur ein Abwehrmechanismus sein konnte. »Warum hast du nicht weitergesungen?«

»Für was denn? Oder besser: für wen?«

»Na, für uns zum Beispiel. Für Männi, der sicher besser schlafen würde mit deiner Stimme im Ohr. Oder für Ole als Begleitmusik auf seiner letzten Reise. Oder einfach für mich.«

»Ehrlich?«

Tina lachte. »Ganz ehrlich. Würdest du mir die Ehre erweisen? Am besten nicht ganz so leise?« Ohne viel Federlesen entfernte sie ihr Hörgerät, zog die falschen Zähne aus dem Mund und ließ beides neben sich auf das Nachtkästchen fallen. Hedi würde sie auch ohne Prothese mögen, und morgen täte sie wieder alles wie vorgeschrieben. Heute aber war ein Ausnahmezustand. Tina schloss die Augen.

Einen Moment blieb es still, dann begann Hedi zu singen. »Ev'ry time we say goodbye, I die a little, ev'ry time we say goodbye, I wonder why a little …«

33

(59°54'49.5''N)

Das Klopfen an der Zimmertür nahm an Lautstärke und Dringlichkeit zu. Tina fuhr hoch und warf einen Blick auf die Uhr auf dem Nachtkästchen. Es war nicht einmal fünf. Ihr Herz schlug schneller. Ein Notfall? Hektisch sprang sie aus dem Bett und schüttelte die Beine. Nichts wäre schlimmer, als auf dem Weg zur Tür zu stolpern.

Hinter ihr setzte Hedi sich verwirrt auf. »Was soll der Lärm?«

»Wissen wir gleich!«

Als Tina die Tür aufriss, stand Paul davor: angezogen, frisch rasiert, strahlend wie der junge Morgen. Und mit sämtlichen Zähnen im Mund. Automatisch hielt sich Tina eine Hand vor die Lippen. Ihre Zahnprothese lag noch immer wie das Endoskelett eines toten Insektes auf dem Nachttisch. Aber sie war ja auch von einer Tragödie ausgegangen!

»Was zur Hölle?«, nuschelte sie Paul entgegen, der überrascht ihren zerknitterten Aufzug begutachtete.

»Hast du in deinen Kleidern geschlafen?« Tinas Augen verengten sich grimmig. Er winkte ab. »Gut, das spart Zeit. Kleine Planänderung«, rief er dann laut genug, dass auch Hedi ihn hörte. »Unser Zug geht in einer Stunde. Wir treffen uns in zwanzig Minuten am Fahrstuhl. Frühstück gibt's unterwegs!«

»Was? Aber …«

Zu dem *Warum* kam Tina nicht mehr, denn Paul hatte sich bereits umgedreht und lief den Gang hinunter. »Jetzt sind es nur noch neunzehn Minuten!«

Tina schloss die Tür und schnappte sich ihren Zahnersatz. Neunzehn Minuten. Das könnten sie schaffen. Warum auch immer.

Exakt siebzehn Minuten später zerrten Hedi und sie ihr Gepäck zu dem Lift, vor dem drei Figuren standen: Karel hatte sich in einen Dreiteiler geworfen, sah übermüdet aus und versteckte die zitternden Hände in den Hosentaschen, als er sie bemerkte. Paul nickte ihnen entgegen und hielt die Türen auf. Nur Männi schien völlig eins mit sich um diese Uhrzeit. Er hielt Pi auf den Armen, der begeistert auf dem Rollkragen seines menschlichen Freundes herumkaute. Zumindest für den Vierbeiner schien Männis Vorliebe für langärmelige und hochgeschlossene Pullover ein echtes Plus zu sein. Das und Männis völliger Mangel an Eitelkeit.

Paul drückte den Knopf zum Untergeschoss. Hier führte er sie durch die Tiefgarage auf eine kleine Seitenstraße. Diesmal wartete kein Taxi auf sie. Stattdessen marschierte Paul, sich immer wieder umblickend, voran. Männi übernahm Hedis Gepäck, die Mühe hatte, Schritt zu halten.

Die Sonne kämpfte sich langsam über den Horizont und tauchte Oslo nach und nach in goldenes Licht. Aus Häusereingängen, von Parkbänken, Bushaltestellen und unter Treppen kamen Menschen hervor und streckten sich. Um diese Uhrzeit schien die Stadt sich auf dem schmalen Grat zwischen Nacht- und Tagesgeschehen zu befinden. Überall standen Einkaufswagen, -taschen und Rucksäcke herum. Viele mit Besitztümern überladen, die Tina nicht einmal zuordnen konnte. Leere Flaschen klimperten, Schlafsäcke wurden zusammengerollt, Kartons gefaltet. Und die Osloer Nachtschicht kannte einander. Grüße wurden ausgetauscht, Brötchen und Informationen. Sie waren eine eingeschworene

Alternativgemeinde. Tina schätzte Hedi dafür, dass diese trotz des Tempos, das Paul vorlegte, überall ein paar Münzen verteilte.

Als sie nebeneinander den Hügel in Richtung Bahnhof erklommen, schloss Tina zu Paul auf. »Verrätst du uns, was los ist? Eigentlich sollte unser Zug um acht Uhr dreizehn gehen!«

Paul legte noch einen Schritt zu. »Vertrau mir einfach. Der frühere erspart uns einiges.«

»Geht's ein bisschen genauer?«

»Nein.«

Vor ihnen trat jemand aus dem Eingang eines Kiosks auf den Bürgersteig. Er trug eine Schürze über Jeans und T-Shirt und balancierte ein Tablett dampfender Pappbecher. »Kopp kaffe?«, bot er ihnen an, betrachtete die schwer atmende Hedi hinter ihrem Rollator mitleidig und wechselte mühelos ins Englische, als sie ihn alle verwundert anblickten. »Brötchen sind leider noch nicht fertig, aber ein heißes Getränk dürfte Sie schon mal aufwärmen!«

Tina nahm entgeistert einen Becher entgegen und sah zu, wie er, ohne Geld zu verlangen, wieder in dem Laden verschwand, um die nächsten Freigetränke vorzubereiten. Offenbar hielt er sie für Obdachlose. Lag das an der Uhrzeit? Ihrem Alter? Sie nippte an dem heißen Gebräu. Stark, schwarz und gut. In ihrem Dorf gab es ihres Wissens nach niemanden, der auf der Straße übernachtete. Doch sobald sie zurück war, wollte sie genauer Ausschau halten.

Nebeneinander liefen sie auf den Bahnhof zu. Auch hier verschwanden Menschen, als wären sie nur im Dunkeln sichtbar. Und selbst wenn Tina noch immer nicht wusste, warum sie unbedingt diesen entsetzlich frühen Zug nehmen mussten – sie war Paul dankbar. Ohne diesen seltsamen Spurt zum Bahnhof hätte sie diese andere Seite der norwegischen Hauptstadt nicht gesehen.

Als der Zug zuckelnd losfuhr und Tina sich endlich umsah, ahnte sie, dass es den anderen ging wie ihr. Sie alle waren überrascht und konnten nicht genau einordnen, was ihr früher Aufbruch bedeutete. Einzig Paul starrte stur vor sich hin. Was die angespannte Atmosphäre nicht gerade besser machte. Sogar Pi drehte sich unruhig auf Karels Schoß und beäugte sie alle argwöhnisch.

Schließlich gab sich Karel einen Ruck. »Paul? Jetzt, wo wir unterwegs sind, dürfen wir da erfahren, was das sollte? Wir hatten uns auf einen Zug in drei Stunden geeinigt.«

»Na und?« Paul sah Karel nicht einmal an.

Tina schnaubte. »Na und? Das ist deine Antwort?«

Paul zuckte mit den Schultern.

Nun gut, sie konnte auch deutlicher. »*Na und* reicht nicht! Wir sind ein Team. Und ein Team entscheidet gemeinsam. Also was zum Henker war das eben? Und sag jetzt bitte nicht, wir haben die Zeche geprellt!«

Pauls Mundwinkel zuckten.

Tina schluckte; ihr Witz hatte offenbar ins Schwarze getroffen! »Nicht lustig«, fuhr sie ihn an. »Denn dann hast du uns alle zu Mittätern gemacht!«

Paul schüttelte den Kopf. »Ich habe uns einen Haufen Geld gespart! Entschuldigt, wenn ich dachte, das wäre wichtig!«

»Geld?!« Nun wurde Tina wütend. »Es geht hier doch nicht nur um Geld! Verbessere mich, wenn ich falschliege, aber dein Reisepass liegt im Grandhotel! Das wir, vermutlich ohne zu zahlen, verlassen haben. Willst du, dass wir erwischt werden, bevor wir Ole dorthin gebracht haben, wo er verstreut werden wollte?«

Paul reagierte noch immer nicht, und plötzlich fügten sich in Tinas Kopf alle Puzzleteile zusammen. Die zahlreichen verdächtigen Szenen der letzten Tage, die bis eben keinen Sinn ergeben wollten, all jene, von denen sie gerade wünschte, sie wären weiterhin unzusammenhängend geblieben: Paul, der seine Umgebung immer misstrauisch und vorsichtig im Auge behielt. Paul, der mit den dänischen Sicherheitsleuten klüngelte und im Tivoli verschwand, um sich in verdächtig kurzer Zeit alternative Schmerzmedizin zu besorgen. Paul, der bei jeder Passkontrolle einen anderen Ausweis vorzeigte, der von null auf hundert in Kampfstellung ging, nur weil Tina ihn aus dem Tiefschlaf geholt hatte. Paul, der in der Schlange vor dem Empfang des Grand Hotels die Hände überall dort hatte, wo seine neuen Freunde ihre Portemonnaies oder Pässe verstaut hatten. Paul, der die Zimmerkarte des norwegischen Trachtenherstellers in seinen Fingern gedreht hatte, bevor er eine weitere Runde Getränke bestellt hatte, nicht auf seine Rechnung. Paul, der Tausendsassa mit den flinken Fingern. Paul, der Hochstapler. Paul ihr … Freund?

Mit großen Augen sah sie ihn an. Hatte sie recht? »Du …« Tina zögerte. Wie sollte sie in Worte fassen, was eine verletzende Unterstellung wäre, wenn es nicht stimmte.

Sie verkniff sich die schonungslosen Worte. Doch ihr atemloses »Was hast du getan?« kam auch nicht gut an. Pauls Miene verdüsterte sich, er begriff, was sie meinte. Die Schultern verkrampft, sprang er auf und riss seinen Koffer von der Ablage. »Ich?«, fauchte er. »Ich bin der Allerletzte, der uns auffliegen lässt!« Er ließ sein Gepäck neben sich auf den Boden fallen. »Meine Planungen sind immer durchdacht und richten sich nach dem, was ich weiß und kann. Ganz im Gegensatz zu dem, was ihr vier veranstaltet!« Zornig stieß er einen Finger in Männis Richtung. »Deine Medikamente beispielsweise! Musste der Apotheker in Göteborg etwa nicht bei deinem Arzt zu Hause anrufen, um zu verifizieren, dass du du bist und das Zeug wirklich brauchst?« Er bedachte Männi mit einem tödlichen Blick. »Was es auch immer ist, du wolltest ja keinen von uns ins Vertrauen ziehen. Vielleicht hätten wir dir helfen können?« Dann drehte er sich um und beugte sich so weit vor, dass sein Gesicht nur Millimeter von Hedis entfernt war. »Und du? Du fällst überall auf wie ein bunter Hund! Wer verdammt noch mal erinnert sich nicht an eine alte Dame mit einem knalligen Rollator in Pink, die mit Geldmünzen um sich wirft, als wären es Nüsschen!« Er schleuderte Hedi seine Sonnenbrille in den Schoß. »Was mich betrifft, kannst du dir deine Almosen sparen. Und ihr beiden«, nun nahm er Karel und Tina ins Visier. »Der Bestatter telefoniert heimlich mit seiner Tochter. Ich habe ihn erst gestern dabei beobachtet. Hundert Prozent weiß sie inzwischen, wo wir uns befinden. Und Tina!« Paul holte tief Luft. »Solltest du nicht unsere Projektmanagerin sein? Aber das Einzige, was dich interessiert, ist es, Oles Asche nicht aus der Hand zu geben. Als könnte einer von uns ihn verlieren! Und natürlich mit Karel auf romantische kleine Spaziergänge zu verschwinden. Auf denen ihr sicher nicht darüber redet, wie unsere Reise am besten zu gestalten ist. So viel zum Thema *Wir sind ein Team*!« Er sah sie der Reihe nach erbost an, zuletzt Tina. Und da war mehr als Wut und das Gefühl, ungerecht behandelt zu werden, in seinen Augen. Da war auch Angst, Bedauern und Enttäuschung.

Tina schluckte. Sie kannte diesen Blick. Ernst hatte sie so angesehen, als er die Wahrheit von ihr hatte wissen wollen. Oder besser die Wahrheiten. Man konnte nicht mehr als vierzig Jahre miteinander verheiratet sein und nur eine einzige Wahrheit verheimlicht haben. Ihr Herz stolperte. Atemlos sah sie zu, wie Paul nun seinen Koffer hinter sich herzog. Im Umdrehen verhakte sich sein Gepäck an Tinas Sitz; er stolperte und fluchte. Der Inhalt seiner Umhängetasche verstreute sich über den Boden. Grimmig bückte er sich und schoss Karel, der ihm beim Einsammeln helfen wollte, einen knurrigen Blick zu. Karel wich zurück.

Tina war unfähig, sich zu bewegen. Sie hörte, wie Paul den Waggon verließ, ihr Hilfe suchender Blick zu Hedi wurde nicht erwidert. Auch Männi und Karel hatten sich abgewandt. Flach atmend presste sie die Krokohandtasche mit Ole gegen ihren Körper. Was genau wollte Paul eigentlich von ihr? Sie tat doch ihr Bestes! Erst gestern hatte sie Ole Hedi übergeben. Von wegen sie gab ihn nicht aus der Hand und vertraute ihrem Team nicht. Okay, sie hatte es nicht wirklich freiwillig getan, Hedi hatte sie dazu zwingen müssen, aber immerhin.

Und was war mit Karel und ihr? War da überhaupt etwas? Und wenn, würde es Pauls Wuttirade überstehen? Oder würde Karel in Zukunft mehr Abstand halten? Sie drehte sich vorsichtig zu ihm. Nachdenklich saß er in seinem Sitz und starrte mit gesenktem Kopf auf etwas, das er in seinen zitternden Händen vor ihnen allen verbarg. Dann verstaute er es in der Innentasche seines Jacketts.

Hedi hatte sich den Bunadschal umgeschlungen, als wollte sie sich darin verstecken, und Männis Kopf wackelte von einer Seite zur anderen. Niemand von ihnen sagte ein Wort, niemand sah auf. Und Tina fiel keine einzige Bemerkung ein, um die Situation zu entschärfen. Oder aber um ein Gespräch zu beginnen. Kein gutes Zeichen für eine Projektmanagerin! Ruhelos lehnte sie sich zurück.

34

(60°23′26.1″N)

Karel trödelte. Er hatte sich zurückgehalten, war sogar etliche Meter hinter den anderen aus dem Zug gestiegen. Schließlich war er nur der Ersatzmann. Auch wenn Tina ihn erst gestern als ihren Joker bezeichnet hatte. Pauls Worte hatten sie alle getroffen. Karel hoffte nur, sie hätten keinen bleibenden Keil zwischen sie getrieben. Aber er kannte die anderen nicht gut genug, um die Stille zu durchbrechen, die sich seit Pauls Abgang über sie gelegt hatte wie erdrückender Neuschnee. Von Paul selbst war nur noch der Rücken zu sehen. Ohne sich zu verabschieden, war er losgehastet.

Männi deutete vage auf ein Schild, das in Richtung des Historischen Museums wies, und murmelte: »Wir sehen uns zum Check-in.« Dann verschwand er in einem Tempo, das bewies, dass er keinen Wert auf Begleitung legte.

Hedi streckte befehlend einen Arm in die Höhe und winkte einem nachtschwarzen, luxuriösen Taxi. Der Fahrer nahm Gepäck und Rollator und hielt ihr die Tür zum Rücksitz auf. Noch bevor die ins Schloss fiel, verlangte sie in perfektem Englisch, zu der nächstgelegenen Einkaufsstraße gebracht zu werden.

Karel zögerte. Nun standen nur noch Tina und er vor dem Bahnhof. Ein paar letzte Passagiere umrundeten sie eilig. Zögernd trat er einen Schritt auf Tina zu. Aber wie sollte er ein Gespräch beginnen? *Paul hat das schon ganz richtig gesehen. Mit dir zu reden, spazieren zu gehen, überhaupt Zeit mit dir zu verbringen ist etwas unerwartet Besonderes*? Und das, nachdem er ihr gestern Abend Pis Pfote zur Verabschiedung hingehalten hatte? Wie zur Bestätigung drückte Pi den Kopf in Karels Kniekehle, als wollte er sagen: *Nun geh schon!* Karel atmete tief ein und machte einen weiteren Schritt.

Doch da setzte sich Tina in Bewegung. Mit hängenden Schultern lief sie in Richtung Innenstadt. Der Rollkoffer ratterte über das Kopfsteinpflaster.

Pi zog an der Leine und warf Karel einen tadelnden Blick zu. »Ja, ja, schon klar, ich habe zu lange gewartet.« Das schien irgendwie typisch für ihn zu sein. Seufzend folgte er seinem kleinen Mischling über den Bahnhofsvorplatz.

Da war er also. In Bergen.

»Und als Erstes sehen wir uns die Stadt von oben an«, hatte Margo immer voller Vorfreude bestimmt, wenn sie über die Reise gesprochen hatte. Das war, bevor sie vergessen hatte, was sie dort eigentlich wollte.

Entschlossen öffnete Karel die Tür eines Taxis, wuchtete sein Gepäck hinein und setzte sich mit Pi auf dem Schoß daneben.

»English or German?«

»As you like. Wie Sie möchten.«

»Oh gut, ist ja toll. Also: Wir wollen so weit hoch wie möglich, um herunterzugucken.«

Sein Fahrer nickte und ließ den Motor an. »Dann bringe ich Sie zu Haltestelle von der Bergbahn. Ganz hinauf kommt nur sie. Bergen ist keine Stadt für Autos oder öffentliche Traffikk … Verkehr.«

»Ja, nicht gerade seniorenfreundlich.« Karel besah sich die engen Sträßchen, die zweigeschossigen Holzhäuser, die sich an den Hang schmiegten, die vielen steilen Treppen.

»Je älter jemand wird, desto tiefer ziehst du nach unten. Aber Sie kennen sich aus, ja?« Der Taxifahrer nahm entspannt eine Haarnadelkurve und bremste für einen Mountainbiker. »Sie hast mein Taxi genutzt, nicht eine schwarze Limousine.«

Karel zuckte mit den Schultern. »Da gibt es einen Unterschied?« Er wollte dem redseligen Mann nicht auf die Nase binden, dass er zur Abwechslung ganz froh war, nicht in einem dunklen, stilvollen Wagen zu sitzen, der genug Platz bot für einen Sarg.

»Aber hey! Wir gelbe gibt es lange. Die anderen wollen Bergen übernehmen. Mit fancy Autos und Preisdumping! Also winken Sie auch zurück wieder uns!« Er zog das Auto, so weit es ging, an die Seite der engen Straße. »Da ist das Einstieg. Passen Sie auf sich. Im Wald ist der Trollweg. Dort gehen Menschen verloren.«

Karel lachte und zog sein Portemonnaie hervor. »Ich werde es mir merken.«

»Gut.« Der Fahrer klang ernst. »Trolle nehmen sich, was sie wollen!«

»Auch Worte?«

Perplex drehte sich der Mann zu Karel um. »Mehr Schätze. Gold, Silber.«

Karel nickte verabschiedend, stieg aus und lief auf die Bergbahn zu. Gold und Silber … War *Schatz* nicht einfach nur eine Bezeichnung für etwas, das für jemanden großen Wert hatte? Was also war wertvoller, als in der Lage zu sein, sich auszutauschen?

Auf der kurzen, steilen Bahnfahrt den Berg hinauf nahm Karel das Handy aus seiner Jacketttasche, das er Paul vorhin nicht zurückgegeben hatte. Karel hatte ihm helfen wollen, seine verstreuten Sachen einzusammeln, doch der alte Lebemann hatte ihn nur wütend angeblitzt. Also hatte Karel das

Handy eingesteckt. Wiedererkannt hatte er es sofort: Der offizielle, rot-weiße Aufkleber auf der Rückseite hatte einen Namen und eine Nummer aufgedruckt. Das letzte Mal hatte Karel es in Kopenhagen auf dem Bahnhof gesehen, in den Händen des Security-Mannes. Wie war es Paul gelungen, das Gerät eines speziell ausgebildeten dänischen Sicherheitsmannes zu klauen? Und weshalb? Damit die Fotos ihrer Pässe nicht in ein internationales System eingespeist wurden? Oder hatte Paul noch mehr zu verbergen? Nachdenklich steckte er es in seinen Koffer, als die Bergbahn ruckelnd zum Stehen kam.

Pi schüttelte sich angewidert. Auf der Aussichtsplattform blies ihnen ein unbarmherziger Wind um die Nase.

»Wir werfen einen Blick durch eines der Ferngläser«, versprach Karel ihm, »drehen eine Runde und fahren wieder, in Ordnung? Schließlich wollen wir keinem Troll begegnen.«

Pi drückte sich an seine Beine, als wollte er ihn zur Eile antreiben. Karel ergatterte das letzte freie Fernrohr, fütterte es mit Münzen und richtete es aus. Auch die Häuser auf der gegenüberliegenden Seite des Tals standen dicht an dicht. Die Vorgärten, wie Terrassen zum Fjord gebaut, waren hellblau gefleckt mit Swimmingpools. Karel schüttelte den Kopf. Warum baute man sich ein Becken voller Chlorwasser mit Blick auf das Meer, in dem man viel natürlicher schwimmen konnte? Aber vielleicht ging es genau darum. Man sah sich die ungezähmte Natur an, während man in gebändigten vier mal fünf Metern Wasser trat. Ganz ohne Quallen, Plankton oder Fische. Alles unter Kontrolle.

Er drehte das Fernrohr. Der Blick auf den Hafen für die Kreuzfahrtschiffe war durch hohe Bürohäuser versperrt. Aber der andere in der Stadt, an dem kleinere Schiffe anlegten, war gut zu sehen. Bars und Restaurants nahmen die unteren Geschosse der umgebenden Gebäude ein. Eine gläserne Markthalle erstreckte sich neben dem Hauptpier. Unter Schirmen saßen Menschen auf der dazugehörigen Terrasse und aßen. Einer davon, der Einzige in Zivil inmitten einer uniformierten Gruppe, hatte glänzendes Silberhaar, das bis hierher blitzte. Paul? Saß er dort in aller Seelenruhe und schlürfte Austern? Irgendetwas stimmte mit dem Kerl nicht. Vorausgesetzt, er war es. Nein, falsch, irgendetwas stimmte so oder so nicht mit ihm.

Pi fiepste, als hinter ihnen ein Klingeln die Ankunft der nächsten Bergbahn anzeigte. Karel bemühte sich, das lauter werdende Quietschen, vielstimmige Murmeln und Grunzen zu ignorieren. Er ließ das Fernglas über die schmalen, gewundenen Sträßchen streifen. Vielleicht hatte er Glück und würde Tina entdecken? Da unterbrach ihn ein empörtes Räuspern. Etwas rumpelte gegen seine Wade. Pi knurrte. Entnervt drehte Karel sich um. Nur wenige Zentimeter von ihm entfernt saß eine alte Dame im Rollstuhl und sah aus, als wollte sie gleich noch einmal gegen ihn fahren. Diesmal sicherlich nicht so zart. Das entschuldigende Lächeln des Pflegers hinter ihr war halbherzig. Als wollte es sagen: *Du kannst versuchen zu bleiben, aber ich bin nicht schuld, wenn sie dir über die Zehen rollt.*

Karel trat zurück. »Bitte sehr, darf ich Ihnen meine letzten drei Minuten schenken?«, offerierte er in seinem besten Englisch.

Doch der Sarkasmus tropfte an ihr ab. Oder sie hatte ihn nicht verstanden. Wie auch immer, sie schob sich vorwärts, richtete sich ächzend auf und zog das Gerät auf ihre Höhe. Als sie hindurchblickte, lächelte sie. Das erste Mal.

Rund zwanzig Senioren samt Pflegern saßen und standen inzwischen auf der Aussichtsplattform. Ein organisierter Ausflug, wie er auch in *Schafweide* hätte stattfinden können. Ob sie wussten, dass die Trollgefahr ganz nah war?

Karel drehte sich um. Er hatte genug gesehen. Er wollte zurück ins Tal und, wenn möglich, Tina finden. Von Anfang an hätte er Pauls Worte nicht so stehen lassen dürfen. Von ihm aus konnte der so viele hämische Bemerkungen über ihre Spaziergänge machen, wie er wollte. Nur eines durfte Karel nicht zulassen. Dass diese Tina und Paul ihn irgendwie beeinflussten.

35

(60°23'43.1''N)

Während Tina in Richtung Stadtmitte lief, machte ihr das schlechte Gewissen zu schaffen. Für Hedi gab es exakt zwei Gründe, um einzukaufen. Entweder, sie war himmelhoch jauchzend und suchte erfreut Geschenke für alle, die ihr wichtig waren, oder sie war zu Tode betrübt und bemühte sich, den Grund dafür wegzushoppen. Paul hatte Hedis wunden Punkt getroffen. Er konnte nicht ahnen, wie bitter ihre finanzielle Sicherheit erkauft war. Tina schon.

Sie hätte gleich versuchen sollen, etwas zu sagen. Doch zu sehr hatten Pauls Worte auch bei ihr ins Schwarze getroffen, egal, wie sehr sie sich dagegen wehrte: Sie gab Ole tatsächlich nur ungern aus den Händen, hatte eine völlig unbegründete Panik davor, dass einer der anderen ihn verlor. Wenn sie ganz ehrlich zu sich war, war sie davon überzeugt, dass er bei ihr am besten aufgehoben war.

Grimmig zerrte sie den Koffer auf den nächsten Bürgersteig. Das Mistding wurde mit jedem Meter schwerer, ihre Handgelenke zittriger und die Füße müder. Was sie brauchte, war ein gemütliches Café, in dem es sich ausruhen und nachdenken ließ. So eines wie das dort vorn: Drei unterschiedliche Stühle standen um einen wackeligen Tisch mit bunter Tischdecke, und auf dem gemütlichsten stand definitiv ihr Name. Aufseufzend schüttelte Tina das Kissen darauf aus und ließ sich nieder. Auch wenn die Dekoration des Fensters nicht ganz ihrem Geschmack entsprach – Zeichnungen von Pflanzen, Totenköpfen und Schlangen –, das Polster war wunderbar weich. Hoffentlich servierten die hier ordentlichen Kaffee!

»What can I do for you?«, wollte der Kellner wissen, und Tina beschloss, dieses Gespräch als Generalprobe für einen eventuellen Besuch in New York zu betrachten. Sie würde ihn nicht fragen, ob er Deutsch sprach, sondern all das nutzen, was sie seit etlichen Wochen übte: englische Konversation.

»Einen Kaffee bitte, schwarz«, bat sie also, »ein Glas Leitungswasser, und haben Sie irgendwas dazu? Ein Croissant oder Gebäck, etwas ohne Lakritz?«

Seine Mundwinkel zuckten, und einen Moment betrachtete er sie rätselnd. Vermutlich war das hier eher ein Café für angesagte Jungspunde. Aber zumindest schien er sie perfekt zu verstehen, denn er nickte kurz, rollte dann entschlossen die Ärmel seines Flanellhemdes hinauf und verschwand.

Tina staunte ihm hinterher. Oha! Der Junge war ernsthaft tätowiert. Auf seinen Unterarmen war kaum ein Zentimeter freie Haut. Hedi würde das sicher gefallen.

Nur wenig später stellte er einen Becher himmlisch duftenden Kaffee vor sie und einen Teller mit Keksen daneben. Begeistert schob sich Tina sofort einen davon in den Mund. Wo kam nur der Hunger plötzlich her?

»Mehr war nicht drin«, entschuldigte er sich. »Wir sind schließlich kein Café.«

»Sind Sie nicht?« Tina hielt im Kauen inne, so überrascht, dass sie nicht einmal bemerkte, wie leicht ihr ein Gespräch in Englisch von der Hand ging.

»Nein.« Er grinste breit. »Wir sind ein Tätowierstudio. Aber bleiben Sie gern und leisten mir Gesellschaft. Mein nächster Termin ist erst am späten Nachmittag.«

Tina musste so sehr lachen, dass sie Kekskrümel über den Tisch prustete. Da hatte sie sich und ihr Gepäck also vor einem Tätowierer geparkt, der ihr trotzdem Kaffee gekocht hatte und Wert auf ihre Gesellschaft legte? War das typisch norwegisch?

Noch immer glucksend, schüttelte sie seine Hand, während er sich vorstellte. Haakon. Hieß nicht so auch irgendein skandinavisches Blaublut? Dann ließ sie sich zurücksinken und betrachtete seine Unterarme. »In Ordnung, Haakon, wenn Sie mich wirklich behalten wollen, dann sehr gern! Ich brauche eine Pause. Und ich bin neugierig: Was bedeuten all die … Bilder – sagt man Bilder? – auf Ihren Armen?«

»Nicht nur da.« Haakon zog kurzerhand das Hemd aus und ermöglichte Tina einen guten Blick auf ein Herz, Fische und verschlungene Wörter. Unter dem gerippten Unterhemd krochen Tintenfischarme über seine Schultern und hielten gerahmte Porträts in den Fängen.

»Wow!« Tina deutete auf eines davon, ein Frauengesicht. »Wollen wir da anfangen und uns nach oben vorarbeiten?« Hedi würde so was von neidisch sein!

»Das? Das ist meine Zwillingsschwester Rakel.« Haakon lachte. »Wir sehen uns nicht sehr oft, sind uns aber sehr nahe. Das daneben ist unser Großvater, er hat uns großgezogen. Und hier unsere Eltern, die wir früh verloren haben.« Weiter ging es, den einen Arm hinauf über die Schultern, den anderen Arm hinunter. Tina kam sich vor wie in einem Museum mit einem sehr gewissenhaften Kunsthistoriker, nur dass Haakons Haut die Leinwand war und er selbst der Museumsführer. Sie trank währenddessen mehr als eine Tasse Kaffee und unterhielt sich dermaßen luftig auf Englisch, dass sie sich zwischendurch am liebsten selbst auf die Schultern geklopft hätte. Doch dafür gab es keine Zeit, denn das Gespräch mit Haakon war viel zu spannend. Der Tätowierer erklärte ihr die unterschiedlichen Stile, durch die sich moderne

Tattoos von den ursprünglichen der Seefahrer unterschieden. Dass es meist weniger darum ging, etwas nicht zu vergessen, als darum, Wichtiges, das einen geprägt hat, zu verewigen. Er sprach über den Schmerz, der für die meisten dazugehörte und eine ganz eigene Erinnerung kreierte, und davon, dass viele seiner Kunden immer wieder kamen, Jahr für Jahr.

Tina kniff sich prüfend in den Oberarm. »Heißt das, man ist nie zu alt für ein Tattoo?«

»Nein, ist man nicht. Aber die Haut ist es manchmal.«

»Und meine?«

Er griff zu wie ein Arzt, seine Augen waren nachdenklich. »Das kommt darauf an.«

»Auf was?«

»Auf den Grund, warum du dich tätowieren lassen möchtest. Ob der so wichtig ist, dass es dir nichts ausmacht, wenn die Linien verlaufen. Hast du eine Vorlage im Kopf?«

Tina zuckte mit den Schultern. »Was, ich? Himmel, nein! Gibt es noch Kaffee?«

Haakon schenkte grinsend nach. Hoffentlich hatte er auch eine Toilette. »Falls du dich anders entscheidest: Ich würde dir einen Sonderpreis machen.«

»Einen Seniorenrabatt?«

»Nein, einen Bonus dafür, dass du mir dann die Geschichte dazu erzählst.«

Tina zog die Nase kraus. »Ich weiß nicht, Haakon, guck mich an – ich bin nicht wirklich der Typ für ein Tattoo.«

Haakon tat genau das, er betrachtete sie. Dann hob er seine Kaffeetasse und stieß mit ihr an. »Sag niemals nie!«

Tina schmunzelte. »Weil es erst die Geschichte gibt und dann das dazugehörige Tattoo?«

»Ja. Manchmal eine Geschichte, manchmal mehrere, und manchmal ist es gleich ein ganzer Sammelband.«

»Hm.« Tina dachte nach. »Und was hat es … mit diesem langhaarigen, rauchenden Totenkopf unter deinem Hals auf sich?«

Haakon lachte. »Das war mein allerserstes Tattoo. Schrecklich, oder?«

»Warum hast du es dann nicht … wegmachen lassen oder überstechen, oder was ihr Tätowierer auch immer mit missglückten Versuchen tut?« Nun war Tina wirklich neugierig.

»Weil es trotzdem stimmt. Damals war nichts richtig, und das war der dumme Versuch eines Achtzehnjährigen, einen Aufstand zu machen.«

»Hat es genutzt?«

»Nein, unser Großvater hat mich ausgelacht. Und sich dann mit mir hingesetzt und geredet.«

»Weshalb hast du es dann behalten?«

»Weil das ein Bild ist für einen Teil von mir, ohne den ich jetzt nicht der wäre, der ich bin. Außerdem sehe ich es sowieso nicht oft. Nur wenn ich den Kopf nach unten verdrehe.«

Tina nickte. So seltsam das klang, sie verstand es. »Die meisten Menschen wollen vergessen, was falsch gelaufen ist«, dachte sie laut. »Und dann gibt es welche, die behalten die Erinnerung daran und gehen von dort aus weiter.« Sie trank den letzten Schluck Kaffee. Er war inzwischen kalt. »Kommt vermutlich darauf an, was für ein Typ man ist.«

Haakon schmunzelte. »Das klingt, als wäre das Tätowieren eine ebenso philosophische wie therapeutische Maßnahme.«

»Ist es doch auch, oder?« Tina ließ den Blick hinunter Richtung Hafen wandern. Die Sonne warf schräge Strahlen und lange Schatten. Erschrocken sah sie auf. »Wie viel Uhr haben wir? Ab sechs muss ich auf der *Midnatsol* einchecken.«

Haakon zückte sein Handy. »Ich rufe dir ein Taxi.«

36

(60°23'32.1"N)

Das Taxi hatte nur wenige Minuten gebraucht. Offenbar kannten sämtliche Fahrer Bergens Haakons Tattoostudio.

Tinas Chauffeur hatte versucht, ein Gespräch anzufangen, war jedoch gescheitert. Sie hatte keine gesteigerte Lust gehabt, sich darüber zu unterhalten, dass eine andere Taxicompany versuchte, den gelben Wagen die Jobs wegzunehmen. Aber sie war mehr als froh, nicht in einer schwarzen Limousine unterwegs zu sein. Der Gedanke an einen Leichenwagen hatte sich aufgedrängt, und den brauchte sie nun wirklich nicht. Nicht jetzt, da sie der letzten Station ihrer Reise für Ole immer näher kamen.

Als sie am Pier der Hurtigruten ausstieg, stand Männi wie bestellt und nicht abgeholt vor dem Eingang der Halle.

Durch die offenen Türen beobachtete er Hedi und Karel am Check-in.

Tina gab ihm einen Klaps auf die Schulter. »Aufwachen!« Sie zog ihn mit sich.

Hedi warf einen kurzen Blick auf Tinas Handtasche, dann drehte sie sich schlecht gelaunt wieder um. »Jetzt haben Sie also meinen Behindertenausweis gesehen«, fuhr sie die Dame hinter dem Schalter an. »Wie sieht es aus mit der barrierefreien Suite für mich und meinen Begleiter, Karel Parlinger?«

Tinas Kopf schnellte hoch. Karel zuckte entschuldigend mit den Schultern, als sei er genauso überrascht wie sie.

»Natürlich, Frau Müller, Ihre Kabine ist die Q2-601«, sagte die Angestellte in beinahe akzentfreiem Deutsch und sah nur unwesentlich angestrengt dabei aus.

Tina schluckte gegen den plötzlichen Kloß im Hals an und zog Männi zu dem Schalter daneben. Ihr Magen rebellierte. Vielleicht hätte sie doch etwas mehr essen sollen als Haakons Keksvorrat. Oder ging es hier um etwas anderes? Um ein unangemessenes Gefühl womöglich? So etwas wie Neid oder gar Eifersucht?

Die Frau hinter dem Schalter warf einen Blick auf ihren und Männis Pass und beugte sich vor. »Aus Deutschland, ja? Wollen Sie und Ihr Mann eine Innen- oder Außenkabine, Frau Ommen?«

Aus den Augenwinkeln bemerkte Tina, wie nun Hedi versteifte – wie du mir … »Außenkabine, oder, Schatz?«, säuselte Tina Männi zu. »Dann können wir den Sonnenuntergang sehen.«

»Bitte?« Männi hielt eine Hand hinter das rechte Ohr.

Und schon zwitscherte die Dame vor ihnen begeistert: »Eine gute Wahl, ich gebe Ihnen die 429 am vorderen Lift.« Entschlossen versah sie ihre Koffer mit Aufklebern und schickte das Gepäck auf ein Rollband.

Tina drückte die Handtasche mit Ole gegen ihre Brust. Dann wäre das wohl entschieden.

»Das hier sind Ihre Zimmerschlüssel.« Die Angestellte drückte ihnen zwei Plastikkarten in die Hand. Die folgenden Informationen ratterte sie mit nettem Lächeln, aber wie auswendig gelernt herunter. »Die zweite Nummer auf der Karte steht für Ihren Tisch während der Abendessen. Am ersten Tag wird einer aus der Crew bei Ihnen sitzen und sicher gerne alle Fragen beantworten. Bitte begeben Sie sich nun in den ersten Stock zur Einweisung. Von dort geht es auf die *Midnatsol*. Eine schöne Reise!«

Mit durchgedrücktem Rücken steuerte Hedi auf den Lift zu und scheuchte Karel vor sich her. Tina trat zur Rolltreppe, Männi folgte ihr. Der Aufzug war schneller.

Männi beugte sich vor. »Nur so aus Neugierde, sind wir verheiratet, um Geld zu sparen, oder aus Rache?«

Tina drehte sich seufzend um. »Es tut mir leid! Das war kindisch, oder?«

Männi lachte gutmütig. »Ich würde sagen, wir verhalten uns gerade alle anders als sonst.«

»Oh ja?«

»Na, Pauls Ausbruch, Hedis und deine Aktion eben – wir alle halten etwas unterm Deckel. Aber vielleicht ist es gar nicht schlecht, wenn es rauskommt? Ein Team ist immer dann am besten, wenn es ehrlich zueinander ist, oder?«

Männi hatte recht. Wollten sie zu Ende bringen, was sie sich und Ole versprochen hatten, mussten sie zusammenhalten und sich vertrauen. Denn falls Finn sie ausfindig machte, würde nur eines helfen: sich ihm gemeinsam entgegenzustellen. Entschlossen erklomm Tina eine der viel zu hohen Rolltreppen-Stufen nach der nächsten. Sie würde Hedi abfangen und mit ihr reden!

Doch als sie oben ankamen, hatten Hedi und Karel bereits die beiden letzten Stühle in der ersten Reihe belegt. Tina ließ sich mit Männi schräg dahinter nieder. Kein einziges Mal drehte Hedi den Kopf. Und kaum war die Einführung abgeschlossen, hängte sie sich an Karels Arm und verschwand im Schiff. Tina seufzte. Karel hatte es sicher eilig, Pi zu befreien. Bei Hedi dagegen wäre es mit ein paar erklärenden Worten offenbar nicht getan.

Etwas überfordert drängte sich Tina auf der Suche nach ihrer Kabine durch die Menschen, die den Empfangsbereich des vierten Decks bevölkerten. Lautstark wurde in verschiedenen Sprachen nach WLAN-Zugängen und Upgrades verlangt. Das sechste Deck schien dabei besonders beliebt, was sicherlich nicht nur daran lag, dass dort die Rettungsboote verankert waren. Auf der *Midnatsol* galt ein umgekehrtes System wie in *Schafweide*: je weiter oben, desto besser. Das Sonnendeck mit zwei Jacuzzis, dem Sportraum, der Sauna und der Panorama-Bar waren auf der achten Etage zu finden. Darunter das Restaurant, die Küche, ein Shop, das Café und die Brücke. Auf Deck sechs bis drei waren Kabinen untergebracht, im unteren Bereich die Mannschaftsdecks und Laderäume. Tina stellte sich vor den an der Wand hängenden Deckplan und suchte nach der Nummer ihrer Kabine. Bei über sechshundert Betten konnte man schon mal die Übersicht verlieren. Ob sich da Passagiere verliefen? Und wer fing sie dann wieder ein?

Männi neben ihr schüttelte erschöpft den Kopf. »Ich verstehe das Schema nicht! Wo versteckt sich die 429?«

Tina zuckte mit den Schultern.

»Auf der anderen Seite in dem ersten Drittel«, mischte sich da eine fröhliche Stimme ein. »Ja, glauben Sie mir, sie wollen alle auf Deck sechs, aber Deck vier, es ist nicht so verkehrt. Da sind Sie immer in meiner Nähe.«

Tina beäugte den Mann in der dunkelblauen Uniform neugierig. Der Kapitän schien er nicht zu sein, aber ein paar goldene Streifen hatten sich durchaus auf seinem Ärmel versammelt. Sie musste lächeln. Aus all den fordernden Passagieren hatte er sich ausgerechnet sie beide ausgesucht, um ihnen weiterzuhelfen? Wie nett! Grüne Augen blitzten sie unter grau meliertem Haar an. Er bahnte ihnen einen Weg durch das Getümmel. »Sie müssen durch diese Tür«, wies er auf den leeren Gang gegenüber.

Tina nickte, »Sehr nett von Ihnen, Herr …?«

»Sagen Sie Kjell zu mir, ich bin der Hotelchef. Apropos …« Er zog einen gefalteten Deckplan aus der Hosentasche und überreichte ihn ihr. »So verlaufen Sie sich nicht. Das Abendessen wird im Restaurant serviert. Die Nummer von dem

Tisch finden Sie auf der Zimmerkarte. Am ersten Abend nehmen der Kapitän und einige andere Crewmitglieder am Dinner teil. Einen Moment …« Kjell sah auf Tinas Karte und strahlte sie an. »Ha«, machte er, als hätte einer von ihnen soeben im Lotto gewonnen. »Sie sitzen bei mir. Und danach«, zwinkerte er ihr und Männi zu, »es gibt noch einen Sektempfang zum Auslaufen im Oberdeck. Ich freue mich, Sie dort zu sehen. Für andere Fragen: Mein Büro ist dort in der Ecke. Ich bin häufig da, weil ich schlafe nicht mehr so viel in meinem Alter. Wunderbaren Aufenthalt!« Damit drehte er sich um und verschwand in seinem Büro.

Tina stieß die Tür zum Gang auf und lief los. »Wie gut die Deutsch sprechen, die Norweger«, fand sie. »Und wie nett sie sind!«

Männi hinter ihr grunzte. »Ein bisschen zu nett, wenn du mich fragst!«

Ihre Außenkabine war perfekt: zwei getrennte Betten, ein Wasserkocher, zwei Kleiderschränke, ein Bullauge nach draußen und viele interessante Knöpfe und Schalter, die das Leben an Bord noch gemütlicher machten. Tina probierte jeden einzelnen davon aus: Das Licht ließ sich dimmen, Durchsagen des Kapitäns anstellen, damit man das Nordlicht nicht verpasste, und die Duschkabine war bis auf eine kleine Stufe barrierefrei. Tina war hingerissen. »Luxus auf zehn Quadratmetern!«

»Hm-hm.« Männi war abgelenkt. Er hievte einen bläulichen Steinquader aus seinem Koffer und ließ ihn ächzend auf eines der Betten fallen. Daneben reihte er etliche noch originalverpackte Werkzeuge auf, die mehr als gefährlich aussahen.

Tina trat näher. »Neues Hobby?«

»Eher ein sehr altes.«

»Verstehe, falls es dir mit uns langweilig wird …«

Männi grinste. »Das ist ein Speckstein.« Er sah sie vielsagend an. »Der dürfte als Biomaterial durchgehen, oder?«

Tina war gerührt. »Du willst Ole eine Urne schnitzen?« Sie fuhr mit den Fingerspitzen über die überraschend warme und glatte Oberfläche des Steins.

Männi nickte. »Ich höhle ihn aus und schnitze Muster auf die Außenseite. Norwegische, aus der Ecke, in der Ole gelebt hat, vielleicht noch unsere Initialen. Als Erinnerung. Was hältst du davon?«

Tina blinzelte. Während Hedi und sie sich in einen kindischen kleinen Zweikampf verbissen, hatte Männi an Ole gedacht. Und daran, was er zu seiner Seebestattung beitragen konnte.

»Perfekt«, brachte sie schließlich heraus. »Etwas Schöneres hätte Ole sich nicht wünschen können.«

»Meinst du?« Männi strahlte. »Dabei ist das einfach nur … das Einzige, was ich kann.«

»Eben drum!« Spontan schlang Tina die Arme um ihn und drückte zu. Fest. Männi wurde rot. Und noch röter. Tina ließ los. Nicht, dass er noch in Flammen aufging.

Nachdenklich sah sie sich um. »Und wo verstauen wir unseren Kapitän, bis du fertig bist? Nicht, dass er bei heftigem Wellengang durch die Kajüte segelt…« Warum hatte sie das nur gesagt? Heftiger Wellengang war so ungefähr das Letzte, an das sie jetzt denken wollte!

»Also, es gibt einen Safe im Kleiderschrank«, überlegte Männi laut, »aber irgendwie sollte Ole nicht im Dunkeln liegen, oder? Jetzt, wo wir endlich in See stechen.«

»Nein. Sollte er nicht.« Tina hatte eine Idee. Resolut schnappte sie sich ihre Krokohandtasche und öffnete die Tür. »Er soll die beste Aussicht haben, die wir ihm bieten können. Und ich weiß auch, wo die ist. Kommst du?«

37

(60°23'36.0"N)

Karel war beeindruckt. Das Q vor der Nummer ihrer Kabine musste die Abkürzung für Qualität sein! Ihre Suite war mehr als geräumig und hatte einen Blick aufs vordere Außendeck. Dahinter schimmerte das Wasser rötlich im Sonnenuntergang. Sämtliche Türen waren extrabreit, und es gab eine ausladende Sitzecke – wie gemacht für feuchtfröhliche Runden mit neuen Freunden, wie Hedi befunden hatte. Ein paar davon hoffte sie heute Abend während des Dinners am Tisch des Kapitäns kennenzulernen. Karels gemurmelten Einwand, dass er die Zeit lieber dazu nutzen würde, mit ihren alten Freunden alles ins Lot zu bringen, hatte sie geflissentlich überhört. Stattdessen packte sie ihren Koffer und einige Tüten aus. An jeder verfügbaren Stelle hing ein weiteres, wallendes Kleid.

Eines nach dem anderen hielt sie sich an und drehte sich vor dem Spiegel. »Nun hilf mir doch mal!«, verlangte sie schließlich ungeduldig. »Das Geblümte, das mit den geografischen Mustern oder das rot-grün melierte? Welches ist das beste für ein Kapitänsdinner?«

Karel verzog das Gesicht. »Alles eins«, gestand er, und als sie empört herumfuhr: »Ich bin rot-grün-blind. Für mich sind die alle gleich wirr.«

Entsetzt warf sie die Hände empor. »Rot-grün-blind, wirklich? Aber dann entgeht dir ja das Beste!«

Karel verdrehte die Augen. Ja, er wusste, dass er das ein oder andere verpasste, bei Hedis Outfits war er sich allerdings nicht so sicher. Außerdem würde er mit ihr lieber über ein ganz anderes Thema reden. Denn auch wenn sie bisher alle seine vorsichtigen Vorstöße abgeblockt hatte – er war der Meinung, sie sollten sich aussprechen. Sie alle! Und zwar so schnell wie möglich. Karel vermisste Tina und ihre Gedanken, er vermisste den meist stillen Männi, und um ehrlich zu sein, vermisste er inzwischen sogar den windigen Paul. Er fühlte sich halb. Weniger als halb. Und das, obwohl Hedi nun wirklich für fünf reden konnte!

Wenn er nur irgendwie an sie rankäme. Aber es schien, als nutze sie jedes einzelne ihrer vielen Worte, um sich selbst am Nachdenken zu hindern. Eine ähnliche Therapie dürfte ihre Shoppingtour gewesen sein. Wer kaufte schon drei ähnlich chaotische Kleider für nur ein Abendessen?

Was Tina an diesem Tag wohl getan hatte? Karel vermutete, sie hatte sich auf eine Bank gesetzt und der ein oder anderen Lebensgeschichte gelauscht, die ihr zufällige Sitznachbarn erzählt hatten. Man vertraute sich ihr gern an. Man. Ja, ja, er ging natürlich von sich aus.

»Aber zu den Mustern musst du doch etwas sagen können.« Hedi gab nicht auf. »Eher verspielt oder gerade?« Inzwischen hatte sie die Auswahl auf zwei Outfits eingeschränkt.

Karel zuckte hilflos mit den Schultern. »Beide nett?«

»Nett???« Hedis Stimme klang entsetzt. »Nett ist der kleine Bruder von ›Mir doch egal‹! Du bist echt keine Hilfe!«

Es klopfte. Erleichtert sprang Karel auf. Vielleicht waren das Tina, Männi oder Paul?

Doch als er die Tür aufriss, stand eine dunkelhaarige, junge Frau mit breitem Lächeln davor. Ihr enthusiastisches »Hei« erschöpfte ihn schon beim Hören. »Ich heiße Rakel! Ich komme von Kjell, der Hotelmanager?« Sie marschierte gut gelaunt in die Kabine. »Ich bin der Diätassistent an Bord und auch Sporttrainer und Physiotherapeut. Mein Spezialität ist Yoga und Pilates. Das ist für alle Altersgruppen – und ist auch speziell für die Gäste in unsere Sonderkabinen.«

Karel bemerkte Hedis Naserümpfen und unterdrückte ein Grinsen. Den Begriff Sonderkabine hatte die aufgeweckte Dänin höchstwahrscheinlich eins zu eins aus ihrer Muttersprache ins Deutsche übersetzt. Doch es war eine schöne Umschreibung, ganz ähnlich wie barrierefrei. Behindertengerecht gab es nicht mehr.

»Ich auswickele gerne ein Programm für Sie. Ich komme

dann jede Tag für eine halbe Stunde vorbei«, schlug Rakel nun eifrig vor und ließ sich von Hedis abwehrendem »Nicht nötig, Kindchen« nicht beeindrucken. »Also, Sie können auch zu mir in das Fitnessraum. Das ist oben in acht, und da gibt es auch Seniorenkurse. Und Ihr Mann auch, er ist auch willkommen.« Rakel warf Karel ein strahlendes Lächeln zu, und er konnte nicht anders, er musste es erwidern. Egal, wie strafend Hedi ihn deshalb ansah. Nun zwinkerte ihm die Sportskanone sogar noch zu. »Das ist wichtig für alle, Beweglichkeit und Muskelaufbau!«

Karel nickte und verkniff sich jeglichen Kommentar. Paul wäre gut aufgehoben bei dieser emsigen jungen Dame mit gleich drei Jobs.

Hedi holte gerade Luft, sicher, um Rakel auszubremsen, da entdeckte diese jedoch entzückt Hedis neu erstandene Kleider. »Ist das aus die neuste Kollektion von Belle-Elle? Wie wunderbar! Wussten Sie, dass dieses ist die Lieblings-Design-Linie von Mette-Marit?! Die Farben stehen Ihnen bestimmt sehr.«

Karel versteckte ein Schmunzeln hinter vorgehaltener Hand, als Eiskönigin Hedi nun deutlich zu schmelzen begann. Sie betrachtete die energiegeladene junge Dame wie einen Schmetterling, den sie in diesen Gefilden nicht erwartet hatte.

Bereit, das Schauspiel weiterhin zu genießen, lehnte sich Karel gegen die Wand – da machte Rakel das aufkommende Wohlwollen Hedis mit einem einzigen Satz zunichte. »Aber nicht diese Schuhe!« Sie inspizierte Hedis Spektrum an Stiefeletten, Ballerinas und Sneakers misstrauisch. »Kann ich ehrlich sein? Die sind nicht gesund für Ihre Hüfte, alle! Sie haben doch ein Problem mit die Hüfte? Jetzt es gibt sehr modische Gesundheitsschuhe. So wie meine!« Gelenkig hob sie einen Fuß in die Höhe – ein deutlicher Beweis dafür, dass Yoga und Pilates die Beweglichkeit förderte.

Hedis Augen verengten sich. Jeden Moment würde sie der sehr netten, aber ungebremst ehrlichen Rakel die Türe weisen.

Da erklang ein weiteres, rettendes Klopfen. »Ja?« Karel hatte Hedi richtig eingeschätzt. Jede Unterbrechung war ihr recht, um sich nicht von Rakel in eine Diskussion über Gesundheitsschuhe verstricken zu lassen. Die Tür ging auf. Männi und Tina. Vor Erleichterung hätte Karel die beiden am liebsten umarmt. Endlich!

»Hedi, hast du eine Minute?« Tina sah sie bittend an.

Zu Karels Entsetzen drehte sich Hedi jedoch weg. »Habe ich nicht«, ließ sie die Anwesenden hoheitsvoll wissen. »Ich bin mitten in einer Unterredung mit meiner … Physiotherapeutin. Also, wie war das mit dem Sportprogramm, Kindchen?«

Rakel verlor keine Zeit: Sie ließ sich neben Hedi an dem Tisch nieder und breitete Formulare aus.

Karel eilte zur Tür. »Tut mir leid«, flüsterte er. »Ich komme nicht an sie ran.«

Tinas getroffener Blick brach ihm fast das Herz.

»Habt ihr etwas von Paul gehört?«, wollte Männi da nicht gerade leise wissen. Auch er sah bedrückt aus.

Karel zögerte. Sollte er ihnen von dem Handy des dänischen Sicherheitsbeamten erzählen? Oder davon, was er glaubte, heute Mittag durch das Fernrohr gesehen zu haben? Selbst wenn er sich nicht sicher war?

»Haben wir nicht«, fauchte Hedi. »Er hat offenbar von einigen von uns mehr als genug!« Anklagend funkelte sie Tina an. »Von denjenigen, die ihn sich wegen einer völlig unbedeutenden, kleinen Aktion unbedingt zur Brust nehmen mussten, zum Beispiel!«

Tina biss sich auf die Lippen und griff nach Männi, der etwas entgegnen wollte. »Nicht«, raunte sie. »Lass uns einfach gehen.« Dann lächelte sie Karel an und drückte ihm etwas in die Hand. »Gibst du das Hedi und sagst ihr, es tut mir leid?«

Karel war unfähig, den Blick von ihren Augen zu wenden. Er wollte so gern etwas sagen, etwas Richtiges, Wesentliches. Etwas, das ihr beweisen würde, dass er sie verstand. Doch seine Kehle war wie zugeschnürt, sein Kopf leer. Der Troll hatte alle Worte gestohlen. Und so konnte er ihr nur nachsehen, wie sie sich mit einem letzten Blick auf Hedi umdrehte und vorsichtig die Kabinentür hinter sich ins Schloss zog. Erst da erkannte er, was sie ihnen dagelassen hatte: ihre Handtasche. Die, von der sie sich in den letzten Tagen niemals getrennt hatte. Die sie selbst auf ihrem Spaziergang in Oslo dabeigehabt hatte. Ole!

38

(60°23'36.0"N)

Tina und Männi hatten sich in Schale geworfen, sorgsam frisiert, rasiert, poliert und währenddessen einen Plan entwickelt. Nur noch eine Stunde, bis die *Midnatsol* auslaufen sollte, doch von Paul war nicht einmal eine silberne Haarspitze zu sehen. Dabei musste er inzwischen eingecheckt haben. Trotz aller Missverständnisse würde er doch sicher an ihrem Vorhaben festhalten?! Also ging es darum herausfinden, in welche Kabine er sich zum Schmollen zurückgezogen hatte.

Tina strich sich nervös das Kostüm glatt und steuerte den Empfang an. Wenigstens hatte sie diesmal daran gedacht, die Geflügelschere aus der Tasche zu nehmen. »Hi, sprechen Sie Deutsch?«, lächelte sie den Jungen hinter dem Tresen an, der nicht älter sein konnte als achtzehn. Wurden eigentlich alle immer jünger? Als dieser aufmunternd nickte, beugte sie sich vor. »Ich bin auf der Suche nach einem Freund: Paul Gruber?«

Der Junge sah im Computer nach und schüttelte bedauernd den Kopf. »Tut mir leid, ich finde ihn nicht.«

»Vielleicht unter Pivot oder einem anderen Nachnamen?« Tina senkte diskret die Stimme. »Sie müssen wissen, er ist… ein sehr bekannter Restaurantkritiker und daher oft inkognito unterwegs. Wie viele Pauls haben Sie denn?«

»Das darf ich nicht sagen, leider. Auch wenn Ihrer ist darunter. Ich darf keine Auskunft über die weitere dreiundfünfzig geben.«

»Vierundfünzig Pauls?« Männi, der mittlerweile dicht hinter ihr stand, stöhnte. »So finden wir ihn nie!«

Tina gab nicht auf. »Sie können nicht vielleicht eine Liste drucken und diese dann aus Versehen auf dem Tresen liegen lassen?«

»Nein. Hat Ihr Freund kein Mobiltelefon?«

»Das haben wir bereits versucht.«

Tina zuckte zusammen, als Männi ihr unsanft in die Seite stieß. Neben ihnen beugten sich gerade Karel und Hedi zu einer Kollegin des Teenagers. »Möglicherweise reist er nicht unter seinem richtigen Namen«, erklärte Hedi gewichtig. »Als Privatdetektiv muss er auch mal untertauchen. Erinnern Sie sich an einen silberhaarigen Mittsiebziger ohne Brille, aber mit strahlendem Lächeln?«

Doch auch dieser Versuch schien nicht von Erfolg gekrönt zu sein, und Hedi und Karel verließen unverrichteter Dinge den Empfangstresen.

»Privatdetektiv«, feixte Tina, als sie nebeneinander auf den Lift warteten. »Lasst mich raten: *Remington Steele*?«

»Als wäre eure Idee mit dem Restaurantkritiker origineller«, schoss Hedi zurück und lehnte sich auf ihren Rollator. »Das ist doch bestimmt aus irgendeinem schlechten Siebziger-Jahre-Film!«

»Pah!« Tina streckte ertappt das Kinn vor. *Brust oder Keule* war ein Klassiker. Genutzt hatte ihre kleine Lüge allerdings ebenso wenig wie die von Hedi und Karel. Paul war und blieb verschwunden. Langsam wurde Tina unruhig. Er würde doch nicht alles hinwerfen, oder? Ihre Zusammenarbeit, Oles Verabschiedung, ihre … Freundschaft?

»Ist doch egal, wer von uns die bessere Geschichte erfunden hat«, versuchte Karel zu vermitteln. »Wir sollten lieber …«

»… einsteigen, völlig richtig!« Hedi bugsierte ihren rollenden Begleiter in die Kabine und winkte Karel zu sich. »Komm schon, *wir* werden vom Kapitän erwartet!«

Wie vor den Kopf geschlagen, sah Tina zu, wie sich die Aufzugstüren schlossen. Dass sie Hedi Ole gebracht hatte, schien nicht genug zu sein. Was wollte sie denn noch? Sie alle hatten Fehler gemacht. Weshalb also hatte Tina das Gefühl, sie wäre die Einzige, die sich dafür entschuldigte?

Knurrig drückte sie auf den Knopf des Aufzugs. Auf zum Essen. Sie persönlich brauchte dazu keinen Kapitän.

»Da sind Sie, perfektes Timing. Darf ich Sie zu unserem Tisch begleiten?« Auf Deck sieben schwebte Kjell, der Hotelchef, gut gelaunt auf Tina und Männi zu. Als er sie an der langen Schlange der wartenden Gäste vorbeischleuste, in der auch Hedi und Karel anstanden, nickte Tina den beiden betont freundlich zu. Kapitänstafel hin oder her, man musste eben die richtigen Leute kennen, und schon befand man sich auf der Überholspur.

Das Restaurant war in bläuliches Licht getaucht, und zu Tinas Entzücken stand ihr Tisch direkt an einem der Panoramafenster. Der Kapitän dagegen, erfuhr sie, speiste lieber mittig. So ein Pech aber auch!

Neben Kjell saßen nur zwei weitere Menschen an ihrer Tafel: ein deutsches Pärchen mit identischen Frisuren und Strickpullis, das auf dem Weg zu einem Open-Air-Festival im Norden Norwegens war.

»Ist das nicht etwas kalt inzwischen?« Tina betrachtete die beiden schaudernd. In ihrem Alter fand man Zelten und schlechten Instantkaffee höchstwahrscheinlich noch romantisch. Da galten chinesische Fertiggerichte ja auch als Gängemenü, weil sie aus drei unterschiedlichen Tüten zusammengeschüttet wurden. Doch selbst die hitzigste Romantik würde kaum die kühlen nächtlichen Temperaturen überstehen.

Das Mädchen winkte ab. »Ach, das geht sicher, wir freuen uns schon so lange darauf. Die Skandinavier machen einfach die besten Festivals! Aus den verrücktesten Gründen. Dieses zum Beispiel…« Sie brach ab und gab an ihren Freund weiter.

»…findet zu Ehren eines verstorbenen Einwohners von Hakøja statt, einem Akkordeonspieler«, übernahm dieser nahtlos. Die beiden teilten offenbar nicht nur ihre Garderobe und den Friseur, sondern auch die Sätze.

Nun war das Mädchen wieder an der Reihe: »Er besaß kein Auto und trampte überall hin. Als Dankeschön lud er alle, die ihn mitnahmen, einmal im Jahr zu einem Fest ein. Und seitdem…«

Tina schaltete ab und wandte dann ihre Aufmerksamkeit einem anderen Geschehen zu. Hedi und Karel wurden an dem erhöhten Tisch in der Mitte des Raumes per Handschlag vom Kapitän begrüßt. Noch bevor sich Hedi in Positur gesetzt hatte, übernahm jedoch eine ebenfalls anwesende Dame das Wort. Ihre Gesten waren ausladend, ihr Lachen war laut, sie fegte Hedis Serviette zu Boden und bemerkte es nicht einmal. Hedi verschränkte missmutig die Arme. So hatte sie sich das romantische Kapitänsdinner sicher nicht vorgestellt.

Kjell folgte Tinas Blick und beugte sich zu Männis offensichtlichem Missfallen nah zu ihr. »Eine bekannte amerikanische Sängerin«, flüsterte er vertraulich.

Tina bekam Mitleid. Die raumeinnehmende Solistin stahl Hedi nicht nur die Show, sie hatte auch noch all das erreicht, wovon Hedi ihr Leben lang geträumt hatte.

»Und Sie beide?«, wollte Kjell wissen. »Was tun Sie?«

»Rente«, knurrte Männi kurz angebunden. »Und davor Schreiner.«

Tina zuckte mit den Schultern, ihr Leben gab kaum spannenden Gesprächsstoff her. »Ich bin auf einem Bauernhof aufgewachsen.«

Kjell strahlte. »Ich auch. Sozusagen. Meine Eltern hatten eine Fischzucht auf Lofoten. Von da war es nicht weit bis zur Seefahrt.«

Tina beugte sich interessiert vor. »Die Lofoten sind doch ziemlich weit im Norden, oder? Kennen Sie Finnfjordvær?«

»Ja natürlich! Einer unserer schönsten Fjorde. Abgelegen und einsam, aber ganz wunderbar.«

»Ganz in der Nähe ist eine super Brauerei, gegründet von einem Deutschen. Dort findet auch unser Festival statt«, mischte sich eine Hälfte des jungen Pärchens ein. Tina sah nicht auf, um herauszufinden, welche. Sie hatte vor, so viele Informationen wie möglich aus dem Restaurantchef herauszukitzeln. »Zu welcher Zeit fahren wir da denn vorbei?«

»Gegen dreiundzwanzig Uhr. Aber es dauert noch ein paar Tage.«

»Dann ist es also schon dunkel?«

»Ja, außer wir sehen das Nordlicht.«

»Und wie ist das so mit dem Seegang? Und dem Wind? Gibt es dort viel Wind?« Oles Urne sollte schließlich nicht aus Versehen gegen das Schiff knallen, zerschellen und seine Asche ihnen ins Gesicht wehen wie in *The Big Lebowski*. Das wäre eines Kapitäns unwürdig.

Kjell beantwortete geduldig jede einzelne ihrer Fragen. Selbst die etwas abwegigen, wie beispielsweise, auf welchem Deck nachts die meisten Menschen unterwegs waren. Oder wie die Sicherheitsrundgänge der Mannschaft geregelt waren.

Männi lauschte konzentriert, mischte sich jedoch nicht ein, seine Augen wanderten durch den Raum. Als der Kapitän kurz nach dem Dessert aufstand, erhob auch er sich. »Geht es jetzt endlich in Richtung Sektempfang?«

Tina war überrascht. Seit wann gelüstete es den gestandenen Biergenießer Männi nach Perlwein?

Kjell nickte, blieb aber sitzen. »Sehr bald. In fünfzehn Minuten, Deck acht.«

Da bemerkte Tina Männis sehnsuchtsvollen Blick in Richtung Hedi und verstand. Sie konnte nicht zulassen, dass Männi in Sippenhaft geriet. Hedi und sie hatten etwas zu klären. Und nichts davon war Männis Schuld. Außerdem: Je eher sie Hedi und Karel erwischten, desto schneller konnten sie entscheiden, was sie wegen des verschollenen Pauls unternehmen wollten.

Also hielt sie Männi eine Hand hin und ließ sich von ihm aufhelfen. »Dann gehen wir uns doch schon mal die besten Plätze reservieren.«

39

(60°24'04.3"N)

Ein tiefes Stampfen erschütterte den Schiffskörper. Langsam verließen sie den Hafen von Bergen. Die Lichter der Bürogebäude wurden kleiner und schwächer. Über ihnen spannte sich der mit Sternen übersäte Himmel. Ratlos drehten Tina und Männi dem Fenster den Rücken zu. Sie hatten zugesehen, wie die letzten Paletten in den Bauch des Schiffes geladen, die Hebebühnen geschlossen und verspätete Passagiere durch den Gang geeilt waren – keiner davon Paul. Und auch Hedi und Karel waren bisher nicht aufgetaucht.

»Da sind sie! Endlich!« Männi stürzte sich wie ein Eisbrecher in die Menschenmenge. Tina folgte in seinem Kielwasser. Trotz der steigenden Temperaturen in dem überfüllten Raum hatte er nicht einmal sein Tweedjackett aufgeknöpft. Für jemanden, der nach eigenen Aussagen so viele Jahre auf der Walz gewesen war, war er überraschend förmlich. Kein einziges Mal hatte Tina ihn in kurzen Hosen gesehen, in einem kurzärmeligen Hemd oder gar T-Shirt. Und vorhin, als sie sich für das Dinner umgezogen hatten, hatte er die Badezimmertür gleich zwei Mal verschlossen und war erst wieder aufgetaucht, nachdem er ganz und gar präsentabel war. Tina blieb ihm dicht auf den Fersen; sie hatte unterschätzt, wie voll es hier werden würde. Schulter an Schulter standen Menschen, prosteten sich zu und schlossen Freundschaften, die mit Glück die nächsten zwei Wochen überdauern würden, vielleicht länger. Als die *Midnatsol* langsam Fahrt aufnahm und ihren Kurs korrigierte, musste sich Tina an einem Tisch aufstützen. Und schon schloss sich die Menge hinter Männi, der breitbeinig weitermarschierte. Tina hätte sich bei ihm einhaken sollen – oder besser hinter ihm. Eine Zweierpolonaise. Sein Rücken entfernte sich, und dann plötzlich konnte sie nicht einmal mehr seine Glatze entdecken. Wie zum Tauchen holte Tina ganz tief Luft und schob sich weiter.

Nach und nach hatte sie es raus. Der Trick war, sich mit entschuldigendem Seniorenlächeln von Mitpassagier zu Mitpassagier zu hangeln. Bis sie einer jedoch nicht weiterreichte, sondern lächelnd festhielt: Karel. Direkt vor ihnen kniete Männi neben Hedis Sessel. Hedis Kopf zitterte – kein Wunder bei dem Aufbau, den sie da trug. Wie ein Storchennest thronte der Bunadschal auf ihren Haaren. Ob das modische Gründe hatte oder praktische? Darunter ließe sich ohne Probleme eine ganze Handtasche verstauen. Trug Hedi Ole auf der Frisur? Oder hatte sie einen kleinen, romantischen Spaziergang an Deck gemacht? Mit Karel? Vorsichtig sah Tina ihn an. Noch immer hatte er sie nicht losgelassen. Amüsiert lauschte er Hedis empörter Tirade.

»Russe«, rief sie gerade erzürnt. »Der Kapitän ist Russe und spricht kein Englisch! Keine meiner Fragen konnte ich loswerden! Abgesehen davon, dass dieser laute, amerikanische Trillervogel sowieso niemand zu Wort kommen ließ.«

Tina musste schmunzeln und nutzte das nächste leichte Schwanken des Schiffs, um sich weiter gegen Karel zu lehnen. »Euer Kapitänsdinner war also kein Erfolg?«

Karel seufzte laut. »In meinem ganzen Leben habe ich keine langweiligere Veranstaltung mitgemacht. Dein … uniformierter Tischherr dagegen schien ja ein sehr interessanter Gesprächspartner gewesen zu sein?«

Tina horchte auf. Er hatte sie beobachtet? »Ich habe nur versucht, aus Kjell ein paar wichtige Informationen für Oles Bestattung herauszukitzeln«, winkte sie ab.

Karels Augenbrauen schnellten in die Höhe. »Kjell?«

»Der Chef der Hotelabteilung.«

Karel versteifte unmerklich, sagte jedoch nichts. Für einen verrückten Moment wollte Tina ihn beruhigen – Kjell war zu jung für sie! Doch wer sagte, dass Karel das überhaupt interessierte? Also räusperte sie sich und lenkte das Thema auf Wichtigeres. »Habt ihr etwas von Paul gehört?«

Karel schüttelte den Kopf. »Kein Wort.«

Tina seufzte schwer. »Was, wenn er es nicht aufs Schiff geschafft hat?«

Karels spöttische Antwort »Besonders weit hatte er es dafür nicht, wenn ich richtig gesehen habe!« verwirrte sie. Da zog er sein Handy hervor. »Wollen wir es noch einmal bei ihm versuchen?«

Tina warf einen zögernden Blick nach vorn. Männi hatte sich auf Hedis Sessellehne niedergelassen, einen Arm hinter ihr aufgestützt, sein gutes Ohr nahe an ihrem Mund.

Karel grinste verschmitzt. »Die beiden Turteltäubchen werden uns sicher nicht vermissen.« Er nahm Tinas Hand und zog sie durch das vielstimmige Gemurmel hinaus in den verwaisten Vorraum. Hier machte er sein Handy startklar und überreichte es ihr. »Ruf du ihn an. Ich glaube nicht, dass er meine Stimme hören will.«

Tina zuckte mit den Schultern. Auch sie dürfte momentan nicht ganz oben auf Pauls Hitliste stehen. Trotzdem drückte sie sämtliche Benachrichtigungen für Karel weg und wählte Pauls Nummer. Sofort sprang die Mailbox an. »Ähm … Paul? Hier ist Tina.« Sie stockte. Sie hatte sich nichts zurechtgelegt. Eine wirklich tolle Managerin war sie! »Ich wollte nur sagen … egal, was heute schiefgelaufen ist, das darf nicht so bleiben.« Karel nickte ihr aufmunternd zu. »Wir vermissen dich! Unsere Kabinennummern auf der *Midnatsol* sind 429 und die … Qsechshundertirgendwas, vorne links auf dem sechsten Deck. Falls du auf dem Schiff bist, bitte nimm Kontakt zu uns auf.« Sie wollte schon auflegen, da fiel ihr noch etwas ein. »Und Paul? Es tut mir leid!« Schon wieder entschuldigte sie sich. Aber irgendjemand musste ja den ersten Schritt machen. Sie unterbrach die Verbindung und gab Karel das Telefon zurück. »Am besten wäre es, du würdest es anlassen. Falls er sich meldet.«

Karel nickte. Dann wurden seine Augen groß.

»Was ist?« Tina warf einen alarmierten Blick auf das Handy. Sechs verpasste Anrufe, aber niemand hatte eine Nachricht hinterlassen.

»Alle von Marion.« Karel klang besorgt. »Hoffentlich ist nichts passiert!« Entschlossen wählte er die Kurzwahltaste für Zuhause und stellte auf laut.

Tina und er lauschten mit angehaltenem Atmen dem Tuten. Dann piepste es. »Sie haben *Parlinger und Sohn* erreicht«, kam Marions Stimme aus dem Lautsprecher. Karels Kopf zuckte verwundert zurück. »Wir sind momentan leider nicht in der Lage, Ihren Anruf entgegenzunehmen. Unser Büro ist die nächsten Tage nicht besetzt. Bei Notfällen wenden Sie sich bitte an das Beerdigungsinstitut Öttinger. Herzlichen Dank!«

Die Ansage endete ohne die Möglichkeit, eine Nachricht zu hinterlassen. Tina starrte Karel an. »Die nächsten *Tage*? Oh-oh! Das ist …«

»Nicht gut!«, vollendete er ihren Satz und atmete zittrig ein. »Wenn Oles Sohn auf den richtigen Trichter gekommen ist, sind sie vielleicht bereits auf dem Weg nach Finnfjordvær!«

Tina schluckte. »Oder – noch schlimmer – hier an Bord?!«

Zeitgleich drehten sie sich um. »Wir müssen Männi und Hedi da rausholen. Sofort!«

Für vier hin und her tigernde Menschen plus aufgeregten Hund bot Hedis Luxussuite plötzlich gar nicht mehr so viel

Platz. »Was sollen wir nun tun, was tun wir jetzt?«, wiederholte Hedi immer wieder und ließ sich endlich auf einen Stuhl sinken.

Männi richtete sich neben ihr ein, als wollte er hier für die nächsten Stunden sein Lager aufschlagen. »Uns fällt schon etwas ein.« Beruhigend legte er einen Arm um sie. »Vielleicht können wir irgendwo untertauchen.«

»Auf einem Schiff?« Hedi lachte ungläubig, und Tina stimmte ihr insgeheim zu: Falls Oles Sohn und Karels Tochter sich tatsächlich an Bord befanden, gab es kaum eine Ecke, in der sie vor ihnen sicher waren. Sie sah Karel an. »Lass uns noch mal die Ansage bei dir zu Hause anhören. Vielleicht haben wir vorhin etwas Wichtiges überhört.«

»Nein!« Hedis Stimme klang entsetzt. »Das ist eine Falle!«

Überrascht blickte Tina sie an. »Eine Falle?«

Hedi nickte. »Je öfter Karel zu Hause anruft, desto genauer kann die Polizei herausfinden, wo er steckt!«

Karel schüttelte den Kopf. »Wir wissen nicht, ob die Polizei verständigt ist. Marion würde mich nie …«

»Deine Tochter«, unterbrach Hedi aufgebracht, »hat versucht dich abzuschieben und dir vorgeschlagen, Pi einzuschläfern. Also sag mir nicht, sie wäre nicht fähig, uns eine Falle zu stellen!«

Karel zuckte zusammen, als hätte sie ihn getreten. »Das glaube ich einfach nicht«, murmelte er, doch besonders sicher klang er nicht.

Hedi wandte sich an Männi. »Sag du doch auch mal was!«

Männi wandte sich. »Ich weiß nicht, ich kenne mich nicht

aus mit … Nachwuchs. Nie einen gehabt. Tina, was sagst du denn?«

Nachdenklich ließ sich Tina alles noch einmal durch den Kopf gehen. »Ich glaube, es gibt keine korrekte Entscheidung. Nur eine persönliche.« Fest sah sie Hedi an. »Und die gilt ebenso für familiäre wie freundschaftliche Beziehungen. Was für einen Sinn ergeben die, wenn du den dazugehörigen Personen nicht vertraust?«

Stumm starrten ihr Hedi, Männi und Karel entgegen.

»Klingt logisch«, murmelte Männi nach einer Weile. Dann nickte er. »Also gut, spielen wir auf Risiko. Los, Karel, ruf deine Marion an und frag sie, was Sache ist.«

Karel wählte.

»Sprich ihr drauf, dass du hoffst, sie tut das Richtige«, soufflierte Hedi. »Dass Oles Beerdigungswunsch etwas Wichtiges ist, jeder sollte seinen eigenen verwirklichen dürfen. Das muss sie doch verstehen, sie hat schließlich bei dir gelernt …«

»Ruhe!« Karel stellte das Telefon laut und hielt es sich vor den Mund. »Du bringst mich ganz durcheinander! Ich finde schon die richtigen Worte … hoffe ich.«

Tina zählte das Klingeln mit. Gleich musste die Mailbox anspringen. Doch stattdessen rauschte es plötzlich in der Leitung. »Ja? Marion Parlinger hier?«

»Marion?« Karel klang ebenso überrascht, wie sie alle aussahen. »Ich … ich dachte, ich erwische die Mailbox.«

»Ich war im Flieger, Paps, jetzt warten wir auf den Anschlussflug.«

»Welcher Flieger? Welcher Anschlussflug?«

»Der nach Norwegen.«

Entsetzt sahen sich die Verschwörer an. Pi fiepste.

»Finn hat bei deinem letzten Anruf die Melodie des Osloer Rathauses im Hintergrund erkannt«, erklärte Marions Stimme, und Tina atmete aus – Oslo war weit entfernt.

Hedi stupste Karel an. »Ja«, krächzte er nicht gerade überzeugend. »Oslo, wir sind in Oslo.«

»Papa!« Marion klang erschöpft. »Lüg mich nicht an. Ihr seid nicht mehr in Oslo. Finn glaubt, er weiß, wohin ihr wollt. Unser Flieger geht in dreißig Minuten.« Ihre Stimme wurde drängender. »Und es tut mir wirklich leid, deine letzte Nachricht hat mich… zum Nachdenken gebracht. Aber ganz offiziell ist Finn im Recht. Das musst du zugeben, oder?«

Hedi und Männi schüttelten vehement die Köpfe. Tina kniff die Augen zusammen. Falsch lag Karels Tochter nicht. Zumindest juristisch. Moralisch sah die Sache etwas anders aus.

»Was glaubt Finn denn herausgefunden zu haben? Wohin fliegt ihr?«, wollte Karel wissen. Das Telefon in seiner Hand zitterte unkontrolliert.

Doch statt einer Antwort wurde plötzlich eine wütende Stimme laut. »Marion!«, befahl sie. »Jetzt sag mir nicht, du sprichst mit deinem Vater. Himmel Donnerwetter noch mal! Wir hatten doch verabredet, dass…« Die Verbindung brach ab.

Einen Augenblick war der Raum von stummem Entsetzen erfüllt. Dann begannen sie alle zeitgleich zu sprechen.

»Wo verdammt noch mal ist Paul, wenn man ihn braucht?«, fauchte Männi.

»Sie wissen Bescheid, mir ist übel, entschuldigt mich einen Moment!« Karel eilte ins Badezimmer.

»Verflixt und zugenäht«, fluchte Hedi.

Und Tina fand: »Okay, sie sind an einem Flughafen, wir haben also noch etwas Aufschub, um einen Notfallplan für Ole zu entwickeln.«

Hedis Augen wurden groß. »Apropos Ole, wo ist der eigentlich, was hast du mit deiner Krokohandtasche gemacht?!«

Tina erstarrte. »*Ich*? Was *ich* mit ihm gemacht habe? *Du* hast ihn! Ich habe ihn dir vorhin hiergelassen!«

»Hier?«, kiekste Hedi und sah sich panisch um. »Hier ist er nicht. Ich habe ihn nicht gesehen. Wo ist Ole, oh Gottohgott, meint ihr, Pi könnte ihn … mit seinem Essen verwechselt haben?« Hedi bückte sich, schnappte sich den Vierbeiner und hielt ihn sich vor ihre Nase. Dann schüttelte sie sich. »Mundgeruch. Asche rieche ich nicht.«

»Asche riecht nicht.« Männi ging in die Knie und unterzog den Fußboden der Suite einer genauen Inspektion. »Aber wenn der Kleine sich über Ole hergemacht haben sollte«, er steckte den Kopf unter die Bank, »müsste zumindest irgendwo das Titanknie herumliegen!«

Ohne Rücksicht auf ihre Hüfte ließ sich Hedi neben ihm nieder. Sie legte die Wange auf den Teppich und schielte unter die Betten.

»Hedi, Männi.« Tina bemühte sich um einen beruhigenden Tonfall. »Hunde fressen keine Asche. Setzt euch wieder hin. Bestimmt gibt es eine völlig logische Erklärung.«

»Erklärung?« Karel trat erschöpft aus der Nasszelle. Dann runzelte er die Stirn. Aus seiner Perspektive hatte er einen guten Blick auf zwei in die Luft gestreckte Hintern. »Für was?«

»Dafür, wo Ole hinverschwunden ist«, rief ihm Hedi zu. Ihre Stimme klang nur gedämpft unter dem Bett hervor. »Tina sagt, sie hat ihn uns hiergelassen. Und wenn er jetzt fehlt, dann ...« Mühsam krabbelte sie rückwärts und warf Tina aus dem Vierfüßlerstand einen zerknirschten Blick zu. »... hatte sie recht. Damit, dass nur sie ordentlich auf ihn aufpasst.« Den Tränen nahe, ließ sie sich auf den Allerwertesten sinken. Männi schob sich zu ihr und setzte sich neben sie.

»Ich habe versucht, dir davon zu erzählen, Hedi, aber du hattest nur das Dinner im Kopf.« Karel zog die Tür des Kleiderschranks auf und stellte sich auf die Zehenspitzen. Er holte eine Ersatzbettdecke heraus. Obendrauf lag Tinas Krokohandtasche. Wie ein rohes Ei balancierte er beides in den Händen. »Also habe ich unseren Kapitän sicher verstaut. Wohin mit ihm?«

»Zu Hedi«, lächelte Tina, während diese zeitgleich auf sie deutete. »Gib ihn Tina, die passt besser auf ihn auf.«

Tina schüttelte den Kopf. »Käse!«, fand sie. »Hier bei euch hat er die hübschere Aussicht.«

Hedi seufzte schwer. Dann krabbelte sie einen Meter vorwärts und angelte nach Tinas Hand. »Es tut mir leid!«

Tina half ihr auf. »Mir auch. Paul hat recht. Ich muss lernen abzugeben.«

Hedi grinste schräg. »Was hältst von einem Kompromiss? Du gibst Ole ab und behältst ihn trotzdem im Blick?« Damit beäugte sie Karel und Männi entschieden. »Ihr zwei in den vierten Stock, Tina, Ole und ich hier, einverstanden?«

Karel nickte. »Gute Idee.« Auch Männi grinste, während Pi auf seinen Schoß kletterte, als wüsste er genau, was da gerade verhandelt wurde. »Gerne, der kleine Fellball und ich sind seit unserer Bustoilettentour echte Freunde!«

Tina war erleichtert. »Und morgen überlegen wir gemeinsam, wie wir Finn und Marion entwischen. Vielleicht hat sich Paul bis dahin ja gemeldet.«

Hedi seufzte laut. »Dein Wort in Lokis Ohr. Oder wer auch immer in diesen Gefilden dafür verantwortlich ist!«

40

(61°54′55.4″N)

Tina konnte nicht schlafen. Sie lauschte dem gedämpften Dröhnen. Die *Midnatsol* hörte sich an wie eine zufrieden brummende, überdimensionierte Meerkatze. Doch halt, Meerkatzen waren eigentlich Affen, richtig? Ob es so etwas gab wie einen Katzenwal?

Auch Hedi machte Geräusche. In ihrem Fall erinnerten die jedoch eher an einen gestrandeten Fisch: Sie pustete und seufzte, knurrte undeutliche Wortkaskaden. Vorhin hatte Tina geglaubt, Paul verstanden zu haben, aber vielleicht war es auch Gaul gewesen, bei Hedi wusste man nie.

Tina hatte alles durchprobiert, was ihr normalerweise beim Einschlafen half: im Kopf ihre Tabletten nach Größe und Farben sortiert, sich komplizierte Strickmuster vorgestellt, die ihre Finger schon lange nicht mehr schafften. Sie hatte sogar Zahlen jongliert. Etwas, das sie normalerweise immer beruhigte. Wie oft hatte sie an Ernsts Bett gesessen und sinnlose Dinge berechnet. Wie viele ausgewachsene Kühe in seinem Krankenhauszimmer Platz gefunden hätten. Wie viele Menschen zeitgleich in der Kantine abgefüttert werden konnten. Wie viele Milliliter Infusion pro Stunde in seine Adern tropften.

Jetzt hatte sie eine gute Vorstellung von der Länge des Schiffes (etwa zweiundsiebzig Mal ihre Körpergröße, also um die hundertdreißig Meter) und dessen Breite (sicher nicht mehr als zwölf hintereinanderliegende Tinas und damit etwa zwanzig Meter). Und sie hatte berechnet, wie viel Zeit ihnen minimal und maximal blieb, bis Finn und Marion hier auftauchen würden – vorausgesetzt natürlich, sie fuhren nicht direkt nach Finnfjordvær durch. In diesem Fall wären sie aus dem Schneider und Ole verstreut, bevor sein Sohn irgendetwas dagegen tun konnte. Doch sie alle hatten ihre Pässe beim Einchecken auf der *Midnatsol* vorzeigen müssen, die Kabinen liefen auf ihre Namen, und Finn hatte einen guten Grund, auf Einsicht in die Passagierliste zu bestehen. Die Frage war also: Würden er und Karels Tochter nach Trondheim fliegen, um dort einzuchecken, oder nach Tromsø? Je nachdem blieben ihnen noch eineinhalb oder drei Tage Zeit, bevor sie sich verstecken müssten. Wo jedoch auf einem Schiff eine Gruppe

Senioren plus Hund untertauchen konnte, das Problem hatte Tina bisher nicht gelöst. Denn sich an irgendeinen Hafen zu verdrücken und mit Oles Asche auf dem Landweg nach Finnfjordvær zu reisen war schier unmöglich. Kjell hatte erzählt, dass der Fjord so gut wie keine Straßenanbindung hatte. Mit dem Fahrrad käme man dorthin, zwei Mal am Tag mit der Finnbahn. Oder eben über das Meer.

Weshalb hatte sich Ole nicht einen Ort ausgesucht, der besser zu erreichen war? Vermutlich, weil er nicht damit gerechnet hatte, dass er dorthin entführt werden musste. Oder dass seine Beerdigung in eine derartige Verfolgungsjagd ausarten würde.

Tina streckte seufzend eine Hand zu dem Nachtkästchen. Hedi und sie hatten Ole zwischen sich geparkt. Das Krokoimmitat unter ihren Fingern beruhigte sie.

Hedi wälzte sich auf die Seite, das etwa dreihundertste Mal diese Nacht. Aufwachen tat sie dabei nicht. Eigentlich schade, denn dann hätte Tina sich mit ihr unterhalten können. Jetzt, da sie wieder miteinander redeten.

Die Schiffsmotoren nahmen Fahrt auf. Wie war das noch mal mit der Umrechnung von Knoten und km/h? Tina konnte sich nicht konzentrieren, der Gedanke an viele Kilometer Wasser unter sich behagte ihr nicht. Seufzend setzte sie sich auf.

Durch die Vorhänge vor dem Bullauge schimmerte Licht wie auf einer grobkörnigen Fotografie. Tina hielt sich den Wecker vor die Augen. Kurz nach vier. Für eine Farmertochter eine gute Zeit, um aufzustehen.

Anfangs hatte sie es gehasst. Ihre Brüder durften liegen bleiben, bis die Frauen der Familie das Frühstück vorbereitet hatten. Irgendwann hatte Tina sich daran gewöhnt. Und jetzt kam es ihr fast vor, als erinnerte sich ihr Körper ganz von selbst an diese Zeit. Die Zeit vor Ernst. Als hätten sich Dinge aus ihrer Jugend tiefer eingeprägt als alles, was danach gekommen war. Hatte nicht auch Karel etwas Ähnliches gesagt? Bei allem, was seine Frau vergessen hatte – am Schluss hatte sie zu Gewohnheiten zurückgefunden, die aus ihrer Kindheit stammten? Tina hoffte, sie würde sich noch lange an diese Reise erinnern. Vielleicht sollte sie wieder beginnen, Tagebuch zu schreiben. Dann könnte sie es später lesen, zur Not wie einen Abenteuerroman über eine verrückte Gruppe unbekannter, alter Helden.

Gähnend streckte sie sich, schlich in das kleine Badezimmer und verließ nur wenig später leise die Kabine mit der noch immer vor sich hin murmelnden Hedi.

Das oberste Außendeck war menschenleer. Über den beiden warmen Pools, mit denen die *Midnatsol* warb, hing Dampf. Tina zog den Reißverschluss ihrer Jacke zu. Tagsüber gab die Herbstsonne alles, nachts jedoch wurde es bereits empfindlich kalt. Je weiter sie nach Norden kamen, desto kälter, hatte Kjell gestern erklärt und dem jungen Pärchen einen mitleidigen Blick zugeworfen. Auch er hatte offenbar so seine Zweifel daran, dass das Open-Air-Festival allzu gemütlich werden würde.

Das Schiff fuhr gerade in einen kleinen Hafen. Taue wurden geworfen und festgezurrt, die Seitenrampe heruntergelassen und Frachten aus- und eingeladen. Interessiert beugte sich Tina über die Reling. Zwei Gabelstapler fuhren vor und zurück, die Schiffsmannschaft tauschte lachende Bemerkungen mit den Hafenarbeitern aus. Sie alle klangen wach und gut gelaunt. Erstaunlich.

Als sich Tina weiter nach vorn lehnte, berührte sie etwas zart am Knie. Zwei kleine Pfoten stützten sich an ihrem Bein ab, und Pis gesamtes Hinterteil wedelte, während seine Schnauze auffordernd gegen ihre Hand stupste. In seiner kleinen Welt war sie die Herrin der Pferdedarmnuggets. »Tut mir leid, Schneeflocke, ich hab nichts.« Tina beugte sich zu ihm hinunter und kraulte ihm das Fell. »Wo hast du denn dein Herrchen gelassen?«

Wie auf Kommando bog Karel, leise nach Pi rufend, um die Ecke, eilte an den beiden Pools vorbei zu ihr und befestigte außer Atem die Leine an Pis Halsband. »Ich dachte schon, er hätte eine Ratte gerochen, als er mir davongerannt ist!« Ächzend stützte er sich auf die Reling.

Tina unterdrückte ein Kichern. »Wenn das nicht das hübscheste Kompliment ist, das ich seit Langem bekommen habe!«

»So war das nicht gemeint, entschuldige, ich wollte nur sagen …« Er stockte, als er ihre blitzenden Augen bemerkte, und schüttelte amüsiert den Kopf. »Ehrlich? Das schönste seit Langem? In dem Fall macht Paul definitiv etwas falsch!«

Tina stutzte. »Paul, wieso Paul?«

Nachdenklich sah er sie an. Tina konnte sehen, dass ihm etwas auf der Zunge lag. Eine Frage. Dann schüttelte er den

Kopf. Was es auch immer gewesen sein mochte, die Zurückhaltung hatte gewonnen. »Wenn du mich fragst, riechst du besser als jedes Schiffsgetier«, fand er. »Was machst du hier? Ich dachte, Hedi wäre von euch beiden die Frühaufsteherin.«

»Ungewohnte Umgebung«, erklärte Tina. »Als ich nach *Schafweide* gezogen bin, hat es sicher einen Monat gedauert, bis ich eine Nacht durchschlafen konnte.«

»Kein Fan von Schlaftabletten?«

»Ganz und gar nicht. Noch schlimmer, als wach zu liegen, ist das Gefühl, jemand haut dir eine Keule über den Kopf.«

Karel nickte, als wüsste er, was sie meinte. »Wollen wir ein paar Schritte gehen?« Verschämt hielt er eine Plastiktüte in die Höhe. »Wenn Pi nicht mindestens fünfhundert Schritte läuft, erledigt er … sein Geschäft nicht.«

»Mindestens fünfhundert? Ist das eine feste Größe?«

»Scheinbar ja.«

Tina lief los. »Wenn ich richtigliege, hat dieses Außendeck ungefähr einhundert Meter. Das wären dann …« Sie betrachtete den Vierbeiner einen Moment. »Pi mal Daumen so etwas wie eintausendzweihundert Schneeflockenschritte. Ich schätze, wir kommen bis zur Hälfte.«

Karel lachte. »Bis hierher waren es aber auch schon etwa einhundert, die zweiundvierzig Treppenstufen nicht mitgerechnet.«

»Pedant.« Tina lächelte Karel an.

»Selber.«

»Nur was Zahlen angeht.«

Sie lagen beide richtig. In der Nähe des mittleren Treppenaufgangs begann sich Pi plötzlich wie ein Kreisel zu drehen und verzog sich dann in eine dunkle Ecke.

Das Schiff lief aus dem Hafen. Karel entsorgte die Hinterlassenschaft seines Hundes. Gemächlichen Schrittes bogen sie um die nächste Ecke – und blieben wie angewurzelt stehen: Ein Teil des überdachten Decks war abgeriegelt. Rund zwanzig Menschen saßen hier, tranken Kaffee, rauchten und verstummten, als sie Tina und Karel entdeckten. Ein Schild wies den Bereich als Personal-Außenraum aus. Schnell stellte sich Tina vor den kleinen Hund. Vielleicht war seine Anwesenheit noch gar nicht aufgefallen?

Da löste sich eine Frau aus der Gruppe, die Tina bekannt vorkam. Dunkle Haare, im Gegensatz zu den meisten hier nicht in Uniform, sondern in einem sportlichen Outfit. Tina erinnerte sich: Sie hatten sich gestern in Hedis Kabine gesehen. Die Physiotherapeutin?

Nett zog sie die Schnur zur Seite, die den Bereich vom Rest des Decks abtrennte. »Immer herein. Frühaufsteher bekommen eine Kaffee.« Sie blinzelte ihnen zu. »Dafür erwarte ich Sie zu eine meine Kurs.« Sie sah Karel vielsagend an. »Und Ihre Frau.«

»Hedi ist nicht meine Frau«, stellte der eilig richtig. »Nur eine Freundin. Wir alle, Hedi, Tina hier, Männi und ich sind… Freunde.«

Tina runzelte etwas konsterniert die Stirn. Das war ihm das Wichtigste? Ihre privaten Beziehungen klarzustellen? Dabei drückte sich Pi noch immer gegen ihre Beine. Nur einen Schritt vorwärts und er würde entdeckt werden. Sein weißes Fell leuchtete in der Dunkelheit.

Die junge Frau lächelte ihnen entgegen. »Nur nicht schüchtern.« Sie streckte Tina eine Hand entgegen. »Ich heiße Rakel. Und wir verraten nichts von der kleine Hund. Ganz wichtig aber: nicht in die Küche.«

»Versprochen!« Tina hörte Karel neben sich erleichtert aufatmen. Dann legte er ihr eine Hand auf den Rücken. »Also ich könnte einen Kaffee vertragen, was sagst du?«

41

(62°27'05.4"N)

Als sie sich zum Frühstück trafen, war die Stimmung gelöst. Männi summte in Dauerschleife irgendeinen alten Schlager. Hedis Mund stand kaum eine Sekunde still; sie war ausgeschlafen und aufgedreht. Jeder Bissen wurde kommentiert, sämtliche eintreffende Passagiere einer genauen Begutachtung unterzogen und die am Fenster vorbeiziehende Landschaft derart detailliert wiedergegeben, als wären die anderen drei an ihrem Tisch nicht schwerhörig, sondern blind.

Tina gähnte. Norwegen war wesentlich felsiger als Schweden oder Dänemark. Trotzdem wuchsen Pflanzen und Bäume auf dem kargen Boden, Felder schmiegten sich in die Fjorde, und die Natur gab sich herbstlich: rote und gelbe Farbtöne strahlten vor dem Grünblau des Meeres besonders intensiv. Es war eine schöne Aussicht, konzentriert und ohne Überfluss. Tina gefiel sie. Und das Essen passte dazu. Es gab keine seltsamen kleinen Häppchen, bei denen man raten musste, aus was sie bestanden und ob man dagegen allergisch war. Eier wurden auf Wunsch der Passagiere frisch zubereitet, neben Brötchen stapelte sich Knäckebrot, und die größte Variation gab es beim Fisch. Tina häufte sich am Büfett diverse Sorten Heringssalat auf den Teller, während sie auf ihr Kräuterrührei wartete. Das perfekte Essen für einen Hangover. Dabei hatte sie gestern kein einziges Glas Sekt abbekommen!

Vorsichtig balancierte sie das Tablett zu ihrem Tisch, als sie den Zettel unter der Serviette bemerkte. Wann war der dorthin gekommen? Mit dem Ei? Hastig setzte Tina ihr Essen ab.

»Na, du hast es ja eilig«, feixte Hedi, »liegt das am Heringssalat?«

Tina zog die Notiz hervor. *Wir treffen uns um neun im Außenraum der Mitarbeiter,* stand in geschwungener Schrift darauf, *Deck acht, mittig hinter dem Treppenaufgang. Seid pünktlich. Paul*

»Wie viel Uhr ist es?« Tina sah ihre verwunderten Mitstreiter an.

Männi zog eine Taschenuhr hervor. »Zehn vor neun. Warum?«

»Darum.« Tina gab den Zettel an Hedi weiter und schaufelte Rührei mitsamt Fischsalat auf eine Hälfte ihres Brötchens. Dann klappte sie die zweite darüber, wickelte das Brötchen in eine Serviette und versenkte den Proviant in ihrer Jackentasche.

In der Zwischenzeit waren Männi, Karel und Hedi aufgesprungen. Hintereinander schoben sie sich im Slalom um die anderen Frühstücksgäste. Männi räumte vor Hedis Rollator im Weg stehende Stühle zur Seite. Rakel, die hinter der Smoothiebar stand, winkte ihnen zu. Und schon waren sie vorbei und drückten die Tür zum Außendeck auf. Tina hielt sie für Hedi und ihren Rollator auf und reihte sich hinter ihrer Freundin ein. Noch etwa fünfzig Meter, und sie würden endlich wissen, warum Paul so ein Geheimnis daraus machte, sich zu treffen! Noch knapp vier Minuten, und sie wären endlich wieder vollzählig!

Doch der Mitarbeiterbereich war verwaist. Nur eine einsame Gestalt in Uniform und Mütze stand mit dem Rücken zu ihnen auf der anderen Seite an der Reling und blickte aufs Meer hinaus.

Männi blieb stehen. »Was jetzt?«

»Jetzt warten wir!« Hedi stellte die Bremsen ihres Rollators fest und ließ sich darauf nieder. »Er hat noch zwei Minuten. Und wie ihr wisst, ist er immer pünktlich.«

Tina nickte. Nicht nur pünktlich, überpünktlich. Meist war Paul der Erste an einem verabredeten Treffpunkt und hatte bereits alles ausgekundschaftet: Eingänge, Hinterausgänge, Toiletten. Fast so, als begriffe er sich als Späher ihrer kleinen Truppe. Sie runzelte die Stirn. Normalerweise wäre er also schon längst da.

Sie nahm den Mann auf der anderen Seite ins Visier. Das Weiß der Uniform bot einen guten Kontrast zu seinem gebräunten Nacken, die Kopfbedeckung saß schräg, das Haar darunter glänzte silbern. Silbern?! Sie machte ein paar Schritte auf den Mann zu. »Paul? Paul, bist du das?«

Er drehte sich um. Tina konnte seinen Gesichtsausdruck nicht genau einordnen. Freute er sich, sie zu sehen? War er noch immer wütend? Oder deutete seine etwas verkniffene Miene auf ein schlechtes Gewissen hin? Er steckte die Hände in die Hosentaschen und schlenderte ihnen entgegen, als wollte er ihnen Zeit geben, seinen Aufzug zu bewundern. Oder aber, als wäre er selbst nicht ganz sicher, wie er ihnen gegenübertreten sollte.

»Wow!« Hedi strahlte ihn an. »Fesch siehst du aus!«

Karel grunzte. »Fesch, ehrlich? Jeder von uns könnte sich eine Uniform klauen!«

Pauls Augen verengten sich. »Ach ja, Karl mit dem extra E, wenn du denkst, das könnte dir ein paar Extrapunkte auf der Attraktivitätsskala verschaffen, dann versuch es doch mal.«

Tina besah sich Pauls Aufzug. Ja, die Montur stand ihm ausgezeichnet. Es fehlten nur noch ein paar Tressen und Streifen, und er würde einen schickeren Kapitän abgeben als der tatsächliche.

»Wenn sie nicht gestohlen ist, was dann?«, knurrte Männi. Dass Hedi noch immer ihre Augen nicht von Paul abwenden konnte, schien ihm schlechte Laune zu bereiten.

»Verdient.« Paul begann zu grinsen. Sein typisches, lausbubenhaftes Paulgrinsen, das selbst Niemand-ist-gut-genug-für-mich-Babsi aus *Schafweide* immer in stumme Verzückung versetzt hatte. »Ich habe angeheuert.«

»Als was?« Männi gab nicht so schnell klein bei.

Hedi dagegen klatschte begeistert in die Hände. »Du Tausendsassa!«, feixte sie. »Wie hast du das denn nun wieder hingekriegt?«

Nur Tina schwieg und beobachtete. Paul war wieder da. Und anstatt ehrlich mit ihnen zu reden, blies er sich auf – mal wieder. Galant bot er ihnen allen einen Stuhl an, als wäre das zugige Außendeck seine Privatsuite und sie alle hier, um eine Audienz zu erbitten. Er berichtete detailliert, wie er am Hafen von einigen Mitarbeitern erfahren hatte, dass noch Personal gesucht wurde, und wie problemlos es ihm gelungen war, einen Job zu ergattern.

»Problemlos?« Tina legte den Kopf schief. »Brauchten sie so dringend jemanden in fortgeschrittenem Alter, der tanzwütige Seniorinnen im Kreis herumschwenkt?«

»Ähm …« Paul schnippte ablenkend ein unsichtbares Stäubchen von der makellosen Uniformjacke. »Ich habe vielleicht ein bisschen mit meinem Alter gemogelt …«

»Wie das denn?« Karel sah ihn verwundert an. »Sie wollten doch sicher deinen Ausweis sehen.«

Paul nickte stumm und betrachtete plötzlich sehr interessiert den Himmel.

Bei Tina fiel der Groschen zuerst. »Du hast einen falschen Pass benutzt! Kein Wunder, dass wir dich nicht unter deinem richtigen Namen im Computersystem finden konnten. Das heißt – um ehrlich zu sein, kennen wir den ja nicht einmal: Gruber, Pivot … welcher stimmt? Und wenn wir schon dabei sind, heißt du überhaupt wirklich Paul?« Langsam geriet sie wirklich in Rage. Kein einziges Mal hatte Paul in den letzten Minuten danach gefragt, was sie bisher erlebt und durchgemacht hatten. Wie es ihnen ging. Was seine verletzenden Worte ausgelöst hatten.

Zerknirscht sah er sie an. Dann wanderte sein Blick vorsichtig zu Karel, Männi und Hedi, die ihn abwartend beobachteten. Nicht einmal Hedi, die sonst immer schnell bereit war, ihm alles Mögliche zu verzeihen, mischte sich nun ein.

Paul räusperte sich. »Paul stimmt schon«, murmelte er dann so leise, dass Männi sich in seinem Stuhl vorbeugen musste, um ihn zu verstehen. »Auch wenn etwas anderes auf meiner Geburtsurkunde steht. Glaubt mir, den anderen würdet ihr nicht mögen.«

Tina starrte Paul an. Vielleicht-Paul. Den Mann, der noch mehr Geheimnisse zu haben schien als Ole. Blass sah er aus und unsicher. Und das war wirklich eine Premiere. Paul war nie unsicher, er strotzte nur so vor Selbstbewusstsein! Ob sie es wollte oder nicht, ihre Wut verebbte. Ernst hatte immer behauptet, ihre Empathie sei eine ihrer größten Stärken. Doch gerade jetzt wünschte sie sich, sie könnte sie abstellen. Und auf Antworten bestehen. Immerhin ging es hier nicht nur um einen gemopsten Joghurt. Es ging um Vertrauen. Und Vertrauen war keine Einbahnstraße.

»Da wir gerade bei Wahrheiten sind«, sprach Paul weiter. »Ich weiß, ich habe gestern überreagiert.«

Tina biss sich auf die Lippen. Schön und gut, aber das war noch immer keine Entschuldigung. Doch da kam sie auch schon. »Verzeiht ihr mir? Bitte?« Beschämt verzog Paul das Gesicht. »Manchmal bin ich eben ein… alter Depp!«

Männi nickte. »Allerdings.«

Karel schien sich noch nicht entschlossen zu haben, wie er reagieren sollte, doch langsam löste sich seine kerzengerade Haltung, und er ließ sich in seinem Stuhl zurücksinken.

Hedi begann zu kichern. »Alter schützt vor Deppentum nicht«, sagte sie und brachte damit Männi zum Grinsen. Das verschwand allerdings in dem Moment, als sie spontan einen Arm um Paul schlang und ihn fest an sich drückte. »Natürlich verzeihen wir dir. Wir sind doch ein Team!«

»Ja?« Paul sah Tina in die Augen, als hinge von ihrer Antwort alles ab. »Sind wir das? Noch immer?« Er hielt ihr seine Hand hin.

Karel im Stuhl neben ihr rutschte unruhig hin und her. Tina beugte sich vor. Die anderen taten es ihr nach, erpicht darauf zu erfahren, was sie entgegnen würde. Von außen mussten sie wirken wie eine Gruppe gealterter Footballspieler, die vor einem wichtigen Match noch einmal die Köpfe zusammensteckten, um sich den Schlachtruf zuzumurmeln. *Go, Tigers, go!*

»Kommt drauf an.« Tina nahm seine Hand und sah auf Pauls und ihre verwobenen Finger. »Ein Team, haben wir gestern festgestellt, vertraut sich. Ohne Wenn und Aber. Können wir das?«

Paul schluckte, doch er ließ sie nicht los. »Wenn es darum geht, ob ich euch vertraue: Ja, das tue ich. Und wenn es darum geht, ob ihr mir vertrauen könnt…« Er holte zittrig

Luft. »Wenn das nur geht, indem ihr die ganze, unschöne Wahrheit kennt, dann bringen wir es hinter uns. Was wollt ihr wissen?«

In Tinas Kopf schwammen tausend Fragen. Woher kam es, dass Pauls flinke Finger Ausweise, Zimmerkarten und was auch immer entwenden konnten? Was hatte er sonst noch auf dem Kerbholz? Vor welcher Vergangenheit war er geflohen? Und weshalb war diese noch immer ein so großer Teil von ihm, dass ihn ein kleines Handauflegen in sofortige Kampfstellung katapultierte? Es gab so viel Unausgesprochenes zwischen ihnen. Doch hatte sie Paul in Oslo nicht versprochen, sie würde warten, bis er die richtigen Worte dafür gefunden hatte? Das galt noch immer. Manchmal fand man sie. Manchmal nicht. Und ab und an blieb keine Zeit mehr, darauf zu warten. Dann nahm man einfach die erstbesten.

Sie dachte an Ernsts hageres Gesicht am Schluss. Sie hatten verabredet, sich sämtliche Geheimnisse anzuvertrauen, bevor es zu spät war. Dann waren sie erstaunt darüber, wie unwichtig die meisten waren. Nur eins hatte sie ihm nicht gebeichtet, wollte nicht, dass er es mitnahm. Und hatte ihn unterschätzt. »Ein Letztes noch«, hatte er gemurmelt und ihre Hände mit überraschend festem Griff gehalten. »Ich weiß, warum du mich geheiratet hast. Aber das ist nicht wichtig. Wichtig ist der Grund, warum du geblieben bist.« Und sie? Sie hatte genickt und nicht widersprochen.

»Tina?« Karel legte eine Hand auf ihren Arm. Tina tauchte nur langsam aus ihren Erinnerungen auf. Karel, Männi, Hedi und Paul beobachteten sie. Sie nickte und fasste einen Entschluss. »Ich denke, die Vergangenheit kann warten. Wir haben Wichtigeres zu besprechen. Es gibt Neuigkeiten von Finn und Marion.«

Paul lauschte konzentriert. Besonders beunruhigt schien er nicht zu sein ob der Tatsache, dass Oles Sohn und Karels Tochter ihnen jeden Moment einen Strich durch die Rechnung machen konnten. »Ich finde eine Lösung«, erklärte er entschlossen, als Tina mit ihrem Bericht zu Ende war, und grinste schräg. »Darin bin ich gut.« Er drückte noch einmal Tinas Hand. »Allerdings eine womöglich nicht ganz… legale. Ist das ein Problem?«

Tina lachte auf. »Ganz legal ist unser Vorhaben nie gewesen.«

Hedi nickte zustimmend. »Besondere Situationen erfordern besondere Maßnahmen.«

»Gut.« Paul richtete sich auf. »Dann lasst mich mal machen, und genießt die nächsten Stunden Freiheit. Wir treffen uns, wenn der Mond aufgeht, an den Warmwasserpools. Die solltet ihr ausprobieren, solange ihr noch könnt. Aber nehmt den unteren. Alle wollen in den oberen, und ihr wisst ja, wie das so ist mit warmem Wasser und vollen Blasen…«

»Urgs!« Männi schüttelte sich. »Danke, das Bild bekomme ich jetzt nicht mehr aus dem Kopf.«

Tina lehnte sich zurück und zog ihre Hand mit sich. »Geht es ein bisschen genauer? Wann der Mond aufgeht oder die Sonne unter, scheint hier etwas anders zu sein als zu Hause.«

Paul nickte ihr zu. Seine Finger krümmten sich zu einer

Faust, als vermisse er ihre. »Aye, Frau General, für dich genauer. Achtzehn Uhr siebenundfünfzig. Im Pool. Ich hoffe, ihr habt Badekleidung dabei. Aber jetzt muss ich zu meiner Schicht.«

Tina sah ihm nach, wie er forschen Schrittes davonmarschierte. Gemeinsames Wassertreten zur Abendstunde und einen Plan entwickeln – das klang verführerisch.

»Ähm«, kam es da von Hedi, »ich weiß ja nicht, wie es mit euch aussieht, aber ich habe keinen Badeanzug dabei.«

Karel und Männi schüttelten die Köpfe, und auch Tina hatte damit nicht gerechnet. »Ist doch egal, wir sind unter uns. Dann geht das sicher auch im Pyjama oder so?«

Hedi quietschte entsetzt. »Pyjama? Auf keinen Fall! Ich besorge uns passendes Schwimmzeug!«

Tina musste lachen. Typisch Hedi. Widerstand war zwecklos. Bevor die Sonne unterging, hätte sie ihnen Badeklamotten gekauft, die nur sie selbst schick fände. Nur gut, dass es zur ersten Anprobe bereits dämmrig sein dürfte.

42

(62°29′59.0″N)

Tina trat zögernd hinter Hedi aus der extrabreiten Umkleidekabine. Rakel hatte ihnen den Schlüssel dafür überlassen. Im Gegenzug mussten sie einmal mehr versprechen, am nächsten Morgen zu ihrem Senioren-Yoga-Kurs zu erscheinen – vollzählig.

Männi und Karel, die bereits bis zu den Schultern im Wasser saßen, ahnten noch nichts von ihrem Glück. Doch wer in schriller Badekleidung gemeinsam in einem Pool geplanscht hatte, mit dem konnte man auch gefahrlos Zeitlupenverrenkungen auf Bodenmatten vollführen.

Hedi schubste ihren Rollator energisch voran, bremste vor der Pooltreppe und ließ sich auf ihrem gut gepolsterten Hintern kurzerhand eine Stufe nach der anderen hinabgleiten.

Tina fluchte leise, als der aufsteigende Dampf ihre Brillengläser beschlug. Sie hatte nicht vor, einen ungeplanten Köpfer hinzulegen. Schon gar nicht vor Karels Augen. Vorsichtig fasste sie nach dem rutschigen Geländer. Ihre Finger gehorchten ihr nicht wie erhofft. Zentimeter für Zentimeter tastete sie sich vor. Als sich ihr eine Hand helfend entgegenstreckte, griff sie dankbar zu und hörte, wie Hedi scharf die Luft einsog. Ungeduldig schob sich Tina die hinderliche Brille auf den Kopf und verstand Hedis Reaktion.

Wie vom Donner gerührt, starrte sie Männi vor sich an. Und das nicht wegen des modischen Hawaiimusters auf seiner Shorts. Seine Haut hatte wesentlich mehr zu erzählen: über und über war sie mit Tattoos bedeckt. Dagegen war Haakon aus Bergen ein blutiger Anfänger! Viele davon waren schwarz oder bläulich, einige bunt, etliche wirkten verwaschen, als trüge er sie schon sein ganzes Leben, andere Linien waren klarer.

»Wow«, flüsterte Hedi hinter ihm ehrfurchtsvoll und betrachtete seinen Rücken. Männi zuckte mit den Schultern und half Tina die Stufen hinab. »Wie ich sagte, meine persönliche Landkarte.«

Hedi streckte eine Hand aus, ließ sie jedoch fast schüchtern wieder fallen. Stattdessen machte sie einen Scherz. »Gibt es so viel, das du nicht vergessen willst?«

Tina tauchte vorsichtig ins warme Wasser. »Es geht weniger ums Nicht-Vergessen als darum, ein Zeichen zu setzen. Für Dinge, die dich ausmachen, habe ich mir sagen lassen.« Sie glitt neben Männi auf die Unterwasser-Bank.

Karel ihr gegenüber lächelte. »Warum wundert es mich nicht, dass du selbst dazu eine Expertenmeinung hast?«

»Okay, dann lasst uns mal lesen!« Hedi rutschte näher, hob Männis rechten Arm und drehte ihn hin und her. »Das hier ist eine Art Wappen, Zirkel, irgendein Winkel und …?«

»Ein Hobel, das Symbol der Schreiner.« Männi schloss eine Sekunde die Augen, als Hedi ihre Fingerspitzen über seine Schulter wandern ließ. »Hier, eine … ähm, eine Flosse??«

»Ja, die ist aus Neuseeland, symbolisiert Stärke und Schnelligkeit. Ist schon ein paar Jahre alt.«

»Und daneben … ein Anker. Als Zeichen dafür, dass du immer so geerdet bist. Oder steht dafür der Baum mit den Wurzeln auf deinem Rücken?«

»Früher war der Anker etwas für Menschen, die den Ozean überquert haben«, mischte sich Karel nun ein und streckte ebenfalls den Hals aus, um besser sehen zu können. »Aber wenn ich mich richtig erinnere, kann er auch das Symbol für ewige Liebe sein.«

Karel legte den Kopf schief, als Männi ihn anlachte. »Hast du das aus einer deiner Fernsehserien?«

»Ist es falsch?«

»Nein, nur nicht die richtige Bedeutung für mich.«

Hedi strahlte. »Hey, ich habe eine Idee! Wenn wir Ole dem Meer übergeben haben, sollten wir uns alle ein Anker-Tattoo mit seinem Namen stechen lassen. Als Zeichen. Für uns und… diese Reise. Vorausgesetzt, Männi hat irgendwo noch ein paar Zentimeter frei.«

»Keine schlechte Idee«, feixte Männi. Er drehte sich fragend zu Tina, die mit etwas ganz anderem beschäftigt war. Mit etwas, das Karel und Hedi hinter Männi noch nicht bemerkt hatten. Ein Phönix prangte auf seiner Brust. Die Schwingen liefen unter seinen Achseln bis auf den Rücken, der Hals streckte sich bis zu Männis Kehle, normalerweise immer von einem seiner obligatorischen Rollkragenpullover versteckt. Doch es waren die sorgsam gestochenen Federn, die Tinas Aufmerksamkeit fesselten. Sie schmiegten sich an eine Narbe, die genau zwischen den Rippen Männis gesamte Brust hinablief.

Tina hatte Erfahrung mit Narben. Ernst war oft genug auf- und wieder zugemacht worden. Das letzte Mal hatten die Ärzte gesagt, sie könnten nichts mehr für ihn tun. Und ein Teil von ihr war erleichtert gewesen, dass er nicht ein weiteres Mal einer Prozedur ausgesetzt werden musste, die er immer schwerer überstand.

Als sie aufblickte, lachte Männi nicht mehr. Und auch Hedi und Karel schwiegen wachsam.

»Dein Herz?«, fragte Tina leise, und Männi lehnte sich seufzend zurück.

Hedis Augen wurden groß, als ihr klar wurde, worauf Tina hinauswollte. Ihre Hände flatterten zu ihrem Mund, dann legte sie die Fingerspitzen so vorsichtig auf Männis Narbe, als hätte sie Angst, ihn zu verletzen. »Wann?«

»Vor sechs Jahren. Die schlimmste Zeit meines Lebens. Nicht einmal wegen der Operation, sondern weil … ich plötzlich nicht einmal mehr auf das Einzige vertrauen konnte, dessen ich mir bis dahin immer sicher war.«

Fragend sahen sie ihn an, dann nickte Karel. »Auf dich selbst – deinen Körper?«

Männi lachte, es klang traurig. »So viel zu der Walflosse auf meiner Schulter.«

Das war ausgemachter Quatsch. »Es braucht Stärke, so etwas zu überstehen, oder?«, widersprach Tina. »Also sitzt sie schon ganz richtig da auf dir.«

In Hedi schien es zu rumoren. »Deshalb willst du nicht dein Gehör nachsehen lasen? Aus Angst, dass ein Hörgerät nicht reicht und du wieder unters Messer musst? Oder besser: aus Angst davor, noch einmal alle Verantwortung abzugeben?«

Tina betrachtete ihre Freundin stolz. Hedi hatte ein loses Mundwerk und konnte bissiger sein als alle Menschen, die Tina kannte. Aber es gab auch niemanden, der mitfühlender war als sie. Nur ließ sie das nicht so oft durchblicken. Als Männi sie nun fast andächtig anstaunte und sich zu ihr lehnte, machte Tina zwei Schwimmzüge zu Karel auf der Unterwasserbank gegenüber. Die beiden sahen aus, als könnten sie ein paar private Minuten gebrauchen.

»Ohne Herz geht es nicht«, hörte Tina Männi murmeln, »ohne Gehör schon. Dachte ich. Bis ihr daherkamt. Und Ole. Denn eigentlich geht es um Lebensqualität, oder? Und um hoffentlich noch etliche Jahre.« Er sah Hedi mutig an. »Mit Bloody Marys und Quizabenden, vielleicht der ein oder anderen Reise …?«

Hedis Lachen klang atemlos. »Du willst mit mir verreisen? Also mit uns?«

»Mit euch. Mit dir. Was sagst du?«

»Ich bin dabei!«

»Also gut, machen wir einen Deal: Du begleitest mich zum Hals-Nasen-Ohren-Pfuscher, ich dich zum Orthopäden. Und dann entscheiden wir, was wir tun.«

»Unter einer Bedingung.«

»Alles.«

»Erst das Tattoo.«

Typisch Hedi! Tina sah zu Karel. Doch der blickte auf die vorbeiziehenden Lichter der Küste. Sein Gesicht war verschlossen und gedankenverloren. Dass sein Arm auf dem Poolrand lag, seine Finger um ihre rechte Schulter, schien er nicht zu bemerken. Tina setzte sich die Brille auf und konzentrierte sich. Auf der einen Seite schaukelte ein Fjord mit beleuchteten Häusern an ihnen vorbei wie eine Horde betrunkener Glühwürmchen. Auf der anderen erstreckte sich das dunkle Meer. Dort war nichts als Schwärze. Ihr Herz zog sich zusammen. Dunkelheit hatte für sie immer Abwesenheit bedeutet. Abwesenheit von Licht und Leben, der Möglichkeit, an ein Morgen zu glauben. Für Ernst, für sich, für die gesamte Welt.

Vorsichtig ließ sie den Kopf nach hinten sinken, bis sie die Sterne am Himmel sehen konnte. Karels Arm unter ihrem Nacken war ein gutes Kissen.

43

(62°36′55.4″N)

Karels Körper fühlte sich leicht an. So leicht wie schon lange nicht mehr. Ob das Poolwasser mit Salz versetzt war? Seine Gedanken allerdings wogen Tonnen. *Lebensqualität* hatte Männi gesagt, und Karel hatte an *Sterbensqualität* denken müssen. Etwas, das er Margo nicht hatte bieten können. Wie oft hatte er sich gefragt, ob ihre Augen ihn um etwas baten, für das sie keine passenden Worte mehr gefunden hatte. Doch wie hätte er sicher sein können? Nichts hatten sie für so einen Fall geklärt oder festgelegt. Abend für Abend hatte er sie in ihrem Spitalzimmer allein gelassen und war nach Hause gelaufen. Der Weg durch den Wald, die Kieselstrecke an den Forellenteichen entlang, immer dieselbe mit dem gleichen Gedanken: dass er an ihrer Stelle lieber auf dem Balkon vergessen werden würde. Erfrieren, hatte er irgendwo einmal gelesen, wäre ein gnädiger Tod. Nichts Gnädiges war an Margos Dahinwelken gewesen. Nach seinen Besuchen bei ihr hatte er vor seinem eigenen Testament gesessen, versucht, die richtigen Worte zu finden, einen Zusatzpassus zu formulieren. Und es jedes Mal verworfen. Durfte er seiner Tochter so etwas zumuten? Geräte ausstellen. Keine lebensverlängernden Maßnahmen. Ihn auf dem Balkon vergessen.

Vielleicht konnten sie darüber reden, wenn Oles Beerdigung vorbei war. Immerhin schien Marion inzwischen seine Beweggründe zu verstehen. Vor ein paar Jahren hatten sie beide das Thema überfordert von sich geschoben, als würden sie Margos Krankheit dadurch einladen, ihr und ihnen nur noch mehr zu nehmen. Später dann hatten sie nie wieder darüber gesprochen. Doch er hatte es mit sich getragen, Tag für Tag. Seine Unfähigkeit, adäquat zu reagieren, sein Unvermögen, einzuschätzen, was seine stumme Frau gewollt hätte. Sein Versagen, seine Schuld. Und wer sagte, dass es Marion nicht ähnlich gegangen war? Er hatte sie nie danach gefragt.

Und was war mit Finn?! Für die Entzweiung zwischen ihm und Ole hatte es sicher einen Grund gegeben. Doch vielleicht hatte ihnen eine Kurzschlussreaktion die Tür versperrt, für die sie später keinen Schlüssel mehr gefunden hatten.

Das war traurig. Karel fühlte sich traurig. Er spürte sein Herz, und jedes Klopfen wurde flacher, als würde er noch mal Abschied nehmen. Oder vielleicht, als nähme er nun *endlich* Abschied.

»Karel?« Tinas leise Stimme riss ihn aus den Gedanken. Ihr Kopf lehnte auf seinem ausgestreckten Arm, ihre Haare waren feucht. »Willst du darüber reden?«

»Worüber?« Er warf einen Blick nach vorn, wo Hedi und Männi dicht nebeneinander flüsterten. Ihre Schultern berührten sich. Karel musste lächeln, sein Körper schwebte in dem Wasser, sein Kopf schwamm von einem Gedanken zum nächsten.

»Darüber, was der Grund für diese steile Falte zwischen deinen Brauen ist.« Tina bewegte sich nicht, sah ihm nur auf die Stirn.

»Ich habe über Ole und Finn nachgedacht, über verpasste Chancen.«

»Habe ich eben Finn, Ole und verpasste Chancen in einem Satz gehört?« Männi hielt sich eine Hand hinters Ohr und beugte sich vor. »Für einen von ihnen sind die gar nicht so vertan, finde ich.«

Tina setzte sich auf. Ohne ihren Nacken lag Karels Arm kalt und irgendwie sinnlos da auf dem Rand. Er zog ihn unter Wasser. »Was meinst du damit?«

»Furchtbar eilig hatte es der Sohnemann, Ole einzumauern. Doch jetzt verfolgt er uns mit einer Bissigkeit über fast dreitausend Kilometer hinweg. Wäre ihm sein Vater wirklich so egal, warum lässt er uns nicht einfach machen?«

Überrascht starrte sie ihn an. Ja, warum eigentlich?

»Und noch etwas.« Männi hob den Zeigefinger. Von seinem linken Bizeps blinzelte ihnen eine Meerjungfrau entgegen. »Paul hatte recht, wir waren ab und zu unvorsichtig: Der Apotheker in Göteborg musste bei meinem Herzspezialisten wegen des vergessenen Marcumars anrufen. Karel hat die Glocken von Oslo auf der Mailbox seiner Tochter hinterlassen. Und vielleicht hat jemand vom Grandhotel Paul angezeigt, weil wir die Zeche geprellt haben. Trotzdem könnten wir auf dem Weg nach Finnland oder Island sein. Ich glaube nicht, dass Oles Sohn uns auf die Schliche gekommen ist. Ich glaube, er hat sich an etwas erinnert. An etwas Wichtiges.«

Hedis Augen wurden groß. »Du meinst, er hat Oles Tagebuch gelesen?«

Männi schüttelte den Kopf. »Nein, ich meine, der Junior hat angefangen zu denken wie der Senior. Und das ist ein gutes Zeichen.« Dann runzelte er die Stirn und sah ihnen reihum ins Gesicht. »Welches Tagebuch?«

Karel spürte, wie Tina neben sich versteifte. Sie und Hedi wechselten einen schuldbewussten Blick.

»Ja, das würde ich auch gern wissen«, kam da Pauls Stimme aus der Dunkelheit. »Welches Tagebuch?« Er zog die Schuhe aus, krempelte die Hosenbeine hoch, setzte sich auf den Rand des Pools und ließ die Beine ins Wasser baumeln.

Karel hörte Tina neben sich tief einatmen. Hoffentlich wegen des ominösen Tagebuchs und nicht, weil Pauls Auftauchen ihr den Atem stahl.

»Hedi und ich müssen euch etwas beichten.«

44

(62°40'56.2''N)

»Das kann nicht dein Ernst sein!« Hedi schäumte. »Wer hat groß getönt, er findet einen Ausweg? Und jetzt hast du keinen Plan B?« Sauer schob sie ihren Rollator gegen Pauls gebügelte Uniformhose.

Ausweichen konnte er nicht. Sie standen dicht an dicht in einem Warenaufzug, zu dem keiner der normalen Passagiere Zugang hatte. Tina musste grinsen, als Paul nun sein malträtiertes Schienbein massierte. Inzwischen sollte er wissen, dass es keine gute Idee war, Hedi zu verärgern.

»Ich habe nicht gesagt, ich habe keinen Plan B«, flehte er. »Ich habe gesagt: Folgt mir, wir müssen erst noch ein paar Dinge klären.«

Hedi schnaufte und ließ ihren Rollator, wo er war. »Klingt für mich nicht nach ausgereiftem Konzept!«

»Im Großen und Ganzen weiß ich, wo wir untertauchen können«, versuchte Paul sie zu beruhigen. »Aber für die Feinarbeit brauche ich eure Hilfe.«

Der Aufzug hielt, und die Türen öffneten sich zum zweiten Unterdeck.

Hedi verschränkte die Arme vor der Brust. »Unterdeck? Ich verstecke mich nicht zwischen Paletten, Autos und Getier!« Dann warf sie einen Blick unter ihr Sitzkissen. »Und Ole auch nicht.«

Paul seufzte. »Wir sind im oberen Mitarbeiterdeck, und ich möchte euch gerne ein paar Leute vorstellen.«

»Du hast sie wirklich überzeugt?« Rakel eilte auf sie zu und stieß Paul erfreut in die Seite. »Obwohl morgen es gibt eine Verabredung mit mir zum Frühsport?! Das ist tapfer!«

»Eine was?« Männi und Karel sahen verwirrt aus.

Tina beeilte sich überall hinzusehen, nur nicht in ihre Richtung. »Es könnte sein, dass Hedi und ich uns vier zum Yoga angemeldet haben …«

»*Yoga*? Ist das nicht nur was für ganz Gelenkige?« Männi sah besorgt an sich herunter. »Bei mir knirscht und klappert das gesamte Gestell, vor allem morgens.«

Rakel grinste. »Ich habe ein Vorschlag: Wenn ihr gewinnt, ihr bekommt die Dreierkabinen, und ihr dürft auch in das Lunch-Kurs.«

»Welche Dreierkabinen?«

Tina horchte auf. »Was denn gewinnen?«

Hedi stemmte die Hände in die Hüften und blitzte Paul an. »Bist du etwa eine Wette eingegangen? Was müssen wir tun, auf Zeit Geschirr spülen, Hindernislauf, Strippoker?«

Pauls Lippen verzogen sich amüsiert – hoffentlich hatte Hedi ihn jetzt nicht noch auf eine Idee gebracht! »Nur das, in dem wir sowieso schon Champions sind«, winkte er dann ab. »Beim Quiz gewinnen.« Dann öffnete er die Tür zu dem gut gefüllten Gemeinschaftssaal.

Stimmen wurden laut. Mindestens fünfzig Leute hatten sich hier versammelt, einige in Uniform, andere in Privatkleidung, viele winkten dem Grüppchen zu. Auf einer Seite des

Raumes standen ein Mikrofonständer und eine Tafel, auf der verschiedene Teams aufgelistet waren. Tina entdeckte *Team Ole* an oberster Stelle.

Während Paul sie zu einem Tisch führte, erklärte er, was Sache war. Er hatte seine Kollegen um Hilfe gebeten. Und diese waren auf eine wunderbar einfache und perfekte Lösung für ihr Finn-und-Marion-Problem gekommen: Normale Passagiere kamen nicht auf die Mannschaftsdecks. Hier unten wären die fünf Verschwörer samt Ole und Pi also so gut wie unsichtbar. Es waren Rakel und einige ihrer Kollegen gewesen, die, ohne zu zögern, angeboten hatten, ihre Dreierkabinen zu räumen und in den Schlafsaal zu ziehen. Und als Paul das nicht annehmen wollte, waren sie auf die Idee mit dem Wetteinsatz gekommen. Tina wunderte es nicht, dass Paul, der alte Spieler, da nicht hatte widerstehen können. Doch eines überraschte sie doch: »Du hast ihnen tatsächlich die Wahrheit gesagt?«

Paul hob die rechte Hand zum Schwur und legte die andere auf sein Herz. »Nichts als die Wahrheit. Hat mir mal eine schlaue Generalin geraten.«

»Ich? Wann?«

»Na ja, das war zumindest, was ich gehört habe. Gesagt hast du, dass Dinge manchmal leichter werden, wenn man über sie spricht.«

Ja klar. Oslo und seine Attacke auf sie. Ob er jemals verraten würde, was dahintersteckte? Momentan schien er allerdings ein weiteres Mal nicht weiter auf das Thema eingehen zu wollen, stattdessen versorgte er sie mit Getränken.

Männi hob seine Bierflasche. »Paul«, fand er, »du spinnst. Auf eine gute Art!«

Sie stießen an und tranken. Überrascht nahm Tina gleich noch einen Schluck. Nun, das war wirklich das genaue Gegenteil von in Wodka aufgelöstem Lakritz: sommerlich und frisch. Sommer stand auch auf dem Etikett, sommer, humle, Dains und bryggeri Hakøja. Sommerhummel? Sommerbiene? Das wäre ein Bier für Ole, den Craft-Beer-Kenner, gewesen.

Von weiter vorn prostete Rakel ihnen zu, einen Arm um eine blonde Frau in Kochmontur gelegt. Etliche von Pauls Kollegen machten halt und wünschten ihnen auf Englisch und Deutsch viel Glück.

Tina lehnte sich entspannt zurück. Es war ihr herzlich egal, ob sie in einem Zehnbett-Zimmer oder zwei Dreierkajüten landeten. Pauls Kollegen waren etwas Besonderes. Eine Schiffsfamilie. Sie lächelte in sich hinein. Hier, mitten auf dem Meer, schien der Familienvergleich der Skandinavier aufzugehen. Ja mehr noch, er schloss auch weitere Nationalitäten mit ein. Tina hob ihr Sommerhummel-Bier. »Auf die Familie, egal, ob verwandt oder nicht!«

»Auf Ole, der immer unser Kapitän bleiben wird, egal ob mit oder ohne Patent!«, ergänzte Paul.

»Darauf, dass Freunde dich sein lassen, was du willst!«, stimmte Hedi zu.

»Auf dass alles gut geht!«, fand Karel

»Und noch einmal auf uns!«, lächelte Männi.

Tina nutzte die Zeit, bis das Quiz startete, um die letzten Aufgaben zu verteilen: Männi war ihr Mann für die Urne.

Karel und Paul würden sich eine biologische Beschwerung besorgen, damit Ole auch sank und an Ort und Stelle blieb. Hedi wollte sich um die Begleitmusik kümmern und befragte dazu gar nicht schüchtern einige der Anwesenden nach ihrem musikalischen Talent. Tina dagegen hatte vor, ein passendes Gedicht von Oles Lieblingsdichter aus dessen Tagebuch herauszusuchen.

»Und wer von uns«, fragte Männi plötzlich etwas besorgt, »hält die Abschiedsrede?«

Auch darüber hatte Tina sich bereits Gedanken gemacht. Oles Bestattung war ebenso ungewöhnlich wie seine Urne, da durfte auch die Rede etwas origineller ausfallen. »Wie wäre es«, schlug sie also vor, »wenn jeder, der möchte, ein paar Worte sagt?«

»Ja, das ist eine gute Idee.« Hedis Augen glänzten verdächtig. Männi griff nach ihrer Hand. »Und es würde ihm sicher gefallen.«

Rakel räusperte sich ins Mikrofon. »Velkommen, Welcome, Hallo alle miteinander«, rief sie fröhlich. »Heute haben wir eine besonderen Einsatz – mindste einige von uns: unsere Betten!«

Lachen war zu hören. Alle drehten sich zu Paul und seiner Crew um. »Lasst hören, was ihr könnt!«, rief jemand von weiter vorn. »Und wie viel Sie über Skandinavien und Skandinavier gelernt habt«, jemand anderes. Und ein dritter wollte besorgt wissen, ob sie denn damit klarkamen, dass das Quiz auf Englisch sein würde. Nicht dass sie hinterher behaupteten, das sei der Grund für ihr Versagen?!

»We don't fail!«, lachte Paul laut und gab Rakel mit einem Handzeichen zu verstehen, dass sie bereit waren.

Und schon ging es los.

Wie viel Meter ging die Bergbahn in Bergen bis zum Gipfel hinauf?

»Dreihundertzwei!«, rief Karel, bevor noch irgendwer einen Finger in die Luft gestreckt hatte.

Wie wurden die norwegischen Trachten genannt?

Hedi fuchtelte mit den Armen – »Bunad!« – und schwenkte siegesgewiss ihren Schal.

Was schnitzte ein traditionsbewusster Däne, um einen Heiratsantrag zu machen?

Männi sprang auf. »Eine Mangel für Wäsche«, rief er in beinahe akzentfreiem Englisch. »Und wird er nicht erhört, landet diese an der Wand!«

Beifall brandete auf. »Und wie viele hängen bei dir so herum?«, feixte jemand vom Nachtbartisch herüber.

Männi grinste. »Noch keine, aber vielleicht versuche ich demnächst mal mein Glück.«

Was waren die berühmtesten Autoren Skandinaviens?

Tina dachte an Edis Lieblingsmärchen, und plötzlich fiel ihr auch der Autor dazu wieder ein. »Hans Christian Andersen«, schlug sie vor.

»Jussi Adler-Olsen«, rief Karel.

»Tove Jansson«, kam von Hedi.

»Anne Holt«, verblüffte sie Männi.

»Henning Mankell«, ergänzte Paul.

»Ach, und dann natürlich Olav Håkonson Hauge«, erinnerte sich Tina an Oles Tagebuch und verschaffte ihnen glatt einen Sonderpunkt, als sie zwei Gedichtzeilen rezitierte – wenn auch auf Deutsch.

Paul klopfte ihr beeindruckt auf die Schulter. Karel steckte ihr einen Daumen entgegen und schoss bei der nächsten Frage in die Höhe: Was klauten Trolle? Er warf Tina einen Blick zu. »Schätze! Und ich möchte anfügen, ein Schatz kann wesentlich mehr sein als nur Silber und Gold!« Seine Ohren glühten, als er sich unter dem Applaus aller Anwesenden wieder auf seinen Stuhl fallen ließ.

Hedi stupste Tina an und zog eine Augenbraue in die Höhe. »Bin das nur ich, oder war das eben … ein wenig zweideutig?«

»Jetzt nicht nachlassen, konzentriere dich«, zischte Tina und musste sich ein »Das sagt ja die Richtige!« gefallen lassen, als sie möglichst unauffällig ein wenig näher zu Karel rutschte.

Sie waren gut im Rennen, da war sich Tina sicher, obwohl sie diesmal keine Liste mit Hochrechnungen gemacht hatte.

»Letzte Frage vor dem Hafen in Molde«, formulierte Rakel besonders deutlich, und es wurde erwartungsvoll still. Jetzt galt es!

»Welcher skandalträchtige Norweger macht Werbung für Müsli, Brot und Marmelade?«

Tina und Karel wechselten einen ratlosen Blick, Männi zuckte mit den Schultern, und auch Hedi winkte ab. »Das ist definitiv eine Insiderfrage für Besserwisser.«

Doch Pauls Stimme klang völlig sicher. »Petter Northug!« Tina betrachtete ihn verwundert. Sie hatte noch nie von dem Mann gehört.

»Ski-Ass, der Kerl«, erklärte Paul und grinste breit. »Hat mit betrunkenem Kopf seinen Wagen geschrottet.«

Tina schüttelte den Kopf. Und so einer machte jetzt in Nahrungsmitteln? Doch es kam noch besser.

»Dann ist er ausgestiegen, nach Hause gelaufen und hat behauptet, er war's nicht, das Schlitzohr.« Paul amüsierte sich köstlich. »Drangekriegt haben sie ihn trotzdem.«

»Ein Eins-a-Aushängeschild für Cerealien«, brummelte Hedi. »Vielleicht hätte er besser einen Werbevertrag mit einer Schnapsbrennerei unterschreiben sollen.«

»Das ist anders bei uns, als es ist zu Hause bei Ihnen.« Rakel trat mit einer Liste an ihren Tisch und lächelte schräg. »Wir haben nicht so viele Helden. Aber die wir haben, wir verzeihen viel.«

Wortlos staunte Tina die junge Frau an. Eine verrückte Erklärung. Aber eine sehr sympathische. »Vielleicht machen es die Norweger richtig«, überlegte sie laut, »jeder sollte eine zweite Chance bekommen.«

Paul griff spontan über den Tisch und drückte warm ihre Hand. »Das hast du wunderbar gesagt.«

»Ich habe auf der Punktestand geschaut, und es sieht gut aus. Wie dass ihr ab morgen zwei Dreierkabinen bei uns habt«, strahlte Rakel da so breit, dass Tina fast der Verdacht kam, Pauls Kollegen hätten sie gewinnen lassen. Diese Skandinavier!

»Und wir«, Rakel tippte Tina, Hedi, Männi und Karel auf die Schultern, »sehen morgen zu Lunch-Yoga um zwölf.«

»Ähm …« Männi streckte eine Hand hoch, als sei er wieder in der Schule. »Könnte ich stattdessen nicht … ein paar Gewichte drücken oder so? Ich bin nicht gemacht für Zeitlupengymnastik und Ommmm.«

Rakel gluckste in sich hinein. »Geben Sie mir eine Chance – eine erste. Also es gibt nicht so viel Ommmm, und ihre knirschende Knochen werden sagen Danke!« Mit einem letzten Zwinkern überließ sie es Paul, seine kleine Gruppe zu den regulären Passagierdecks zu begleiten. Jedoch nicht, bevor sich Hedi mit einigen von Pauls Kollegen für den nächsten Tag zu einer ersten musikalischen Probe verabredet hatte. Begeistert über die Vielzahl an potenziellen Musikern, stupste sie Männi an, kaum dass sie den Aufzug betreten hatten. »Yoga morgen, wir alle, was? Ich bin schon sehr gespannt. Ein bisschen Tiefenmuskulaturtraining tut auch dir sicher gut.«

Männi zog die Nase kraus. »Wofür?«

Hedi bedachte ihn mit einem sprechenden Blick. »Das entscheiden wir hinterher.«

Tina unterdrückte ein Lachen. Männis Wangen röteten sich; fest hielt er den Blick auf den Boden geheftet. Im vierten Stock musste Karel ihn mehrmals anstoßen und schließlich hinter sich hinauszerren.

Tina gluckste, als die beiden Männer den Aufzug verlassen und die Türen sich wieder geschlossen hatten. »Sei vorsichtig mit ihm!«

Hedi sah sie unschuldig an. »Bin ich doch. Ich hätte auch

sagen können: Was für ein Tattoo ziert eigentlich deinen faltigen Hintern? Habe ich aber nicht. Stattdessen hoffe ich, morgen einen besseren Blick darauf erhaschen zu können.«

Der Lift hielt im sechsten Deck. Tina ließ Hedi den Vortritt. »Du könntest ihn auch einfach bitten«, schlug sie vor, »es dich sehen zu lassen.«

Hedi kicherte. »Genau! Lass mal die Hüllen fallen, und zeig, was du hast! Da fällt er mir doch gleich in Ohnmacht.«

45

(63°26'26.8"N)

Noch während sie ihre Kabine aufschlossen, kicherten Tina und Hedi darüber, wie Karel und Männi sich die Hälse verrenkt hatten, um ihnen nachzusehen, während sie in dem gläsernen Lift nach oben geglitten waren.

»Und jetzt noch einen Absacker.« Hedi rieb sich die Hände. »Der Luxus muss schließlich genutzt werden, bevor wir …«, sie schnippte mit den Fingern, »… den Houdini machen. Außerdem gibt es noch einiges zu besprechen!«

Zu Tinas Verwunderung brühte sie ihnen in der Kabine zwei Tassen Kräutertee auf. »Also«, begann sie dann zögernd, und Tina stählte sich. Hoffentlich wollte Hedi nicht darüber reden, was da, vielleicht, zwischen Karel und ihr war. Unverfänglicher wäre eine Katalogisierung von Männis Tattoos.

Doch Hedi überraschte sie erneut. Sie sagte nur ein Wort. »Paul.«

»Was ist mit ihm?«

»Genau das würde ich gerne wissen, du nicht?«

Zustimmend legte Tina den Kopf schief. »Schon, aber ich denke, er ist noch nicht so weit.«

»Und was, wenn er nie so weit ist? Kommen wir klar damit, dass einer von uns jemand anderer ist, als er vorgibt zu sein?«

Ja, genau die Frage hatte sich auch Tina gestellt. Und war bisher noch zu keinem Ergebnis gekommen. Denn das hing davon ab, was genau es war, das Paul ihnen verheimlichte. »Streng genommen«, dachte sie laut, »trifft das auf jeden von uns zu – das Vorgeben geschönter Tatsachen.«

Doch Hedi schüttelte den Kopf. »Nicht wirklich. Meine Geschichte kennst du, Ole hat seine aufgeschrieben. Männi hat heute im wahrsten Sinne des Wortes blankgezogen, und Karel… verbessere mich, wenn es nicht stimmt, aber zumindest dir schien er in den letzten Tagen Dinge anzuvertrauen, die er lange unter Verschluss gehalten hat.« Nachdenklich sah sie Tina an. »Bleiben also noch zwei übrig: Paul… und du.«

»Ich?« Tina lachte und wünschte sich etwas Stärkeres als einen Kräutertee. »Ich bin kein Mysterium.«

»Nein?« Hedis Augen waren sanft. »Was ist damals mit deinem Mann passiert?«

Tina schluckte, ihre Antwort klang selbst für ihre eigenen Ohren wie eine Frage. »Er ist gestorben?«

Doch dieses Wort traf es nicht einmal ansatzweise. Es gehörte in ein Kirchenbuch, in ein Verzeichnis von Daten und Fakten. Es war ein unzureichender Oberbegriff, hinter dem sich so vieles verstecken ließ: Wut, Trauer, Hilflosigkeit, Gewissensbisse und Verzweiflungstaten. Grellweiße Nächte und dumpfe Tage, in denen Sekunden schmerzhaft auf der Haut vibrierten. Räume, die immer enger wurden und das Atmen erschwerten. Ein haltloses Lächeln als einzige Verbindung, die letzte zu all dem, was einmal gewesen war. Und war man dann plötzlich allein, vergaß man es immer wieder, weil der Kopf sich weigerte, sich auf die veränderte Situation einzustellen. Denn überall war da noch das Echo seiner Stimme und seines Lachens.

»Zuerst wollte ich ihn nicht gehen lassen. Ich war sauer auf ihn. Wir hatten eine Verabredung.« Tina setzte seufzend die Brille ab und kniff in ihre Nasenwurzel. Das half manchmal. »Später dann gab es Tage, in denen ich vor mir selbst erschrak, weil ein Teil von mir fand, es könnte verdammt noch mal schneller gehen. Der gleiche Teil, der auch glaubte, alles sei besser als das, was war. Für ihn. Aber auch für mich. Wie egoistisch ist das?«

Hedi schüttelte den Kopf, unterbrach sie aber nicht.

»Wir waren schon immer verschieden gewesen, Gegensätze und so weiter. Wusstest du, dass ich nicht vorhatte, ihn zu heiraten? Nicht, dass es da jemand anderen gab, aber… Sieben Geschwister, Hedi, ich wollte nicht enden wie meine Mutter! Ständig schwanger, ständig darum kämpfend, den Ist-Zustand zu halten, und dann: ausgelaugt, noch vor ihrer Zeit einfach aufgeben. Sie wurde nicht einmal sechzig.«

»Aber dann kam Laura?«, vermutete Hedi völlig richtig und legte Tina einen Arm um die Schultern. Ihre Wärme sickerte durch Tinas Strickjacke und löste die Verspannung. Tina ließ sich zurücksinken.

»Laura wollte immer Geschwister. Auf jeden vermaledeiten Weihnachtszettel schrieb sie: Ich wünsche mir eine Schwester oder einen Bruder.« Tina musste lächeln. »Du ahnst gar nicht, wie erleichtert ich war, als sie endlich aufhörte, ans Christkind zu glauben!«

Hedi kicherte leise. Dann wurde sie wieder ernst. »Aber ihr seid zusammengeblieben. Es kann also nicht nur an eurer Tochter gelegen haben. Was hast du mir im Bus nach Oslo erklärt? Manchmal sind Entscheidungen, die aus Vernunftgründen getroffen werden, nicht die schlechtesten.«

Tina legte den Kopf zurück und schloss die Augen. »Ernst hat es gewusst. In unserem letzten Gespräch sagte er, es sei ihm egal, warum ich ihn geheiratet habe, viel wichtiger wäre der Grund, weshalb ich geblieben bin.«

»Aber?«

Da war es, laut und deutlich: das Aber. Wenn es einen Menschen gab, der es hörte, wie sehr man es auch zu unterdrücken versuchte, dann Hedi.

»Aber«, flüsterte Tina leise und schloss die Augen. »Aber ich hatte ja keinen Vergleich. Das habe ich ihm nicht gesagt.«

»Na und?« Hedi richtete sich auf. Als Tina die Augen öffnete, zuckte ihre Freundin gerade wegwerfend mit den Schultern. »Deshalb hast du ihn doch noch nicht angelogen. Es war, wie es war, und alles, was du über ihn erzählst, klingt liebevoll. Gefühle lassen sich nicht messen und in eine Formel zwängen, die dir ausrechnet, ob sie das sind, was sich gehört. Die machen, was sie wollen, und perfekt gibt es sie nicht. Wenn sie allerdings nicht nur einseitig sind, ist schon viel gewonnen, meinst du nicht?«

Tina lächelte. Hedis Wangen waren gerötet; ihre Locken standen vom Kopf ab, als sträubten sie sich. Und vielleicht taten sie das ja auch, stellvertretend für die ganze Hedi. »Ich finde«, nickte sie jetzt mit Nachdruck, »du hast genug Zeit damit verbracht, dir ein schlechtes Gewissen zu machen. Ernst hat nicht von dir verlangt, ihm eine unzweifelhafte Antwort auf eine mathematische Gleichung zu geben, zu der du nicht alle Variablen hattest. Er wollte eine Bestätigung, die du ihm geben konntest. Und das hast du getan.«

Tina überlegte. So hatte sie es noch nie gesehen. Ganz unlogisch waren Hedis Worte nicht. Sie hinterließen ein kleines Ping, das verdächtig ähnlich klang wie das Geräusch, das ertönte, wenn in Adrians Zoospiel das nächste Level freigeschaltet wurde. Genauso, als hätte ihr Gehirn eben gerade zwei bisher parallel existierende Neuronen verknüpft. Und das in ihrem Alter.

Da schnappte Hedi alarmiert nach Luft. »Oh mei, guck mal auf die Uhr! Es ist fast vier! In acht Stunden haben wir eine Yoga-Verabredung. Und vorher den Umzug aufs zweite Deck zu managen. Und ich brauche meinen Schönheitsschlaf!«

Gelöst sah Tina zu, wie der rot-grüne Derwisch, in den sich ihre Freundin nun verwandelte, Klamotten von sich warf, den Pyjama überstülpte und im Badezimmer verschwand. Während Hedi hinter geschlossener Tür all ihre Vorbereitungen für die Nachtruhe absolvierte, bereitete Tina die Betten vor. Gähnend machte sie sich fertig, beschränkte sich auf eine Katzenwäsche – und noch bevor ihr Kopf das Kissen berührte, war sie eingeschlafen.

Hedi musste es ähnlich ergangen sein, erkannte Tina gefühlte Minuten später, als sich ihre Blase meldete. Warum sonst brannte das Kabinenlicht immer noch? Mit zusammengekniffenen Augen tastete sie sich zum Badezimmer und betätigte dabei mehrmals den Lichtschalter. Irgendetwas musste kaputt sein, es wurde nicht dunkler. Stöhnend legte sie den Kopf in den Nacken, um die ungehorsame Glühbirne mit einem scharfen Blick zum Erlöschen zu bringen – und stutzte.

Das Licht war aus. Dafür waren die Vorhänge geöffnet und gaben dem Strahlen der Herbstsonne ungehindert Einlass. Und was für eine Sonne das war: hell und … furchtbar sonnig und … irgendwie viel zu hoch am Himmel!

»Was zum Henker …?«

Hedi stöhnte. »Mach das vermaledeite Licht aus!«

»Würde ich ja gern, aber solange du keine Sonnenfinsternis in der Tasche hast …«

Grunzend zog sich Hedi die Decke übers Gesicht. Ausgerechnet heute schien ihr Frühaufsteher-Gen länger zu schlafen als sie selbst. Dann hatten Tinas Worte offenbar den Weg von ihren Ohren zum Gehirn zurückgelegt. Ruckartig setzte sie sich auf und hielt sich das Handgelenk vor die Augen. »Haben wir den Wecker verschlafen?«

Tina tanzte unruhig von einem Bein aufs andere. »Keine Ahnung, auf wie viel Uhr hattest du ihn gestellt?«

»Ich? Ich dachte du… Oh verdammt! Halb zwölf! Wir müssen packen, verschwinden, und zum Sport kommen wir auch zu spät!«

»Das Einzige, was ich gerade wirklich muss, ist ins Badezimmer!« Tina spurtete hinein und ließ sich erleichtert auf die Klobrille sinken.

Vor der Tür hörte sie Hedi rumoren. Schranktüren knallten auf, Reißverschlüsse wurden aufgezerrt, Flüche ausgestoßen. Als Tina mit frisch geputztem Zahnersatz im Mund nach draußen trat, sah Hedi sie strafend an. »Entweder du hast dir noch eine Schönheitsmaske gegönnt, oder du hast eine Blase wie ein Pferd. Was hast du so lange da drin gemacht?«

»Wie detailliert willst du es wissen?« Tina schoss ihrer Freundin einen grimmigen Blick zu. Ihre Blase war eine ihrer Schwachstellen. Und über Schwachstellen diskutierte sie grundsätzlich nicht gern.

Doch Hedi hatte nicht vor zu diskutieren. »Hopp, hopp!«, befahl sie. »Wirf dir was über, wir müssen verschwinden. In ein paar Minuten legen wir in Trondheim an.«

Ein Blick durch das Bullauge bewies: Sie hatten keine Zeit zu verlieren. Der Hafen kam immer näher. Eine lange Reihe Menschen strömte wie übereifrige Ameisen zum Kai, weitere quollen aus den ankommenden Bussen. Und bei ihrem Glück waren zwei davon Finn und Marion! Tina zog sich das Erste, was ihr in die Hände fiel, über den Schlafanzug. Den Rest warf sie in den Rollkoffer, obenauf packte sie Ole in ihre Handtasche. Letzte verstreute Einzelteile flogen hinterher: der Reisewecker, das Mistding! Die Kulturtasche, ihr Döschen mit den Medikamenten, die Tube Schrundensalbe, der Teleskop-Schuhlöffel.

»Fertig!«

»Ich auch, lass uns gehen!« Bevor Hedi die Tür ihrer Kabine aufriss, schnappte sie noch die Kappe aus Göteborg vom Haken und warf sie Tina zu. »Da, stülp die über, deine Haare sehen aus, als feierten sie eine Orgie.« Tina setzte das Glitzerding auf und folgte Hedi auf den Gang.

Gegenüber öffnete sich ebenfalls die Kabinentür: Auftritt des amerikanischen Trillervogels samt Entourage. Perfekt gestylt, frisch geschminkt und mit einer sicherlich teuren Sonnenbrille auf der Nase. Über deren Rand beäugte sie Hedi und Tina von oben bis unten und wieder zurück. Dann drehte sie sich, ohne zu grüßen, ab und marschierte los. Ihr herablassendes »Europeans – no style whatsoever!« wurde mit einem Kichern ihrer Begleiter quittiert.

Empört drehte sich Tina zu Hedi und warf dabei den ersten richtigen Blick auf ihre Freundin: Das schrillbunte Kleid saß falsch herum, der Kragen verdeckte das untere Drittel von Hedis Gesicht, und drei pinkfarbene Lockenwickler thronten auf ihrem Haar. Tina sah an sich herab: auch nicht besser. Die schwarze Wolle ihres Jacketts gab einen guten Kontrast zu ihrem Flanellschlafanzug ab, von ihren Füßen grüßten zwei verrückt grinsende Hasengesichter – und was die pail-

lettenbestickte Kappe auf ihrem Kopf anging, an die wo
erst gar nicht denken.

Hedi begann haltlos zu kichern. »Ein Hoch auf
Alter. Wer uns auch immer begegnet, verbucht die C
sicher unter Seniorenverwirrtheit.«

»Du findest es besser, für dement gehalten zu werd
für stillos?«

»Hauptsache, wir werden nicht erwischt.«

Damit traf Hedi den Nagel auf den Kopf. Bewegung
in Tina. Schnaufend zerrte sie ihr Gepäck zum Lift, nu
der Sängerin dabei zuzusehen, wie diese hektisch auf
Türe-schließen-Knopf hämmerte und ihnen davonfuhr.
bei mussten sie so schnell wie möglich zu dem Lasten
zug im vierten Deck! Ungeduldig beugte sich Tina über
Galerie. Erste Passagiere strömten in die Empfangshalle z
Decks unter ihnen. Zwei von ihnen schienen es besond
eilig zu haben: Zielstrebig drängten sie sich zu einer Mi
beiterin vor.

Tina zog hektisch den Kopf ein. »Oles Sohn und Ka
Tochter! Und sie sehen aus, als wären sie auf dem Krieg
pfad!«

»Der Aufzug wäre damit gestorben.«

»Nicht ganz!« Tina rief den Lift herbei, zog Hedi mit si
und drückte auf die Acht. »Nach unten können wir nich
Aber nach oben. Und dann übers Außendeck zum hintere
Treppenhaus.«

»Gute Idee!«

Kaum waren sie auf dem obersten Deck, wuchtete Hed

ihren Koffer auf ihren Rollator und gab Vollgas. In Notsituationen schien sie Superkräfte zu entwickeln. »Wir müssen Karel und Männi warnen«, warf sie Tina über die Schulter zu und stieß ungestüm gegen die Schwingtür zur Außenreling. »Wenn die beiden jetzt ihre Kabine verlassen, laufen sie Finn und Marion direkt in die Arme!« Tina zückte ihr Handy, doch die Tasten sprangen vor ihren Augen auf und ab. So viel zum Multitasking: Gepäckschleppen, Fliehen und Telefonieren war mindestens eine Tätigkeit zu viel. Entschlossen zog sie an Hedi vorbei und bremste sie aus. Dann wählte sie Karels Nummer. Es tutete. Irgendwo in der Nähe klingelte ein Telefon. Tina hob den Kopf. Endlich nahm Karel ab. Er klang außer Atem, im Hintergrund waren Schritte zu hören. »Alarmstufe Rot«, rief Tina. Seine Antwort »Ich weiß!« hörte sie doppelt.

Und da kam er auch schon um die Ecke gefegt, gefolgt von einem rotgesichtigen Männi, der Pi in den Armen hielt. Verdutzt blieben die vier voreinander stehen. Männi stützte eine Hand in seine Seite und hechelte heftiger als der Hund. Aber nun gut, der hatte ja auch nicht laufen müssen. Oder Gepäck transportieren. »Sie … sie sind … da!«, brachte er schließlich heraus. »Und als Erstes werden sie das gesamte Schiff unter die Lupe nehmen! Wir sind geliefert!«

Entsetzt sah Tina sich um. Was nun? Sie konnten sich schließlich kaum an der Außenseite des Schiffes hinablassen und das Mannschaftsdeck entern. So etwas funktionierte nur in Filmen. Mit trainierten muskulösen Stuntmen. Da kam ihr der rettende Gedanke. »Yoga!«

Männi sah sie an, als hätte sie den Verstand verloren. »Du willst jetzt Sport machen? Die sicherlich beruhigende Wirkung in allen Ehren, aber …«

»Quatsch Sport. Ich will zu Rakel, sie hat vielleicht eine gute Idee!« Und schon drehte sie sich um und lief los. Ohne zu zögern, folgten ihr die anderen.

»Schicke Outfits übrigens.« Männis Stimme gluckste verräterisch.

Rakel, das rechnete Tina ihr hoch an, zuckte nicht einmal mit der Wimper, als sie samt Gepäck und Hund in den Sportraum marschierten. Die Teilnehmer ihres Mittagskurses allerdings waren eine andere Sache: Überrascht unterbrachen sie, was aussah wie der Tanz einiger sterbender Flamingos. »Ich will den Baum sehen!«, wies Rakel ihren Kurs auf Englisch zurecht, und sofort hoben alle brav ein Bein höher. »Ober- und Unterschenkel im rechten Winkel und nun Fußkreisen! Fünfzehn Mal zu jeder Seite!«

Bei zweien korrigierte sie vorsichtig die Haltung, dann wandte sie sich an ihre Neuzugänge. »Sie kommt gerade recht für die letzte Viertelstunde«, wechselte sie lächelnd ins Deutsche. »Verschlafen?«

»Auch.« Tina zog die Physiotherapeutin ein paar Schritte zur Seite. »Unsere Verfolger sind da.«

Rakel verstand sofort. »Ich würde sagen, dass ihr euch bequem macht. Dieser Bereich hinten da, er ist von der Tür aus nicht zu sehen. Und danach, ich werde euch nach unten schmuggeln.«

Nur eine Minute später standen sie nebeneinander hinter vier Stühlen und machten Bewegungen, die Rakel als Sanfter Sonnengruß, Katzenbuckel und Herabschauender Hund bezeichnete. Wer auch immer der Erfinder von Yoga war, er schien sich die Natur und das Tierreich zum Vorbild genommen zu haben.

Ächzend und stöhnend folgte die gesamte Gruppe Rakels strengen Anweisungen. Sie selbst lief durch die Reihen, korrigierte Haltungen und kraulte Pi, der sich auf ihren Armen äußerst wohlzufühlen schien. Neugierige Zuschauer scheuchte sie sofort aus dem Raum, nicht ohne ihnen einen Flyer mit den nächsten Kurterminen in die Hand zu drücken. Schon nach wenigen Minuten war Tina schweißüberströmt und fühlte sich wie bei einem Triathlon. Angestrengt, aber ebenso euphorisch. Dabei waren Rakels Übungen nun wirklich wie versprochen seniorentauglich!

Zum Abkühlen durften sich schließlich alle auf die Matten legen oder setzen, Rakel spielte klassische Musik und verteilte Handtücher und grünen Tee.

»Bin ich froh, dass wir abgekürzt haben«, murmelte Männi, der sich die Wade massierte. Hedi, einem Kartoffelkäfer nicht unähnlich alle viere von sich gestreckt, drehte neben ihm vorsichtig die Hüfte hin und her. »Hm.« Sie klang überrascht. »Irgendwie macht mir mein Unterbau nicht mehr ganz so zu schaffen wie noch vorhin.« Währenddessen schielte sie Männi, der sich vorgebeugt hatte, unverfroren auf den Hintern.

»Liegt vielleicht an der Aussicht«, wisperte Tina ihr zu.

Doch Rakel hatte eine andere Erklärung. »Wir haben die Muskeln des unteren Rückens gearbeitet – die unterstützen die Haltung, wenn sie sind stark.« Rakel goss ihnen Tee nach. »Ich kann die Übungen zusammenstellen«, schlug sie Hedi vor. »Wenn Sie eine Operation haben, dann es ist das perfekte Rehaprogramm.«

Hedi und Männi tauschten einen Blick.

»Ja«, antwortete er für sie, »das ist eine gute Idee.« Er streckte sich. »Und ich mache gleich mit, ich kann jetzt schon den Muskelkater angaloppieren fühlen!«

Karel nickte. »Ich bin auch dabei.«

Und als hätten sie sich verabredet, sahen sie nun alle fragend in Tinas Richtung. »Schon gut, schon gut.« Sie hob beide Hände. »Ihr habt gewonnen. Wir machen die erste Yogagruppe von *Schafweide* auf.« Dann bewegte sie leicht die Finger. »Gibt es eigentlich auch so etwas wie Yoga gegen das Karpaltunnelsyndrom?«

46

(63°51'36.5''N)

Vorsichtig streckte Rakel den Kopf auf den Gang und sah sich um. »Die Luft ist rein!«

Mit den Handtüchern um die Hälse traten Tina, Karel, Hedi und Männi zu ihr. Nun mussten sie nur noch unentdeckt in die Mannschaftsunterkunft gelangen. Danach hatten sie sich eine Runde Aufatmen verdient.

Die *Midnatsol* pflügte ruhig und sicher durchs Wasser. Langsam führte Rakel sie in Richtung Treppenhaus. Kurz bevor sie in den Barbereich einbogen, wurden jedoch Stimmen laut. Eine davon männlich und aufgebracht: »Sie können sich doch nicht einfach in Luft auflösen!«

Die andere weiblich und beruhigend: »Finn, reg dich nicht auf. Sie können nirgendwohin, wir finden sie. Und deinen Vater.«

Entsetzt griff Tina nach Rakel. »Das sind sie!« Mit klopfenden Herzen sah sie sich nach einer Fluchtmöglichkeit um. Doch der Sportraum war mehr als zehn Meter entfernt, und hier gab es nichts, um sich zu verstecken. Gerahmte Bilder hinter Glas säumten die Wände, ein paar Vitrinen waren am Boden festgeschraubt, und das kleine Stehpult des Tourismusmanagers, der die Ausflüge koordinierte, bot ebenfalls keine Deckung.

Hektisch schnappte Rakel sich die Handtücher und warf sie ihnen über die Köpfe, nahm Pi auf die Arme und zog die vier zu einer Landkarte.

Als Finn und Marion um die Ecke bogen, deutete sie auf den nördlichsten Zipfel und begann zu reden. Auf Norwegisch. Oder Schwedisch. Oder Finnisch. Tina konnte es noch immer nicht auseinanderhalten.

Tina beobachtete in der Reflektion des Glases, wie zwei schemenhafte Gestalten in der Mitte des Raumes stehen blieben und sich umsahen.

»Vielleicht liege ich ja auch falsch, und sie haben längst ausgecheckt«, seufzte Finn schwer. »Hat dein Vater denn gar nichts gesagt?«

Marion schnaubte auf. »Du meinst, in den dreißig Sekunden, bevor du unser Telefongespräch unterbrochen hast?«

Karel neben Tina versteifte, sein Atem ging stoßweise.

»Lass uns auf die Landkarte gucken, wie weit wir noch entfernt sind«, schlug Finn da vor, und die beiden näherten sich.

Tina sah in Karels aufgerissene Augen, sah seine zitternden Finger, sein bleiches Gesicht. Und dann tat sie etwas Wahnwitziges: Sie legte beide Hände an seine Wangen, zog seinen Kopf zu sich heran und küsste ihn.

Vorsichtig.

Mit all der Vorsicht, mit der jemand küsste, der schon viel zu lange nicht mehr geküsst hatte. Mit all dem Nachdruck, den jemand an den Tag legte, um eine Botschaft rüberzubringen. Zum Beispiel so etwas wie *Nicht nachdenken, mitmachen! Ich weiß, was ich tue.* Aber wusste sie das wirklich?

Hinter ihnen räusperte sich jemand amüsiert, dann flüsterte Marion: »Lass uns erst mal einen Kaffee trinken. Ich will die beiden alten Turteltäubchen nicht stören. Süß, oder?« Schritte entfernten sich. Eine Tür klappte. Und Karels Lippen lagen noch immer auf Tinas. Weich und ein bisschen fragend. Wie jemand küsste, der sich nicht sicher war, ob das alles nur ein Ablenkungsmanöver sein sollte oder mehr.

Wieder ein Räuspern. Diesmal näher. Und lauter. Und zum wiederholten Male. »Ihr könnt jetzt aufhören. Es sei denn, ihr wollt ins Guinnessbuch der Rekorde.« Hedi.

Tina löste sich nur widerstrebend. Und auch Karel hielt sie noch immer fest. Wann in den letzten Minuten hatte er die Arme um sie geschlungen? Seine Hände lagen vorsichtig auf ihrem Rücken. Er blinzelte, einmal, zweimal, als würde er gerade erst wach. Dann begann er zu lächeln. Nur für sie. Nahm ihr das Handtuch ab und zog die Kappe auf ihrem Kopf gerade.

»Das war knapp!« Rakel sah blass aus.

»Aber eine oscarreife Vorstellung.« Hedi klopfte Tina und Karel auf die Schultern. »Oder war das gar keine?« Sie grinste breit.

»Zumindest genutzt hat es.« Männi nahm galant seinen und Hedis Koffer. »Das nächste Mal opfern Hedi und ich uns.« Er drehte sich nicht um, um ihre Reaktion abzuwarten. So bemerkte nur Tina Hedis Tausendwattstrahlen.

Ein paar Meter weiter schlichen sie an der Bar vorbei. Tina entdeckte Marions Blondschopf und Finn, der inzwischen gar nicht mehr so sehr nach Sportwagen aussah, und hatte eine Idee. »Nimmst du meinen Koffer?«, bat sie Karel. »Ich habe was vergessen. Wir treffen uns in einer Viertelstunde.« Karel nickte und fragte nicht nach.

»Kommen Sie zu die Küche«, flüsterte Rakel ihr zu und nahm Karel ihren Koffer ab. »Seien Sie pünktlich! Ich habe heute eine extra Nachmittagsschicht.«

Tina hielt ihr einen hochgestreckten Daumen entgegen und wartete, bis die kleine Gruppe um die Ecke gebogen war. Dann holte sie tief Luft und drehte sich um. Diese Chance konnte sie nicht verstreichen lassen. In ihrem momentanen Aufzug, da war sie sich sicher, würde Finn sie nicht wiedererkennen. Und Marion hatte sie nie gesehen. Trotzdem drehte sie den beiden den Rücken zu, als sie neben ihnen an der Bar einen Espresso bestellte und die Ohren spitzte. Vielleicht konnte sie ja etwas Wichtiges herausfinden – für Ole. Und für Karel.

»Ich hab's vergeigt«, seufzte Finn in seine Tasse. »Schon wieder.«

»Nicht so eilig mit der Selbstgeißelei!« Aus den Augenwinkeln sah Tina Marion ihr Handy zücken und wählen. Dann sprach sie schnell: »Papa? Ich bin's. Wir sind auf der *Midnatsol* und uns ziemlich sicher, dass auch ihr hier irgendwo steckt. Melde dich bitte bei mir, wenn du das abhörst. Damit wir… unser Problem lösen können. Und zwar so, dass es für alle Seiten stimmt.« Sie legte auf.

Tina rührte mit neuer Hoffnung eine ordentliche Fuhre Zucker in ihren Espresso. Was Marion auf Karels Mailbox gesprochen hatte, klang nachvollziehbar. Vielleicht könnten sie Ole also eine Verabschiedung bieten, wie er sie sich gewünscht hatte, mitsamt seinem Sohn?

Marion kicherte. »Was ich wirklich unterschätzt habe, ist die Romantik so einer Kreuzfahrt. Das alte Paar vorhin war wirklich erste Sahne, oder?«

»Ja, schön für sie.«

»Komm schon, freu dich doch einfach mal mit. Ich fand sie super. Und wie die alle aussahen! Neonbunt, Handtücher über den Köpfen, Häschenschuhe an den Füßen… Mein überkorrekter Vater würde sich so nicht einmal tot erwischen lassen.«

Vorsichtig stieg Tina aus ihren Hausschuhen und schob sie langsam unter die Theke.

»Obwohl, in letzter Zeit«, hörte sie Marions Stimme, »hat er für seine Verhältnisse ganz schön verrücktes Zeug angestellt.«

»Verrückt trifft es auf den Punkt.« Finn schien dem Ganzen nichts Positives abzugewinnen. »Vielleicht solltest du seinen Geisteszustand überprüfen lassen, wenn ihr wieder zu Hause seid.«

Marion widersprach nicht. Tina wurde wütend.

Und Oles Sohn war noch längst nicht fertig. »Wegen dieser senilen Holzköpfe sind wir sicher eine Woche unterwegs!«

Der Espresso schmeckte plötzlich bitter. Tina schob die Tasse von sich, legte Geld auf die Bar und drehte sich um. Was hatte sie erwartet? Eitel Sonnenschein? Friede, Freude, Eierkuchen? Wie hatte sie nur so dumm sein können?

Mit hochgezogenen Schultern eilte sie in Strümpfen aus dem Raum und stakste Stufe für Stufe die Treppen hinab. Sie hatte keine Geduld, um auf den Lift zu warten, hatte das dringende Bedürfnis, so viel Abstand wie möglich zwischen sich und die Jungspunde zu bringen. Nichts hatten die beiden begriffen, gar nichts! Armer Karel! Wie sollte sie ihm beibringen, dass die nette Nachricht seiner Tochter auf seiner Mailbox nichts anderes war als eine Falle? War Hedis erste misstrauische Reaktion also tatsächlich die richtige gewesen?

47

(64°02'19.1"N)

»Da ist sie!« Karel stieß die Küchentür auf, winkte Tina zu und warf einen verwunderten Blick auf ihre Füße. Was hatte sie wohl noch so Wichtiges vorgehabt, für das sie ihre charmanten Hasen-Hausschuhe hatte opfern müssen? »Alles erledigt?«

Einen Moment sah sie ihn unsicher an, als erwäge sie, ihm ein Geheimnis anzuvertrauen. Ihrem Gesichtsausdruck nach eins, das ihm nicht gefallen dürfte. Dann winkte sie ab. »Erzähle ich dir später.«

»Alle? Also los!« Rakel hatte in den letzten Minuten wie eine Wilde das Küchenpersonal gebrieft. Dass sie auch Diätassistentin war, hatte sie Karel und Hedi bei ihrem ersten Treffen zwar berichtet, doch weshalb sie heute die gesamte Küche managte, blieb ihm ein Rätsel.

Und hier war wirklich die Hölle los. Karel wurde es ganz schwindelig bei all den hin und her flitzenden Menschen. Auf jedem der metallenen Arbeitstische lagen Nahrungsmittel, Gemüse wurde geputzt, Salat gewaschen, Fleisch eingelegt, Teller vorbereitet. Jeder Handgriff saß, und die Vorbereitungen für das Abendessen glichen einem streng choreografierten Tanz. Nur unterbrochen von Fragen an Rakel, von denen Karel nur Bruchstücke verstehen konnte: Blumenkohl oder Kohlrabi? War der Fisch schon aufgetaut? Stimmte es, dass es zu wenig Eier gab? Während Rakel sie in den hinteren Bereich führte, gab sie auf alles eine Antwort und balancierte mit Alternativideen sämtliche Probleme aus.

»Achtung, das wird kalt«, warnte sie, als sie immer tiefer in die Küchengefilde eintauchten. »Wir nehmen der Aufzug zu die Kühlkammern.«

Und tatsächlich fiel die Temperatur empfindlich. Tinas Zähne begannen zu klappern. Sie steckte die Hände tief in die Taschen ihrer Kostümjacke und zog dann naserümpfend ein verschmiertes Päckchen daraus hervor. Karel musste grinsen: Das dürfte ihre Hering-Ei-Brötchen-Kombination vom gestrigen Morgen sein. Zitternd entsorgte sie es in einem in der Ecke stehenden Biomüll-Container. Für einen Moment überlegte er, ob er einen Arm um sie legen sollte. Durfte. Sie hatten sich geküsst! Dagegen war der Versuch, jemanden zu wärmen, ja geradezu harmlos.

Und was für ein Kuss das gewesen war! Zart wie ein Schmetterling, luftig wie eine Sommerbrise – und da ging es schon wieder los. Sein Hirn spuckte Naturvergleiche aus, als hätte es Metaphern-Diarrhö. Uff, das war nun wirklich keine romantische Parallele. Doch seit einigen Tagen ertappte sich Karel dabei, dass ihm immer mehr unzensierte Gedanken durch den Kopf schossen. Und das ihm, der normalerweise abwog, austarierte, Punkte verteilte und nur das zuließ, was er für gut und logisch befunden hatte.

Sein Arm zuckte. Nun wollte sich auch noch sein Körper selbstständig machen. Vorsichtig trat er einen Schritt näher an Tina heran. Er würde das nächste Zähneklappern abwarten, dann hätte er einen guten Aufhänger. Einen nachvollziehbaren. »Du frierst ja«, würde er sagen.

Der Lift kam ruckelnd zum Stehen – und Karel hatte seine Chance verpasst. Das nächste Mal würde er gleich handeln!

Auch hier ging es ähnlich zu wie oben. Rakel hier und Rakel dort, ohne sie schien gar nichts zu laufen. Eilig deutete sie auf eine Tür am Ende des Personaltrakts. »Dort durch, das ist der Aufenthaltsraum. Habt es gemütlich, Paul wird noch zwei Stunden Schicht haben, und ich muss ablösen für die Küchenchefin.« Rakels Grinsen war breit. »Sie ist seekrank.«

Karel wunderte sich. Eine Küchenchefin auf einem Schiff, die mit Seegang nicht klarkam? »Weshalb hat sie denn dann überhaupt angeheuert?«

Rakel strahlte noch immer. »Für mich. Aber wir sollten wohl besser an Land sein, auf die lange Zeit. Die Dains-Brauerei in Hakøja am Fjord von Finnfjordvær sucht Mitarbeiter. Oder Sie haben eine gute Tipp in Deutschland?« Mit einem gut gelaunten Winken verabschiedete sie sich.

Karel musste lächeln. Im Gegensatz zu dem, was Hedi und Tina von Oles Tagebuch und der Beziehung zu seiner Frau erzählt hatten, setzten Rakel und ihre Freundin offenbar andere Prioritäten. Gemeinsame. Genauso sollte es laufen. Zwei wollten zusammen sein und probierten dafür alles Mögliche aus. Gingen sämtliche Kompromisse ein und wählten anschließend den besten.

Dann spitzte er die Ohren. »Hört ihr das auch?« Schräge Töne erklangen aus dem Mannschaftsraum. Akkordeon, Gitarre, irgendein Blasinstrument und etwas lustig Schrilles.

Hedi legte einen Schritt zu. »Das ist mein Orchester!«

»Dein was?«

»Ich habe gestern noch ein paar Musiker rekrutiert und ihnen ein Lied zum Üben gegeben.«

Überrascht trat Karel als Letzter in den großen Raum. Etliche Mitarbeiter hatten sich versammelt und hauten in die Tasten, zupften Saiten, bliesen in ihre Instrumente. Andere probten etwas angestrengt deutsche Liedzeilen. Ihre Gesichter waren verzweifelt, die Backen gebläht, als verquollen all die ungewohnten Konsonanten und Vokale zu einem zähflüssigen Brei. Als sie Hedi bemerkten, jubelten sie ihr erleichtert zu. »Wir probieren«, erklärte ein gedrungener Glatzkopf stolz, der eine Quetschkommode umgebunden hatte, und verzog dann entschuldigend das Gesicht. »Aber ohne unsere Dirigent gehen wir tapt … verloren.«

Hedi ließ Koffer und Rollator links liegen und stellte sich erstaunlich flink vor der Mannschaft in Positur. »Gut, dass ich jetzt hier bin. Also: Tenor links hinten, Bass rechts daneben, Sopran und Alt davor und das Orchester an die Spitze!« Sie hob eine Hand. »Dann wollen wir mal. Ich singe vor.« Sie gab den Takt an.

Karel staunte nicht schlecht, als die ersten Noten durch den Raum schwebten. Es klang bekannt und auch irgendwie nicht. Hedi begann zu singen, ihr Chor folgte. Eine Jazznummer? Nein, beim Refrain erkannte Karel, was Hedi ausgesucht hatte. »Glori, Glori, Gloria«, schmetterte es ihm aus vielen Kehlen entgegen. »Schön sind die Mädchen aus Bavaria!«

»BATAVIA«, unterbrach Hedi, »vorne T wie Theodor, hintenhin mit dem Vogel-Vau! Ein Matrose, der sich eine bayrische Braut anlacht, hat sich ernsthaft verschippert. Also noch mal von vorn!«

Und erneut ertönte Hedis ganz spezielle Version von *Ruhig durch die blauen Wogen*, getragener, als es Oles Kollegen aus *Schafweide* während seiner Aussegnung zum Besten gegeben hatten, trauriger und zugleich ernsthafter. Hedi hatte es geschafft, aus einem Seemannssong eine Abschiedsmelodie zu gestalten, die eines Kapitäns würdig war. Ohne zu überlegen, sang Karel mit. Und ohne zu überlegen, griff er dabei nach Tinas Hand.

Einen Moment zuckte sie überrascht, als sei sie sich nicht sicher, was sie davon halten sollte. Dann jedoch schlang sie ihre Finger um seine, und es war an Karel, unsicher zu werden. Jeden Moment konnte das Zittern seiner Hände beginnen. Es kündigte sich nicht an, übernahm ihn einfach, als wäre es eigensinniger als er. Was würde Tina denken? Im besten Fall vielleicht einfach, dass er aufgeregt war. Und dass dies auch ein kleines bisschen mit der Nähe zu ihr zusammenhing. Im schlechtesten Fall… Im schlechtesten Fall hätte sie den Beweis dafür, dass er ein alter Zittergreis war. Falls sie das nicht sowieso schon erkannt hatte während der letzten Tage. Auch wenn Karel seine Hände, sooft es möglich war, in den Hosentaschen versenkt hatte.

Und als hätte sein Tremor nur auf eine Einladung gewartet, ging es auch schon los. Erst im kleinen Finger, der völlig gegen den Takt gegen Tinas schlug. Er schlang den linken Arm um sich und versuchte, den anderen damit ruhigzuhalten. Doch so verschaffte er sich nur wenige Sekunden Aufschub. Sein Herzschlag dröhnte dumpf unter den Stimmen des Chores, ebenfalls völlig taktlos. Er spürte, wie sich sein Magen verkrampfte. Seine Ohren wurden heiß, und ganz plötzlich erfasste ihn ein heftiger Fluchtreflex.

Dann jedoch geschah etwas Unerwartetes: Tina drehte sich vor ihn und legte ihre freie Hand auf seine Schulter. »Mit einem langsamen Walzer sollten wir hinkommen«, sagte sie leise. »Oder aber wir machen einfach den Lieblingstanz meines Enkels: Freestyle?«

Karel vergaß das Zittern, er nickte. »Freestyle ist prima – das könnte eine gute Olympiadisziplin sein.«

Tina lächelte ihn an. »Im Senioren-Freestyle bin ich wesentlich besser als in ›Tausend Vokale unter fünf Sekunden‹.« Sie lehnte ihre Wange zärtlich an sein Revers.

Rechts, links, rechts, links. Mehr war nicht nötig.

48

(70°02'04.6"N)

»Nun mach schon!« Ungeduldig warf Tina einen Blick über ihre Schultern zur Laderampe. In den letzten Minuten hatten die Hafenmitarbeiter davor Paletten, Kisten und selbst zwei große Fässer abgestellt. All das sollte bis zum Ablegen der *Midnatsol* in fünfzehn Minuten über die Aufzugsplattform gebracht und im Bauch des Schiffes gesichert werden. Doch zuerst stand eine menschliche Fracht an: Tina und Hedi. Vorausgesetzt, Letztere würde sich endlich von den schwer mit rot glänzenden Beeren behängten Büschen losreißen können, die neben den Lagerhallen wuchsen. Einen Ast nach dem anderen hatte sie auf Tinas Arme gestapelt. Und dank des geliehenen Bolzenschneiders, den Hedi schwenkte, als sei sie damit aufgewachsen, war noch immer kein Ende in Sicht.

»Hedi, das reicht dicke, gehen wir zurück! Nicht dass uns Finn und Marion entdecken.«

»Keine Chance. Die sitzen heute zum Abendessen am Kapitänstisch!« Hedi gluckste schadenfroh und machte mit dem nächsten Ast kurzen Prozess.

»Okay, dann denk an mich, und lass es gut sein. Ich sehe vor lauter Laub und Beeren nicht einmal mehr meine eigenen Schuhe.«

Hedi blickte überrascht auf und begutachtete mit Kennermiene ihre Ausbeute. »Noch einen!«

Tina seufzte. Das war mal wieder eine typische Hedi-Aktion. Als sie aus dem Bullauge dicht über der Wasseroberfläche den erleuchteten Hafen gesehen hatte, war ihr sofort aufgefallen, wie grün es hier war. Und welchen wunderbaren Kontrast die in Dolden hängenden Beeren zu dem Laub abgaben. »Wir brauchen noch einen Blumenstrauß«, hatte sie beschlossen und ihren Rollator zum Lastenaufzug bugsiert. Vermutlich wäre sie allein zu ihrer Mission losgezogen, hätte sich Tina nicht in letzter Sekunde durch die Schiebetüren zu ihr gequetscht.

Im Laderaum hatte Hedi nicht lange gebraucht, die hier schwer arbeitenden Männer zu bezirzen. Mehr als die Hälfte kannte sie vom Quizabend, und wer dort nicht hatte teilnehmen können, wusste trotzdem, wer sie waren. In einer wilden Mischung aus Englisch, Französisch, Deutsch und fantasievoller Gebärdensprache hatte Hedi erklärt, was sie vorhatte: Einige der Äste neben dem Hafengebäude abzuschneiden, um ein Abschiedsbukett für Oles Seebestattung daraus zu binden.

Und da niemand, absolut niemand einer Hedi widerstehen konnte, die sich etwas in den Kopf gesetzt hatte, standen sie und Tina nun also fröstelnd im Abendwind und plünderten das Immergrün. Das war doch Immergrün, oder? Argwöhnisch schielte Tina auf die gefiederten, langen Blätter und die leuchtenden Beeren.

»Was genau klauen wir hier eigentlich gerade… ohne Gartenhandschuhe?« Die Haut an Tinas Handgelenken begann unangenehm zu kribbeln. Hedis lapidares »Irgendwas mit Vogelbaum« beruhigte sie ganz und gar nicht. »Vogelbeeren??? Bist du verrückt, die sind giftig!«

»Quatsch, Tollkirschen sind giftig, aus Vogelbeeren kann man Marmelade machen. Glaub ich.«

Tina hatte genug gehört, sie wandte sich zum Gehen. »Marmelade machen«, knurrte sie, »kann man aus allem, ob man allerdings ein damit bestrichenes Brötchen überlebt, ist fraglich.«

»Seit wann bist du denn so hypochondrisch?«, lachte Hedi ihr hinterher.

Klar, die nahm das auf die leichte Schulter, sie ging ja auch nicht auf Tuchfühlung mit dem unbekannten Gestrüpp. Oder hoffte darauf, heute Nacht, während sie Ole auf seine letzte Reise schickten, Karels Hand zu halten. Dabei mit juckenden Pusteln bedeckt zu sein gehörte nicht zu Tinas Wunschvorstellung. Ungehalten setzte sie einen Fuß vor den anderen und hielt auf die erleuchtete Laderampe zu. Die dort stehenden Männer winkten ihnen, sich zu beeilen. Einer von ihnen hielt einen großen Müllsack in die Höhe.

»Nun komm schon.« Hedi überholte sie mühelos mit ihrem Rollator. In dem dämmrigen Licht sah er fast aus wie ein plüschiges Tier, das sich zum Sprung bereit machte.

Kaum am Schiff angekommen ließ Tina die Äste erleichtert in den Plastiksack fallen und folgte Hedi auf die schwankende Hebebühne. Ein Arbeiter rief etwas hinauf zu dem kleinen Kabuff, von dem aus die Elektrik gesteuert wurde, und mit einem Ruck sackte die ganze Ebene nach unten. Tina war froh um die stützende Hand an ihrem Ellenbogen und drehte suchend die Handgelenke vor ihren Augen. Nichts. Keine Pusteln, keine Rötungen, selbst das Jucken hatte aufgehört. Vielleicht hatte Hedi recht, und sie hatte ein klitzekleines bisschen überreagiert?

Hedi war Tinas Blick gefolgt. »Was macht dein Ausschlag?«, rief sie spöttisch über das tiefe Brummen der Motoren hinweg.

Tina riss fragend die Augen auf und zuckte mit den Schultern. »Was? Ich verstehe dich so schlecht.«

Hedi lachte schallend. »Machst du gerade den Männi?«

Tina unterdrückte den kindischen Impuls, ihr die Zunge herauszustrecken. »Okay, ertappt.«

Statt einer Entgegnung drehte sich Hedi grinsend zu ihrem Begleiter und gab ihm zu verstehen, den Sack mit der Ausbeute auf ihren Rollator abzusetzen.

Mit einem kleinen Rucken hielt der Frachtaufzug im untersten Deck, dann öffnete sich das Rolltor. Kaum standen sie auf sicherem Boden, winkte ihnen der Arbeiter auch schon zu, betätigte einen Knopf und machte sich wieder auf den Weg nach oben. Diesmal um zu tun, weshalb sie ursprünglich hier gehalten hatten: Ladungen entgegennehmen.

Tina lief zielstrebig los, als Hedi plötzlich stehen blieb und sich unsicher umsah. »Ähm… Tina? Hast du dir den Weg zum Aufzug gemerkt?«

»Klar, du etwa nicht?« Sie konnte nicht anders. Rache war süß.

»Schon…« Hedi drehte sich verloren im Kreis. »Links an den Fertighausteilen vorbei, hinter den dunklen Fässern schräg abbiegen bis zu den haltbaren Milchprodukten und bei den Autoreifen auf den Knopf drücken. Aber das war…« Ihre Stimme wurde leiser. »Bevor sie hier unten offenbar alles umgeräumt haben.«

Tina hakte Hedi unter. »Wie gut, dass eine von uns in den letzten Wochen ihr räumliches Vorstellungsvermögen trainiert hat.«

Hedi lachte auf. »*Zoonation*? Du willst mir weismachen, die Spiele deines Enkels sind der Grund, warum du uns, ohne zu zögern, durch dieses Paletten-Labyrinth lotst?«

»Das, und dann gibt es natürlich noch die Wegbezeichnungen auf Boden und Wänden. Wie da vorn zum Beispiel. Siehst du den Pfeil mit dem Rechteck und dem Männchen darin? Klares Zeichen für Aufzug.«

Mit einem breiten Grinsen im Gesicht kamen sie auf dem Mannschaftsdeck an, das inzwischen mehr nach einer Alles-für-Ole-Werkstatt aussah: Auf dem Whitebord hatten Hedis Musiker ihre Einsätze aufgezeichnet. An einem Tisch in der Ecke arbeitete Männi an den letzten Verzierungen der Specksteinurne. Jemand hatte die Noten des Abschiedslieds kopiert und mit Besteck und Gaffertape Halterungen für Akkordeon, Saxofon, Hardangerfiedel und Flöten gebastelt. Nur der Maultrommelspieler musste einem Kollegen über die Schulter gucken.

Tina beäugte das seltsame Instrument neugierig. Es sah ebenso lustig aus, wie die Töne klangen, die es produzierte. Und man musste dafür nicht einmal Noten lesen können. Vielleicht wäre das etwas für sie? Vor ihrem inneren Auge sah sie sich während eines Gemeinschaftsabends in *Schafweide* Hedi auf der Maultrommel begleiten. Für den verstörten Blick von Babsi-Ich-treffe-noch-jeden-Ton wäre es das allemal wert.

Hedi stülpte den Inhalt des Müllsacks auf einen Tisch neben Männi und zog den Bolzenschneider aus dem Korb ihres Rollators. Dann besorgte sie sich Paketschnur, Draht, Spülschwämme und reihte etliche Haarnadeln auf. Anschließend begann sie konzentriert etwas zu binden, das schnell wie eine massive Kugel aus Grün und Rot aussah.

Tina setzte sich zu ihr und reichte ihrer konzentrierten Freundin an, was sie für ihr Kunstwerk benötigte. Für Worte war offenbar kein Platz mehr – Hedi deutete und knurrte, schnalzte nicht ganz zufrieden, riss einige Äste wieder heraus und begann von vorn.

»Du weißt, dass der Gedanke zählt und Ole es egal ist, ob es perfekt rund ist, oder?«, mischte sich Tina nach dem dritten Versuch schließlich ein.

Hedi hielt inne. »Ja«, seufzte sie dann, »mein Kopf weiß das, der Rest von mir aber irgendwie nicht. Das hier ist schließlich das Letzte, was ich ihm mitgeben kann.«

»Falsch.« Männi ließ sein Schnitzmesser sinken. »Das Letzte, das wir ihm mitgegeben haben, war ein wunderbarer Abend in *Katis Klause,* ein Quiz, das wir gewonnen haben, und«, er lächelte traurig, »unsere Gesichter.« Er kam zu ihnen herüber und betrachtete Hedis halb fertigen Strauß. »Dass du da heute Abend rausmarschiert bist und einen Busch kahl geschoren hast, wäre ihm vermutlich wichtiger als jede noch so perfekte geometrische Form. Übrigens«, nun warf er ihr einen intensiven Blick zu, »falls ich vor euch gehen sollte: keine abgeschnittenen Blumen. Die sind nicht gut für den Apfelbaum.«

Hedi prustete los. »Aber du selbst bist es?« Dann erstarrte sie plötzlich. »Sag so was nicht«, bat sie leise. »Wenn, dann will ich als Erste ins Gras beißen.«

Tina schüttelte den Kopf. »Wenn eins nichts nutzt, dann Verabredungen. Glaubt mir, ich hab's versucht. Und deshalb…« Sie hielt einen der besonders schönen Äste in die

Höhe. »Lasst uns einfach den Rest genießen, gemeinsam. Und etwas … Wunderbares daraus machen.«

»Wer ist wunderbar? Sprecht ihr von mir?« Pauls Lachen tat das Seinige, um die Stimmung aufzuhellen. Er und Karel luden etwas ab, das aussah wie Sandstein, und blickten nun fragend zu ihnen herüber. Selbst Pi, der hinter seinem Herrchen hergetrippelt war, setzte sich hin und legte den Kopf schief.

»Wir reden davon, dass wir unsere verbleibende Zeit, so gut es geht, nutzen sollten«, antwortete Hedi und lehnte sich nach rechts, sodass ihre Schulter die von Männis berührte.

Tina musste lächeln, als Karel nun nickte, ohne sie aus den Augen zu lassen. »Guter Plan«, fand er und sortierte die Steine der Größe nach. »Wir haben für die Beschwerung der Urne gesorgt. Das sollte reichen, richtig, Paul?«

Paul bewegte sich nicht. Das Lächeln war von seinem Gesicht gerutscht. Erst als Karel ihm vorsichtig eine Hand auf den Ellenbogen legte, bewegte er sich und drehte sich um. »Wir sehen uns nachher«, murmelte er. »Kurz vor zwölf, ja? Ich habe noch etwas zu erledigen.«

Während Männi, Karel und Hedi sich über Oles Urne beugten und darüber verhandelten, welche Initialen an welcher Stelle stehen sollten, sah Tina Paul gedankenversunken nach. Ohne nach rechts oder links zu blicken oder auf einen der vielen Grüße seiner Kollegen zu reagieren, lief er aus dem Raum. Hedis und ihr Gespräch neulich Abend kam ihr in den Sinn. Paul und sie schienen sich ähnlich zu sein. Sie trugen ihre Vergangenheit tief verschlossen in sich. Versuchten all das, was schiefgelaufen sein mochte, mit sich allein auszumachen. Aber tat man das zu lange, drehte man sich irgendwann im Kreis. Es brauchte schon eine Freundin wie Hedi, die es schaffte, den Kreis zu durchbrechen.

Pi fiepte leise und streckte schnüffelnd die Nase in die Luft. »Völlig richtig, Schneeflocke.« Tina beugte sich zu ihm herunter. »Ich hoffe, Paul weiß, dass er zu uns kommen kann mit… was auch immer.«

49

(70°14′55.5″N)

Paul blieb verschwunden. Die restlichen Verschwörer hatten alles Nötige vorbereitet, Musiker und Chor eine Generalprobe gehalten, und Rakel war sichergegangen, dass Finn und Marion sich in der Panoramabar befanden.

Es konnte losgehen.

Tina sah sich in der Kabine um, die Rakel ihr und Hedi überlassen hatte. Aus irgendeinem Grund wollte sie sich alles ganz genau einprägen. Vielleicht, weil sie nicht genau wusste, ob sie wirklich noch einmal hierher zurückkehren würde. Egal, wo Finn und Marion momentan steckten – die Chancen standen nicht schlecht, dass die beiden sie bei dem anstehenden Auftritt erwischten. Spätestens Hedis musikalischer Beitrag zu Oles Seebestattung würde kaum zu überhören sein. Doch eines war klar: Egal, ob Oles Sohn und Karels Tochter auftauchten, Ole landete heute Abend im Meer. Exakt dort, wo er es sich gewünscht hatte. Danach konnte der wütende Sohnemann sie anzeigen, wenn er wollte. Aufhalten würde er sie nicht.

Es klopfte. Hedi öffnete die Kabinentür. Gemessenen Schrittes trat Männi herein. In seinen Händen hielt er die Urne aus Speckstein. Auf der Außenseite rankten sich typisch nordnorwegische Muster, auf die Unterseite hatte er einen Anker geschnitzt und darum ihrer aller Initialen verteilt. Sogar zwei Mal FE war dort zu lesen: für Oles Sohn, Finn Erickson, und Oles ehemalige Frau, Felicitas Erickson. Den Namen Schneckensiedler hatte er geflissentlich ignoriert.

Hedi strich zärtlich darüber. »Sie ist wirklich wunderbar geworden!«

Tina holte ihre Krokohandtasche. Gemeinsam füllten sie die Überreste ihres Kapitäns um, da klopfte es erneut. Paul, Karel und Pi. Gerade rechtzeitig. Ihre Beschwerung landete auf Oles Asche.

Hedi gab noch einen kleinen Zweig des Vogelbeerenstrauches dazu. »Statt Bukett«, murmelte sie leise.

Männi schraubte den Deckel zu. Echte Handwerkskunst, die ihm ordentlich Kopfschmerzen bereitet hatte, aber er hatte darauf bestanden – wenn schon biologisch, dann auch ohne Verplombung oder Kerzenwachs.

Einen Moment standen sie stumm zusammen, nahmen Abschied vor dem Abschied, ganz privat.

Tina räusperte sich. »Auf geht's, in zwanzig Minuten sind wir vor Finnfjordvær.«

Karel griff nach ihrer Hand und drückte sie leicht. Dankbar lehnte sich Tina an ihn. Es hatte sich etwas verändert zwischen ihnen. Nicht, dass sie darüber gesprochen hätten, aber sie suchten die Nähe des anderen, saßen, standen oder liefen nebeneinander. Ihre Finger fanden sich, ohne darüber nachzudenken, ihre Schultern berührten sich, ihre Knie unter dem Tisch. Fast, als käme der Körperkontakt natürlicher als das Reden darüber, was dieser bedeuten mochte. Ob er etwas bedeutete.

Männi nahm die Urne in die Hände und nickte getragen. Langsam lief er voraus, aus der Kabine auf den Flur. Hedi, Paul, Tina und Karel mit Pi folgten.

Hinter ihnen reihten sich nach und nach die Musiker und einige Mitarbeiter der *Midnatsol* ein. Niemand sprach ein Wort. Rakel und Kjell standen am Aufzug und hielten ihnen die Türen auf. Auch sie lächelten nur zaghaft und drückten auf den richtigen Knopf.

Auf Deck vier stiegen sie um, ganz hinauf wollten sie, direkt unter den Himmel. Um diese Uhrzeit lagen die meisten der Passagiere bereits in ihren Kojen, hatten sich für die Stadtführung am nächsten Morgen um acht angemeldet. Doch jene vereinzelten Nachteulen, die noch draußen flanierten, folgten dem stummen kleinen Zug, als erkannten sie auch ohne Erklärung, dass es hier um etwas Wichtiges ging.

Der Tag war warm und ohne Wolken gewesen, die Nacht zeigte sich von ihrer besten Seite. Die Temperatur war mild, Sterne leuchteten, kein Wind wehte.

An Deck stellten sich alle in einem Halbkreis um die

Reling, und Tina traten die Tränen in die Augen. Ohne Pauls Kollegen und jene Mitarbeiter der *Midnatsol,* die ihnen ohne viel Federlesens geholfen hatten, wären sie nicht so weit gekommen. Und nun standen sie hier, hatten ein Abschiedslied mit Hedi eingeübt und wollten dabei sein. Ole hätte es geliebt!

Leises Summen war zu hören. Hedis Chor stimmte sich ein. Auf der rechten Seite blinkten die Lichter der Küste. Oles Zuhause. Der Fjord, an dem er gelebt hatte.

Tina hob eine Hand. Sofort wurde es ruhig. »Danke!«, lächelte sie gerührt. »Danke, dass ihr alle heute Abend mit uns gekommen seid.« Einen Moment wartete sie darauf, dass ihre Worte für jene übersetzt wurden, die kein Deutsch sprachen, dann redete sie weiter. »Und danke für alles, was ihr für uns getan habt. Meine Freunde und ich…« Sie drehte sich zu Hedi, Männi, Paul und Karel. »Wir haben beschlossen, statt einer Abschiedsrede alle etwas zu sagen.« Etwas ratlos sah sie sich nun um. »Will einer von euch anfangen? Hedi vielleicht?«

Zu Tinas Überraschung trat Paul vor. »Wenn es okay ist, starte ich, bevor mich der Mut verlässt.« Er lehnte sich mit dem Rücken an die Reling und schluckte. Dann nickte er einmal, als hätte er sich eben selbst Mut zugesprochen, und zog einige Blätter Papier hervor. »Ich habe mir Stichpunkte gemacht«, grinste er schräg, »damit ich nichts vergesse. Denn meine Worte sind ebenso für dich, Ole, als auch für deine Freunde, die irgendwann meine wurden. Was übrigens auch der Grund ist, warum ich gerade… ordentlich Schiss habe.

Aber eine schlaue Frau hat mir einmal gesagt, dass es Dinge gibt, die leichter werden, wenn man sie gesteht.«

Tina hielt die Luft an. Paul hatte ihre Worte aus Oslo ein weiteres Mal verändert. Sie hatte nicht darüber gesprochen, Dinge zu *gestehen*.

Paul drehte sich suchend im Kreis und kam erst zur Ruhe, als sein Blick Tinas gefunden hatte. »Dieselbe Frau hat übrigens nicht darauf bestanden, dass ich mit der Wahrheit herausrücke, als es Spitz auf Knopf stand. Und sie war nicht die Einzige. Da gibt es noch drei für mich sehr wichtige Menschen, die mir dafür Zeit einräumten, egal, wie seltsam ich mich auch verhielt.« Paul zog das nächste Blatt Papier hervor.

Tinas Herz klopfte. Was käme jetzt? Nun da er den Mut gefunden hatte, ehrlich zu ihnen zu sein, wurde sie unruhig. Paul vertraute darauf, dass sie verstanden, weshalb er ständig auf Habacht war, für alles eine nicht immer legale Lösung parat hatte. Wie er sich so perfekt durchs Leben mogeln konnte und mit welcher womöglich kriminellen Vergangenheit das zusammenhing. Was aber würde geschehen, wenn der Grund dafür einer war, den Tina ihm nicht verzeihen konnte? Erst als Karel vorsichtig seine Finger aus ihren löste und ihr den Arm um die Schultern legte, bemerkte sie, wie verkrampft sie war.

»Das hier«, begann Paul leise, »ist für dich, Ole. Du warst ein guter Freund. Der beste, den ich hatte. Und lange dachte ich, es läge daran, dass du mich eben nicht kanntest. Nicht wirklich.« Paul sah von dem Papier auf, das in seiner Hand zitterte, und blickte zu Tina, Hedi, Männi und Karel. »So wie keiner von euch, wie ihr mir klargemacht habt. Und ihr ahnt, ich rede nicht davon, mein Leben ein bisschen … zu beschönigen, wie es alle von uns tun.« Er holte tief Luft, als müsse er nun, da er begonnen hatte, auch bis zum bitteren Ende durchhalten. »Ihr habt mich gefragt, ob wenigstens mein Name stimmt, wenn schon nicht meine Vergangenheit. Und das Einzige, das ich euch darauf antworten konnte, war, dass Paul schon in Ordnung ist, weil ihr den anderen nicht mögen würdet. Das glaube ich noch immer. Aber ich denke auch, das Risiko ist es wert. Also: Bevor ich der wurde, den ihr alle kennt, Paul Gruber, hatte ich einen anderen Namen. Welcher tut nichts zur Sache. Ich habe mein Geld damit verdient, es anderen abzunehmen. Ich habe geschickte Finger: kein Portemonnaie, kein Pass, keine teure Uhr ist vor mir sicher. Aber mein wirklich großer Coup bestand darin, Anteile an Hotelketten zu verkaufen, die nicht existierten, Wohnungen in Ostdeutschland, deren Besitz nicht geklärt war, Beteiligungen an Investitionen in Amerika, die zwei Tage später in den Keller rauschten. Viele der Menschen, die mir damals so gerne Glauben schenken wollten, waren im selben Alter wie wir jetzt. Sie hofften auf Rendite für ihre Söhne, Töchter und Enkel und verloren alles.« Pauls Gesicht verzog sich, doch er zwang sich weiterzureden. »Und dann flog meine gesamte Sippe auf. Vielleicht das Drittbeste, was mir jemals passierte, nach Ole und nach euch. Ich landete im Gefängnis, saß meine Strafe ab, kappte sämtliche Beziehungen zu meiner Familie und studierte BWL. Du hattest also recht.« Er lächelte Karel an. »Nicht dass mir irgendjemand, der noch alle Tassen im Schrank hat, einen Bankjob geben würde.« Paul zog das dritte Blatt hervor.

Tina begriff: Das war es gewesen, was er vorhin so dringend zu tun hatte. Seine Beichte aufschreiben. Sie trat einen Schritt vor, näher zu ihm, der überrascht aufblickte. Karel folgte ihr, dicht dahinter Hedi und Männi.

Paul nickte dankbar und hob das Blatt. »Kaum war ich raus«, machte er weiter, »tauchte ich unter, nahm einen anderen Namen an, verschwand spurlos. Auf der Flucht blieb ich trotzdem. Und dann kam Ole. Ich habe keine Ahnung warum, aber er brauchte nur wenige Sekunden und er … adoptierte mich. Nie hat er unbequeme Fragen gestellt oder mich gelöchert. Stattdessen hat er zugesehen, wie ich der wurde, den er in mir sah. Der ich gerade deshalb so dringend sein wollte – jemand anderes als zuvor.« Paul sah zu der Urne in Männis Händen, blinzelte und wischte sich über die Augen. »Und vielleicht wollt ihr vier nun nichts mehr mit mir zu tun haben, aber ich schulde Ole – und euch – die Wahrheit. Denn in gewissem Sinne hat er mich gerettet.«

Tina starrte Paul an. Mit einigem hatte sie gerechnet, aber damit nicht. Es erklärte vieles. Und es war – zumindest das meiste – vergangen. Ernst hatte ihr womöglich viel mehr verziehen!

Gerührt trat sie noch näher zu Paul heran. »Im Retten war Ole gut«, sprach sie und lächelte. »Mich hat er auch gerettet. Eigentlich wollte ich heute etwas ganz anderes sagen, aber Paul hat recht. Es geht um Ole, um uns und um die Wahrheit. Also: Erinnert ihr euch noch, als wir entschlossen, bei Katis

Freitagsquiz mitzumachen?« Hedi, Männi und Paul nicken. »An dem Abend gabelte mich Ole nicht auf dem Weg zu *Katis Klause* auf, sondern in der Küche. Ich war auf der Suche nach einer Geflügelschere, um das Moskitogitter vor meinem Fenster zu zerschneiden.« Zitternd holte sie Luft. »Denn das war das Einzige, was mich davon abhielt, mich… hinauszustürzen.«

Karel war der Erste, der auf sie zutrat, einen Arm um sie schlang, wie um sie vor etwas zu bewahren. Hedi und Männi schlossen auf.

»Damals dachte ich, das sei für mich der beste Weg«, seufzte Tina. »Der einzige. Heute sehe ich das anders. Und das habe ich ebenso Ole zu verdanken wie euch.«

»Gott bin ich froh um das Moskitogitter!« Hedi drückte Tina an sich. »Ich war nie so mutig wie du. Aber ohne Ole hätte ich tausend Mal aufgegeben. Er hatte immer einen lustigen Spruch auf den Lippen, der mich zum Lachen brachte und doch so viel mehr war. Er ahnte, was mit mir los war, ohne dass ich es sagen musste. Und er hat immer nach vorn geblickt. Manchmal nur ein paar Zentimeter, manchmal gleich ein ganzes Jahr oder vier oder fünf. Ich vermisse ihn schrecklich!«

Männi nickte und räusperte sich. »Ich bin nicht gut mit Worten. Nie gewesen. Das wird sich auch kaum ändern. Aber ohne Ole hätte ich euch vier nicht kennengelernt. Und ich möchte nicht wissen, wo ich mich in dem Fall nun befände. Ole war immer jemand, der Türen aufgemacht hat. Und wenn es keine gab, dann eben Fenster.« Er zog die Schultern bis an die roten Ohren und trat einen Schritt zurück.

Hedi hielt ihn auf, hakte sich unter und zog ihn an sich. »Das ist deine Version von ›Ich bin nicht gut mit Worten‹?«, lachte sie mit einem kleinen Schluchzen. »Das war das Schönste, was ich seit Langem gehört habe!« Als Männi nun strahlte und sie festhielt, wedelte sie mit einem Finger vor seiner Nase herum. »Was aber nicht heißt, dass ich unter deinem Apfelbaum landen will, kapiert?!« Hedi lehnte den Kopf an ihn. »Vielleicht können wir einfach mal mit einem Apfelkuchen anfangen?!«

Zögernd ließ Karel Tina los, trat vor und sah die vier Freunde an. »Ich habe es sehr viel schwerer als ihr«, begann er, »denn eigentlich kannte ich Ole gar nicht. Und der Grund, warum ich mich euch auf dieser Reise aufgedrängt habe, war ein sehr … persönlicher. Ich hatte gehofft, etwas wiedergutzumachen, das ich bei meiner Frau verpasst habe. Und je länger wir miteinander unterwegs waren, desto deutlicher wurde mir eines: Eine Wiedergutmachung gibt es nicht. Aber ohne Kapitän Ole hätte ich mich niemals in aller Ehrlichkeit damit auseinandergesetzt, was damals schiefgelaufen ist. Ich hätte nie eure Gedanken mitbekommen oder mich mit meinen eigenen dazu auseinandergesetzt. Ich habe so viel falsch gemacht bei meiner Frau, aber noch viel mehr bei meiner Tochter …«

»Und auch das ist nur eine sentimentale Erklärung für etwas, zu dem keiner von Ihnen ein Recht hatte!«, unterbrach da eine wütende Stimme Karels Rede.

Alle drehten sich um. Pi bellte kurz.

Hinter der letzten Reihe stand Finn, und er schäumte. Eine

Hand hatte er um die Finger von Marions Hand geschlungen, die in die Runde blinzelte, als wäre gerade ein Tornado über sie hinweggefegt. »Schön, dass Sie sich alle ausgesprochen haben. Aber die Asche meines Vaters gehört mir!«

50

(70°20’25.6”N)

Tina spürte, wie Karel erstarrte. Auch sie selbst konnte keinen Muskel bewegen.

Finn hatte sie gefunden. Letztendlich hatten sie damit rechnen müssen, und insgeheim hatte Tina es auch erwartet. Was sie jedoch nicht vorausgesehen hatte und was sie wirklich erschreckte, war die ungebremste Wut, die Oles Sohn ausstrahlte.

»Was haben Sie denn mit der Asche Ihres Vaters vor?«, fragte sie schwach und sah, wie Finn sich nun, Marion noch immer an der Hand, mit den Ellenbogen einen Weg durch die Anwesenden bahnte. Direkt auf Männi zu, der den Speckstein schützend in den Armen hielt wie sonst nur Pi.

»Schmeiß ihn über Bord, jetzt!«, zischte Hedi Männi panisch zu und manövrierte ihren Rollator zwischen ihn und Finn. Männi zögerte. Tina verstand ihn: Ole in einer Kurzschlusshandlung zu entsorgen widersprach allem, was sie die letzten Tage geplant hatten. Seine Asche jedoch kampflos dem aufgebrachten Finn zu überlassen kam ebenfalls nicht infrage.

Entschlossen trat sie neben Hedi und bemerkte stolz, dass Paul und Karel exakt dieselbe Idee hatten. Sogar Pi reihte sich mit gesträubtem Nackenfell und gebleckten Zähnen ein. Zuerst musste Finn an ihnen vorbei!

Neben ihr zuckte Karel zusammen, als Marion direkt vor ihm zum Stehen kam und ihn mit Tränen in den Augen ansah. »Was meinst du damit? Was glaubst du denn falsch gemacht zu haben bei mir?«

Karels Hände zitterten unkontrolliert, wesentlich stärker als normal. Nun ja, was war schon normal? Tina wäre in einer vergleichbaren Situation mit Laura auch mehr als beklommen. Sie drückte ihn kurz an sich. Als Zeichen. Dass sie, was auch immer geschehen würde, für ihn da sein würde. »Sag es ihr«, flüsterte sie ihm zu. »Was hast du zu verlieren?« Dann trat sie einen Schritt zur Seite.

»Nicht *bei* dir«, murmelte Karel, »*mit* dir. Wir haben so viel verpasst damals, und das meiste war meine Schuld. Wir hätten reden sollen und gemeinsam … ich weiß nicht, entscheiden, reden, trauern. Stattdessen haben wir nichts davon gemacht und es einfach weggesteckt. Darüber haben wir deine Mutter gleich doppelt verloren.« Karel seufzte schwer. »Oder siehst du das anders?«

Marion löste ihre Hand aus Finns und streckte sie zögernd nach Karel aus.

Doch Oles Sohn unterbrach die vorsichtige Annäherung, als hätte er ein Recht darauf. »Sie alle«, fauchte er Karel an, bevor er sich auch an den Rest von ihnen wandte, »können sich Ihren sentimentalen Quatsch sonstwohin stecken.« Befehlend streckte er die Hände nach Oles Urne aus. »Ich, und nur ich, entscheide, was mit der Asche meines Vaters geschieht!« Das folgende Auflachen klang ungut und erstickt. »Sie mögen ihn in einem Alter kennengelernt haben, in dem er charmant, nett und wunderbar war. Ich weiß es besser! Er hat uns verlassen und nie zurückgeblickt. Warum, verdammt noch mal, sollte ich mich also nun darum scheren, was sein Wunsch gewesen wäre?!«

Hedi sah ihn entsetzt an. »Sie wollen ihn wirklich wieder mit zurück nach Deutschland nehmen und einmauern?«

»Warum nicht?« Und damit entriss er dem überrumpelten Männi die Urne.

Tina begann fahrig, in ihrer Umhängetasche zu wühlen. »Sie, Finn«, erklärte sie dann aufgebracht, »haben nicht einmal den Hauch einer Ahnung, oder?«

Sein Kopf zuckte empört zu ihr herum, sein Mund öffnete sich, doch Tina gab ihm keine Zeit. »Ja, Ihr Vater liebte diese Ecke Norwegens. Aber Sie muss er ebenso geliebt haben, sonst hätte er Sie kaum danach benannt. Oder aber Fotos von Ihrer Einschulung in sein Tagebuch geklebt – Von Ihrem Kreisstadtsieg im Schach, von Ihrem Diplom … Weshalb, glauben Sie, ist er wohl nach Deutschland zurückgezogen, obwohl er hier so glücklich war und Ihre Mutter ihn für einen anderen Mann verlassen hatte? Sicherlich nicht für die nicht vorhandenen Nordlichter.« Endlich hatte Tina gefunden, wonach sie gesucht hatte. Steif streckte sie Finn Oles

Tagebuch entgegen. »Eigentlich wollte ich heute Abend hieraus das Lieblingsgedicht Ihres Vaters zu seiner Beerdigung vorlesen. Es hat etwas mit der Weite des Meeres zu tun … Aber vielleicht ist es wichtiger, dass Sie einen Blick hineinwerfen! Sie sind alt genug, um zu wissen, dass Beziehungen nicht einfach funktionieren. Viel Arbeit steckt darin, und manchmal gehen sie trotzdem in die Brüche.« Tina warf Hedi einen Blick zu. »Schließlich geht es dabei nicht um mathematische Gleichungen, sondern um Gefühle. Und falls diese nicht halten, trägt nie nur eine Partei schuld daran. Bevor Sie also darauf bestehen, Ihren Vater aus einer kleinkarierten, kindlichen Rache heraus zu Hause einzumauern, lesen Sie. Und zwar schnell. Denn in nur wenigen Minuten sind wir an Finnfjordvær vorbei!«

Erschöpft drehte sie sich weg, nahm Pi auf den Arm und legte eine Wange an den kleinen Hundekörper. Sie hatte alles getan, was möglich war. Nun blieb ihr nur die Hoffnung. Auf Mitgefühl und gesunden Menschenverstand.

Einen Moment zögerte Finn. Dann klemmte er sich Oles Urne unter den Arm und schlug das Tagebuch auf. Er las flüchtig, schluckte, blätterte vor und zurück. Marion beobachtete ihn vorsichtig, einen Arm um ihren Vater geschlungen.

Hedi trat zu Tina und sah sie fragend an. »Und jetzt?«, formte sie still mit dem Mund, als traue sie sich nicht, Oles Sohn aus seiner Konzentration zu reißen.

»Singen!«, gab Tina ebenso still zurück. Hedi nickte erleichtert. Singen. Das konnte sie.

Als die ersten Töne erklangen, sah Finn kurz auf, dann las er weiter. Doch als Hedis wunderbarer Alt einsetzte, fuhr sein Kopf hoch. Er lauschte, erkannte das Lied, lächelte traurig und klappte das Tagebuch seines Vaters zu, um zuzuhören.

Dann nahm er die Urne in beide Hände.

Tina trat neben ihn. Sie traute ihm trotz Marions gefühlvollem Blick in seine Richtung noch immer nicht ganz. »Ich will ganz ehrlich zu Ihnen sein«, wisperte sie ihm ebenso leise wie entschlossen zu. »Am liebsten wäre es mir – uns allen –, wenn wir Sie überzeugen könnten, Ole freiwillig dem Meer zu übergeben.«

Er wandte den Kopf. »Aber? Da ist doch noch ein Aber, oder?«

»Allerdings. Wir vier, Hedi, Paul, Männi und ich, sind die besten Freunde Ihres Vaters. Und wir sind fast dreitausend Kilometer gereist, um ihm jenes Begräbnis zu geben, das er sich gewünscht hat.« Fest sah Tina Finn in die Augen. »Falls Sie ihn nach der Lektüre seines Tagebuchs immer noch auf dem Festland einmauern wollen, habe ich Sie falsch eingeschätzt. Und in dem Fall möchte ich Sie vorwarnen.« Sie spannte die Muskeln an. »Ich werde mich auf Sie werfen. Egal, welche Konsequenzen das für meine Knochen hat. Und ich werde so lange auf Ihnen liegen bleiben, bis Oles Urne über Bord gegangen ist. Hier. Genau, wie er es wollte.«

Finn blinzelte. »Das ist kein Scherz, oder? Sie meinen das ernst?!«

»Todernst!«

Oles Sohn lachte leise. Seine Finger strichen über die eingeschnitzten Muster der Urne und die Initialen auf der Unterseite. Überrascht und vorsichtig drehte er die Urne um und entdeckte die vier Buchstaben, die Männi für ihn und seine Mutter eingekerbt hatte.

»In Ordnung«, murmelte er dann. »Bringen wir es hinter uns. Ich nehme nicht an, dass es legal ist?«

Neben ihnen brach jemand in schallendes Lachen aus. Es war Paul. »Junior«, fand er, »legal kann jeder, letzte Wünsche erfüllen nur die Richtigen!« Finn hob eine Augenbraue. Paul schob ihn zur Reling. »Und jetzt: lange genug gezögert! Lass uns loslegen.«

»Einen Moment!« Finn sah sich suchend um, bis er Marion entdeckte, die noch immer Arm in Arm neben Karel stand. »Würdest du …?« Hilflos zuckte er mit den Schultern. »Ich meine, könntest du … Bitte …«

»Sag bloß, ihm fehlen die Worte«, flüsterte Hedi neben Tina.

»Karels Tochter scheint ihn auch so zu verstehen.«

Und tatsächlich, ohne ihren Vater loszulassen, stellte sich Marion neben Finn.

Mit zusammengekniffenen Augen starrte Finn über das Meer. »Es ist so dunkel.«

Marion lehnte sich an ihn. »Ist es nicht. Sieh in den Himmel.«

Einen Moment standen sie bewegungslos dort. Dann legte Karels Tochter eine Hand auf Finns. »Loslassen musst schon du.«

Er nickte. Dann holte er plötzlich aus und schleuderte den

Speckstein weit nach vorn. »Damit er nicht zerschellt auf dem Weg nach unten«, erklärte er, als wäre ihm plötzlich wichtig, dass sämtliche Anwesende seinen Beweggrund verstanden.

Alle beugten sich vor.

Doch die Urne war nicht mehr zu sehen. Dafür hörten sie ein sattes Platschen.

Irgendjemand begann zu summen, jemand anderer zu singen. Das »Glori, glori, gloria« wurde lauter.

Paul hatte einen Arm um Männis Schultern gelegt und blickte hinab in die Wellen, Männi hielt Hedis Hand, Hedi Tinas, Tina Karels, Karel die Hand seiner Tochter, und Marions Arm stahl sich um Finns Hüfte.

Die *Midnatsol* tutete, Pi bellte, und am Himmel zitterte ein kaum wahrnehmbares grünes Licht.

»Sehr geehrte Passagiere«, erscholl die Durchsage von der Brücke. »Ein kleines Nordlicht gibt sich die Ehre.«

51

(70°29'24.1"N)

Zufrieden und satt sank Tina zurück und zupfte sich hinter vorgehaltener Hand so damenhaft wie möglich ein bis drei Fischgräten aus den Zähnen.

Schnarchend lag Pi vor der Bank, auf der sie mit Karel saß. Lagerfeuer und Fackeln erhellten den kleinen Innenhof des gedrungenen Gebäudes, auf dem sich sicher hundert Menschen zum Musizieren zusammengefunden hatten. Dass sich so viele Menschen an diesem schwer erreichbaren Flecken Erde am Fjord von Finnfjordvær in Hakøja einfanden, um einen herumreisenden Akkordeonspieler zu feiern, fand Tina immer noch verblüffend.

Geigen und Hardangerfiedeln ertönten, Akkordeons, Saxofone und dazwischen immer wieder etwas unsagbar Neumodisches, Digitales: ein Gerät, das je nach Einstellung als Klavier, Bass, Gitarre oder Violine gespielt werden konnte. Die stolze Besitzerin nannte es Artifon und hatte es offenbar mitfinanziert. Tina summten noch immer die Ohren von all den Erklärungen, die die begeisterte, junge Norwegerin über ihnen ausgeschüttet hatte. Das Internet machte es möglich, und Krautfunding schien momentan die Erfolg versprechende Möglichkeit zu sein, neue Erfindungen zu finanzieren, Kunstprojekte, ganze Filme oder gar Reisen. Nicht dank eines einzigen Mäzens, sondern durch die wesentlich geringere Unterstützung vieler interessierter Menschen rund um die Welt. Ob sie diese Methode auch einmal ausprobieren könnte? Für ein kleines Jazzfestival zu Hedis Ehren beispielsweise, den Einbau einer Heizung bei Männi oder einfach für die nächste Tour ihrer Verschwörergruppe? Und was das alles wohl mit Kraut zu tun hatte? Sie würde Adrian dazu befragen, wenn sie ihn das nächste Mal sprach.

Adrian! Sie freute sich auf ihren nächsten Skypetermin. Ihr Enkel würde Augen machen, wenn er von ihrem Abenteuer erfuhr. Und ihr vermutlich gleich die nächste Kamin-DVD besorgen. Zum Runterkommen. Tina musste grinsen, denn sie hatte das perfekte Geschenk für ihn: die grundentspannte Aufnahme einer Reise der Hurtigruten von der Brücke aus gefilmt. Achtundsiebzig Stunden Meer und Fjorde. Slow-TV nannten es die verrückten Skandinavier und schienen ganz versessen darauf.

Momentan jedoch gab es erst mal gar nicht so langsame Musik. Und gegrillten Fisch. Und leckeres Sommerhummel-Bier der hier ansässigen Brauerei. Das Pärchen, das an ihrem ersten Abend auf der *Midnatsol* an ihrem Tisch gesessen hatte, hatte völlig recht gehabt: Niemand veranstaltete ebenso absurde wie mitreißende Festivals. Und so furchtbar kalt war es dank des Lagerfeuers vor ihnen auch gar nicht. Oder aber es hatte etwas mit Karel zu tun, mit dem sie sich eine Decke teilte.

Tina rutschte noch etwas näher. »Ich bin froh, dass wir das hier noch mitmachen, bevor wir zurückfahren.«

»Ja, eine wirklich gute Idee von Rakel.« Er blickte in die Flammen. »Und für Marion und Finn ist es auch das Richtige.«

Karel und seine Tochter hatten begonnen, sich auszusprechen. Zwar waren sie noch lange nicht fertig damit, aber ein erster Schritt war gemacht. Und dass er fest entschlossen war, sein Unternehmen umzubenennen – von *Parlinger und Sohn* in *Karel und Marion Parlinger* –, war ein Beweis dafür, dass die beiden auf dem richtigen Weg waren.

Heute Abend jedoch hatte sich Marion mit Finn verzogen, der am nächsten Tag den Flieger nach Hause nehmen würde.

Sie dagegen würde ihren Vater und seine Freunde morgen im Zug auf der Rückreise begleiten. Zuvor hatten sie und Finn allerdings offenbar noch so einiges zu besprechen. Falls es sich gut reden ließ, während man sich küsste.

Tina sah Paul mit Rakel und ihrer Freundin lachen, Hedi und Männi inmitten einer Gruppe Musiker. Hedi sang. Und Männi schmachtete sie an. Nach ihrer Verabredung zum Apfelkuchen schien er sämtliche Vorsicht über Bord geworfen zu haben. Als sei es ihm egal, dass jeder hier sehen konnte, wie wunderbar er sie fand.

»Männi und Hedi sind echt … gut füreinander, findest du nicht?«, murmelte Tina und wünschte sich im gleichen Moment, den Mund gehalten zu haben.

Karel drehte den Kopf. Er setzte sich auf. Sah sie an. Tina schluckte. Was kam jetzt? So nahe sie sich ihm fühlte und sooft sie in den letzten Tagen die Nähe zueinander gesucht hatten – geredet hatten sie noch immer nicht. Vielleicht bereute er den Kuss und alles danach? Sie kannte nicht einmal sein Alter! Womöglich sah er sie als eine nette, charmante alte Freundin, nichts weiter?

»Wenn wir zu Hause sind …«, begann er vorsichtig. »Bleiben wir dann wir?«

»Was meinst du?«

»Na ja, die letzten Tage waren eher eine … Ausnahmesituation, oder?«

Tinas Herz wurde schwer. Sie ahnte, was nun kommen würde. Dass eine Ausnahmesituation eben nicht die Realität war. Dass man, aus dem Trott gerissen, Dinge tat, die man normalerweise nicht machte, und sie nicht zu wiederholen gedachte. Dass Dinge, die in solchen Momenten geschahen, dort bleiben sollten, als Erinnerung an einen verrückten Moment. Dabei hatte es in ihrem Leben keinen einzigen verrückten Moment gegeben. Spontane, das ja. Unüberlegte, aber sicher doch. Und sie hatte sich mit den Konsequenzen arrangiert.

»… was sagst du dazu?«

Tina schreckte aus ihren Gedanken. »Entschuldige, wozu?«

Er schüttelte lachend den Kopf. »Ist das dein Ernst? Seit einer Woche nehme ich endlich all meinen Mut zusammen, um dich zu fragen, ob du mit mir ausgehst, und du hörst mir nicht zu?«

»Ausgehen?« Tina beäugte ihn vorsichtig. »So als Freunde? Zum Quiz und so weiter?«

Er verdrehte die Augen. »Nein! Kein Quiz, keine Freunde. Eine Verabredung. Essen oder Kino, Musik oder keine Ahnung, nur wir zwei?«

Tinas Mund verzog sich zu einem breiten Lächeln, und sie konnte, nein, wollte nichts dagegen tun. Es fühlte sich an, als würde das Lachen ihren gesamten Körper übernehmen: ihr Gesicht, ihren Magen und ihr Herz gleich mit.

Karel schien es ähnlich zu gehen. Seine Augen blitzten. »Ich dachte, ich tu mal etwas finnisch Verrücktes, etwas, das … wie hat Salmiak-Isko gesagt: mein Leben auch am nächsten Tag noch bunt macht.«

Tina kicherte. »Ich glaube, seine genauen Worte waren: Wenn du wieder nüchtern bist.«

Karel lehnte sich zu ihr. Seine Stimme wurde leiser. »Pedantin! Du schuldest mir noch eine Antwort.«

»Gern. Ich meine: ja! Ja, sehr gern gehe ich mit dir aus.«

»Na endlich.« Damit beugte er sich noch ein wenig weiter vor. »Dann ist das also ein Date!«

Sein Gesicht verschwamm vor Tinas Augen. Vermaledeite Gleitsichtbrille! Nur seine lachenden dunklen Augen konnte sie sehen. Und dann landeten seine Lippen auf ihren.

»Ohhhh!«, war zu hören. »Ist das schön!« Und: »Perfekt, das ist so was von perfekt!«

Tina wollte zustimmen, doch ihr Mund war anderweitig beschäftigt. Erst als Schritte näher kamen, löste sie ihre Lippen von Karels und sah auf. Ein letztes grünes Zucken erleuchtete den Himmel, dann verschwand es.

»Haben Sie gesehen?« Rakels Augen leuchteten. »Das war ja das wunderbarste, strahlendste Nordlicht, ich habe nie gesehen ein solches! Tausend Male deutlicher als gestern!«

Tina blickte Karel an. Nordlicht? Welches … egal. »Ja, ähm, das war wirklich … wunderbar!«

Rakel stutzte, dann lachte sie laut. »Sie haben es nicht gesehen, ja?! So störe ich!!«

»Tust du nicht«, schüttelte Karel amüsiert den Kopf. »Wir können jederzeit da weitermachen, wo wir aufgehört haben. Und wollen wir endlich das Sie mit dem Du vertauschen?«

»Gerne!« Rakel stieß ihre Bierflasche gegen die von Tina und Karel. »Und was passt besser als das Sommerhopfen von Ihrem … ah … deinem Freund.«

»Was?« Tina hielt sich die Flasche mit dem bekannten Etikett vor die Augen. »Welcher Freund?«

Rakel sah sie verwundert an. »Na, Ole Erickson. Er hat Dains-Brauerei geründet: Deutsches Irgendein-Gesetz und skandinavisch Aromahopfen. Er hat Preise gewonnen und dann verkauft. Ich habe gedacht, dass ihr das wussten?«

Tina brach in schallendes Gelächter aus. »Das war also sein Bio-Unternehmen, nachdem er nicht mehr zur See gefahren ist?! Oh, ich will Männis Gesicht sehen, wenn wir ihm das verraten!« Sie rappelte sich auf und zog Karel mit. »Los, komm, der wird Augen machen!«

Hand in Hand liefen sie mit Pi neben Rakel über den Hof auf Hedi, Männi und Paul zu, die sich an einem norwegischen Volkslied versuchten und damit für Erheiterung sorgten.

Tina warf einen Blick in den Himmel. Das Nordlicht hatten sie verpasst. Aber die Sterne schienen hell und gleißend. Und wenn sie die Augen zukniff, konnte sie genau erkennen, wie einer davon ihnen zuzwinkerte.

EPILOG

(49°46'40.5''N)

Tina stemmte sich mühsam in die Höhe. Auf Rakel musste sie noch mindestens drei Wochen verzichten, und Yoga ohne die eifrige Norwegerin war, so viel war sicher, nicht ihre Lieblingsbetätigung – egal, wie begeistert ihre Freunde darüber waren, in *Schafweide* einen Seniorenkurs durchgesetzt zu haben.

Ächzend schüttelte sie die Beine aus. Ihr Outfit sah wesentlich besser gelaunt aus, als sie sich fühlte: neongrün, orange und dazwischen Leopardenstreifen. Ein Geschenk von Hedi. Schon der morgendliche Blick in den Spiegel machte Tina ganz wirr. Doch das Schlimmste daran war, dass etwa ein Viertel der Anwesenden in einem ähnlichen Dress steckten: Männi, Paul, Karel und natürlich Hedi selbst.

Die streckte sich nun neben Tina aus und grinste sie breit an. »Na?«, wollte sie wissen, »beweglicher als letzte Woche?«

»Woher soll ich das wissen, wenn mir alle meine Muskeln gerade den Vogel zeigen?«

»Na ja, ich rede ja auch nicht von heute.« Hedi warf einen vielsagenden Blick von ihrer weichen Matte zu Tina hinauf. »Aber vielleicht nutzt es für übermorgen. Für deine Verabredung mit Karel?«

Tina stützte empört die Hände in die Seiten und blitzte zu Hedi hinunter. »Und weshalb sollte ich während eines Kinobesuchs mit ihm unbedingt… beweglich sein müssen?«

»Weiß man nie! Feueralarm, Überschwemmung, ein fieser Horrorschinken, der dich erschreckt…«

»Du, meine Liebe solltest dich eher um deinen eigenen Schinken kümmern«, gab Tina zurück. »Immerhin erhält der demnächst ein neues Hightech-Gestell!«

Hedi verzog das Gesicht. »Können wir lieber über dein Date reden als über meine anstehende OP?«

Schuldbewusst beugte sich Tina zu ihrer Freundin herunter. »Entschuldige. Natürlich. Aber du wirst nach nur wenigen Tagen wieder stehen können. Und eine Woche nach dem Eingriff bekommst du die erste Physiotherapie. Rate, bei wem.«

»Ist er unter fünfzig und nett anzuschauen?«

»*Sie* ist unter fünfzig und nett anzuschauen. Und du magst sie.«

»Glaubst du, oder weißt du?«

Tina grinste. Eigentlich wollte sie das Geheimnis noch ein bisschen länger für sich behalten, aber bei Hedis Nervosität wegen der anstehenden Operation wäre so ein kleiner Lichtblick womöglich nicht verkehrt. »Die Königin aller Yogafeen Rakel«, verriet sie also. »Ihre Freundin hat hier in der Nähe einen Job als Chefköchin bekommen.«

Hedi schüttelte den Kopf. »Die beiden Mädels sind echt verrückt. Nichts, was sie nicht ausprobieren, oder? Zur See fahren in Norwegen, Restaurants im deutschen Hinterland… Ich bin gespannt, was als Nächstes kommt: eine Straußen-Farm in Amerika? Wenn sie sich beeilen, kannst du sie dort wenigstens besuchen.«

»So schnell sind die beiden dann doch nicht. Wir haben

einen Deal. Rakel bringt dich in den nächsten Wochen wieder auf die Beine, damit du mit mir, Karel und Männi tanzen gehen kannst, wenn ich von meiner Familie zurück bin.«

»Und was machen wir mit Paul?«

»Der?«, lachte Tina und deutete mit dem Kinn nach vorn. »Der hat kein Problem, eine Tanzpartnerin zu finden!«

Vor den begeistert strahlenden Augen von Babsi-Ich-bin-gelenkig-wie-eh-und-je und einigen ihrer Freundinnen vollführte Paul etwas, das aussah wie ein um Hilfe trommelnder Orang-Utan. Diese Übung hatte er definitiv eben gerade erfunden. Dabei zuzusehen, wie es ihm seine verzückten Verehrerinnen nun nachtaten, war ein Highlight.

»Wie eine Horde alter Affen.« Hedi hielt Tina kichernd beide Hände hin und ließ sich hochziehen. Dann drückte sie Tina plötzlich an sich. »Ich bin trotzdem froh, dass du die nächsten Tage noch hier bist«, flüsterte sie. »Für den Fall, dass ich nicht mehr aufwache …«

Tina legte stützend die Arme um ihre Freundin. »Und ich dachte, ich bleibe, damit ich dir nach dem Aufwachen aus der Narkose einen Tomatensaft anreichen kann, von dem ich behaupte, es ist Wodka drin.«

»Das auch! Und jetzt lass uns in unsere Zimmer zurück. Du hast doch sicher gleich noch eine internationale Verabredung mit deinem Enkel.«

»Habe ich. Und ob du es glaubst oder nicht, ich weiß noch immer nicht, wie viel ich ihm von den letzten Wochen eigentlich erzählen soll.«

Arm in Arm marschierten sie zum Aufzug und winkten

Oberschwester Ursula zu, die im Aufenthaltsraum telefonierte. »Nein, natürlich ist das kein Problem, Frau Parlinger«, sagte sie gerade in den Hörer und hielt den beiden Freundinnen einen in die Höhe gereckten Daumen entgegen. »Wie schön, dass Sie und Ihr Vater eine andere Lösung gefunden haben.«

Hedi drückte auf den Knopf für den Lift und feixte. »Ja, das finden wir alle schön, denn Karel wäre in Oles kleinem Zimmer ohne seine Schneeflocke durchgedreht und hätte bei mir einziehen müssen.«

»Auf keinen Fall!« Tina warf ihrer Freundin einen grimmigen Blick zu.

»Dein Zimmer ist zu klein für zwei. Da würde höchstens Pi reinpassen.«

»Klappe!«, bestimmte Tina, aber ihre Augen blitzten amüsiert. Sie war froh, dass Karel und Marion sich entschlossen hatten, das Dach des Beerdigungsunternehmens *Karel und Marion Parlinger* nicht nur seniorengerecht auszubauen, sondern auch mit einem Aufzug zu versehen. Und sosehr Hedi sie damit hochnahm, dass es dort doch genug Platz gab und Tina mit einziehen könnte – Karel und Tina waren noch lange nicht so weit. Ja, sie hatten ja noch nicht mal ihr erstes Date hinter sich!

Tina begleitete Hedi zu ihrem Appartement und half ihr, die Tür zu öffnen. »Und jetzt: Adios amiga!« Lachend gab sie Hedis Rollator einen kleinen Schubs. »Ich habe eine Verabredung mit Amerika.«

Etwas atemlos loggte sich Tina nur wenig später in ihr Skype-Benutzerkonto ein und rubbelte über ihren rechten Oberarm. Er juckte. Haakon hatte gesagt, das sei ein gutes Zeichen. Das Tattoo heilte. Lange hatte sie darüber nachgedacht, ob es nicht besser an einer anderen Stelle aufgehoben wäre, einer, die versteckter war. Doch letztendlich – hatte man die sechzig überschritten, trug man sowieso keine ärmellosen Tops mehr. Und ein Anker gehörte nun mal auf den Oberarm. Es sei denn, man hieß Männi und hatte nur noch ein bisschen freien Platz auf dem unteren Rücken. Nun wusste Hedi also ganz genau, was er auf dem Hintern trug. Sie hatte sogar in der ersten Reihe gesessen und darauf bestanden, ihm währenddessen die Hand zu halten.

Tina dagegen hatte durchgesetzt, dass sie während des Stechens mit Haakon allein gewesen war. Egal, wie oft Karel ihr angeboten hatte mitzukommen. Sie hatte Haakon wie versprochen die zu dem Tattoo gehörige Geschichte erzählt – und noch ein bisschen mehr. Zum Beispiel, dass sie auf einem Open-Air-Festival die Nacht mit Karel durchgeredet und sich mit ihm eine Decke geteilt hatte, bei 15 Grad Celsius, wie verliebte Teenager! Oder dass ihre kleine Truppe nur noch näher aneinander herangerückt war, nachdem sie alle Geheimnisse ausgeplaudert hatten, die sie ursprünglich für sich hatten behalten wollen. Oder dass Pi Marions Herz erobert hatte, als er sich zwischen sie und eine begeistert heranfegende Dänische Dogge gestellt und aus Leibeskräften gebellt hatte.

Letztendlich hatte Haakon sich geweigert, Geld von ihnen

anzunehmen. »Sonderbonus«, hatte er behauptet und Tina angelächelt. »Für besondere Menschen.«

Das auf größte Lautstärke gestellte Klingeln des Computers sorgte beinahe für einen Kurzschluss in Tinas Hörgerät. Sie setzte sich in Positur, schob die Brille höher und nahm den Anruf an.

Adrians Gesicht erschien. Überrascht beugte er sich näher vor. »Was hast du denn da an, Oma? Und was tust du Seltsames mit deinen Fingern?«

Tina folgte seinem Blick. »Ach, das Outfit ist von meinem Yogakurs, der Rest Qui Gong. So was wie Yoga für die Hände. Gut für die Beweglichkeit.«

Adrian kicherte. »Ich dachte, Qui Gong ist eine Art Kampfkunst?!«

»Ist es ja auch. Ich halte mein Karpaltunnelsyndrom damit in Schach.«

Strahlend sah er sie an. »Du hast mir echt gefehlt, Granny. Ist alles in Ordnung mit dir?«

Und schon wieder verzog sich Tinas Gesicht zu einem breiten Grinsen. »Mehr als in Ordnung«, gestand sie und ahnte, dass sie aussah wie ein Teenie, der gerade die Welt entdeckte. »Aber das ist eine lange Geschichte. Die erzähle ich dir in Ruhe, wenn wir uns sehen. Steht unsere Verabredung noch? Du holst mich vom Flughafen ab?«

»Worauf du einen lassen kannst!«

Tina lachte. »Das, mein Lieber, werde ich nicht tun, denn im Gegensatz zu dir bin ich gut erzogen.«

»Und du kannst wirklich erst in drei Wochen kommen?«

Adrian wurde hibbelig; er sah aus, als wäre er wieder dreizehn und hätte einen Haufen verrückter Dinge mit ihr vor.

Tina freute sich schon darauf. »Ja, ich habe vorher noch ein paar wichtige … Dates!« Sie schob sich die Brille auf die Nase. »Eine Freundin von mir bekommt eine neue Hüfte, wir müssen unsere Vormachtstellung beim Freitagsquiz halten, ich habe meine erste Stunde Maultrommelunterricht und eine Kino-Verabredung, während der es zu einem Erdbeben, einer Überschwemmung oder einem Zombie-Angriff kommen kann.«

Adrian starrte mit offenem Mund in die Kamera.

»War ein Witz, mein Schatz«, beruhigte Tina ihn. »Zumindest das Letzte. Ach, und was ich dich fragen wollte: Ich will mir vor der Reise ein Smartphone zulegen. Hilfst du mir dabei es … aufzurüsten?«

»Aber hallo!« Von null auf hundert war er voll in seinem Element. »Wir haben gerade ein wirklich hübsches kleines Game für IOS und Apple entwickelt, neulich habe ich eine gute Simultanübersetzungs-App getestet, du brauchst natürlich Maps, Puls messen kann man damit auch und … Hm, ich glaube, am besten stelle ich bis nächste Woche eine Liste zusammen und helfe dir beim Einrichten.«

»Abgemacht. Pass auf dich auf, mein Großer.«

Vorfreudig strich Tina über das Flugticket nach New York, das neben ihrem Computer lag. Das Leben war wunderbar. Und es steckte voller Überraschungen. Man musste sie nur sehen und bereit dafür sein. Und das hatte definitiv nichts mit dem Alter zu tun, das im Pass stand.

Apropos. Sie durfte nicht vergessen, ihren neuen Reisepass abzuholen, den sie beantragt hatte. Tina klappte den Computer zu und lächelte. Sie war bereit. Auf zu neuen Abenteuern!

DANKSAGUNG

Etliche Menschen haben auf ganz unterschiedliche Art zu diesem Roman beigetragen, und ich möchte ihnen auf diesem Wege ein »Dankeschön« zurufen:

Ohne Holger, Flemming, Paul, Michelle, Preben, Mindor, Marta, Juliane, Jonathan, Flora und Nathan hätte ich kaum einen so nahen Blick ins Alltagsleben, auf Traditionen, Gewohnheiten und den Umgang verschiedener Nationalitäten miteinander werfen können.

Ohne das Team der Hurtigruten, vor allem der *Midnatsol* und ihrem Hotelchef Kjell, wäre es mir nie gelungen, selbst dort einen persönlichen Eindruck zu erhalten, wo »normale« Passagiere nur selten unterwegs sind. Auch wenn ich mir hier und da erlaubt habe, frei zu interpretieren: Mange takk an Ralf, Marten, Håkon, Morten, Martin, Jan Erik, Magne und das Küchen- und Frachtraumpersonal, das mich selbst dann in ihrer Mitte geduldet hat, als es hektisch und eng wurde.

Katrin, Steffi, Anke, Janni, Johanna, Sophia, Christina: Merci vielmals für all den Input, das Köpfe-Zusammenstecken, das gute Auge und die fachliche Hilfe bei sprachlichen Feinheiten.

Außerdem danke ich: Kris von der Ægir-Brauerei in Flåm, Yvonne vom Tattoostudio Blut&Eisen in Berlin, Sandra, der Yogaqueen, Max und Diny, Ute und Gerhard. Und Johanna, die mit Tina und mir *Schafweide* unsicher gemacht hat.

Und dann natürlich Tina selbst, meinem Vorbild nicht nur für die Tina dieses Romans. Und Riks. Dessen Urne auf dem Kaminsims vor vielen Jahren die allererste Idee für diesen Roman lostrat.